폴라리스
랩소디

5

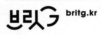

이영도 판타지 장편소설

폴라리스 랩소디

5 다섯 검의 주인

황금가지

차례

제19장
다섯 검의 주인

추억마저 바래지는 아득한 저편에

잃어버린 내 꿈, 아직 있을까.

흩어진 별빛 어깨 위에 쌓일 때

나, 과거의 슬픔에 고개 떨구지.

하룻밤의 동행도 거부하는 달

구름 뒤로 사라져 나를 피하고

밤의 신음이 바람 되어 울부짖을 때마다

내 속 어딘가가 또 바스러진다.

어깨 뒤로 돌아본 밤하늘이 무서워

지친 발걸음은 앞으로만

그러나 어디에도 잉걸불 하나 없고
모든 것 위로 흐르는 내 눈물.

잊혀진 탑에서 미노 만까지.
아흔아홉 눈의 섬에서 하늘의 다리까지.
그러나 어디에도 잉걸불 하나 없고
모든 것 위로 흐르는 내 눈물.

"무슨 노래입니까?"

휘리는 고개를 돌렸다. 바탈리언 남작은 싱글거리며 그에게 걸어오고 있었다. 휘리는 질문에 질문으로 대답했다.

"무슨 용무지?"

바탈리언 남작은 갑자기 부동 자세를 취하고는 경쾌하게 말했다.

"서 소팔라로부터의 보고입니다. 제국 기사단 북좌가 탄기 계곡을 완전히 벗어났습니다. 서 소팔라가 사용한 표현을 약간 순화하여 전해 드리자면 그들은 신체의 중요 기관을 분실할 정도의 속도로 북쪽을 향해 달려갔다고 합니다."

"그 말을 다시 환원시켜 보자면, 불알이 빠질 정도로 내뺐다는 건가?"

"바로 그렇습니다!"

바탈리언 남작은 입을 큼직하게 벌리며 웃었고 휘리는 희미한 미소로 화답해 준 다음 다시 고개를 돌렸다.

그의 발 아래로 이레다벨의 전경이 펼쳐지고 있었다. 그리고 이레다벨의 시민들에게도 제국 기사단 북좌의 후퇴 소식은 전해졌을 것이다. 혼 족의 대대적 습격을 보고받은 북좌는 더 이상 이 따스한 남쪽에서 복수 놀이나 하고 있을 때가 아님을 깨달았다. 물론 그들에게 그것은 단순한 놀이는 아니었겠지만, 14만의 혼 족 전사가 제국을 공격한 것보다는 중요도가 덜한 일임은 분명했다. 그러나 그들은 후퇴할 때도 제국 기사다웠다. 그들을 추격하던 림파이어 형제 기사들이 혀를 내두를 정도로 엄정한 기세를 유지하며 탄기 계곡을 벗어난 북좌는 계곡을 벗어나자마자 맹렬한 속도로 멀어져 갔다. 서 소팔라가 비속어를 사용한 것은 다벨의 영토에 발을 들여놓은 상대에게 별 피해도 주지 못한 채 돌려보내야 한다는 사실에 심술이 났기 때문일 것이다.

바탈리언 남작은 아직까지도 싱글거리며 말했다.

"대천사들이 강림해서 우리를 도왔다 하더라도 이토록이나 놀랍지는 않았을 겁니다. 혼 족의 도움을 받다니, 그게 어디 상상이나 할 수 있는 일이겠습니까?"

휘리는 발코니 난간 바깥으로 늘어뜨린 두 발을 조금씩 흔들며 고개를 끄덕였다. 바탈리언 남작은 그제야 휘리의 자세가 약간 조바심나는 자세임을 깨닫고는 조심스럽게 말했다.

"저, 실수하시면 위험합니다. 내려오시지요."

"실수하면 위험하지."

"예…… 예?"

"실수하면 정말 위험해. 만약 혼 족이 움직이지 않았다면?"

"무슨 말씀입니까?"

휘리는 두 손바닥으로 난간을 치며 다리를 재빨리 끌어당겼다. 다음 순간 휘리는 난간 위에 서서 이레다벨을 내려다보고 있었고 남작은 불안감이 더 증폭되는 것을 느꼈다. 휘리는 앞만 바라보며 말했다.

"말해 보라, 바탈리언 남작. 만약 혼 족이 이 시점에서 움직이지 않았다면 어떻게 됐을까?"

"우리는 북좌와 싸워야겠지요. 그렇지 않으면 항복하고…… 자작님께서는 아마도 그들에게 목숨을 맡기거나 자살하셔야 했을 겁니다. 하지만 그렇게 되지는 않았습니다."

"그렇게 되지 않았지. 실수가 벌어졌으니까."

"행운입니다."

"실수는 뭐고 행운은 뭐야? 둘 다 예정에 없는 일이지. 똑같아. 북좌의 움직임은 뭐지? 역시 예정에 없던 실수였어. 놈들이 움직일 거라고는 생각하지 못했어. 빌어먹을, 빌어먹을!"

휘리는 갑자기 몸을 돌렸다.

바라보고 있던 바탈리언 남작이 아찔할 정도의 급한 움직임이었다. 휘리가 서 있는 곳은 메르데린궁의 2층 발코니였지만 1층의 천장이 워낙 높기 때문에 2층이라도 만만찮은 높이였다. 바탈리언 남작은 자신도 모르게 앞으로 걸어가려고 움찔했다. 그때 휘리가 자르듯 말했다.

"멈춰."

"예?"

"내 연주의 시작도 누군가의 실수였고 내 연주의 중반부까지도 누군가의 실수에 의존하고 있어."

"자작님?"

"가당찮은 일이야."

그리고 휘리는 뒤로 누웠다.

물론, 허공이었다.

바탈리언 남작은 숨막히는 비명을 내지를 뿐 꼼짝하지 못했다. 뭔가 요란한 소리가 나며 저 멀리에서도 비명 같은 것이 들려왔다.

"노이에스 자작님!"

그리고 그 비명이 들렸을 때에서야 남작은 튕겨지듯 앞으로 뛰어나갔다. 서두르던 남작은 난간을 헛짚는 바람에 자신도 떨어질 뻔했다. 허리가 거의 난간 너머로 넘어간 다음에야 가까스로 난간을 움켜쥔 바탈리언 남작은 그 불안한 자세로 아래를 내려다보았다.

휘리는 두 팔과 두 다리를 사방으로 던진 자세로 드러누워 있었다. 두 눈은 감겨 있었고 마치 잠든 것처럼 평화로워 보였다. 얼굴에 고통의 표정이 없는 것을 볼 때 그 추락의 시간 동안에도 휘리는 태연하게 하늘을 보고 있었을 것이다. 그리고 고통을 느낄 사이도 없이 즉사했을 것이다…….

휘리는 눈을 떴다.

소스라치게 놀란 바탈리언 남작은 다시 떨어질 뻔했다. 발버둥을 치고 몇 번이나 허우적거린 다음에야 남작은 가까스로 균형을 회복했다.

"괘, 괜찮으십니까?"

휘리는 볼썽사납게 쓰러진 자세 그대로 희미하게 웃었다.

"그래."

"저, 정말 괜찮으신 겁니까?"

"살아 있다는 것만 제외하면."

휘리의 대답은 남작을 더욱 당황하게 만들었다. 그러나 휘리는 남작의 당황에는 아랑곳하지 않은 채 두 팔을 끌어당겨 팔베개를 베었다. 그러고는 하늘을 바라보며 낮게 한숨을 쉬었다.

이 사태를 설명하기 위해 모든 집중력을 끌어모은 남작은, 그러나 너무도 간단하게 대답을 찾아내었다. 휘리는 정원수로 심어져 있는 키 작은 관목들 위에 떨어졌고 그 관목들이 완충 작용을 해주며 휘리의 몸을 받아낸 것이었다. 물론 끔찍하게 아프기는 할 테고 그래서 휘리의 몸은 조금씩 경련을 일으키고 있었다. 하지만 그 얼굴은 푸근한 미소를 지은 채 가을 하늘을 바라보고 있었다.

저 멀리서는 휘리의 추락을 본 사람들이 달려오고 있었다. 하지만 휘리는 심드렁하게까지 느껴지는 어조로 말했다.

"바탈리언 남작."

"예, 예!"

"폴라리스를 치자."

"폴라리스요?"

"그래. 놈들을 내버려두기로 한 것은 실수였다. 그 때문에 켈커와 기리우는 끌어오지도 못했어. 소팔라와 소사라만으로 재주를 부려야 했지. 나는 그것으로도 가능하다고 생각했고, 지금도 그 생각에는 변함이 없어. 하지만 가능한 것만으로는 부족해."

휘리는 이제 왼쪽 무릎을 세우고는 그 위에 오른쪽 다리를 얹었다.

발코니에서 추락한 사람이라기보다는 하오의 오수를 즐기는 사람처럼 보였다.

"언제 어느 놈이 오든 다 죽일 수 있어야 해. 폴라리스, 북좌, 혼 족. 모두 내 스테이지에 허락한 적이 없는 것들이다. 특히 폴라리스. 그런 얼빠진 나라 따위가 생기다니. 치워버려야겠어."

물수리호는 고요했다. 그리고 고요한 배는 물수리호뿐이었다. 물수리호의 앞마스트 가로대에 걸터앉아 있던 벌쳐는 옆에 앉아 있는 벨로린에게 말했다.

"저게 프린스의 칼을 막아내고 인슬레이버를 패배시킨 인간인가?"

"그래. 키 드레이번이야."

벌쳐는 고개를 끄덕인 다음 항구를 죽 둘러보았다. 높은 곳에 앉아 있었기 때문에 벌쳐는 항구의 많은 부분을 한눈에 볼 수 있었고 그래서 더욱 감동했다. 벌쳐와 벨로린이 앉아 있는 물수리호는 마치 함성과 소란의 바다 한가운데 외로이 떠 있는 침묵의 섬 같았다. 항구의 골목골목에서 해적들은 벗어 든 윗도리나 술병, 혹은 칼붙이를 마구 흔들며 달려오고 있었다.

그리고 그것은 눈으로 보이는 것 이상으로 인상적인 모습이었다. 폴라리스의 건국 이후 하리야는 더 이상 융화 정책에 신경 쓸 필요가 없다고 생각했다. 이제 같은 폴라리스 국민이 있을 뿐 해적과 시민을 구분하는 것은 무의미하다는 것이 어제까지의 하리야의 판단이었다. 하지만 키 드레이번의 도착 소식이 다림 시내에 퍼진 순간 어제까지만 해도 점잖은 시민이던 그들은 순식간에 난폭한 노스윈드 해적으로 돌아가 버렸다.

그것은 욕구 불만에 기인한 것은 아닌 것 같았다. 만일 그랬다면 해적들은 시민들에 대한 무차별 폭행 사건을 일으켜 이 아침을 피로 물들였을 것이다. 하지만 그들은 단순히 환호하고 즐거워했을 뿐이었다. 그리고 토박이 다림 시민들은 눈이 휘둥그레진 채로 그 모습을 바라보았다.

두툼한 손으로 뱃가죽을 득득 긁던 두캉가 선장은 하리야 선장의 옆얼굴을 보고는 크게 웃었다.

"어쩌겠나, 하리야. 저놈들은 아직 '폴라리스 국민'보다는 '노스윈드 해적'으로서의 자신에 더 익숙하다구."

하리야는 두캉가를 웃게 만들었던 그 기괴무쌍한 표정을 유지한 채 퉁명스럽게 대답했다.

"그게 문제가 아닙니다."

"그래. 문제는 놈들이 후자를 더 좋아한다는 거지. 하지만 그거야 어쩔 수 없는 거지, 뭐. 너무 신경 쓰지는 말게."

하리야는 쓰게 웃으며 말했다.

"모두 저주받은 인간들이군요. 어떻게 후자를 더 좋아할 수가 있지요? 살인과 방화, 약탈을 일삼았던 그때를? 포환에 직격당해 가루가 될 수도, 배와 함께 바다 밑바닥에 가라앉아 버릴 수도, 교수대에 걸려 파리 휴게실 노릇을 하게 될지도 몰랐던 그때를?"

"그러게 말이야. 개탄스러운 노릇이지."

잠시 후 두 선장은 크게 웃기 시작했다. 그들에게서 꽤 떨어진 물수리호의 돛대 위에 앉아 있었지만 벌쳐는 둘의 이야기를 다 들었고 그래서 어깨를 으쓱였다.

"바보는 부질없는 목숨값이 확인되는 순간에 환호를 지르지."

벨로린은 조용히 응수했다.

"그 잘난 체하는 거리감을 보니, 그 말이 인간에게만 통한다고 생각하나 보군."

벌쳐는 의아한 얼굴로 벨로린을 돌아보았다.

"벨로린. 너는 정말 하이마스터들이…… 그래야 된다고 생각하나?"

"내 선택을 알 텐데."

"번복할 수 있어. 나는 이 모든 것이 별로 마음에 들지는 않아."

"그러면 당장 저편으로 가시지 그래? 캐스팅보트에 대한 미련이 그렇게 큰가?"

"커."

"지랄맞을 녀석 같으니. 뭘 원하는 거냐?"

"원하는 것? 이봐. 나는 시간의 패스파인더라고. 목적지는 없어. 패스가 있을 뿐이지."

"……그 패스는?"

"영원한 자기 기만. 새매의 공작이 원하는 것이 달리 있겠나?"

벨로린은 의혹에 찬 눈으로 벌쳐를 바라보았다. 그러나 그녀가 뭐라 말하기도 전에 포성이 울려퍼졌다. 바다를 바라본 벨로린은 질풍호가 내항으로 들어서는 것을 보았다.

질풍호의 이물에는 검은 옷차림의 남자가 서 있었다.

정박해 있던 배들에서 연달아 대포가 발사되었다. 명령 내려진 바도 없었고 그래서 제멋대로의 발사였지만 그렇기에 더욱 열광적이었다. 다림 시민들을 놀라게 하거나 경계심을 품게 할까 봐 예포를 명령하지 않았던 하리야는 퍽이나 우울한 표정을 지었고 두캉가는 그런 하리야를 보며 배를 잡고 웃어대었다.

부두에는 해적들이 잔뜩 몰려선 채 폭풍 같은 함성을 지르고 있었다. 가장 앞쪽에 있던 몇몇 해적들은 등뒤를 떠밀려 바다에 빠지기까지 했다.

풍덩, 풍덩!

하지만 그들은 물 위로 솟아오르자마자 팔을 허공으로 내던지며 환호했다.

"키 드레이번! 키 드레이번!"

키 드레이번은 아무런 대답도 보내지 않았지만 그의 존재 자체가 노스윈드 해적들에게는 충분한 대답이었다. 그는 단지 질풍호의 이물에 서 있을 뿐이었고 실수로라도 미소 같은 것은 지어보일 것 같지 않은 얼굴을 하고 있었지만, 해적들은 울부짖는 듯한 환호를 보내었다.

"키 드레이번! 키 드레이번!"

부두에서 약간 떨어진 언덕받이의 길에 한 마차가 정지해 있었다. 얇은 베일이 드리워진 창문에서는 다림 시의 저명 인사가 질풍호의 입항을 바라보고 있었다.

"탕자의 귀환은 아니군요."

폴라 대사는 조용히 단정 지었다.

"저건 누가 뭐라고 하든 왕의 귀환이군요. 저 자들은 왜 저렇게 환호하는 걸까요? 사정을 모르는 사람이 봤다면 키 드레이번이 무슨 대승이나 큰 업적을 세우고 귀환한 것으로 착각하겠군요."

"저 자들이 왜 저리도 환호하는지는 저도 잘 모르겠습니다, 대사님. 저들의 곁에 꽤 오랜 시간 같이 있었지만 사실 저들이 나라를 세울 거라는 것도 짐작할 수 없었습니다."

"라스 각하. 그걸 짐작할 수 있었던 사람이 어디에 있었겠습니까."

카밀카르의 법무대신 라스는 씁쓸한 얼굴로 고개를 끄덕였다. 폴라 대사는 치맛자락을 펴며 고개를 끄덕였다.

"휘리 노이에스의 일 때문에 주목을 받지 못하고 있지만, 정말 대단한 일이지요. 어쨌든 나라 하나를 세워버린 일이니까요."

"그러고 보니 그 노이에스 장군은 어떻게 되었습니까? 제국 기사단 북좌의 서 킬드온이 그에게 칼 세례를 내려주고 싶어한다고 들었습니다만."

"그게 참 공교롭다고 해야 할지. 제국 기사단 북좌는 회군했습니다."

"회군이오? 허어. 노이에스 장군에게 그 정도의 정치적 능력도 있었습니까?"

"그의 정치적 능력은 아직 시험대에 오르진 않았습니다. 이번의 회군은 느닷없이 평지로 내려와버린 산폭풍 때문이지요. 아직 이름은 정해지지 않았습니다만…… 대개의 경우 무미건조한 이름을 선호하는 역사가들은 이것을 제2차 혼 족의 반란이라고 이름짓겠군요."

"혼 족의 반란이라고요?"

"아니, 그것은 정확한 명칭은 아니군요. 1차 반란이 끝난 적이 없으니. 그렇다면 이건 제2회전이라고 불러야 되나요? 어쨌든 타르타니어스 장군은 다시 한번 모든 부족의 동의를 얻어내었습니다. 그리고 북좌가 비워놓고 떠난 하르타틱 요새를 짓밟아버렸습니다."

"저런, 맙소사!"

라스 대신은 말 그대로 소스라치게 놀랐다. 폴라 대사는 우울한 표정으로 치맛자락을 내려다보았다.

"그래서 북좌는 복수 놀이 따위를 하고 있을 수 없게 된 거죠. 그들은 부리나케 돌아갔고 목하 최대의 위기를 맞았던 휘리 노이에스는 한숨 돌릴 수 있게 되었습니다. 그래서 말인데요……"

"예?"

"재미있지 않습니까? 폴라리스만이 휘리 노이에스의 손길을 피한다고는 보기 어렵습니다. 그리고 휘리 노이에스는 이제 정지 작업을 할 수 있는 시간을 얻었습니다."

라스 대신은 더듬거리며 간신히 말을 만들어내었다.

"폴라리스가 다음 목표?"

폴라 대사는 쑥스럽다는 듯이 씩 웃었다.

"이 나이에…… 아무래도 망령인가 보군요."

"예?"

"폴라리스가 휘리의 다음 목표가 된다고 해도 별로 놀랄 일은 아니지요. 그리고 그 시점에서 이들의 영혼을 한 주먹에 움켜쥔 것 같은 사내가 저기 돌아오고 있군요. 나는 이곳이 터프하기로 둘째가라면 서러워할 청년들의 대결장이 될지도 모른다는, 매우 불길하면서도 가슴 뛰게 만드는 상상을 지울 수가 없군요."

폰스파궁의 메인홀 안에는 아무도 없었다. 그것을 확인한 율리아나 공주는 곧 멋대로 행동하기 시작했고 공주를 바라보던 오스발은 몹시 곤혹스러워하는 표정으로 말했다.

"저, 공주님. 그것은 카밀카르의 전통입니까?"

"그럴 수도 있죠!"

"예?"

"몇백 년쯤 지나면 전통이 되어 있을 수도 있잖아요? 그리고 전승학자들은 '몇백 년 전, 오래간만에 고국으로 돌아온 어느 공주가 처음으로 시행했고 그 이후 카밀카르의 전통이 된 행위'라고 설명할 수도 있을 거예요. 그렇잖아요?"

"죄송합니다만 기둥을 껴안고 거기에 키스를 하는 것이 전통이 될지 극히 의심스럽습니다."

"미래는 모르는 거예요. 아아, 폰스파궁! 내가 돌아왔어! 음, 음음음!"

율리아나 공주는 다시 폰스파궁의 메인홀 기둥에 열렬히 입을 맞추어대었다. 오스발은 겸연쩍은 얼굴로 서 슈마허를 쳐다보았지만 '이도

저도 모두 키 드레이번 때문'이라고 주장하는 듯한 얼굴로 궁륭 천장을 험악하게 쏘아보고 있는 서 슈마허를 발견하고는 이내 외면해 버렸다.

그러나 험악하게 바라보기엔 너무 아름다운 모습이다. 폰스파 궁의 메인홀은 본토에서도 찾아보기 어려운 완벽한 육각 교차 궁륭으로 만들어져 있었고 그 교차점마다 희고 가느다란 대리석 기둥들이 뻗어내려와 마치 숲속에 들어온 듯한 기분을 느끼게끔 했다. 게다가 천장 자체도 입체적이어서 가운데는 높고 홀의 좌우 부분은 낮았다. 이런 천장과 기둥은 열주나 평면 천장에 비해 산만하게 보이기 십상인데도 불구하고 편안함만을 느끼게 하고 있었고, 따라서 건축가의 솜씨가 예사롭지 않음은 문외한의 눈에도 분명했다. 황금이나 보석으로 치장되어 있는 것보다 더 아름다운 돌의 미학 속에서 오스발은 순박한 감탄을 금할 수 없었다.

하지만 서 슈마허는 언짢은 표정으로 주위를 둘러보았다. 시종의 안내를 받아 메인홀에 들어올 때까지만 해도 그들은 여기서 누가 기다릴 것으로 생각했다. 하지만 홀 안에는 아무도 없었고 그래서 서 슈마허는 홀 기둥에 키스하느라 정신없는 공주와 홀을 구경하느라 정신없는 오스발의 몫까지 세 배의 당혹을 느껴야 했다. 그때 그의 등뒤에서 율리아나의 목소리가 들려왔다.

"이 기둥은 내 거죠."

"예?"

공주의 목소리에 고개를 돌린 서 슈마허와 오스발은 고양이 같은 미소를 짓고 있는 율리아나를 발견했다. 율리아나는 조금 전까지 입을 맞

22

추던 기둥에 등을 기댄 채 부드러운 미소를 짓고 있었다.

"이건 카밀카르 왕족들의 비밀이지요. 이 기둥들 꽤 복잡하게 배열되어 있지요? 이 기둥들의 배치에는 몇 가지 비밀이 있어요. 그리고 왕족과 몇몇 사람들은 그 중 몇 개씩의 비밀을 알고 있고 모든 비밀을 다 아는 사람은 아바마마와 첫째 언니뿐이지요."

율리아나는 자신이 기대어 있던 기둥을 톡톡 두드리며 말했다.

"하지만 이 기둥의 비밀은 나도 알아요."

오스발뿐만 아니라 서 슈마허도 호기심이 동한다는 얼굴로 율리아나 공주를 바라보았다. 율리아나는 옆으로 걸으며 오스발에게 손짓했다.

"발? 내가 조금 전에 했던 것처럼 여기에 기대어 봐요."

오스발은 순순히 시키는 대로 섰다. 율리아나는 그 옆에서 말했다.

"뭐가 보이죠?"

"글쎄요? 기둥이 보이고, 반대편의 화병도 보이는군요."

서 슈마허는 오스발의 시선이 향하는 곳을 바라보았다. 하지만 그는 화병을 발견할 수 없었고 그래서 어리둥절한 표정으로 오스발을 쳐다보았다. 율리아나는 싱긋 웃었다.

"그 화병이 있는 테이블은 다른 곳에서는 기둥 때문에 잘 안 보여요. 하지만 거기 기대어 있으면 보이지요."

오스발과 서 슈마허는 몇 번 자리를 바꿔가며 실험해 보고는 공주의 말이 사실임을 깨달았다. 반대편 벽의 햇살도 닿지 않는 어두운 위치에 있는 조그마한 화병은 오로지 공주가 가르쳐준 기둥에서만 볼 수 있었다. 다시 기둥 앞에 서게 된 오스발은 율리아나에게 질문했다.

"그런데, 죄송합니다만 별로 대단한 비밀처럼 여겨지지는 않는군요. 저 화병이……"

오스발은 화병 뒤의 벽이 갑자기 뒤로 물러나는 것을 보고는 입을 다물었다.

벽은 마치 문처럼 뒤로 열렸고 그 뒤로부터 건장한 체격의 남자가 나왔다. 옷차림은 간소했고 긴 머리는 어깨 위에 마음대로 풀어놓고 있었다. 부드러운 얼굴을 하고 있던 남자는 오스발과 눈이 마주치자 약간 당황한 얼굴이 되었다. 남자가 기둥들 사이로 걸어오는 동안 오스발은 어찌해야 좋을지 몰라 그냥 가만히 기다렸다.

잠시 후 서 슈마허와 율리아나도 남자의 모습을 보게 되었다. 오스발은 서 슈마허의 얼굴이 약간 어두워지는 것을 보았으나 그에 대해 생각해 볼 겨를은 없었다. 율리아나가 곧장 말했기 때문이다.

"아, 리로이?"

리로이라 불린 남자는 공주를 향해 조용히 목례했다. 그가 다시 고개를 들자 율리아나는 약간 이상한 방식으로 말했다.

"오래간만이에요."

율리아나는 입을 크게 벌리며 정확하게 발음하려 애썼다. 그리고 리로이는 차분히 공주의 입을 바라보고는 부드럽게 웃으며 고개를 끄덕였다. 율리아나는 다시 입을 큼직하게 벌리며 말했다.

"나를 마중하러 온 건가요?"

리로이는 다시 고개를 끄덕였다. 그리고 오스발은 리로이가 귀머거리이고 입술 모양을 읽는다는 사실을 깨달았다. 율리아나는 혼자말처럼 중얼거렸다.

"이상하군. 왜 비밀방에서…… 나만?"

리로이는 고개를 가로젓고는 오스발과 서 슈마허를 한번씩 바라보았다. 누구에게든 잘 이해되는 몸짓이었고 그래서 서 슈마허는 어깨를 으쓱인 다음 말했다.

"안내해 주시오. 리로이."

리로이의 안내를 받아 비밀문에 들어선 오스발은 복잡한 돌통로를 발견했다. 건축에 별 조예가 없는 오스발이었지만 그들이 걷고 있는 것이 이중벽 사이로 뚫려 있는 통로라는 것 정도는 짐작할 수 있었다. 외벽 쪽을 향해 작은 창문들이 있어서 그다지 어둡지는 않은 비밀통로를 걸어가면서 오스발은 귀머거리 청년이 폰스파궁의 심장부(어쨌든 비밀문에 비밀통로니까)에서 태연히 행동하고 있는 이유에 대해 잠시 생각해보았다. 시종이라기에는 청각 장애가 문제가 될 테고 왕족이라고 보기엔 서 슈마허의 태도가 별로 공손하지 못하다. 그때 그의 의문을 눈치채기라도 한 것처럼 율리아나가 불쑥 말했다.

"리로이는 알프 언니의 애인이에요."

서 슈마허는 기겁했고 오스발은 깜짝 놀라서 율리아나를 돌아보았다.

"애인이오?"

"그 표현이 가장 점잖겠네요. 정부라고 하기엔 좀 그렇고."

"예?"

서 슈마허는 불쌍하게도 딸꾹질을 시작했다. 하지만 율리아나는 리로이의 등을 바라보며 태연하게 말했다.

"재기 넘치는 시인은 많지만 리로이의 역할에 어울리는 좋은 표현을 만들어낸 사람은 없군요. 저속하게 말할 수 있겠지만 그러고 싶지는 않아요. 그냥 애인이라고 하죠. 그리고 저 정도면 완벽한 애인이잖아요? 카밀카르의 왕좌에 군침 흘릴 일은 없으니까요."

오스발은 그 말에 대해 잠시 생각해 보았다.

"그러니까, 첫째 공주님께서는 왕위를 이으실 건가 보지요?"

율리아나는 감탄했다는 듯이 웃었다.

"역시 빠르군요. 예, 그래서 카밀카르를 잡아먹으려고 덤빌 정도로 거창한 신랑감은 사절인 거죠. 리로이는 애인이면서 동시에 언니에게 들어오는 청혼에 대한 반대 카드로도 활용되는 거죠. 서 슈마허. 딸꾹질 그만해요. 별로 비밀 같지도 않은 공공연한 사실이잖아요."

서 슈마허는 '그러나 외국인, 그것도 노예에게 자랑스럽게 떠벌릴 만한 일도 못 됩니다. 하물며 왕가의 일인 것을!'이라고 외치고 싶은 얼굴로 율리아나를 바라보았다. 하지만 딸꾹질 때문에 외치는 것은 불가능했다.

그때 앞장서던 리로이가 통로 옆벽으로 다가섰다.

리로이가 다시 비밀문 같은 것을 열자 그들은 아담하지만 화려한 방안으로 들어서게 되었다. 어떤 용도에 쓰이는 것인지 짐작하기 어려운 방이었다. 무슨 창고처럼 보였지만 창고라고 보기엔 장식이 꽤 훌륭했다. 한쪽 벽을 가득 채운 책장과 푹신한 카펫을 이곳을 서재처럼 보이게 만들고 있었지만 반대편에 놓인 침대와 옷장은 웬만한 침실이나 의상실의 역할을 충분히 수행할 수 있게끔 꾸며져 있었다. 게다가 침대 옆에는 화구들이 놓여 있었고 방 중간에는 서류들이 가득 쌓인 테이블도 있었다.

그리고 테이블 뒤에는 어떤 여인이 그들을 물끄러미 바라보고 있었다.

서 슈마허는 당황해 버렸다. 지위상 먼저 인사말을 꺼내야 하는 것은 율리아나 공주였기에 그는 공주가 입을 열 때까지 기다리려 했다. 하지만 공주는 리로이가 침대 옆에 놓인 조그마한 의자에 돌아가 앉는 모습을 바라보고 있었다. 리로이는 침대 옆에 놓여 있는 캔버스 앞으로 돌아가서는 팔레트와 붓을 들어올렸고 천장에 붙다시피 뚫려 있는 창문(이 방에 있는 유일한 창문이었다)은 리로이의 화폭에 똑바로 햇빛을 떨어뜨리고 있었다. 오스발은 그 옆에 꽤 많은 수의 화폭이 쌓여 있음을 보았다.

그때 테이블의 여인이 입을 열었다.

"어서 오거라, 유리. 리로이가 있어도 괜찮겠지? 그는 이 시간이 아니면 그림을 그릴 수 없거든."

"조명 때문인가 보구나. 초를 많이 준비해 주지, 그래?"

"촛불빛은 색깔을 변질시켜서 안 된다고 하더군."

"그래도, 저렇게 햇빛이 들어오는 시간은 너무 짧을 텐데."

"조금 기다리면 재미있는 모습을 볼 수 있을 거야. 리로이가 캔버스을 들고 햇살을 따라다니는 모습."

"너무했다. 창문 좀 크게 뚫어주지. 아니면 햇빛 좋은 작업실을 주든가."

"창문은 안 되지. 이곳에 저 창문을 뚫는 것만으로도 이미 위험한걸.

그리고 다른 작업실은 리로이가 싫어해. 그는 암살을 두려워하거든."

율리아나는 그런가 보다 하는 표정으로 고개를 끄덕이다가 문득 얼굴을 굳히며 그녀의 언니를 똑바로 바라보았다. 그리고 언니가 오스발을 훔쳐보는 것을 보고는 더 큰 불안을 느꼈다. 그녀가 막 뭐라 말하려할 때 그녀의 언니는 의자에서 일어나며 말했다.

"어서들 와요. 서 슈마허, 그리고 오스발이지요? 나는 아르파데일 카밀카르. 카밀카르의 왕위 계승자입니다."

엘라샤 수도원은 카밀카르에서 가장 오래된 수도원이며 제국 전체에서도 가장 유서 깊은 수도원들 중에 하나이다. 그리고 그런 수도원이 흔히 그렇듯이 엘라샤 수도원 역시 많은 법황을 배출해 낸 법황의 산실이다. 하지만 공통점은 거기까지다. 엘라샤 수도원은 고풍스러운 규율을 엄격하게 준수하고 있는, 성전 원리주의자들이 보면 찬사를 아끼지 않을 훌륭하고 장중한 기풍을 가지고 있는 곳이다. 본토와 단절된 지정학적인 위치가 이 수도원이 1,700여 년 전의 순결한 모습을 보존하고 있었던 이유일 것이다.

따라서 엘라샤 수도원의 마당을 오가던 젊은 수도사들이나 수련사들이 그들의 담장에 걸터앉아 입에서 연기를 뿜어내고 있는 괴인을 보았을 때 자지러질 듯이 놀란 것도 크게 탓할 일은 못 된다.

"악마다! 요괴다!"

데스필드는 일곱 번째로 달아나는 수련사의 등을 보며 히죽 웃었다. 평소 단련이 잘 되어 있었는지 그는 비명을 지르면서도 날렵한 솜씨로 성호를 긋고 있었고 그 묘기를 감상하며 데스필드는 사심 없는 박수를 보내어주었다.

그때 본관의 정문으로부터 파킨슨 신부가 걸어나왔다. 데스필드는 손을 번쩍 들어올리며 외쳤다.

"요!"

"요? 이 망할 자식아, 그게 신부를 부르는 말이냐?"

"신부님 당신 말투부터 어떻게 해야 하지 않겠소? 어쨌든 그렇게 걸어나오는 것을 보니 회담은 잘 된 모양이군."

"아아. 법황청은 우리에 대해 아무런 의도도 가지고 있지 않다."

"의도?"

파킨슨 신부는 휘적휘적 걸어와서는 데스필드가 앉아 있던 낮은 담장 위에 뛰어올랐다. 그러곤 곧 욕설을 중얼거렸다. 담장 뒤편은 곧장 파도가 맹렬하게 부서지는 해안 절벽으로 이어지고 있었다. 파킨슨 신부는 도로 담장 아래로 내려서며 으르렁거렸다.

"간 떨어질 뻔했네. 인마, 이런 데서 그렇게 태연하게 앉아 있었냐?"

"바닷바람이 시원한걸. 본인 생각이지만 이렇게 낮은 담장은 당신들에게 자살 유혹을 느끼게 할 것 같은데."

"이곳은 유서 깊은 수도원이다. 그런 끔찍한 말은 입밖에도 내지 말거라."

"그러면 의도 이야기나 합시다."

파킨슨 신부는 낮은 담장에 등을 기댄 채 담 위에 두 팔을 얹으며 하늘을 바라보았다.

"말 그대로다. 아무 의도가 없다는 거야. 체포나 자발적 출두, 아무것도 요구하지 않아."

"흐음. 세례교인인 당신이 펠라론 게이트에 들어간 것에는 아무런 하자가 없으니 그렇다 치더라도, 그 암살 저지까지 덮어주겠다는 건가?"

"그래. 그러니 우리는 법황청에 대해서는 신경 쓸 필요가 없다."

"그러면 당신 문제로 돌아갑시다. 펠라론, 펠라론 게이트, 잊혀진 탑, 그리고 카밀카르의 엘라샤 수도원까지 온 지금, 신부님 당신 문제는 해결된 거요?"

파킨슨 신부는 잠시 주저했다. 데스필드는 다시 파이프를 채워놓은 다음 바닷바람을 피해 조심스럽게 불을 붙였다. 그가 연기 한 모금을 마셨을 때 파킨슨 신부는 나직하게 말했다.

"모르겠다."

데스필드는 바람에 갈가리 찢어지는 연기 사이로 신부를 물끄러미 바라보았다. 파킨슨 신부는 여전히 하늘을 보며 말했다.

"후회라는 이름의 그리움은 뒤쪽뿐만 아니라 앞쪽으로도 작용하는 것 같다."

"미래를 후회한다는 거요?"

"후회했다는 거다."

멀리서 기러기의 울음 소리가 들려왔다. 파도 소리는 현실에서, 그리고 그들의 상념 속에서 울리고 있었다. 파킨슨 신부는 길고 옅은 한숨을 내쉬고 말했다.

"하늘빛이 너무 곱지 않느냐?"

데스필드는 히죽 웃었다.

"오늘 아침에 새로 칠해 놓은 것 같소."

"그래. 저 하늘 아래 어디쯤엔 테리얼레이드도 있겠지. 그곳은 지금 어떨까."

"살인, 방화, 약탈, 강간, 폭력, 사기가 두서없이 행해지고 있겠지."

"충분하구나."

"뭘 하기에 충분하다는 거요?"

파킨슨 신부는 대답하지 않았다. 대신 몸을 일으키며 등뒤를 툭툭 털었다.

"가자, 데스필드."

"어디로?"

"부두로. 이 나라를 떠나는 배를 알아봐야겠다. 너도 이 섬 안에서 패신저를 찾아내긴 힘들겠지?"

데스필드는 두 다리를 약간 들어올렸다가 반동을 주며 앞으로 뛰었다. 경쾌하게 수도원 마당에 내려선 데스필드는 고개를 가로저었다.

"천만에. 벌써 하나 찾았소. 부두까지의 길은 누구에게 찾아달라고 하실 생각이오?"

비밀방 안에는 다기와 물주전자도 준비되어 있었다. 아르파데일 공주는 손수 차를 만들기 시작했고 율리아나는 그녀를 도왔다. 그래서 불쌍한 서 슈마허는 '왕국 카밀카르의 가장 고귀한 두 여성에게 차를 끓이게 해도 되는 건가' 하는 의심에 빠져 혼수 상태가 되어버렸다. 하지만 리로이와 오스발은 각자의 일—그림 그리기와 그 모습 구경하기를 태연히 수행했다. 아르파데일 공주는 다기에 차를 채워넣으며 율리아나 공주에게 말했다.

"신부님과 패스파인더는 오지 않았니?"

"응. 교회의 일로 엘라샤 수도원으로 가셨어. 내가 그러라고 했는데, 그 분들도 와야 되는 거야?"

"오시면 좋았겠지. 하지만 상관없어."

잠시 후 테이블에는 다향이 은은하게 풍기는 찻잔들이 놓여졌다. 아르파데일 공주는 그림을 그리고 있는 리로이 옆에 찻잔 하나를 내려놓은 다음에야 테이블로 돌아왔다. 하지만 회담은 속개되지 못했는데, 화폭을 노려보던 리로이가 찻잔 속에 붓을 집어넣어 버렸기 때문이다. 그 광경을 본 율리아나가 잠시 당황한 비명을 질렀지만, 리로이는 듣지 못했고 아르파데일 공주는 어깨를 으쓱였다.

"리로이가 저걸 마시기 전에 치워야겠구나."

아르파데일이 두 번째 찻잔을 가져다놓고 리로이의 어깨를 두드려 주의를 준 다음에야 정상적인 회담이 시작되었다.

"먼저, 초대에 응해 주신 여러분들께 감사드립니다, 라고 말해야겠지만, 이 자리가 딱딱해지는 것은 원하지 않으니까 그건 넘어가지요. 인원도 얼마 안 되고 율리아나와 서 슈마허는 가족 같은 사람이니까."

율리아나는 그저 고개를 끄덕였지만 서 슈마허는 감동의 눈물을 흘릴 듯한 얼굴이 되었다. 아르파데일 공주는 오스발에게 고개를 돌리며 말했다.

"그리고, 당신은 유리의 노예지요? 당신에게 예의를 지키지 않았다고 해서 내가 점잖은 사람들의 사회에서 경원시당할 일은 없겠지요. 그러니 좀 편하게 가도 되겠지요?"

"당연한 말씀입니다."

"이곳은 원래 좀 덜 존경받는 카밀카르의 국왕이 만들어놓은 피신처예요. 그 덜 존경받는 국왕이 누군지는 말하지 않겠지만 암살당할까 봐 이런 방 따위를 만든 것을 보면 시답잖은 작자라는 것쯤은 짐작할 수 있겠지요."

서 슈마허는 헛바람을 삼켰지만 아르파데일은 태연하게 말을 이었다.

"내가 이 방을 알게 되고 나서 지금처럼 꾸며놓았지요. 원래는 사람들에게 진력이 나면 피하기 위한 장소로 계획했지만 요즘은 거의 리로이의 아뜨리에로 사용되는군요. 한 가지는 아주 좋아요. 이곳에서는 엿듣는 귀를 걱정할 필요가 없다는 것."

아무 말도 듣지 못한 채 그림을 그리고 있는 리로이 때문에 아르파데일 공주의 말은 매우 복잡한 뉘앙스를 가지게 되었고, 그래서 율리아나와 서 슈마허와 오스발 모두가 한번씩 리로이의 등을 쳐다보았다. 그 모습에 미소 짓던 아르파데일은 찻잔을 들어올려 한 모금 마셨다.

"편하게 이야기하자는 것과 엿듣는 것을 피하자는 두 가지 이유로 여러분들을 여기로 모셨어요. 그럼 이제 내 목적을 말하지요. 당신들은 현장 증인입니다."

율리아나가 눈을 깜빡이며 말했다.

"현장 증인?"

"대륙에서 일어나고 있는 일들에 대한. 물론 많은 경로를 통해 이야기를 전해 듣고 있지만 나는 여러분들의 시각에도 관심이 있군요. 고백하지만 특히 관심을 가지고 있는 것은 너의 시각이야, 유리. 다른 사람보다 유리한 지위도 그렇지만 그것보다는 너의 두뇌와 훌륭한 관찰력을 신뢰하니까."

"미안해서 어쩌지? 내가 한 일이라고는 도망다닌 일뿐이었는데."

"글쎄. 내 생각에 너는 홍수에 떠내려가면서도 네 곁을 떠다니는 표류물들의 목록을 작성할 수 있는 눈과 머리를 가지고 있어."

"홍수 나면 연락해 줘. 언니의 추측을 확인해 줄게."

율리아나는 부드럽게 웃었고 아르파데일 공주는 서 슈마허에게 고개를 돌렸다.

"그리고, 자랑스러운 서 슈마허."

"예!"

"……기립할 필요는 없으니 자리에 앉아요. 나는 당신에게서 완벽하게 카밀카르의 이익이라는 관점에서만 사태를 설명해 줄 시각을 기대해요. 유리를 데려온 것으로 당신의 카밀카르에 대한 충성과 헌신은 이미 입증되었지요."

"자격을 가지고 있는지 의심스럽지만, 저는 기사입니다. 따라서 거짓을 말할 수는 없습니다. 제가 한 일은 아무것도 없습니다."

"겸양할 필요는 없어요. 당신이 카밀궁에서 반란군을 맞아 어떤 활약을 했는지에 대해서도 잘 알아요. 에름 후작님과 룸에게 많은 감사를 들었을 것으로 짐작하지만, 나 역시 그대에게 감사하고 싶군요. 고마워요, 서 슈마허."

서 슈마허는 갑자기 찻잔을 들어올려 한 입에 다 마셔버렸다. 그가 눈물이 글썽이는 눈을 감추기 위해 그렇게 한 것은 모두가 짐작할 수 있었지만 아르파데일과 율리아나, 그리고 오스발은 서 슈마허의 입의 안위를 몹시 걱정해야 했다. 하지만 서 슈마허는 강철 같은 의지로 뜨겁다는 내색을 조금도 하지 않았다. 아르파데일은 약간 떨떠름한 표정으로 말했다.

"어, 어쨌든 유리의 넓고 정확한 시각과 서 슈마허의 목적성 뚜렷한 시각이 더해지면 나는 대륙에서 일어나고 있는 일들이 카밀카르에 미칠 영향에 대해 정확하게 알 수 있겠지요. 그리고, 오스발."

"예, 공주님."

"솔직하게 말하지요. 당신에게는 별로 기대하는 것이 없어요."

오스발은 부드럽게 웃었고 반응은 오히려 율리아나에게서 나타났다. 율리아나는 턱을 치켜들며 말했다.

"그도 눈이 있다고, 언니. 섣불리 단정짓는 거 아냐?"

아르파데일은 잠시 재미있다는 듯한 눈으로 율리아나를 바라보았고,

그러자 율리아나는 곧 턱을 내리며 테이블보를 바라보기 시작했다. 그리고 오스발은 그 모습을 보며 마치 꾸중받을 짓을 한 철없는 딸과 조용히 미소 짓는 어려운 어머니 같다고 생각했다. 그의 짐작을 확인시켜 주듯 아르파데일 공주는 차분한 목소리로 말했다.

"유리. 나도 괜히 그의 기분을 우울하게 만들고 싶지는 않아. 하지만 기만하고 싶지는 않군. 그리고 그에게 부담을 주고 싶지도 않고. 나는 그가 말할 수 있는 것만 말하면 된다는 의미에서 그렇게 말했을 뿐이야."

"그래, 알았어."

"들었지요, 오스발? 나는 당신에게 적극적으로 묻지는 않을 거예요. 하지만 생각나는 것이 있으면 뭐든 자유롭게 말해도 좋아요."

"모르겠습니다만."

"예?"

오스발은 찻잔 손잡이를 만지작거리며 지나가는 말처럼 말했다.

"글쎄요. 건방진 말로 들리겠습니다만 저는 좀 이상하다고 생각되는군요. 아르파데일 공주님. 저야 보잘것없는 노예이지만 율리아나 공주님이나 서 슈마허께는…… 질문해도 되는지부터 물어보셔야 되지 않겠습니까?"

오스발의 조용한 말은 일종의 폭탄이 되어 티 파티 자리를 강습했다. 율리아나는 눈을 커다랗게 떴고 서 슈마허는 아예 물고기의 흉내를 내기 시작했다. 하지만 지금껏 차분함을 잃지 않았던 아르파데일 공주는 오스발의 말에도 그 차분함을 흐트러뜨리지는 않았다.

"미안하군요, 오스발. 당신은 지금 지배자의 나쁜 버릇을 꼬집는 건가요? 누구에게도 양해를 구하지 않는 것? 그렇군요. 먼저 질문을 받아 줄 것인지를 묻고 나서 질문을 시작해야겠지요."

"그냥…… 그런 생각이 듭니다. 죄송합니다."

"아니, 괜찮아요. 당신 말이 옳으니까. 서 슈마허, 유리? 부탁인데 내 질문에 대답해 주겠어요? 내 목적은 이미 설명된 것 같으니까 말하지 않겠어요."

"물론입니다!"라고 외친 것은 서 슈마허였고, "얼마든지."라고 말한 것은 율리아나였다. 하지만 두 사람은 전부 오스발을 바라보고 있었고, 그래서 그 대답하는 모습은 퍽 이상하게 보였다. 아르파데일 공주는 다시 웃으며 오스발을 쳐다보았다.

"당신은 어떤가요, 오스발?"

"저는 율리아나 공주님의 노예입니다."

"그건 모호한 대답이군요. 하지만 더 묻지는 않겠어요. 아까도 말했듯이 당신에겐 별로 기대하는 것이 없거니와 당신이 뭔가 하고 싶지 않은 말을 흉중에 가지고 있다는 기분이 드니까."

오스발은 아무 대답도 하지 않았다.

식스 일항사는 어두운 얼굴로 아래를 내려다보았다. 하지만 그가 할 수 있는 말은 한 가지뿐이었다.

"죄송합니다, 선장님들. 하지만 승선은 허락할 수 없습니다."

돌탄 선장은 킬리 선장을 돌아보았고 킬리 선장은 트로포스 선장을 돌아보았다. 그리고 계속 이어지던 시선은 두캉가 선장이 하리야 선장을 돌아보았을 때 끝났다. 하리야는 다시 돌탄 선장을 돌아봐줄까 하다가 꾹 참으며 뱃전 위의 식스에게 말했다.

"자네 분명히 우리들이 온 거라고 말씀드렸지?"

"그렇습니다."

"그리고 키 선장님이 거부했다고?"

"예."

누가 본다 해도 우스꽝스럽기 짝이 없는 모습일 것이다. 남해의 모든 뱃사람들을 진감케 만들던 노스윈드 함대의 여섯 선장들이 문전박대를 당한 채 서로를 애처롭게 바라보는 광경. 오닉스 선장은 마스크 뒤에서 사나운 숨소리를 내고 있었고 두캉가 선장은 말뚝 위에 걸터앉아 이마를 닦았다. 킬리 선장은 주저하다가 말을 꺼냈다.

"저, 일항사. 그럼 우리가 여기 무릎꿇고 빌어야 되나? 제발 올라가게 해주세요, 라고?"

"그건 선장님들의 자유입니다만 저는 그런 모습을 보고 싶지 않습니다. 그리고 다른 사람들에게도 보일 만한 모습은 아니라고 생각됩니다."

"체키랄. 왜 안 뒨타는 컨치 알 수토 없나?"

"예. 이유는 말씀하시지 않으셨습니다. 하리야 선장님께 특별히 전하는 말씀이 있으셨을 뿐입니다."

하리야는 그게 무슨 말일지 짐작했지만 질문은 꺼내었다.

"뭔가?"

"열쇠를 가져오라고 하셨습니다."

모든 선장들의 얼굴이 하리야를 향해 돌아갔고 두캉가 선장이 대표로 말했다.

"저게 무슨 말이야?"

하리야는 씁쓸한 얼굴로 설명했다.

"자유호의 타륜에 쇠사슬을 묶고 열쇠를 채워두었습니다. 벨로린이 그렇게 해두라고 조언하더군요."

킬리 선장은 놀라서 외쳤다.

"벨로린이? 왜지요?"

"키 선장님은 자유호를 가지러 돌아온 것뿐이니 그와 잠시라도 이야기하고 싶으면 자유호를 묶어두라고 하더군."

선장들은 놀란 얼굴로 서로를 쳐다보았다. 자유호의 뱃전 위에서 식스는 무거운 어조로 말했다.

"그리고 한마디가 더 있습니다. 혹시나 열쇠를 돌려주지 않겠다거나 미적거리는 기색이 보이면 이렇게 말하라고 하시더군요."

"무슨 말이지?"

"건국이다 뭐다로 바쁜 나머지 잊어버렸을까 봐 말하는데, 과거에 내가 원하는 것을 어떻게 얻었는지를 상기해 보라, 고 하시더군요."

하리야는 신음을 흘렸다. 그 대답은 단순하다. 키 드레이번은 해적이고,

죽이고 가졌다.

역시나 그 대답을 쉽게 떠올린 다른 선장들의 얼굴이 새하얗게 변했다. 마스크 때문에 얼굴빛이 보이진 않았지만 오닉스 선장은 도끼를 불끈 쥐는 것으로 다른 선장들의 경악에 동참했다. 하리야는 그 열쇠가 자신의 목에 걸려 있다는 것을 알고 있는 유일한 사람이고, 그래서 다른 선장들보다 훨씬 심한 심적 동요를 느껴야 했다. 하지만 하리야가 입을 열었을 때 그 목소리는 차분했다.

  "일항사. 이게 옳은 일이라고 생각하나."

  "키 선장님의 명령입니다. 돌아가주십시오."

  하리야는 잠시 고민하다가 몸을 돌렸다. 그리고 다른 선장들에게 말했다.

  "일단 물수리호로 갑시다. 이 사태에 대해서 이야기 좀 해야겠습니다."

  하리야는 거기만큼 사람들의 시선에서 자유로운 곳도 없다는 점에서 물수리호를 거론했다. 하지만 그가 물수리호를 택한 가장 큰 이유는 알버트 선장도 참석시키고 싶다는 바람 때문일 것이다. 다른 선장들도 무언 속에 하리야의 바람을 이해했고, 그래서 조용히 보트 쪽으로 발걸음을 옮겼다.

  물수리호의 고요한 선원들은 선장들의 승선을 거부하지 않았다. 그래서 잠시 후 물수리호의 갑판에서는 키 드레이번을 제외한 노스윈드의 일곱 선장들이 모두 한 자리에 모이게 되었다. 하지만 오닉스 나이트는 갑판 위에 올라가자마자 뱃전으로 걸어가 자유호를 매섭게 노려보기 시작했고 알버트 선장은 언제나처럼 고요한 시체였을 뿐이다. 물수리호

의 일항사가 그들에게 다가와 랜턴을 내려놓고는 감사를 표시하는 킬리 선장에게 아무런 대답도 하지 않은 채 떠나버린 다음, 다섯 선장들은 서로에게 나는 절대로 먼저 말하지 않겠다고 외치는 듯한 표정들을 보내주기 시작했다.

한숨을 내쉰 하리야가 먼저 말했다.

"그럼, 여러분."

"전쟁은 안 돼!"

"……두캉가 선장님. 나는 키 선장님과 전쟁하고픈 생각은 없고 다른 선장들도 마찬가지라고 생각합니다."

킬리와 돌탄, 그리고 트로포스 선장들은 모두 미소를 지음으로써 하리야의 말에 동의한다는 표시를 해보였다. 한결 부드러워진 분위기 속에서 하리야는 트로포스를 돌아보았다.

"아무래도 자네에게 먼저 물어봐야 할 것 같군, 트로포스 선장. 잊혀진 탑 근처에서 표류하던 키 선장님을 구했다고 했지? 그런데 키 선장님은 우리에게 돌아온 것이 아닌가?"

트로포스 선장은 안대를 만지작거렸다.

"몰라. 하리야 선장. 키 선장님은 나에게 아무 말도 하지 않으셨어. 나는 그가 무의미한 추적을 끝낸 거라고 생각해 버렸고 그래서 물어볼 필요도 느끼지 못했어. 사실, 바빴거든. 빌어먹을. 자네가 뭐라 할지 모르겠지만 목도리도마뱀을 만들어내신 건 주님의 실수인 것 같아. 그놈들을 붙잡기 위해, 그리고 그놈들이 질풍호의 밑창에 구멍을 내지 않도록 하기 위해 내가 얼마나 개고생을 했는지는 말로 표현도 못해. 그런데, 벨로린이 뭐라고 했다고?"

"자네가 키 드레이번과 함께 입항한다는 전갈을 보냈을 때 나는 벨로린과 함께 있었어. 나는 그녀에게 키 선장님이 드디어 우리에게 돌아온다고 외쳤지. 그런데 벨로린은 고개를 가로젓고는 그는 단지 배를 가지러 온 것이며, 따라서 자유호를 묶어두는 편이 좋을 거라고 하더군."

킬리 선장은 입술 주위를 실룩거리다가 말했다.

"배를 가지러 왔다…… 잠깐. 표류하고 계셨다고 했지요? 그러면 배가 없어져서 자유호를 가지러 돌아온 거란 말인가?"

"아무래토 크렇케 봐야켔쿤. 첸창."

"보내드려야 할까? 뭐, 어쨌든 그는 그 날 아침 함대에서 탈퇴하겠다고 했잖아."

"모르겠습니다. 두캉가 선장. 그런데 그 노스윈드 함대라는 것, 사실 이제는 없어진 거나 마찬가지 아닙니까?"

"웃기지 말게, 하리야 선장. 그러면 자네는 왜 이 배로 올라온 건가?"

"예?"

"아버지에게 버림받자 애타게 서로 보듬어주고 싶어하는 형제의 심정인 것 아니냐고 묻는 거야."

두캉가는 엄지손가락으로 그의 등뒤에 못 박혀 있는 알버트 선장을 가리켜보였다. 그리고 하리야는 씁쓸하게 웃었다.

"할말 없군요. 예. 가장 꺼림칙한 형제까지도 끌어들여서 아버지가 왜 저러시나 상의해 보고 싶어하는 것 같습니다."

"바라미나 바스톨 장군을 부르지 않은 것도 그 때문일 테고?"

"예. 그러고 보니 바스톨 장군께서 인상적인 말씀을 들려주셨습니다."

선장들은 긴장한 표정으로 하리야를 돌아보았고 뱃전에 서 있던 오닉스 선장도 몸을 돌려 하리야를 쳐다보았다. 하리야는 두 손을 모아 집게손가락들을 서로 부딪히며 말했다.

"다벨의 공격이 있을 것 같다고 하시더군요."

"녀석들이 또 온다고?"

"예. 제국 기사단 북좌의 침입은 현재 다벨이 안고 있는 문제점을 여실히 드러내어 보여줬고 휘리는 그것을 못 알아차릴 사람은 아니지요."

트로포스 선장은 북쪽을 흘끔 쳐다보며 말했다.

"그가 안고 있는 그 예쁘장한 문제라는 것이 뭔데?"

"정복지의 확장은 더 많은 수비군을 필요로 하게 된다는 것. 아주 당연한 문제야. 8군단의 용맹이야 이젠 모르는 사람이 없지만 8군단이라고 해서 무적일 수는 없고—영예롭게도 그건 우리가 증명했네—설령 무적에 가깝다 하더라도 다벨의 적대 세력은 이제 8군단이 없는 곳에서 공격해 들어갈 수 있지. 유명한 격언이 있잖나. 공격은 칼 끝으로 하더라도 방어는 전신 갑옷으로 해야 된다는 말. 8군단은 훌륭한 칼이지만, 칼 끝으로 칼 끝을 막을 수야 없는 법이지."

"흐음. 그래서……"

"휘리는 수비 범위를 줄여야 될 필요성을 느끼게 된 거지. 그 동안은 뭐 너희쯤이야 내버려둬도 어떻겠냐는 심정에서 우릴 내버려뒀지만, 제국 기사단 북좌라는 현실적인 위험이 등장하자 정신이 번쩍 든 거지.

그가 수비 범위를 줄이고 싶다면 첫 번째 대상은 당연히 우리야. 우리
는 라트랑이나 레모, 록소나 등과는 다르지. 다벨을 향해 으르릉거리고
있는 자들은 모두 이곳에 있다고."

"이런, 젠장. 나는 사실 서 킬드온에게 응원을 보내고 있었단 말이야.
다벨을 두드려줘서 고맙다고. 그런데 그게 아니었구먼?"

두캉가 선장은 낙담한 듯이 말했고 하리야는 미소를 지었다.

"저도 응원을 보내고 있었습니다. 하지만 그들이 다벨에 아무런 피해
도 주지 않은 채 다만 경각심만 일깨워주고 돌아갔다는 점이 문제군요.
어쨌든 그래서 말입니다만."

"뭐?"

"모두들 봤겠지만 역시 노스윈드는 키 선장님의 것입니다. 오늘 아침
의 그 환영 보셨지요?"

"이봐, 신부. 다벨을 맞아 싸우려면 키 선장님이 있어야 된다는 말을
하는 건가?"

"그래, 트로포스 선장. 키 선장님이 다시 떠나버린다면 놈들은 풀이
죽을 거야. 아니, 솔직하게 말하겠어. 나부터 풀이 죽을 거야."

선장들은 하리야의 말에 동감하듯이 고개를 끄덕였다. 그때 킬리 선
장이 약간 주저하듯 말했다.

"하지만 열쇠를 돌려주지 않으면 키 선장님이 풀이 죽을 텐데……?"

선장들은 이번엔 질린 얼굴로 떨떠름하게 고개를 끄덕였다. 그들 중
키 드레이번을 실망시키고 싶은 사람은 아무도 없었다. 그들이 서로를
멋쩍은 시선으로 바라보는 가운데 하리야는 팔짱을 낀 채 알버트 선장

을 바라보았다.

랜턴은 바닥에 놓여 있었고 그래서 알버트 선장은 아래쪽으로부터 빛을 받아 끔찍한 모습으로 떠올라 있었다. 노회한 선장의 눈으로도 똑바로 바라보기 힘든 모습이었지만 하리야는 신앙인의 눈으로, 그리고 동료의 눈으로 흔들림없이 알버트 선장을 바라보고 있었다.

어찌하면 좋을까요, 알버트 선장.

돌탄 선장이 먼저 하리야의 시선을 알아차렸다. 돌탄은 메인 마스트를 돌아보았고 그러자 킬리도 그렇게 했다. 이윽고 트로포스와 두캉가 선장이, 마지막으로 약간 떨어져 있던 오닉스 선장이 알버트 선장을 바라보았다.

세찬 바람이 불었다.

랜턴이 갑자기 꺼졌다. 어둠은 퍼득이는 나래 되어 주위를 휘몰아쳤지만 고개 돌려 랜턴을 돌아보는 선장은 없었다. 그들은 더욱 어두운 음영이 된 알버트 선장을 바라보았다.

잠시 후 누군가가 불을 켰고, 하리야 선장은 낮게 말했다.

"어쨌든 부탁해 봅시다."

율리아나 공주는 침대 위를 청소하다시피 하고 있었다. 책상 앞에 앉아 있던 아르파데일 공주는 몸을 돌리지 않은 채 계속해서 뭔가를 쓰며 말했다.

"유리. 정신 사나워. 그렇게 침대 위를 굴러다닐 거라면 네 방으로 가거라."

"나 쫓아내고 리로이 부르려고?"

아르파데일 공주는 안경을 벗어 책상 위에 내려놓고는 몸을 돌렸다.

율리아나는 침대에 대각선으로 누운 채 끌어안은 베개로 상반신과 얼굴을 다 가리고 있었고 그 너머로 눈만 내밀어 언니를 바라보고 있었다. 아르파데일 공주는 의자를 침대 쪽으로 돌려놓은 다음 본격적으로 율리아나를 바라보았고 잠시 후 베개는 더 올라가 세기의 신부의 얼굴을 완전히 가렸다. 그래서 아르파데일은 베개를 향해 말해야 했다.

"돌아와줘서 기쁘구나."

"뭐 쓰고 있었어?"

"아까 들었던 것들 간단히 정리해 두는 거야."

"별로 대단한 거 없었지?"

"글쎄. 내가 원했던 것은 정보는 아냐. 숫자들이나 그에 대한 해석 같은 것들은 폴라 대사 같은 분들이 충분히 마련해 준단다. 그 분 만나봤지? 그래. 나는 정보보다는 인상을 원했고, 그 점에서는 충분히 소득이 있었어."

"어떤 인상을 받았어?"

"재미있는 시대라는 인상을 받았어. 어쨌든 망국도 아닌 엄연히 존립하고 있는 나라의 공주가 그토록이나 도망쳐다녀야 했다는 것은 이 시대가 예사 시대가 아니라는 것을 증명하고 있지."

율리아나는 머리에 뭔가가 닿는 느낌을 받으며 흠칫했다. 어느새 침대로 옮겨앉은 아르파데일이 그녀의 머리를 쓰다듬고 있었다. 율리아나는 베개를 도로 내렸고 그녀를 굽어보고 있는 언니의 얼굴을 올려다보았다.

아르파데일은 율리아나의 귀밑머리를 만지작거리며 말했다.

"미안해. 그렇게 고생하게 한 것."

"아냐, 뭐. 재미있었어. 언니나 둘째 언니라면 죽을 때까지도 그런 모험은 못해 볼걸? 그리고 언니 책임도 아닌걸. 그 미친 남자 때문이지."

"키 드레이번 말이구나. 그리고 또 한 사람, 휘리 노이에스."

"응?"

"아. 나는 그 둘을 이 시대가 낳은 기린아로 생각해야 되는 건지, 아니면 이 시대의 암이라고 생각해야 되는 건지를 놓고 고민하고 있는 중이야."

"휘리는 몰라도 키는 확실히 가르쳐줄 수 있어. 암이 아냐. 매독이지."

아르파데일은 환하게 웃었고 율리아나의 베개는 다시 위로 올라갔다. 아르파데일은 베개 아래에 있을 빨갛게 변한 동생의 얼굴을 생각하며 속삭였다.

"그 남자를 정말 싫어하는구나."

"그렇게 도망쳐 다녀야 했는데 이뻐할 수는 없잖아. 미운 정? 그 남자에게는 통하지 않는 말이야."

"복수할까?"

"응?"

아르파데일은 율리아나의 얼굴을 가리고 있던 베개를 끌어내렸다. 그러고는 엉망이 된 율리아나의 앞머리를 조심스럽게 고르며 말했다.

　"어쨌든 필요한 일이야. 키 드레이번은 현재 폴라리스에 있고 우리 국민들은 네가 당한 일에 대한 복수를 원해. 카밀카르의 자존심 문제거든. 네 문제가 아니라도 어차피 키는 제국의 공적이고 우리들의 적이야. 일종의 시금석이라고 할까……"

　"시금석?"

　"뱃사람들은 누가 더 키를 증오하는지를 놓고 경쟁한단다. 왜 그런지 짐작하겠지? 키 드레이번은 무차별로 공격했고, 따라서 키에게 가장 많은 원한을 가졌다는 말은 거꾸로 바다에서의 세력이 가장 강하다는 증거도 되지. 불길 가까이 머리를 밀어넣고는 머릿가죽 그을린 자국을 가지고 누가 더 용감하냐를 경쟁하는 것과 비슷하다고 생각되지만."

　율리아나는 까르륵 웃었다. 아르파데일은 뒹굴고 다니느라 풀어헤쳐진 율리아나의 잠옷을 정돈해 주며 말을 이었다.

　"우리 카밀카르가 그 작은 신생국을 공격하는 것은 어쩐지 몰염치한 일이라고 생각되지만, 거꾸로 생각해 보면 그들은 노스윈드였어. 카밀카르로서는 용서할 수 없는 상대지. 그들이 배를 타고 다닐 때는 쫓아다닐 수 없었지만 그들이 폴라리스라는 닻을 내린 이상, 미뤄두었던 공격을 시작해도 무방하겠지. 어떠니?"

　율리아나는 아르파데일을 돕기 위해 베개를 머리 뒤로 옮기며 말했다.

　"글쎄. 나는 전쟁에 반대야. 내가 고생했다는 이유로 많은 사람들이 죽어야 한다는 건 어떻게 봐도 웃기는 일이야."

"그래서 길게 설명하지 않았니. 꼭 너만의 문제는 아니야."

"그래. 공주라는 것이 그렇지. 혼자의 문제일 수 없지. 뭘 원하지?"

아르파데일은 조금 후에야 율리아나의 목소리가 이상했다는 사실을 깨달았다. 율리아나의 얼굴을 돌아본 아르파데일은 그 얼굴에서 날카로운 두 눈을 발견했다.

"아바마마는 어디로 간 거지? 언니가 공공연하게 왕위 계승자라고 말하게 된 건 또 뭐야. 내가 본토에 있는 동안 이곳에서는 어떤 일이 일어난 거지?"

아르파데일은 두 손을 모아 무릎 위에 올려놓았다.

"그걸 물어보기 위해 내 침실에서 함께 자자고 조른 거였니?"

"리로이에겐 내일 사과하지."

"그런 말 하지 마…… 리로이를 매일 내 침실로 끌어들이는 것은 아냐."

"알았어. 아바마마는 어떻게 된 거지?"

"아버지는 잘 계시니 걱정하지 않아도 돼."

"그럼 왜 막내딸이 돌아왔는데 얼굴 한번 안 비치시는 거지? 언니가 유폐시켰어?"

"유리, 어떻게 그런 말을!"

율리아나는 몸을 일으켜 침대 위에 앉아서는 아르파데일을 똑바로 바라보았다. 아르파데일은 노여워하는 얼굴로 율리아나를 노려보았지만 율리아나는 그 얼굴을 똑바로 받아내었다. 잠시 후 아르파데일은 한숨을 내쉬었다.

"무슨 생각을 하는지 알 만하군. 네가 발도 로네스와 결혼하게 되자 내가 다급함을 느꼈다는 거지? 그래서 네가 떠나자마자 행동을 개시한 거라고?"

"누구라도 그렇게 생각할 수 있을 거라고 보는데."

"못된 생각을 서슴없이 할 수 있는 사람이라면 그렇겠지."

"미안하군. 못돼서. 하지만, 볼까? 언니는 내 결혼에 반대했어. 언니 자신처럼 보잘것없는 남자에게 시집보내고 싶지 않았어? 아마도 언니는 룸 언니가 에름 후작님과 결혼하는 것도 반대하고 싶었겠지. 룸 언니를 사랑해 줄 수 있는 유일한 남자가 후작님이고, 또 후작님이 워낙 성실한 분이니 왕좌에 위협될 건 없다고 보고 놔뒀겠지만. 하지만 내가 발도 로네스와 결혼하게 되자, 언니는 자신에게 돌아와야 할 왕위가 그 해적 같은 남자에게 돌아가는 것을 참을 수 없어서 아바마마를……"

"닥쳐!"

아르파데일의 손이 뒤로 돌아가는 것을 보며 율리아나는 엉겁결에 눈을 감았다.

하지만 볼이 화끈해지거나 하는 일은 일어나지 않았다. 율리아나는 실눈을 뜨고 큰언니를 바라보았고, 그녀가 울고 있는 것을 보고는 어리둥절해졌다. 아르파데일은 들어올렸던 손을 다른 손으로 꼭 움켜쥔 채 울고 있었다.

"난…… 난 널 동생이라기보다는…… 딸처럼 생각해 왔어. 그런데 이 보답이…… 고작 이거야?"

율리아나는 아무 말도 없이 아르파데일을 바라보았다. 아르파데일의 꼭 쥔 두 손은 마치 기도하는 것처럼 보였다. 아르파데일은 눈물을 닦을 생각도 하지 않은 채 말했다.

"어머니는…… 널 낳은 후 조리를 잘못 하셔서…… 돌아가셨어. 하, 하지만 난, 난 네가 어머니를 빼앗아갔다고 생각하지, 생각하지 않으려고 애썼어. 그리고 대, 대신 어머니가 되어주려고 했……어. 너, 너를 볼 때마다 그런 생각이 들었, 들었다는 것을 부정하진 않겠지만 나, 나름대로는 노력했어. 그런데……"

어느 정도 짐작하고 있긴 했지만 실제로 확인받는 것은 처음인 말을 들으며 율리아나는 입을 가렸다.

"그런데, 그런데 이제 나는 널 어떻게 봐야 할까? 어머니로 모자라서 내 아버지까지 빼앗아간 동생? 오, 주여. 나는 너를 어떻게 여겨야 할까?"

"무슨 소리야, 언니!"

율리아나는 비명을 외치며 아르파데일에게 달려들었다. 그녀는 큰언니의 어깨를 다급하게 움켜쥐었다.

"아바마마를 빼앗다니, 그게 무슨 말이야? 응?"

"아버지는 혼절하셨어. 그리고 깨어나시지 않아."

"뭐?"

"레보스호가 키 드레이번에게 나포되었다는 소식을 듣고…… 쓰러지셨어. 우리는 일단 그 소식을 숨기고…… 왕가의 근친들끼리의 회의였어. 그, 그리고 내가 앞으로 나선 거야. 그래. 네가 오해를 할 정도로 나는 왕위에 대한 집착을 보였으니까, 내가 왕위 계승자로 행동하는 건 이상하게 보이지 않았어. 그래서…… 유리?"

율리아나는 더 이상 큰언니의 말을 듣지 않았다. 그녀의 눈앞에는 더 이상 큰언니의 얼굴은 없었다. 대신 다른 얼굴이 있었다. 그 얼굴을 보기 위해 눈살을 찌푸리던 율리아나는 그것이 키 드레이번의 얼굴이라는 사실을 깨닫고는 비명을 지르며 기절했다.

비명보다 더 소름 끼치는 침묵들이 다림의 대로를 적시고 있었다.

생각 없이 문을 나서던 사람들은 그대로 대문 앞에 주저앉았다. 대로를 달리던 수레는 재빨리 골목으로 들어갔고 그래서 골목길의 교통 흐름을 최악으로 몰고갔다. 주점 앞쪽의 긴의자에 앉아 있던 노인들은 공중으로 치솟아—정녕 10년이나 20년 만의 일일 것이다—의자 뒤로 몸을 날려서는 머리만 내민 채 대로를 바라보았다. 울음을 터뜨린 아이들은 큼직한 치마폭에 감싸여 어딘가로 사라져 갔고 청년들은 짝사랑하던 처녀들의 앞쪽을 막아서며 결연한 표정을 지어보였다. 약간의 빈익빈 부익부가 발견되기도 했는데, 수십 명의 추종자들의 보호를 받는 처녀가 있는가 하면 외로이 서서 귀신 같은 얼굴을 하고 있어야 하는 처녀도 있었다. 하지만 대로를 공포로 몰아넣고 있는 존재는 처녀들에게 아무 관심이 없었기에 그 모든 상황은 숙녀의 자존심에만 상처를 줄 뿐 그녀들의 목숨이나 명예 등에는 아무 위험이 없었고 따라서 목숨을 걸고 처녀의 앞을 막아서는 청년들의 갸륵한 애정은 빛을 잃고 말았다. 그리고 그 모든 고요한 소란 위로 한 꺼풀 가을비가 내리고 있었다.

키 드레이번의 오른손에는 복수가 들려져 있었고 칼집은 없었다.

이슬비에 젖은 머리카락이 이마와 뺨에 달라붙어 있었고 그 사이로 형형한 눈빛이 앞을 비춰주고 있었다. 비에 젖은 코트 자락이 무겁게 흔들리고 있었고 철벅거리는 발자국이 향하는 곳에는 폴라리스 정부 청사가 회색빛 얼룩처럼 서 있었다.

정부 청사 앞에는 몇 명의 경비병들이 서 있었다. 한 시간 전까지도 위병근무를 설 때 비가 오다니 일진 더럽다느니 하는 불평을 늘어놓고 있었던 그들은 이제 비 따위야 별 대단한 문제도 못 된다는 사실을 깨달았다. 그들의 일진은 말 그대로 최악이었다. 그들 중 상급자였던 한 사내가 얼어붙은 얼굴로 말했다.

"정지. 여기는 폴라리스 정부 청사요. 용건이 있습니까?"

키는 창 두 개 거리쯤에서 멈춰 섰다. 하지만 대답하기 위해서는 아니었다.

복수를 든 키의 오른손과 비어 있는 왼손이 옆으로 천천히 올라갔다. 경비병들은 모두 창을 고쳐 잡았지만 키는 그들을 쏘아본 채 양 손을 수평으로 들어올렸다. 키는 두 팔을 좌우로 펼친 채 잠시 호흡을 골랐다.

다음 순간 복수는 왼손으로 옮겨져 있었다.

경비병들은 신음을 흘렸다. 이성적인 설명을 찾는 그들의 안타까운 노력은 가까스로 해답을 만들어내었다. 눈에 보이지도 않을 정도의 속도로 칼을 휘두른 것이다. 시야를 어지럽히는 빗방울 때문에 그 수평 베기는 더욱 보기 힘들었다. 하지만 그들에게 그것은 마법처럼 보였다.

"비켜라."

경비병들이 서로를 밀치며 악다구니를 쓰며 비켜난 가운데 키는 정부 청사 안으로 걸어들어갔다.

매서운 기세로 날아오른 도끼는 통로 천장에 박혔다. 콰각! 오닉스 나이트는 천장을 흘끔 쳐다보고는 다시 앞쪽을 바라보았다. 그곳에는 키 드레이번이 방금 그 도끼를 날려보낸 복수를 천천히 회수하고 있었다.

오닉스는 재빨리 옆으로 비켜섰고 키는 조금 전 그가 서 있던 자리를 통과해 그대로 걸어갔다. 오닉스는 두어 번 고개를 가로저은 다음 양손으로 허리를 짚은 채 한심스럽다는 듯이 천장을 바라보았다. 아마도 저걸 어떻게 도로 뽑아내느냐를 놓고 고민하는 것 같았지만 길게 고민할 시간은 없었다. 저쪽에서 신음이 들려왔던 것이다.

"오, 오닉스…… 선장. 괜찮은 거 같으니 나, 나 좀 부축해 줘…… 응? 통로가 흔들려서 못 일어나겠어."

오닉스는 조용히 걸어가서는 킬리에게 손을 내밀었다. 킬리는 빙긋 웃고는 그 손을 잡았다. 똑바로 서서 통로 벽에 기대서게 된 킬리는 턱을 매만지다가 다시 비명을 올렸다.

"오후—망할! 턱 깨졌겠네. 사람 말하는데 그냥 후려치냐."

"크럴 줄 알고 있었잖아."

오닉스와 킬리 선장은 옆을 돌아보았고 한 손에 부러진 칼을 든 채 다리를 절뚝거리며 걸어오는 돌탄 선장을 발견하고는 히죽 웃었다. 돌탄 선장은 부러진 검을 팽개친 다음 웃고 있는 킬리 선장에게 끔찍한 언사를 퍼붓기 시작했다. 마스크 때문에 비웃음을 보이지는 않은 오닉스 나이트는 대신 빠른 손짓을 보내었다.

'트로포스는?'

"명치에 한 방 먹코 졸토."

"두캉가 선장은 어찌됐어?"

킬리가 질문했을 때 저쪽에서 두캉가 선장의 목소리가 들려왔다.

"사람이 나이를 괜히 먹는 건 아니라네."

두캉가 선장은 뒷짐을 진 채 어슬렁어슬렁 걸어오고 있었다. 오닉스와 돌탄, 그리고 킬리 선장은 멀쩡한 두캉가의 모습을 보고는 고개를 갸웃거렸고 두캉가는 히죽 웃으며 말했다.

"이 나이가 되면 다가오는 것이 잔물결인지 대해일인지 정도는 구별하는 법이지. 키 선장을 보자마자 하리야의 방이 어디 있는지 말해 주고는 옆으로 비켜섰네."

킬리 선장은 당혹하여 외쳤다.

"자, 잠깐. 그러면 그 말은 안했다는 겁니까?"

"자네들이 할 텐데 꼭 나까지 해야 하나?"

두캉가는 유들유들하게 말했고 오닉스는 기가 막힌다는 듯이 발로 바닥을 쾅쾅 굴렀다. 그가 억울해하는 것은 충분히 동정받을 만한 일일 것이다. 조금 전 오닉스는 한손으로 쥔 도끼로 복수를 막은 채 다른 손으로 재빨리 손짓을 보내는 데 성공했다. 그런 묘기를 시도하느라 목이 날아갈 뻔했지만 가까스로 도끼만 잃는 것으로 끝났고 그래서 오닉스는 자신이 꽤 운이 좋다고 생각하고 있었다. 비슷한 묘기를 시도하다가 칼을 부러뜨리고 필사적으로 몸을 날렸다가 다리를 삔 돌탄 선장 역시 거친 자마쉬 사투리로 왈왈거렸고 말하던 도중에 턱을 얻어맞은 킬리는 아예 뒤로 돌아서 벽을 긁기 시작했다. 하지만 두캉가 선장은 태연하게 말했다.

"시끄러워. 부축해 줄 테니까 어깨나 이리 기대. 돌탄 선장. 이제 하리야 순서인가."

소파에 앉은 바스톨 장군은 흥미롭다는 듯이 방 가운데 선 키 드레이번을 바라보고 있었다. 그는 이 대해적을 처음 보았고 그 젖고 음산한 모습에 약간 당혹한 상태이기도 했다. 하지만 키는 그에겐 시선도 보내지 않은 채 맞은편에 서 있는 하리야에게 말했다.

"열쇠를 내놔라."

"우리를 도와주십시오."

"빌어먹을. 그 개소리는 이미 네 번이나 들었다. 닥치고 열쇠나 내놔."

하리야는 다섯 번이 아니고 왜 네 번인가 고민하다가 오닉스 선장이 손짓을 해서 그런가 보다 생각했다.

"부탁입니다. 차라리 돌아오시지 않으셨다면 모르겠지만 이렇게 모습을 보이시고서 그대로 떠나버리는 것은 곤란합니다. 우리는 커다란 위기에 처해 있습니다."

"너희들의 위기지 내 위기는 아냐. 누구에게 덤터기 씌우는 거야?"

"이건 선장님의 나라입니다."

"달라고 한 적 없다!"

"뭐, 상관없습니다. 그래도 드릴 거니까요."

하리야는 침착하게 말했고 키는 어처구니가 없다는 듯이 하리야를 노려보았다. 그리고 하리야는 그가 뭐라 말할 기회를 주지 않았다. 하리야는 몸을 돌려 소파로 걸어간 다음 바스톨 장군의 옆에 앉았다.

"앉으시겠습니까?"

태연히 말하고 있었지만 하리야의 등에는 식은땀이 흐르고 있었다. 키는 방 가운데 꼿꼿이 선 채 그를 내려다보고 있었고 빗물에 젖은 복수는 음흉하게 번들거리고 있었다. 바스톨 장군은 냉정을 잃지 않은 얼굴이었지만 탁자 아래의 발은 칼집 끝을 조심스럽게 밀고 있었다. 칼자루를 뽑기 좋은 위치로 옮겨놓은 바스톨 장군은 냉철하게 키의 몸짓을 관찰했다.

키는 복수를 테이블 위에 던지듯이 내려놓으며 소파에 주저앉았다.

바스톨 장군은 약한 미소를 지었다. 칼을 뺏길 일은 없으니까 걱정하지 않는다는 것인가. 물론 바스톨 장군은 자신이 복수를 쥘 수 있는지 확인해 보고픈 생각은 없었고 하리야는 아예 그쪽을 쳐다보지도 않았다. 대신 하리야는 바스톨 장군을 가리켜보이며 말했다.

"먼저 소개드리겠습니다. 이분은 사트로니아의 바스톨 엔도 장군님이십니다. 바스톨 장군님? 키 드레이번이십니다."

"만나서 영광이오. 키 선장."

키는 대답 대신 고개를 푹 숙였다.

바스톨 장군과 하리야가 어리둥절한 표정으로 서로를 쳐다보는 가운데 키는 무릎에 팔꿈치를 괴고는 젖은 머리를 감싸쥐었다. 그리고 그의 무릎 사이에서 땅속에서 울리는 듯한 목소리가 들려왔다.

"뭐 하자는 거냐, 하리야."

"저희들을 도와주십시오."

"뭘 어떻게 하라고?"

"여러 가지로 바쁘셨겠습니다만 휘리 노이에스의 이야기는 들어보셨겠지요?"

키는 여전히 머리를 감싸쥔 채 아무 말도 하지 않았다. 하리야는 일단 그것을 긍정으로 생각하기로 했다.

"그 자가 우리를 노리고 있습니다. 아직까지 그 유명한 휘리의 서신이 날아오지는 않았습니다만 이건 거의 예정된 수순인 것 같습니다. 우리는 그의 적 전부를 데리고 있고 또한 호시탐탐 그의 발뒤꿈치를 잡을 기회를 노리고 있습니다. 질풍호가 목도리도마뱀들을 잡으러 간 것도 그에 대한 공격 수단의 확보 차원에서였습니다. 트로포스 선장에게 들으셨지요?"

키는 여전히 꿈쩍도 하지 않았고 그의 머리에서는 물방울들이 뚝뚝 떨어지고 있었다. 하리야가 설명하는 동안 바스톨 장군은 생애의 적수의 유품이라고도 할 수 있는 복수를 지그시 바라보고 있었다.

"그가 밀고 내려온다면 그것은 거의 산사태에 비견될 수 있을 겁니다. 그 엄청난 사태를 막기 위해 우리는 모든 힘을 하나로 모아야 됩니다. 한마디로, 우리는 구심점이 필요합니다."

"그래서?"

"과거에 노스윈드 함대에서 해주셨던 역할을 다시 폴라리스에서 해주시길 바랍니다. 다벨군은 휘리 노이에스를 믿습니다. 우리에게도 믿을 것이 필요합니다."

"주님을 믿지 그러나, 신부?"

키의 냉랭한 말투에 하리야의 얼굴이 약간 굳었다. 하지만 하리야는 차분하게 말했다.

"저는 언제나 주님을 믿었고 지금도 물론 믿고 있습니다. 그리고 그분을 믿기에 그 분께서 자신의 자녀들 중 어느 한쪽의 편을 들 거라는 허황된 생각은 못합니다. 오히려 저는 그 분의 진노를 두려워하고 그 분의 슬픔에 부끄러워합니다. 다가올 전쟁에서 제가 저지를 폭행과 기만과 살인들이 그 분을 얼마나 슬프게 만들지. 키 선장님. 제가 어떻게 이것을 성전(聖戰)이라고 말하겠습니까?"

키는 여전히 머리를 감싸쥔 채 땅을 향해 말하듯이 말했다.

"당신은 뭐요, 바스톨 장군?"

"무슨 말씀이시오, 키 선장."

"폴라리스에서의 당신의 역할은, 혹은 목적은 뭐냐고 묻는 거요."

"물론 휘리 노이에스 격파요."

"그가 사트로니아를 친다는 말은 못 들었는데."

바스톨 장군은 잔잔한 목소리로 설명했다.

"하드루스 대통령과 나는 그가 만드는 제국이 사트로니아에도 위험이 될 거라고 믿고 있소. 우리는 하이낙스의 교훈을 잊지 않았어요. 그래서 우리는 휘리 노이에스가 감당할 수 없는 위험이 되기 전에 격파할 생각이오. 물론 현재로서는 거꾸로 격파되었고 그래서 이곳에 몸을 의탁하고 있소만, 우리의 뜻은 폴라리스의 뜻과 통하고, 그래서 나는 현재 폴라리스에 협조하고 있습니다."

키는 천천히 머리를 들어올려 하리야를 똑바로 바라보았다.

"그래서, 네놈이 원하는 것은 뭐냐. 왕이 되라는 건가?"

"그런 명칭은 사용할 수 없겠지요. 키 선장님께서 등극하시면 폴라리스 또한 제국의 공적 제1호가 될 테니까요."

"잡소리 집어치우고 간단히 말해. 왕이 되라는 거냐?"

"그렇습니다."

다림 교외에 이상한 건축물이 생겨났다.

원형의 울타리 비슷한 것이었는데 그 높이가 장장 20피트, 폭은 10로드 가량이었다. 울타리 한쪽에는 거대한 문이 하나 있었고 그 문은 단단히 잠겨져 있었다. 그리고 울타리 위쪽에는 건장하다는 말도 약간 모자랄 듯한 사내들이 올라앉아 있었다. 사내들은 울타리 안쪽을 바라보며 고함을 지르고 있었고 울타리 안쪽에서는 사나운 포효와 비명이 메아리치고 있었다.

리저드라이더들이 잊혀진 탑 섬에서 포획해 온 목도리도마뱀들을 조련시키고 있었다. 리저드라이더의 용어로는 '선을 보는' 것이지만 이 온화한 용어에 걸맞지 않게 울타리 안쪽에서는 전쟁을 방불케 하는 난폭함이 계속되고 있었다. 벌써 몇 명의 리저드라이더들이 울타리 바깥의 안전 지대에 드러누워 있었다. 조련중 팔다리가 부러진 자들이었지만 그들은 울타리 안쪽을 들여다보며 껄껄거리고 있었다.

목도리도마뱀의 경이적인 도약력 때문에 안쪽의 공터 역시 20피트 깊이로 파여져 있었다. 그리고 그 깊은 구덩이 가운데서는 몇 명의 리저드라이더들이 목도리도마뱀과 사투를 벌이고 있었다.

"꼬리! 꼬리 조심해!"

첫 번째 리저드라이더는 뛰어올라 피했지만 두 번째 리저드라이더는 그러지 못했고 그래서 휘둘러진 꼬리에 맞아 쓰러졌다. 쓰러진 사내에게 곧장 목도리도마뱀의 머리가 날아왔지만 사내는 노성을 지르며 주먹을 휘둘렀다.

"냄새 나는 입 저리 치우지 못해!"

쾅! 사내는 다른 리저드라이더처럼 쇠징을 박은 장갑을 끼고 있었고 또한 가공할 완력을 가지고 있었다. 호된 일격을 맞은 목도리도마뱀이 비틀거리는 가운데 사내는 날쌔게 일어났다. 안전 지대에 있던 부상자들은 안타까운(?) 탄성을 질렀고 울타리 위에 걸터앉아 있던 리저드라이더들은 아낌없는 환호를 보내었다.

울타리 위에 걸터앉아 있던 리저드라이더들 중에는 록소나 기사 서하빈저의 모습도 보였다.

서 하빈저는 흥미롭다는 눈으로 바라보고 있었고 그래서 그들이 다루고 있는 목도리도마뱀만큼이나 난폭한 리저드라이더들도 약간의 존경심을 품은 채 서 하빈저를 바라보았다. 그들은 견학을 요청한 서 하빈저가 10분도 되기 전에 도망칠 거라고 생각하고 있었지만—목도리도마뱀이 아니라 견학석의 그 까마득한 높이 때문에라도—하빈저는 분명 재미있어하는 눈으로 내려다보고 있었고 그런 표정은 일부러 만들어낼 수 없는 것이었다. 서 하빈저는 옆에 앉아 있던 건장한 리저드라이더를 돌아보며 말했다.

"참 인상적인 생물이군요. 서 파르치."

"인상적? 흥. 저건 죽여주는 생물이오. 목도리도마뱀 타던 라이더들은 말 못 타지."

"그렇습니까. 느려서 그런가 보지요?"

"느리고 둔하고 멍청해. 마치 꽃띠들하고만 놀다가 예순 살 먹은 할마시하고 자게 된 기분이랄까? 음훼훼훼!"

음탕한 말을 꺼내놓은 서 파르치는 사납게 웃었고 서 하빈저는 곤혹스럽다는 듯한 미소를 지었다. 하지만 다케온의 서 파르치가 한때의 적이었던 서 하빈저나 록소나 기사들을 비웃기 위해 그런 말을 하는 것은 아니었다. 서 파르치 역시 서 하빈저의 대범한 자세를 존중하고 있었고, 따라서 그것은 그냥 원래 가지고 있던 감상이었다. 서 파르치가 덧붙이듯 꺼낸 말 또한 그 사실을 뒷받침했다.

"뭐, 당신네들 록소나 기사들의 말 다루는 재주는 대단하더군. 이렇게 잘난 체해도 사실 댁들에게 두 번이나 지지 않았소."

"우리들의 숫자가 월등히 많았다는 점을 잊어서는 안 되겠지요. 그리고 시메리우스에서는 날씨의 덕도 보았습니다."

서 파르치는 히죽 웃고는 약간 어려워하는 투로 말했다.

"뭐, 전쟁이었고 명령을 수행한 거였으니, 서로 얼굴 붉히지는 맙시다."

"물론입니다."

그때 저 아래쪽에서 환성이 올랐다. 서 하빈저는 아래쪽을 내려다보았고 리저드라이더들 중 하나가 도마뱀 위에 올라앉은 모습을 보게 되었다. 이미 몇 번 보았던 광경이라 하빈저는 그것이 무슨 의미인지 알 수 있었다. 이 조련을 위해 오랫동안 굶은 데다가 노련한 리저드라이더들의 연속적인 공격을 받자 목도리도마뱀도 더 이상 견디지 못하고 주인을 받아들이기로 결정한 것이다. 도마뱀 위에 올라탄 리저드라이더는 한 손을 위로 치켜올리며 함성을 질렀고 울타리 바깥과 위쪽의 모든 사내들은 새로 탄생하게 된 이 커플에게 열띤 박수를 보내었다.

힘센 사내들이 달려들었고 울타리의 거대한 문이 위로 올라갔다. 안쪽 공터에 있던 목도리도마뱀은 주인을 태운 채 20피트의 높이를 훌쩍 뛰어올랐다. 아직 안심할 수는 없기에 바깥에는 길들여진 목도리도마뱀들에 올라탄 리저드라이더들이 기다리고 있었고, 그들의 호위를 받으며 새로 길들여진 목도리도마뱀은 준비된 목장 쪽으로 사라져 갔다. 서 파르치는 손바닥을 비비며 말했다.

"또 한 커플이 탄생했군. 언제봐도 이 광경은 감동적이란 말이오."

서 하빈저는 잔잔한 웃음으로 화답했다. 솔직히 그는 저 흉측한 생물과 인간의 커플을 서 파르치만큼 감동적으로 볼 수는 없었고, 그런 자신에 대해 별로 안타깝게 여기지도 않았다. 서 파르치는 울타리 뒤쪽을 향해 외쳤다.

"상자 몇 개 남았나?"

"하나 남았습니다. 오늘의 마지막 맞선이군요."

"알았어. 시작하지."

잠시 후 저쪽에서 몇 명의 사내들이 낮고 거대한 수레 하나를 밀고 끌면서 다가왔다. 수레 위에는 거대하고 튼튼해 보이는 상자가 놓여 있었는데 멀리서부터 그 상자가 요동치는 것이 똑똑히 보였다. 서 파르치는 감탄했다는 듯이 휘파람을 불었다.

"힘 좋은 놈이군. 그렇게 굶었는데 아직도 발광을 하네? 이봐! 안쪽의 팀, 교대해! 싱싱한 놈들이 상대해야겠다."

사다리가 내려지고 조금 전까지 안쪽에서 뒹굴던 사내들은 밖으로 나왔다. 그들은 방호복과 쇠장갑 등을 다른 리저드라이더에게 건네었고 그것을 건네받은 사내들이 안쪽으로 뛰어들어갔다. 잠시 후 상자를 실은 수레가 다가와 문에 꼭 밀착되었다.

상자는 그때까지도 요동치고 있었다. 문을 다루던 사내들 외에 몇 명이 더 뛰어왔고 그들은 상자에 달라붙어 그것을 문 쪽으로 억세게 밀었다. 먼저 문에 밀착되어 있던 슬라이딩 도어가 위로 빠져나왔고 신호와 함께 울타리의 문이 위로 올라갔다.

서 하빈저는 대포가 쏘아진 듯한 느낌을 받았다.

울타리 문이 열리자마자 거대한 목도리도마뱀이 날듯이 튕겨져나왔다. 미리 문 양쪽으로 피해 있었기에 안쪽의 리저드라이더들은 공격 대상이 되진 않았지만 그들도 목도리도마뱀의 엄청난 기세에 꽤 놀란 얼굴들이었다. 포환 같은 기세로 공터에 들어선 목도리도마뱀은 반대쪽 벽에 몸을 들이박고 말았지만 별 충격도 없다는 듯이 곧 몸을 돌렸다. 도마뱀은 상황을 살피기 위해 잠시 낮은 자세로 주위를 훑어보았고 그러자 지금까지의 도마뱀들에게서 찾아볼 수 없는 독특한 점, 즉 몸 옆쪽으로 흐르는 보라색 줄무늬가 확연하게 보였다. 마치 보라색 화염처럼 물결치는 그 무늬를 보던 서 파르치의 눈이 매섭게 빛났다.

"허이구, 저놈이군."

"아십니까?"

"섬에서 저놈 잡을 때 두 명의 라이더가 거의 죽을 뻔했소. 라이더가 아니었다면 꼼짝없이 죽었을 테지. 오기로 잡아온 건데, 젠장. 길들일 수 있을지 솔직히 의심스럽군. 이봐! 안쪽 팀! 조심해. 그리고 석궁수들은 장전해 놔라. 저놈은 좀 겁난단 말이야. 자, 누가 나서겠나?"

울타리 주위의 리저드라이더들은 안쪽의 목도리도마뱀을 면밀히 관찰하기 시작했다. 하지만 지금까지와는 달리 선뜻 나서는 사람이 없었고 그래서 서 하빈저는 고개를 갸웃했다. 서 파르치는 미간을 찡그렸다.

"이봐. 아무도 안 나서는 거야?"

"저, 서 파르치. 아무도 저 목도리도마뱀을 마음에 들어하지 않는다면 어떻게 됩니까?"

"죽여야죠. 도리가 있습니까?"

하빈저의 질문에 파르치는 입맛을 다시며 대답했고 하빈저는 떨떠름한 얼굴로 고개를 끄덕였다. 파르치는 다시 울타리를 죽 둘러보며 나설 자가 없냐고 외쳤지만 리저드라이더들은 탐탁찮은 표정들만 지어보였다. 서 하빈저는 무서워하는 표정이라기보다는 '마음에 안 든다'는 표정들이라고 생각했고, 또한 늦게 도착하는 바람에 다른 백부장들이 안 데려간 신병들 인수해 가야 하는 백부장의 얼굴과 비슷하다고도 생각했다. 서 파르치는 고개를 끄덕이며 말했다.

"하긴 저런 드센 놈하고 전쟁에 뛰어드는 것도 짜증나는 일이야. 석궁수! 준비해. 그리고 안쪽의 놈들은 벽에 붙어라."

석궁수들은 장전된 석궁을 들어올렸다. 목도리도마뱀은 안쪽에 있는 사내들을 노려보느라 석궁수의 움직임은 보지 않고 있었다. 서 파르치는 짧게 명령했다.

"정신 바짝 차려. 한번에 보내야 한다. 설맞춰서 발작하게 만들면 석궁수들 모두 나한테 끔찍한 꼴 당할 줄 알아. 하나, 둘……"

"방호복 좀 빌려주겠나?"

석궁수들은 가까스로 석궁을 위로 들어올렸고 그 중 한 명은 하늘을 향해 발사하고 말았다. 서 파르치는 먼저 짧은 욕설을 퍼부은 다음 뒤를 돌아보았다. 그리고 파르치는 당혹해 버리고 말았다.

"뭐라고 하셨습니까?"

"방호복 좀 빌려달라고 했네. 이왕 죽일 거라면 내가 한번 도전해 봐도 되겠지?"

서 파르치는 어안이 벙벙한 얼굴로 서 하빈저를 돌아보았지만 서 하빈저 역시 비슷한 표정만을 보내오고 있었다. 서 파르치는 자기 머리를 몇 번 친 다음 힘들게 말했다.

"잠깐. 그러면 저걸 타보겠다는 말이십니까?"

"그런 의미로 말했네."

"목도리도마뱀을 타본 적이 있으십니까?"

"이제 곧 경험이 생길 거라고 생각하네. 자네가 방호복을 빌려주면."

"무슨 정신 나간……! 죄송합니다. 하지만 너무 위험합니다."

"흐음. 나는 그래도 약간 이름이 난 말 조련사야. 그걸로는 안 될까?"

"저건 말이 아닙니다, 전하!"

그리고 그제야 정신을 차린 서 하빈저도 더듬거리며 말했다.

"저, 전하. 도대체 무슨 말씀을 하시는 겁니까? 아니, 도마뱀을 타시 겠다고요?"

빌레스 커리돈, 록소나의 왕이자 현재 폴라리스의 유명한 망명객이며 언제나 별명으로 불리는 일이 더 많은 남자는 빙긋 웃었다.

"마왕이 목도리도마뱀을 타는 것은 웃긴다는 말인가?"

물론 그것은 웃기는 일이었고 서 파르치가 보기엔 왕좌 수복의 비원 을 달성하지 못하고 타향에서 죽은 어느 왕에 관한 슬프면서도 웃기는 전설을 만들어내기에 딱 좋은 수단이었다. 그래서 서 파르치는 왈왈거 리고 깽깽거리다가 아예 입을 닫는 아무 말도 안 들린다는 시늉을 하 기 시작했다. 하지만 마왕은 계속해서 졸라대었고 그러자 리저드라이더 들도 약간씩 그에게 동조하기 시작했다. 서 파르치는 자신의 부하들이 '한번 타게나 해보지요?' 등의 눈길을 보내는 것을 느끼고는 미간을 더 욱 찡그렸다. 물론 그들의 속셈은 한번 골탕먹어봐라는 것이겠지만 우두머리인 서 파르치는 타국의 왕에게 함부로 그런 장난을 칠 수 없다는 것쯤은 알고 있었다. 그때 서 하빈저가 나직하게 말했다.

"부탁입니다. 서 파르치. 방호복을 전하께 빌려주십시오."

서 파르치는 불쌍하게도 몇 초 동안 말을 제대로 못했다. 가까스로 말문이 열리자마자 서 파르치는 빌레스 국왕을 훔쳐보며 미심쩍다는 듯이 말했다.

"서 하빈저. 당신이 왕위 계승자셨소?"

"예? 아…… 무슨 말씀을. 하하. 전하를 시해하겠다는 것이 아닙니다. 전하의 부탁을 들어주십사 하는 겁니다."

"왜요?"

서 하빈저는 상대방이 난폭하고 순수해서 좋지만 그래서 좀 답답한 데도 있다고 생각하며 부드럽게 웃었다.

"전하께서는 지금 여러분들에게 화해의 손길을 내미시는 겁니다. 저분의 불 같은 성정에서는 이보다 더 나은 방법을 생각해 내실 수 없었겠지요. 마왕이 목도리도마뱀을 탄다. 이 정도면 꽤 놀라운 화해의 제스처 아닐까요."

"어, 그런 거요?"

"예. 그러니 부탁드립니다. 저 분은 가장 사나운 야생마도 쉽게 다루시는 분이니 보통 사람들보다는 덜 위험할 겁니다."

그리고 서 하빈저는 서 파르치가 뭐라 말할 새도 없이 아래쪽을 향해 외쳤다.

"전하! 제가 석궁을 잡겠습니다. 조금만 위험해 보이면 바로 쏘겠습니다. 그리고 전하께선 제가 위험의 범위를 언제나 확대 해석한다는 것을 알고 계시겠지요?"

마왕 빌레스는 껄껄 웃었다.

"자네 같은 안전 제일주의자가 석궁을 잡는다면 저놈에게 너무 미안한 일인데? 어쨌든 안심은 되는군."

서 하빈저는 다시 서 파르치를 돌아보았고 서 파르치는 뭐 씹은 듯한 얼굴로 중얼거리기 시작했다. 잠시 후 파르치는 아래쪽을 향해 외쳤다.

"전하, 한 가지만 부탁드리겠습니다."

"뭔가, 서 파르치?"

"죽지 마십시오. 젠장. 다음에, 우리가 나라를 다 되찾고 나서 진짜로 한번 붙어봐야 될 거 아닙니까?"

이 리저드라이더다운 난폭한 승낙에 빌레스는 역시 마왕다운 사나운 응수를 보내었다.

"물론 언제라도 버르장머리를 고쳐주겠네. 그렇다면 이건 전력 탐색이 되나?"

퓨아리스 4세는 피곤한 표정으로 의자에 몸을 던졌다. 그리고 오른손을 들어 엄지와 집게손가락으로 양쪽 관자놀이를 세게 눌렀다.

눈꺼풀 바깥쪽 어디에서 찰그랑거리는 소리가 들려왔지만 법황은 눈을 뜨지 않았다. 대신 귀로 방 안의 정경을 관찰했다. 조금 전의 그 소리는 크리스털 디캔터가 열리는 소리. 그리고 와인이 잔 속에 쏟아지는 가느다란 소리. 그리고 발자국 소리가 들려와야겠지만 그 소리는 들리지 않았다. 맨발이므로 소리가 나지 않는다.

"성하."

퓨아리스 4세는 손을 내리고 플로라를 향해 미소 지었다. 플로라의 손에서 와인잔을 받아드는 법황은, 그러나 그것을 마시는 대신 사이드테이블에 내려놓고는 플로라의 오른손을 두 손으로 감싸쥐었다. 플로라는 법황에게 오른손을 내맡긴 채 고요히 서 있었다.

법황은 허리를 숙이며 그 손을 입가로 가져왔다 플로라의 손가락 관절에 입술을 댄 채 법황은 낮게 웅얼거렸다.

"죠르지오 신부가 일을 끝냈어."

플로라는 약한 탄성을 지르며 말했다.

"예상보다 빠르군요?"

"그래. 죠르지오 신부도 그러더군. 꽤 괜찮은 제자들이었다고. 물론 파킨슨 신부의 기록에는 비할 바가 못 된다는 말을 덧붙이기는 했지만."

"축하드립니다, 성하."

"글쎄. 축하받을 일인지 모르겠군. 칼로 일어선 자는 칼로 망하는 법인데, 나는 법황청이 감히 뽑기 두려워하던 칼을 뽑아들고 말았어. 펠라론이 그 칼에 의해 망하게 된다 해도 나는 내 결정을 후회하지 않을까?"

"미래에 떨어질 벼락을 피하기 위해 오늘의 나무를 심지 않을 수는 없지 않을까요."

"옳은 말이야."

"성하. 걱정하지 마세요. 성하께서 불안을 느끼시고 자신의 결정을 자꾸만 되돌이키는 것은 성하의 성격이 그런 파격을 인정하지 않기 때문입니다. 성하께선 혼돈과 불안 속에 빠진 것처럼 느끼시겠지만 다른 이들은 그런 성하의 모습에서 자신의 결정을 언제나 재고해 보는 신중함을 볼 것입니다. 과잉 불안으로 넘어가지 않는 침착함 속에서 그렇게 자신을 단속하는 것은 얼마나 어려운 일일까요."

퓨아리스 4세는 피식 웃었고 플로라 역시 미소로 대답했다. 퓨아리스 4세는 플로라의 손에서 입을 뗀 채, 하지만 그 손을 놓지는 않은 채 말했다.

"플로라. 약속해. 나는 그늘이 넓은 나무가 되겠어. 꼿꼿이 서서 네게 그늘을 드리울 뿐 아무것도 원하진 않겠어. 이런 약속을 입밖으로 꺼내는 것은 나 스스로를 구속하기 위해서야."

"어떻게…… 어떤 말이 이 감사함을 표현할 수 있을까요. 그런 단어가 있을까요."

"하지만 가끔은 봄바람에 취한 나무가 그 뿌리를 꿈틀거리는 일쯤은 있을 거라고. 주의해."

법황은 그렇게 말하며 플로라의 손등에 입술을 눌렀다. 플로라는 깜짝 놀란 척하며 그 손을 잡아당겼고 곧 사람과 꽃은 웃음을 터뜨렸다.

퓨아리스 4세는 두 손으로 머리를 받치며 다시 의자에 기대었고 플로라는 그 팔걸이에 걸터앉았다. 손가락으로 법황의 머리카락을 빗어내리던 플로라는 흰머리가 보인다고 놀려대었고 퓨아리스 4세는 격분한 얼굴로 그건 새치라고 주장했다. 결국 플로라는 직접 그것을 뽑아 퓨아리스 4세에게 내밀었지만 법황은 그것을 보지 않으려고 고개를 이리저리 돌렸다. 그러나 조금 후 말소리는 없어졌고 푸근하고 부드러운 침묵만이 법황 집무실을 가득 메웠다.

황금의 햇살이 오후를 관통하고 커튼의 올에 부딪혀 복잡하게 산란되었다. 가을 햇살을 바라보던 법황은 갑자기 생각난 것처럼 말했다.

"그들은 모레 출발할 거야. 물론 비밀스러운 출발이니까 아침에 내가 안 보이면 그들의 출정식에 갔다고 생각해."

"모레? 그렇게 빨리요?"

"그래. 휘리 노이에스는 폴라리스까지 점령한 다음 겨울을 맞겠다는 심정인 것 같아. 그리고 나 또한 겨울이 오기 전에 다벨을 공중 분해시켜 줄 작정이고. 서로 반대 방향이지만 어쨌든 시기 선택에서는 공통점을 발견한 것 같아."

"그렇군요. 폴라리스에는 연락을 보냈나요?"

"아니. 내 서신과 함께 도착하게 할 거야. 완전 비밀이니까."

"알겠습니다. 뜻밖의 선물에 몹시 기뻐하겠군요."

그러나 플로라의 예상과는 달리 그것은 뜻밖의 선물이 아니었다. 물론 예상하지 못했던 선물이긴 하지만 하리야 선장은 그들이 도착하기 전부터 그 사실을 알고 있었고 그래서 미리부터 기뻐하고 있었다.

"정말인가, 벨로린?"

"그래."

"이건, 기막히군! 그러면 기병처럼 움직이고 포병처럼 공격한다는 말인가? 맙소사!"

"드래군(dragoon)이라고 하지."

하리야는 얼떨떨한 얼굴로 벨로린을 바라보았다. 벨로린은 차분하게 대답했다.

"핸드건보다 더 비밀스러운 법황청의 무기지. 상설 단체는 아니고 필요시마다 조직되는 부대야. 실제로 조직되어 활동한 예는 1,700년 역사에서도 손에 꼽을 정도. 그나마 비밀스럽게 목적을 달성한 다음 바로 해체되곤 했으니까 잘 모르겠지. 네가 말한 대로 말을 타고 대포를 사용하는 그 법황의 병사를 용기병이라고 불러."

"용기병이라. 그 이름 멋지군. 그런데 좀 위험하지 않을까?"

"위험?"

"그 바이올 기사단이라는 건 사실 애꿎어버드지. 열강의 야합에 의해 강제로 해산되었던 자들이니까, 그들도 세상에 대한 증오를 꽤나 심하게 가지고 있는 자들일 텐데. 그런 자들에게 핸드건을 쥐어준다는 것은 위험 천만한 일 아닐까."

"그래서 200명만 보내는 거야. 퓨아리스 4세는 그들에게 만약 목적을 달성한 다음에 해체 명령을 받아들이지 않으면 다른 용기병 부대를 만들어서 박살내줄 것임을 분명히 전달했지. 위험하지는 않지만 도움은 되어야 한다는 고려에서 200명이라는 숫자가 나온 거야."

"으음."

"그리고 어쨌든 그들은 법황청에 대한 애정을 잊지 않고 있어. 비록 법황청이 그들의 몰락을 막지는 못했지만 아이언블러드라는 이름으로 살아남게 해준 것, 그리고 바이올 기사단이라는 이름으로 부활하게 한 것은 분명한 은혜니까."

"부활? 그러고 보니 퓨아리스 4세 성하는 부활의 법황이셨지. 실로 재미있는 일이군."

하리야는 싱글거리며 고개를 끄덕였다. 그러나 조금 후 하리야는 뭔가를 떠올렸다는 표정으로 말했다.

"그런데 말이야. 왜 성하께서 우리를 돕는 거지? 생각해 보니 그 이유를 모르겠군."

"퓨아리스 4세는 휘리 노이에스를 싫어하거든. 너희들을 도와 그를 물리치고는 다케온, 팔라레온, 록소나를 원래대로 돌리겠다는 거지. 오 왕자의 검이 하나로 모이면 대륙에 너무 큰 혼란이 찾아올 테니까."

"원래대로?"

"그래. 그의 곁에 있는 싱잉 플로라……"

벨로린은 잠시 플로라에 대한 생각을 떠올리며 속으로 웃었다. 플로라는 자신이 벨로린의 마음을 읽고 있다고 생각하고 있겠지만, 사실 그 관계는 거꾸로였다.

"……의 평가를 따르자면 그는 보호자의 성벽을 타고난 자니까. 흔히들 보수주의라고 간단히 말하지만 그보다는 더 복잡한 것, 알지?"

"무슨 말인지 알겠어. 퓨아리스 4세에 대한 평가가 그렇지. 질서의 재편이 요구되는 시점에서의 최적임자. 그 분께서는 이 남부의 혼돈도 재편하시겠다는 것이군…… 원래대로."

"자꾸 그 말을 반복하는군. 왜 그래?"

하리야는 약간 머쓱한 얼굴로 말했다.

"이봐, 벨로린. 혹시 속마음도 읽나?"

벨로린은 어이가 없다는 얼굴로 하리야를 바라보았고 하리야 역시 혀를 차며 자신의 생각 짧음을 비난했다. 조금 전까지 벨로린이 한 일이 바로 퓨아리스 4세의 속마음을 들려주는 것이었다.

"그 질문은 잊어줘. 멍청한 질문을 했군."

"네 속마음이 문제로군."

벨로린은 싱긋 웃었다.

"원래대로 돌아가면 곤란하다고 생각하고 있군?"

"폴라리스가 새로 생겼으니까."

"법황이 남부의 질서를 재편하면서 혼란중에 생겨난 일시적인 괴뢰 집단에 불과한 폴라리스도 사라져야 된다, 고 판단할까 봐 무서워하고 있군. 아니, 그게 아닌가? 좀더 큰 것을 보고 있군."

"말해 봐."

"다벨이 차지했던 땅들을 그대로 꿀꺽할 생각이군?"

벨로린은 웃으며 말했고 하리야는 변명하듯 손을 흔들었다.

"전부 다는 아냐. 그건 지금 우리에게 망명해 있는 자들에 대한 배신이 될 테니까."

"그래도 챙길 수 있는 한 챙긴다는 생각은 하고 있군. 대단한 배포야.

휘리 노이에스에게 짓밟히지나 않으면 다행이라고 생각해야 되는 것 아닌가?"

"그렇게 생각하고 있어. 하지만 눈앞에 닥친 일만 생각할 필요는 없잖아."

"아, 신경 쓰지 마. 나는 반왕이 탄생하게 되는 일이라면 그게 무엇이든 기를 쓰고 나서는 바라미가 아냐. 하지만 바라미가 알게 되면 너를 유혹해 버릴걸?"

하리야는 약간 창백해진 얼굴로 중얼거렸다.

"젠장."

"그림이 되어가고 있습니다."

바스톨 장군은 진을 잔에 따르며 말했고 맞은편에 앉아 있던 바라미는 조용히 고개를 끄덕였다.

"빌레스 국왕과 서 파르치는 완전히 화해했습니다. 마왕이 말이 아닌 목도리도마뱀에 몸을 싣는다는 건 상당한 화해의 제스처였고, 그래서 리저드라이더들을 감동시키기에 충분했습니다. 그리고 단순히 상징적인 행동으로 끝난 것은 아닌 모양입니다. 서 파르치가 혀를 내두르더군요. 마왕은 예상 외로 훌륭한 리저드라이더라고 합니다. 말과 목도리도마뱀에 무슨 공통점이 있는지 모르겠습니다만, 저로서는 한 분야에서 달인까지 이른 사람은 다른 분야에서도 저력을 발휘하는 것이 아닌가 생각됩니다."

"대단하군. 너희들은 그 나이에 승마도 새로 배우지는 못할 텐데."

"예? 아아, 그렇습니다. 이런 말 들으면 그분께서는 노인 취급하냐고 어이없어하실지도 모르겠습니다만, 실로 대단한 노익장입니다. 말씀하신 대로 그 나이는 뭔가를, 특히 몸을 사용하는 뭔가를 새로 배우기는 힘든 나이지요. 정말 말타기도 새로 배울 수는 없는 나이에 리저드라이딩을 배우시다니 무인으로서 존경스럽습니다."

"괜찮은 남자로군, 빌레스 국왕은."

"예. 어쨌든 록소나와 다케온의 화해로 대표되는 정리 작업은 성공적입니다. 폴라리스 내에 몰려든 각국의 인사들은 공통의 적 앞에 과거의 원한을 잊고 손을 잡았다, 정도로밖에 표현이 안 되는군요."

"무장에게 그 정도의 표현력이면 충분하겠지."

"감사합니다. 그리고 성은 완공되었고, 리저드라이더 부대의 훈련도 좋은 성과를 보이고 있는 데다가 법황 성하께서는 200기의 용기병 부대를 파견해 주셨습니다."

라미는 빙긋 웃으며 두 손을 조금 펼쳐보였다.

"거기에 이 시대 최고의 전략가이자 사용할 수 있는 모든 전략들을 정리해 두며 차분히 기다리고 있는 당신이 그들 위에 있고."

"최고? 당치 않습니다."

"서 브라도가 전사했으니 이젠 그런 호칭도 낯부끄럽지는 않겠지."

"아니오. 페인 제국을 공격하고 있는 타르타니어스가 있습니다. 그리고 우리의 상대인 휘리 노이에스가 있고요. 그들이 아니더라도 저는 그런 칭호를 사용할 만한 그릇은 못 됩니다."

라미는 별 대답 없이 싱긋 웃었다. 바스톨 장군은 술잔을 반쯤 비우고는 다시 입을 열었다.

"어쨌든, 그림이 되어가고 있습니다. 솔직히 가슴 떨리는 기분을 억누를 수가 없군요. 마치 레프토리아로 돌아온 것 같습니다."

라미는 미소 띤 얼굴로 말했다.

"무수한 대군들이 한 자리에 집결하여 벌이는 회전이야말로 무사의 낭만이라는 건가?"

"부인하지는 못하겠습니다."

바스톨 장군 역시 빙긋 웃으며 잔을 마저 비웠다. 잔을 탁자 위에 내려놓은 장군은 약간 우수 어린 눈으로 다림항 쪽을 바라보았다.

"그런데, 이 장대한 그림의 마지막 붓질이 문제군요."

"키 드레이번."

"예. 저로서는 노스윈드와 키 드레이번의 관계를 짐작밖에 못합니다만, 이 관계는 단순히 가깝다 멀다로 표현할 수 있는 것이 아닌 것 같습니다. 운명 공동체라고 할까요? 이번에도 표현력의 한계를 느끼는군요. 어쨌든 저는 노스윈드의 선장들 사이에서 '키 드레이번이 나서주지 않으면 우리는 볼장 다 봤다'는 식의 전망들을 발견할 수 있었습니다. 이해가 잘 안 되는 것이었습니다만 그들은 진지하게 그렇게 생각하더군요. 한 나라를 세울 수 있을 정도로 냉철하고 노련한 남자들에게서 그런 것을 보는 건 기이한 경험이었습니다."

"나는 합리적으로만 움직이는 인간을 본 기억이 없어."

"그렇겠지요. 노스윈드와 노스윈드의 관계를 정의 내리는 것은 좀더 여유로울 때의 일일 테고, 어쨌든 지금으로서는 저 또한 그에게서 승낙이 떨어지기를 기다리고 있습니다."

"아무 대답도 안하고 돌아갔다지?"

"예. 그리고 하리야 선장은 열쇠도 보내줬습니다."

"그렇지만 안 떠나고 있군."

라미 또한 저 멀리 아래쪽의 다림항을 바라보았다. 무수한 배들이 그곳에 정박해 있었지만 그중에서도 자유호의 위용은 눈에 확 들어올 정도였다. 석양을 받아 반짝이는 황금 물결들 속에 자유호는 검고 거대하게 보였으며 그 선교 난간에 걸터앉아 검을 매만지고 있는 사내의 모습역시 검고 거대하게 보였다.

키 드레이번은 복수를 무릎에 놓은 채 손수건으로 그 검신을 닦고 있었다. 거리가 너무 멀었지만 그곳에서 그런 일을 하고 있을 사람은 하나밖에 없기에 라미는 그가 키 드레이번임을 의심하지 않았다.

"복수를 닦고 있는 건가?"

바스톨 장군은 빈 잔에 다시 진을 따르며 말했다.

"그런가 보군요. 서 브라도의 일도 있지만, 그래도 저는 저 모습을 미워할 수 없군요."

"당신도 저 검이 탐나지는 않은가?"

"글쎄요. 저런 검은 탐낸다고 해서 가질 수 있는 것이 아닙니다. 저정도의 검이라면 주인을 찾겠지요."

"무슨 말이지?"

"저 검은 적합하지 않은 자가 쥐면 그 목을 찌릅니다. 주인을 가린다는 것이겠지요. 그런 검은, 시대의 흐름과 사람들의 손 사이를 움직이며 자신의 주인을 찾습니다. 물론 적합하지 않은 자는 무참하게 죽이겠지만 그래도 주인을 찾는 것을 멈추지는 않겠지요. 주인 없는 검은 쇠토막이나 다름없으니까요. 그러니 스스로 주인을 찾게 놔두는 편이 나을 겁니다…… 라미? 왜 그러십니까?"

라미는 딱딱하게 굳은 얼굴로 바스톨 장군을 돌아보았다. 하지만 그 눈은 바스톨 장군을 보고 있지는 않았다. 아주 먼 것, 혹은 아무것도 아닌 것을 바라보던 라미의 눈이 다시 바스톨 장군에게 돌아온 것은 조금 후의 일이었다.

"조금 전에 뭐라고 했지?"

"예? 스스로 주인을 찾게 놔두는 편이……"

"아니, 그 앞에 말이야!"

"어, 주인 없는 검은 쇠토막이나 다름없다는 말 말입니까?"

바스톨 장군은 당황하고 실망해야 했다. 또다시 충격받은 얼굴이 되었던 라미는 뭔가를 설명하는 대신 갑자기 의자를 박차고 일어나 떠나 버렸기 때문이다.

물수리호의 갑판에 앉아 알버트 선장을 향해 노래를 불러주고 있던 벨로린은 갑자기 어깨를 잡아당기는 손에 노여움을 느꼈다. 이 배에서 그런 짓을 할 사람은 아무도 없고 따라서 벨로린은 그 손의 주인이 벌써 일 거라고 생각했기 때문이다. 하지만 고개를 돌린 벨로린은 엉뚱한 얼굴을 보게 되었다.

"라미? 왜 그런 얼굴을 하고 있는 거지?"

"그를 지배하는 자가 있나?"

귀신 같은 얼굴을 하고 있던 바라미는 무턱대고 질문했다. 되물을까 했지만 벨로린은 대신 자신의 전지성을 발휘해 보기로 했다.

"휘리 노이에스 말인가?"

"그래!"

"글쎄. 아버지에 대한 증오가 대단하지. 그것도 지배는 지배겠지."

"아니, 그런 것 말고. 정말로 휘리를 지배하는 자. 그의 명령이라면 뭐든 따르게 되는, 그런 자가 있냐고."

"그런 것은 알기 어렵지. 인간은 자기 감정을 한곳으로 집중시키는 능력이 부족해. 게다가 거기에 대해 아쉬움도 별로 느끼지 않기 때문에 고치지도 않지. 아달탄 같은 인간이 오히려 드문……"

"그의 이야기는 됐어! 내가 묻고 싶은 것은 휘리 노이에스를 지배하는 자야. 그거나 대답해!"

벨로린은 눈을 동그랗게 뜬 채 라미를 바라보았다. 여상스러운 광경이지만, 라미의 얼굴은 악마의 얼굴 그 자체였고 그 얼굴을 담대하게 마주볼 수 있었던 것은 벨로린이었기에 가능한 일이었다. 벨로린은 어깨를 으쓱인 다음 눈을 감았다.

"있군."

"있다고? 그 놈이 누구야?"

"여자야. 이건 부성에 대한 증오에 의해 가지게 된 모성에의 경외감 때문일까. 어쨌든 그에겐 천사가 하나 있군."

"천사, 라고?"

"그가 그렇게 부른다는 말이야."

"그 년이 누구야?"

"딜비움 그랜다이 레보라 아크 리 바레린 길리데아 율리아나 카밀카르. 보통은 율리아나 카밀카르라고 부르는 그 셋째 공주."

심드렁하게 대답하던 벨로린은 라미의 얼굴을 보고 깜짝 놀랐다. 라미의 얼굴은 고통과 당혹으로 크게 일그러져 있었다.

"맙소사, 그렇다면……!"

"왜 그러는 거야, 라미?"

벨로린은 자리에서 일어나며 라미를 똑바로 바라보았다. 하지만 라미는 거꾸로 갑판 바닥에 주저앉았고 그래서 벨로린은 얼떨떨한 얼굴로 다시 한쪽 무릎을 꿇었다. 라미는 물수리호의 갑판에 주저앉은 채 머리를 내저었다.

"네 개의 검과 그 주인이 아냐…… 다섯 개의 검이야. 휘리는 다섯 번째의 검이고. 그래. 그렇게 되는 거야. 검에는 주인이…… 오, 맙소사! 그녀는 내 탑까지 왔었어! 거기까지 왔는데 그냥 돌려보냈다니, 알아보지 못했다니! 그녀가…… 그녀가 반왕이었다니!"

무거운 커튼이 침대 위에 어두움을 뿌리고 있었다. 율리아나는 조심스럽게 그 커튼을 들어올렸다.

침대에는 파리한 안색의 노인이 누워 있었다. 율리아나는 침대 옆에 무릎을 꿇었다. 침대 위로 손을 뻗은 율리아나는 노인의 손을 조심스럽게 쥐어보았다.

"아바마마."

손은 부드럽고 건조하며 생기가 없었다. 율리아나는 왈칵 눈물을 쏟으며 침대에 머리를 묻었다.

"아바마마!"

침대에서 조금 떨어진 곳에서, 아르파데일 공주는 손수건을 꼭 부여쥔 채 율리아나의 등을 내려다보았다. 다른 사람들보다도 특히 어린 막내동생에게 비밀로 하고 싶었다. 아르파데일은 어머니의 보살핌을 받지 못한 막내딸에 대한 라힘턴 3세의 애정을 잘 이해하고 있었다. 때론 그 애정이 그녀에게 상처를 입힐 때도 있었지만 아르파데일은 상처를 참는 법을 배웠고 아버지를 동정하는 법을 익혔다. 라힘턴 3세가 카밀카르의 왕좌를 요구할지도 모를 남자에게 율리아나를 보내기로 결정했을 때 그녀가 끝까지 반대하지 못한 것도 그 동정 때문이고, 그래서 그녀는 한때 왕좌에 대한 희망을 거의 단념하기까지 했다. 동생의 남편에게 주자는 결심은 라힘턴 3세의 느닷없는 혼절 때문에 어쩔 수 없이 번복되어야 했고, 아르파데일은 마음속으로라도 쾌재를 올리지는 않았다.

아르파데일은 몇 번이나 말하려다가 멈추기를 반복한 다음에야 가까스로 말을 꺼냈다.

"그만 일어나렴. 유리."

"아냐…… 이건 아니라고. 이렇게 될 순 없어. 왜 내가 아니고…… 내가 아니고 아바마마가…… 나는 이렇게 무사히 돌아왔는데……"

"유리."

"아바마마. 저예요. 유리예요. 유리는 무사히 돌아왔어요. 제발…… 제발! 아바마마. 눈을 뜨세요."

율리아나는 라힘턴 3세의 손을 놓지 않은 채 계속해서 그에게 말을 걸었고 아르파데일은 결국 리로이를 불러들여야 했다. 율리아나는 몸부림쳤지만 힘이 빠진 상태였고 그래서 아르파데일과 리로이에 의해 방 밖으로 부축되어 나왔다.

방 바깥에는 두 명의 경비병이 굳은 얼굴을 한 채 서 있었지만 그들은 아르파데일과 다른 이들을 못 본 척했다. 그리고 아르파데일 역시 그들에게는 아무 시선도 보내지 않았다. 아르파데일과 리로이는 양쪽에서 율리아나를 부축했고 율리아나는 넋이 나간 얼굴로 걷는다기보다는 끌려가듯이 복도를 걸었다. 그렇게 힘없이 끌려가던 율리아나가 갑자기 비명을 질렀다.

"으아아아악!"

그리고 율리아나는 굉장한 힘으로 리로이를 뿌리치고는 앞으로 달려가기 시작했다. 리로이는 당황해서 율리아나를 쫓아가려 했지만 아르파데일이 그의 어깨를 붙잡았다. 고개를 돌린 리로이는 아르파데일의 입술을 바라보았다.

"괜찮으니까 놔둬."

율리아나는 머리를 감싸쥔 채 정신없이 달렸다. 그녀의 곁으로 시종들이나 대신들의 모습 같은 것이 지나쳤지만 율리아나는 신경 쓰지 않았다. 무엇인가 그녀를 부르는 소리 같은 것도 들려왔지만 들은 척도 하지 않았다. 발 아래로 복도나 계단, 그리고 돌과 풀밭 등이 나타났다 사라졌지만 역시 신경 쓰지 않았다. 빛과 그림자가 춤을 추고 소리와 침묵이 소용돌이치는 가운데 율리아나는 어딘지도 모를 방향을 향해 끝없이 달려갔다. 귀 옆을 스치는 바람 소리, 격한 그녀의 숨소리와 발자국 소리는 율리아나를 까무러치게 만들 정도였다.

"공주님?"

한 목소리가 있었다. 그녀를 멈춰 세울 수 있는 목소리.

율리아나는 손을 내리고 주위를 둘러보았다.

폰스파궁 후원의 과수원이었다. 과일보다는 조경을 목적으로 설계된 넓고 훤한 과수원 속에 나무들은 가을의 아취를 한껏 풍기고 있었다. 나뭇가지들 사이로 비스듬히 미끄러지는 햇빛은 풀밭에 고대에서 가져온 듯한 문양들을 그리고 있었고 율리아나의 젖은 볼을 차갑게 만드는 바람이 그 위를 고요히 맴돌고 있었다.

그리고 오스발이 있었다.

율리아나의 걸음이 멈춰졌다.

오스발은 거대한 나무의 밑둥에 기대어 선 채 율리아나를 바라보고 있었다. 그는 막 걸어올 듯한 모습으로, 하지만 나무 아래에 멈춰 선 채 율리아나를 바라보고 있었다. 그리고 율리아나는 멍하니 그를 바라보았다.

바람이 불어, 싸르락거리는 소리가 길게 퍼졌다. 그리고 그 소리에 율리아나의 입술이 벌어졌다.

"안녕."

오스발은 이 인사에 부드러운 미소로 대답했다. 율리아나는 한번 더 인사했다.

"안녕, 오스발?"

"안녕하세요."

"안녕……"

율리아나는 발을 들었다. 걸었다. 종종걸음쳤다. 달렸다. 몸을 날렸다. 거목과 한꺼번에 끌어안기라도 할 듯한 기세로, 율리아나는 오스발의 가슴을 끌어안았다.

제20장
긴 노래

"이와 같은 연유로 인하여 기왕의 상황들을 결코 우호적인 시각으로 해석할 수가 없게 된 사실은 본인에게도 퍽이나 상심되는 일입니다. 물론 시급을 요하는 일에 있어서 성하께서 보여주신 결단력에 대해서는 추호도 의심하지 않으나 내가 이미 보내었던 서신이 있는 바 약간의 고려 정도는 해주실 수도 있지 않았는가 하는 마음이 드는 것 또한 사실입니다."

"아, 예."

"어쨌거나 바다의 도적으로 하여금 육지의 도적을 물리치게끔 하신 그 배려가 훌륭하다는 말씀은 드려야 할 듯하오. 시간에 맞추어 도착하지 못한 자의 불평은 언제나 무가치한 것이고 그 점에서 역사적인 지각생 타르타니어스의 예는 좋은 본보기가 될 것이니, 나 또한 그의 예를 본받아서 손닿는 곳의 일들에 관심을 가져볼까 합니다만."

"아, 예."

"나는 뿔에 보라색 리본을 묶고 옆구리에 피크닉 가방을 끼고 두 발로 봄의 들판을 나풀나풀 춤추며 뛰어다니는 12마리의 숫염소를 보았소."

"아, 예."

로스왈로는 손가락을 입 안에 꺾어넣고는 날카로운 휘파람을 불었다. 휘이—익! 퓨아리스 4세는 의자에서 펄쩍 뛰어오를 뻔했으나 가까스로 팔걸이를 움켜쥐는 것에서 멈출 수 있었다. 약간 떨어진 곳에 앉아 있던 플로라는 나직한 웃음 소리를 내었고 어리둥절한 표정으로 플로라를 돌아보았던 법황은 다시 고개를 돌려 앞에 앉아 있는 날카로운 눈매의 노인을 바라보았다.

"로스왈로? 무슨 일입니까?"

"청컨대 무슨 생각을 그리 하고 계시는지 알려주시지 않겠습니까, 성하? 내가 드리는 말이 귀에 들어오지도 않을 정도로 중요한 일이 무엇인지 몹시 궁금하군요."

"아, 이런. 미안합니다."

법황은 쑥스러운 듯이 뒤통수를 긁적거렸지만 로스왈로의 날카로운 표정은 조금도 변함이 없었다. 법황은 속으로 투덜거린 다음 솔직하게 말했다.

"사실은 이렇게 전격적으로 찾아오신 것 때문에 걱정이 많습니다."

"추기경들이 짖어댈까 봐 말입니까?"

"제발…… 로스왈로. 예, 말하자면 그렇습니다. 나는 지금 추기경들이 보낼 항의 서한들에 대한 생각으로 머리가 꽉차 있습니다."

"무어 겁날 것이 있다고. 지팡이 없이는 운신도 못하는 이 늙은이 혼자 오지 않았소이까."

이 말은 '혼자 오셨어도 위대한 마법의 해석자가 우리에게 주는 부담은 마찬가지입니다'라는 대답을 유도하는 말이 분명했고 그래서 법황은 그렇게 말해 주었다. 그리고 법황은 로스왈로의 날카로운 얼굴 아래쪽에서 뿌듯해하는 미소가 떠오르는 것을 발견하고는 싱긋 웃었다. 법황의 웃음을 본 로스왈로는 재빨리 표정을 가다듬으며 엄숙하게 말했다.

"어쨌든 나는 고독한 순례자로서 이 성도에 온 것이고 가장 시비걸기 잘하는 추기경이라 하더라도 이 노마의 순례행에 대해 이렇다 저렇다는 못할 것이오. 그럼 계속합시다. 일단 나는 말로써 숨바꼭질을 하거나 물구나무서기를 하거나 공중제비를 넘는 짓은 사양하겠소. 바이올기사단은 어쨌거나 성하의 의지가 폴라리스의 존속에 있음을 나타내고 있소. 그렇잖습니까?"

"예? 그런 식으로는 생각해 보지 않았습니다만."

로스왈로는 성마르게 말했다.

"어쨌든 그렇게 된 거 아니겠소? 성하께서야 다벨에 대한 응징이 목적이셨을 테고 바로 그런 이유로 폴라리스를 도우시는 것이겠지만, 그것은 동시에 성하께서 폴라리스를 인지한다는 의미도 된단 말입니다. 틀린 곳 있으면 지적해 주시오."

법황은 순순히 인정했다.

"그렇게 되겠군요. 말씀하신 대로입니다."

"좋소. 그들을 회군시키시오."

이 완벽한 명령조의 말에는 마법사의 수장이 교회의 수장에게 힘대결을 제안하는 의미 같은 것은 없었다. 그보다는 총명하지만 아직 지도를 필요로 하는 제자에게 건네는 경험 많은 노교사의 말투 같았다. 그래서 법황은 발끈하는 대신 차분하게 질문했다.

"이유를 설명해 주겠습니까, 로스왈로?"

"미안한 말이오만 성하께서는 사자를 도와 늑대를 몰아대고 있소."

"어, 말하자면, 폴라리스가 다벨보다 월등히 위험하다는 의미로군요?"

"말로 하지 않고 글로 써도 그런 의미요. 폴라리스가 몇 배나 더 위험한 족속들이오."

퓨아리스 4세는 잠시 상대방이 하는 말에 대해 생각해 보기 위해 팔짱을 끼며 등받이에 몸을 기대었다. 하지만 명쾌한 대답은 떠오르지 않았고 그래서 법황은 곤혹스럽다는 듯이 말했다.

"왜 그렇습니까? 폴라리스를 건국한 이들이 비록 해적들이라고는 하지만 그들이 바보는 아닐 텐데요. 그들이 스스로를 다벨에 대한 반대항으로 계속 규정짓고 있는 것만 보아도……"

"반대항? 무슨 말씀이십니까?"

로스왈로의 얼떨떨해하는 얼굴을 보며 퓨아리스 4세는 상대방이 대륙의 지배자들 중 가장 정치적 감각이 없는 사람임을 다시 깨달았다. '그렇다면 로스왈로가 말한 폴라리스의 위험 어쩌고에는 정치적인 의미는 없을 것이다. 그렇다면 그게 뭘까?' 법황은 차분하게 설명해 주었다.

"만약 폴라리스를 건국한 하리야 휘하의 해적들이 눈앞의 일만 보는 사람들이었다면 당연히 휘리 노이에스에게 붙었을 겁니다. 신흥 강국이고, 게다가 바로 옆에 있는 나라니까요. 하지만 그들은 위험을 무릅쓰면서까지 다벨의 적대 세력이 되었습니다. 여기서 정의감이니 의리니 하는 것은 필요없습니다. 그들은 휘리에 적대함으로써 기존 세력들, 그러니까 팔라레온, 록소나, 다케온 등의 구세력으로부터 환영받았고 동시에 제국의 다른 나라로부터 환영받고 있습니다. 그들은 자신들이 새 질서가 아닌 기존 질서에 편입되기를 원하는 자들임을 분명히 한 셈이지요. 이것은 제국의 모든 지배자들에게 분명한 사실이고, 따라서 그들이 다벨보다 더 위험하다는 말은 납득하기 어렵군요."

"무슨 말씀인지 알겠습니다, 성하. 적의 적은 내 친구라는 말씀이지요?"

퓨아리스 4세는 약간 웃었다.

"예, 뭐. 그렇게 표현해도 되겠지요. 그들이 다벨의 적으로 행동함으로써 제국의 공적이었던 자신의 입지를 흐려버린 것은 사실이니까요."

"나는 그런 것들에 대해서는 잘 모르겠습니다."

로스왈로는 솔직하게 고백했고 퓨아리스 4세는 이 노인의 소탈함에 다시 감동받았다. 그래서 법황은 부드러운 어조로 말했다.

"그렇다면 당신은 왜 폴라리스가 위험하다고 보시는 겁니까? 어쨌거나 실질적으로 우리들과, 그리고 그들 자신에게 피해를 입히고 있는 것은 폴라리스가 아닌 다벨입니다."

로스왈로는 잠시 미간을 찌푸리더니 곧 품속으로 손을 집어넣었다.

다시 나온 그의 손에는 혼 족의 기호품이 들려 있었고 그래서 법황은 얼굴을 찡그렸다. 그러나 마법의 아티스트는 법황청에서도 태연히 담배를 피워댈 수 있는 사람이었고, 실제로 그렇게 했다.

로스왈로는 파이프 연기를 살짝 뿜어내며 말했다.

"역사가 증언하는바, 언제나 사람들을 번영하게 했던 것은 조용하고 양식 있는 정부였소. 하지만 언제나 사람들을 행복하게 했던 것은 난폭하고 무례한 정부였지요. 생각 모자란 이들과 열성 부족한 역사가들은 그런 종자들에게 열광이라는 자양분을 공급했고, 정신나간 독재자라는 코믹한 종자가 절대로 멸종되지 않고 끈질기게 부활하는 것 또한 그런 토양이 사라지지 않기 때문이오. 그래서 난 폭군보다는 그들에게 환호를 보낸 군중들에게 역사의 죄를 물어야 된다는 생각을 가지고 있소. 솔직히, 폭군의 압제에 신음하는 가련한 인민 어쩌고 하는 표현을 보면 속이 뒤집힐 것 같소이다. 그건 폭군의 지배를 허락한 그들이 당연히 받아야 하는 죄값에 지나지 않아요. 따라서 나는 다벨에 대해서는 아무것도 동정하지 않고, 휘리 노이에스에 대해서 역시 특별한 적개심 따위는 가지고 있지 않소."

자유주의자의 정치관이란 무엇인지 여실히 보여주는 말이었다. 비록 신이라는 절대 권력의 지상 대행자로서 도저히 받아들일 수는 없는 말이었지만, 퓨아리스 4세는 잔잔한 미소 정도는 지어줄 가치가 있다고 생각했다. 그러나 미소와 별개로 경고는 해두기로 했다.

"자존심이 뭔지 여실히 보여주는 말씀이군요. 하지만 교회는 실제로 감당할 수 없는 폭군을 알고 있으며 그 폭군에 신음하는 신의 백성들을 동정합니다."

"악마 말씀이군요."

"……로스왈로. 이곳은 법황청입니다. 당신이 상황에 성격을 맞추기 싫어한다는 것은 알지만 말 조심해 주십시오. 그런 찬란한 이름이 그렇게 쉽게 거론될 만한 장소가 아닙니다."

"하지만 거론해야겠소."

"예?"

"조금 전 성하께서는 왜 폴라리스가 다벨보다 더 위험한가 물어주셨소. 그래요. 성하께서는 내가 하고 싶었던 대답을 거의 다 말씀해 주셨습니다. 휘리 노이에스라는 인간 폭군에 의해 지배받는 다벨 따위야 내 관심 대상이 아닙니다. 하지만 폴라리스는 분명히 내 관심을 자극하고 있소."

맥락상 당연히 이어질 말은 법황을 얼어붙게 만들었다. 로스왈로는 느릿하게 말했다.

"나는 그들이 악마의 사역을 받고 있다는 매우 강력한 의심을 가지고 있습니다."

보다 차분하게 생각할 수 있게 되었을 때 퓨아리스 4세는 그것이 얼마나 자존심 상하는 일인가를 깨달을 수 있었다. 악마의 일은 어쨌거나 교회의 일이다. 교회만이 가장 높은 권위로써 이 지상에서 신과 악마의 일을 논하고 정의내릴 수 있는 것이다. 따라서 법황이 마법의 해석자에게 악마의 사역에 대한 충고를 들어야 한다는 것은 교회의 위신에 똥칠을 하는 것이나 다름없었다. 하지만 그 순간 퓨아리스 4세는 너무도 뜻

밖의 말에 당황해서 그만 되묻고 말았다.

"악마의 사역이오?"

"그렇소이다."

"어째서 그런 무서운 말을 하십니까?"

이 지경까지 와서는 법황에게 더 이상의 변명의 여지가 없다. 그날 밤 퓨아리스 4세가 분을 참지 못해 침대에서 두 번이나 굴러떨어진 것도 바로 이 얼빠진 질문 때문이다. 누구 앞에서 감히 악마의 일을 논하느냐는 대갈일성을 토해야 할 시점에서 법황은 그만 당혹스러운 어조로 질문을 하고 말았던 것이다. 그러나 마법의 아티스트는 이 질문에 대해 별 조롱기 없는 어조로 대답했다.

"성하께서는 트로포스 선장이라는 이름을 혹 들어보셨습니까?"

가을의 다림 외곽, 그리고 낮에서 가장 먼 곳.

많은 수의 사내들이 어둠 속을 움직이고 있었다. 얼굴과 무기, 그리고 빛을 반사할 만한 모든 물건에 검댕을 칠하고 입은 앙다문 채 민첩하게 움직이는 사내들의 수효는 적어도 쉰. 그러나 이 정도의 사내들의 움직임이라고는 상상도 할 수 없는 침묵 속에서 나직한 목소리가 들려왔다.

"정지."

사내들의 움직임이 일시에 멎었다. 묻는 듯한 목소리가 들려온 것은 조금 후였다.

"뭐지, 투코인?"

"별빛도 없군요. 달빛이 있으면 참 좋을 텐데."

투코인이라 불렸던 사내는 대답 대신 엉뚱한 말을 중얼거리며 품속을 뒤져 조그마한 주머니를 꺼내었다. 주머니를 손바닥 위에 뒤집어 가루 같은 것을 쏟아놓은 투코인은 그것을 두 손으로 비비기 시작했다. 그리고 그 옆에선 조금 전 질문했던 사내가 물끄러미 바라보고 있었다.

잠시 후 투코인의 손이 푸르스름하게 물든 것처럼 변하며 희끄무레한 빛이 떠올랐다. 투코인은 빛으로 물든 손을 땅바닥 쪽으로 가져갔다.

"270파운드 가량. 발 크기로 봐서 덩치가 크긴 하지만 그보다는 갑옷 무게군. 오른손에 뭔지 모르겠지만 무거운 걸 들고 있었을 겁니다. 오른발이 깊이 패이는데요. 방패를 든 왼손잡이는 아닙니다. 칼집이 없으니까."

"칼집이 없다는 건 어떻게 알지?"

"풀잎 꺾인 자국이 없습니다. 칼집은 흔들리면서 풀 허리나 끄트머리를 치기 때문에 흔적을 구분하기 쉽지요. 정리하면, 체격이 꽤 좋고 갑옷을 입고 오른손에 상당한 중무장을 들고 있는 자입니다."

"나는 한 가지 더 알겠는데. 그 친구 꽤 말수가 적을 거야. 젠장. 사트로니아의 오닉스 나이트군."

"그럴 겁니다. 대장님. 아무래도 여기까지 순찰을 나오는 모양인데요."

"썩을. 몇 놈인지도 알 수 있나?"

투코인은 잠시 대답을 보류한 채 파르스름한 손을 이곳저곳으로 움직였다. 그리고 조금 후 확신이 별로 담기지 않은 목소리로 말했다.

"셋은 확실히 넘고 여섯은 안 될 거 같은데요. 발디딤이 특히 좋은 녀석이 있는데 아무래도 활을 다루는 친구인 것 같습니다."

그리고 투코인은 손바닥을 털며 말을 덧붙였다.

"이 친구들은 돌아가던 중입니다. 발자국이 성 쪽을 향하고 있군요. 소팔라 대장님."

서 소팔라는 짜증스럽다는 듯이 머리를 긁적였다. 꽤 먼 곳인데도 순찰이 있다면 다른 순찰조와 조우하게 될지도 모를 일이다. 서 소팔라는 어둠 속을 응시하며 말했다.

"돌아가던 중이었다면, 당분간 만나지 않을 수도 있다는 건데. 하지만 다음 순찰이 시작되었으면 더 곤란해. 이봐, 투코인. 혹시 언제쯤 여기를 지난 건지도 알 수 있나?"

투코인은 자신 있게 대답했다.

"30분 안쪽입니다."

"응? 그걸 어떻게 알아?"

"밟힌 벌레가 한 마리 있습니다. 만져보면 알죠."

"확실한 거야?"

"제 몸값을 걸죠."

몸값이 동전 두 닢이라는 전설적인 노예 투코인의 대답은 서 소팔라를 미소짓게 만들었다. 그러나 웃음은 길지 않았고 서 소팔라는 곧 걱정스러운 표정으로 전방의 어둠을 주시했다. 그리고 그의 노예병들은 그 좋아하던 잡담도 삼가며 대장의 명령을 끈기 있게 기다렸다.

서 소팔라는 어렵사리 결정을 내렸다.

"좋아. 30분 안쪽이라면 당분간 다음 순찰은 없을 거다. 계속 전진하
자."

서 소팔라의 예견은 정확했다. 그들은 순찰조와 조우하지는 않았다.
다음 순간 그들에게 찾아든 것은 가슴을 철렁하게 만드는 휘파람 소리
였다.

휘리리리—릭!

서 소팔라의 얼굴이 일그러지며 검댕들이 바스락거렸다. 문득 서 소
팔라는 지금 그와 부하들의 검댕을 벗겨보면 그 아래에서 어둠을 희석
시키고도 남을 만큼 새하얀 얼굴들이 나타날 거라는 쓸데없는 생각을
떠올렸다. 그러나 공상에 젖어 있는 머리와는 달리 그의 입은 벌써 명령
을 내리고 있었다.

"튀어! 화약 상자 든 놈들은 다 내던져버리고 도망가!"

명령을 내리면서도 서 소팔라는 확신을 가지지는 못했다. 이 어둠 속
에서 조준 사격 같은 것이 될 리가 없다. 오히려 우리로 하여금 지레 겁
을 집어먹고 스스로를 노출시키도록 유도하는 것일지도 모른다…… 하
지만 소팔라의 판단은 정확했다. 비록 그들은 보지 못했지만 밤하늘을
가르던 포환들은 고맙게도, 혹은 얄밉게도 정확히 화약 상자를 멘 노예
병 쪽으로 수렴되고 있었다. 노예병들은 모두 상자를 내팽개쳤고 그것
이 충격으로 폭발하지 않은 것은 거의 기적에 가까웠다. 그리고 어둠의
망치가 내려치는 것처럼 화약 상자에 첫 번째 포환이 내려떨어졌다.

"콰광쾅쾅콰광!"

동작이 좀 굼뜬 노예병 몇이 몸 뒤쪽으로부터 날아온 폭풍에 날아오르며 애처로운 비명을 질렀다. 하지만 대부분의 노예병들은 아슬아슬하게 피폭 지대를 벗어났고, 그러고는 다리가 빠져나갈 듯한 속도로 달리기 시작했다. 강렬한 화광은 주위의 숲을 훤히 밝혀주었고 그래서 달리는 데 별 지장이 없었지만 그 때문에 감사하고 싶은 사람은 아무도 없었다. 그리고 서 소팔라의 경우에는 경악에 찬 노성을 내질렀다.

"이 어둠 속에서 어떻게!"

서 소팔라는 어이가 없었다. 앞에 있는 사람의 얼굴도 알아보기 힘든 암흑 속에서 적군은 놀랍게도 대낮에 관측 사격을 하는 것보다 더 정확하게 그들에게 포격을 가해 온 것이다. 진지로 돌아온 서 소팔라는 자신의 감상을 이런 식으로 표현했다.

"저 해적놈들은 모두 박쥐인 것 같아!"

형의 감상을 듣고 있던 서 소사라는 먼저 우울한 표정으로 형을 훑어보았다. 험악한 도주행을 막 끝낸 서 소팔라는 진흙탕에 던지고 발로 뭉개놓은 스펀지 케이크 같은 꼬락서니였다. 소사라는 수건을 던져주며 말했다.

"80발을 동시 포격할 수 있으니까 그냥 광범위 포격을 해버린 것 아닐까."

"아냐. 조준 사격이었어. 믿을 수 있겠어? 다른 곳에 떨어진 포탄은 한 발도 없었다고. 설령 우리가 보였다 하더라도, 젠장. 횃불을 휘두르면서 나 쏴주시오, 라고 외쳤어도 그렇게 쏠 수 없을 만큼 정확한 사격이었어. 직접 당했지만, 난 아직도 못 믿겠어. 야간 관측을 그 정도로까지 해내는 관측사는 악마밖에 없을걸."

서 소팔라가 그런 외침을 토해내고 있던 그 시각, 멀리 다림 만에서는 벨로린이 고개를 끄덕이고 있었다.

"농담이 때로는 사실의 핵심을 찌르기도 하지, 서 소팔라."

하리야는 고개를 갸웃했다. 벨로린은 손가락으로 약간 먼 곳을 가리키는 애매한 손짓을 해보였고 하리야는 이 신비스러운 피조물의 모든 언행에 이유를 요구할 필요는 없다고 판단했다. 그래서 하리야는 자신의 관심사만을 질문했다.

"잘 되었나?"

"아아. 성벽 아래에 묻으려던 화약은 몽땅 폭발했고, 그 노예병들의 정신도 거의 비슷한 꼴을 당했다. 지금 정찰조를 보내면 부상자 넷을 잡아올 수 있을 거야."

하리야는 잠깐 주춤했고 벨로린은 그 얼굴을 보며 서늘하게 웃었다.

"내가 있으니 정보를 캐낼 포로 같은 것은 필요없다는 생각을 하고 있군?"

"사람을 부끄럽게 하는군, 벨로린. 그래. 네가 있으니 결국 데려와 봐야 쓸데없는 입만 늘이는 꼴이지. 그들을 지키는 인력까지도 낭비고."

"그렇지."

"오늘 밤에는 2차 습격 같은 것 생각하고 있지 않겠지?"

"그래."

"고마워. 물수리호로 갈 거면 데려다줄까?"

"킬리 선장이 데려다줄 거야."

하리야는 일어나서 선실 문을 열었다. 갑판으로 나왔을 때 벨로린은 짐짓 목소리를 높여 하리야에게 말했다.

"아, 참. 그런데 조금 전의 그 포격은 뭐였어, 하리야 선장?"

"다벨군이 성벽 가까이로 오고 있었어. 성벽 아래에 화약을 묻으려던 계획이었지. 그래서 이 배의 대포를 쏴서 쫓아버린 거란다."

"그러면 조금 전에 말하던 그 이상한 숫자들은?"

"포격 각도와 화약량 등 대포를 쏘는 데 필요한 숫자들이야."

벨로린은 고개를 끄덕였고 그랜드머더호의 갑판 위에 있던 선원들의 5할 정도도 비슷한 동작을 취해 보였다. 그리고 갑판 한편에 서 있던 킬리 선장은 웃음을 가슴 아래로 내리느라 잠깐 고생했다. 어쨌든 벨로린의 능력은 현재 폴라리스의 최고 기밀인 것이다.

웃음을 참은 킬리 선장은 벨로린에게 가벼운 손짓을 보내었고 벨로린은 그쪽으로 걸어갔다. 킬리 선장에게 걸어가던 벨로린은 등뒤에서 들려오는 하리야의 목소리를 들었다.

"서 파르치에게 전하도록. 부하 약간명과 함께 의사를 동반하고 성 밖으로 나간다. 목표 지점은 조금 전 포격이 가해진 곳이다. 아직까지 불이 꺼지지 않았을 테니 찾기 쉬울 거다. 적군 부상병을 찾아서 응급 처치를 해준 다음 '놔두고' 돌아온다. 복창."

'놔두고'에 강세를 주었음에도 불구하고 명령을 받은 해적은 그 말을 빼먹고 복창했고 그래서 하리야는 한번 더 복창시켜야 했다. 해적은 두 번째에야 황당하다는 목소리로나마 올바르게 복창했고 벨로린은 싱긋 웃으며 고개를 가로저었다.

서 파르치와 그의 리저드라이더들은 이 황당한 명령을 수행하느라 꽤 어리둥절하고 언짢은 기분을 느껴야 했다. 물론 그날 밤 언짢은 기분을 느낀 것은 그들뿐만은 아니었다. 자타가 공인하는 노스윈드 최고의 관측사 그레고리는 하리야 선장이 포격 관제를 하겠다고 나선 것, 그리고 그것이 훌륭하게 성공했다는 사실에 대해 심사가 뒤틀려버렸고, 그래서 그의 상관이자 사정을 알고 있는 돌탄 선장은 분노한 그의 관측사를 달래느라 꽤나 고생스러운 시간을 보내어야 했다. (물론 꾹꾹 참고 있던 돌탄 선장이 결국엔 주먹을 불끈 쥐며 '오닉스 선창이 왜 말을 안하는치알치?'의 한마디로 그의 관측사를 침묵하게 만들었음은 말할 나위도 없다.)

가장 둔감한 사람조차도 자신이 일년 중 가장 아름다운 모퉁이를 돌았음을 느끼는 계절이었지만 다벨 8군단의 자랑인 소팔라 림파이어와 소사라 림파이어는 만추의 취흥을 느낄 여유 같은 것은 갖고 있지 못했다. 그들은 제국 기사단 북좌와의 전투 때문에 완전 전투 태세를 유지하고 있었고 그래서 휘리 노이에스는 그들에게 폴라리스 공격의 선봉 임무를 맡겼다. 다림은 항구 도시이며 따라서 완벽한 병탄을 위해서 해상 병력이 필요했다. 휘리 노이에스는 림파이어 형제 기사들이 포위 공격을 수행하는 동안 다케온과 팔라레온의 항구에서 해군을 조성할 계획이었다.

보무도 당당하게 폴라리스로 진군한 림파이어 형제 기사는, 그러나 그 순간부터 난처한 지경에 빠지고 말았다. 상대방은 성 저편에 틀어박힌 채 이쪽에서 보내는 도전장을 모두 무시해 버렸다. 그리고 성 가까이로 접근하면 다림 만으로부터 강철의 레이디가 불을 뿜는지라 공성전

같은 것은 엄두도 낼 수 없었다. 저쪽에선 다가오지 않고 이쪽에서도 다가갈 수 없으니 전투 같은 것이 될 수가 없었다. 서 소팔라는 끙끙거리고 낑낑거리다가 야음을 틈타 성벽 아래에 화약을 묻어 폭발시킨다는 계책을 세웠지만 해적들은 별빛조차 희미한 밤에도 귀신 같은 사격을 퍼붓고 있었다.

서 소팔라는 미간을 잔뜩 찡그린 채 웅얼거렸다.

"놈들이 바다를 가지고 있는 이상 포위 공격은 무의미해. 다림은 원래부터 남해 항로의 중심이었고 따라서 육로가 막힌 것은 그들에게 아무런 지장도 못 돼."

서 소사라는 망원경을 내리며 우울하게 고개를 끄덕였다. 그들은 다림 외곽의 높은 산봉우리에 있었고 저 멀리 다림 만에서는 지금도 많은 배들이 오가고 있었다. 아니, 평소 때보다 더 많은 수였다. 용감한 바다 상인들이 전쟁 특수를 노리고 다림으로 몰려들고 있었다.

"오히려 골치 아픈 것은 우리 쪽이군. 형의 노예병들은 어떻지?"

"그놈들은 밀 생각 때문에 돌아가고 싶어할 정도로 부지런한 놈들은 아냐. 아직도 밀밭이라면 진저리를 치는걸."

"그렇겠지. 그 자들은 돌아갈 곳도 없으니 오히려 여기 있는 걸 더 좋아하겠지. 하지만 이쪽은 좀 골치 아픈데. 가을이 되니까 가족들 생각이 난다고 징징거리는 놈들이 나오는걸."

"으음. 봄여름 동안 그 정도로 애써준 것만 해도 고맙지. 추수제 때는 가족들과 있고 싶을 테고. 어쩔래? 포위 공격 같은 것 별로 쓸모도 없으니 해군이 조성될 때까지만이라도 후방으로 돌려달라고 할까?"

다벨 8군단의 전설을 좀 과도하게 들었던 사람이라면 이런 군인답지 못한 발언에 꽤 당혹했을 것이다. 8군단이 아닌 다른 군대에서도 이런 발언을 이렇게 거리낌없이 하는 지휘관은 찾아보기 힘들 것이다. 하지만 서 소사라는 별로 당황한 기색도 없이 고개를 가로저었다.

"안 돼. 폴라리스는 올해 안에 결판을 보는 편이 좋아. 바탈리언 남작의 재편 작업에 이만저만한 악영향을 끼치는 것이 아니니까."

"흐음. 하지만 접근할 수가 있어야…… 저게 뭐지?"

서 소팔라는 기겁한 듯이 외쳤다. 다음 순간 두 사람은 한 대 맞은 얼굴로 서로를 쳐다보았다. 서 소팔라가 먼저 비명처럼 외쳤다.

"젠장! 둘 다 없다는 것을 어떻게 알았지!"

그리고 서 소사라는 고함을 지르기에 앞서 말에 뛰어올랐다. 서 소팔라 역시 말에 뛰어올랐다. 부글부글 끓는 심정으로 산을 내려오면서 소사라는 그들이 어떻게도 용서가 안 되는 실수를 저질렀음을 깨달았다. 둘 중 하나는 진지에 남아 있어야 했다. 하지만 꿈쩍도 하지 않던 적들이 이토록이나 갑작스럽게 뛰쳐나올 것이라고는 도저히 예상할 수 없었다. 더군다나 다벨군의 진지는 강철의 레이디의 사정 거리를 벗어나기 위해 다림에서 2마일이나 떨어진 곳에 설영되어 있었고 그래서 림파이어 형제 기사들은 혹시나 적군이 공세를 취한다 하더라도 진지까지 돌아갈 시간은 충분하다고 생각했다.

하지만 다림 성에서 포탄처럼 쏘아져나온 리저드라이더들은 그들의 안이한 생각을 비웃듯 맹렬한 속도로 다벨군의 진지를 향해 돌격하고 있었다. 리저드라이더들의 경이적인 속도 앞에서 2마일의 거리는 행군

거리가 아닌 돌격 거리가 되고 있었고 그래서 럼파이어 형제 기사들은
전술가의 최고 재산인 시간을 눈뜨고 강탈당해야 했다.

"하마터면 두 사람은 손도 쓰지 못한 채 눈앞에서 자기 부대가 끝장
나는 꼴을 구경해야 할 뻔한 거지요."

"그렇게 되지 않았군?"

"예. 서 소팔라의 노예병들은 다케온에서 이미 리저드라이더들과 한
번 싸워본 적이 있지요. 그 노예들이 주축이 되어 어떻게 가까스로 막
아낸 모양입니다. 그 리저드라이더들이 노예병들에 대한 사무친 원한으
로 약간 흐트러진 모습을 보였다는 점 또한 도움이 되었던 모양입니다.
막심한 타격을 받았지만 막긴 막았습니다. 그리고 서 소팔라와 서 소사
라가 공동 명의로 서신을 보냈습니다."

바탈리언 남작은 책상 위에 서신을 내려놓았지만 휘리 노이에스는
거기에 손을 뻗는 대신 남작을 향해 질문했다.

"무슨 내용인데?"

"단검을 보내달랍니다."

"웃기는군. 패전으로 부족해서 나더러 최고 지휘관들까지 잃어먹으라
고? 이놈들이 도대체 아군이야, 적군이야. 자살을 하고 싶으면 전쟁 끝
나고 하라고 그래. 지금 자살하는 건 다벨 재산에 대한 도적질이야."

바탈리언 남작은 엷게 웃었다.

"이들도 아마 그런 대답을 기대하고 쓴 것 같습니다만, 어쨌든 마음 속 깊이 반성하라는 교훈적인 내용으로 답신 보내겠습니다. 전부 요식 행위 같습니다만."

"응. 해군 쪽은 어떻게 되고 있지?"

바탈리언 남작의 얼굴에서 미소가 싹 가셨다. 그는 진절머리 난다는 얼굴로 말했다.

"팔라레온과 다케온의 전함들에 대한 정리 작업은 대충 완료되었습니다. 문제는 배가 아니라 선원들 쪽입니다. 팔라레온과 다케온의 해군 장교들이나 고급 선원들은 모두 은퇴하거나 잠적해 버렸습니다. 회유 작업을 펼치고 있습니다만 성과는 시원치 않고, 폴라리스의 승리 소식 같은 것이 계속 들려오는 마당엔 그나마 포기하고 싶어집니다."

"아무래도 어렵겠나?"

"어중이떠중이를 모으면 역사적인 다벨 1함대를 창설할 수야 있겠습니다만…… 죄송합니다. 해전에 대해 잘 아는 척하고 싶지는 않습니다만 그런 엉터리 함대가 노스윈드의 상대가 될 수 있을지 몹시 의심스럽습니다."

"나도 의심스러워. 쳇, 노스윈드의 이름에 기죽지 않을 정도의 수병이어야 되는데, 그런 친구들이 있을까. 용병선이나 해적은 어떻지?"

"효과가 기대되지 않습니다. 시폭스 남작의 몰락 이후 남해에는 변변한 용병 선단이 없습니다. 아시겠지만 시폭스 남작을 바다 아래로 처박아버린 것도 노스윈드였습니다. 해적 역시도…… 뭐라고 말해야 할까요. 키 드레이번은 가장 훌륭한 해적들은 자기 휘하에 넣었고 시시한 해적들은 다 가라앉혀 버렸습니다. 그 결과로 남해에서는 괜찮은 해적 찾기도 어렵습니다."

"참으로 제국의 공적 제1호로군. 박수를 보내고 싶을 정도야."

그러나 휘리 노이에스는 박수를 치는 대신 두 다리를 책상 위에 얹고는 눈을 감았다. 휘리는 그 자세로 잠시 꼼짝도 하지 않았고 바탈리언 남작은 방을 나갈까 생각했다. 그때 휘리가 눈을 감은 채 말했다.

"아무래도 해적은 해적으로 상대해야겠군."

"예? 말씀드렸다시피 그런 해적은 없습니다만."

"아니, 있다. 노스윈드보다 더하면 더했지 절대 덜하지 않은 지독한 해적이."

휘리는 눈을 떴다. 그의 눈에 바탈리언 남작의 찌푸린 얼굴이 들어왔다. 남작은 뭔가 말하려다가 고개를 가로젓고는 휘리를 똑바로 쳐다보았다. 휘리는 고개를 끄덕였다.

"그 해협으로 서신 한 통을 보내야겠어."

바탈리언 남작은 가장 엄숙한 표정으로 말했다.

"자작님. 어쨌거나 그들은 교회 기사입니다. 그리고 발도 로네스는 야심가입니다. 그의 자제력을 시험해서는 안 됩니다. 교회조차도 그들을 육지로 끌어들이기 싫어서 우리를 파문 조치하지 않고 있습니다. 우리도 그 점에서는 교회를 본받아야 합니다. 폴라리스를 잡기 위해 그 놈들을 끌어들이는 것은 토끼를 잡기 위해 대포를 쏘는 꼴입니다. 그 놈들이 훨씬 더 귀찮을 겁니다. 게다가 그들이 우리를 위해 움직인다는 것은 곧 그들이 교회를 배신한다는 의미가 되는데, 교회의 배신자와 손을 잡는 것은 결코 바람직한 일이 못 됩니다.”

차분하게 듣고 있던 휘리는 싱긋 웃었다.

“폴라리스의 문제만은 아니지.”

“예?”

“내년 봄에는 그들이 필요없어. 그때까지는 20만 군세를 만들 수 있을 테니까. 하지만 그때까지 기다릴 수는 없어. 폴라리스는 지금 쳐 없애야 돼. 그렇잖으면 내년에 만들어낸 병력을 그 놈들에게 낭비해야 되니까. 그외에도 여러 가지 이유로 나는 내년 봄까지 사용할 병력이 필요해. 정복지 방어, 중부 동맹 견제, 돌발적인 적의 출현 등등. 마지막 것은 제국 기사단 북좌라는 형태로 이미 한번 나타났었다. 또 나타나지 않으리라는 법은 없어. 따라서 나는 가용 병력이 필요하고, 필마온 기사단은 그 병력을 단번에 제공해 줄 수 있다. 놈들을 육지로 끌어올려야 돼.”

“하지만……”

“빌어먹을, 어차피 그 놈들은 자칫하면 내 적이 될 놈이야! 법황이 놈들에게 다벨 토벌을 명령할 수도 있어. 그렇다면 놈들은 얼씨구나 하면서 상륙해서 우리를 공격하겠지. 차라리 내가 먼저 쓰는 편이 훨씬 나아.”

폰스파궁 2층 발코니는 여름날 저녁이면 조그마한 무도회가 열릴 정도로 넓었지만 그 넓은 발코니에는 지금 율리아나와 파킨슨 신부만이 앉아 있었다. 율리아나는 고개를 약간 갸웃하며 말했다.

"떠나신다고요?"

"예. 교구를 너무 오래 비워두었습니다. 이젠 테리얼레이드로 돌아가야지요."

파킨슨 신부의 대답에 율리아나는 섭섭해하는 얼굴로 말했다.

"이곳까지 오셨는데 더 있다 가시지 않고. 이것저것 보여드리고 싶은 것도 많은데요."

"저도 아쉽습니다."

"그럼, 떠나시기 전에 한 가지만 대답해 주세요."

"짐작하시는 대로입니다."

율리아나는 어설프게 웃으며 파킨슨 신부를 바라보았다. 신부는 잔잔하게 웃으며 고개를 조금 숙였다.

"대신 사과해도 되겠습니까?"

"아니오. 그러실 필요는 없어요."

"언제 알게 되셨습니까?"

"바로 그 날. 신부님이 그런 얼굴을 한 채 찾아와서는 떠나겠다고 말한 직후 암살 기도가 일어났어요. 그것도 교회 안에서. 그 정도면 누구나 상상할 수 있지 않을까요? 교회가 그런 것이겠지요."

"부끄럽기 짝이 없군요."

"다시 그럴 생각일까요?"

"아닌 것 같습니다. 이젠 카밀카르―필마온의 연계는 의미를 상실했지요. 문제가 되는 것은 휘리 노이에스의 다벨이자 제국을 침략한 혼 족입니다. 그러니 공주님께서 걱정하지 않으셔도……"

파킨슨 신부는 갑자기 주춤하고는 머쓱하게 웃었다.

"이런, 신부라는 위인이 마치 정치가나 되는 것처럼 말하고 있군요."

율리아나는 방긋 웃으며 고개를 조금 돌렸다. 그러고는 작은 탄성을 질렀다.

회색 구름이 넓은 하늘을 뒤덮고 있었지만 구름이 갈라진 자리 햇살이 폭포수처럼 쏟아지는 곳에서 카밀카르의 바다는 영롱하게 빛나고 있었다. 때론 겹쳐지며 때론 외롭게 쏟아지는 햇살들의 폭포는 하늘에서 바다로 던지는 너울 같았다. 경계가 중심이 되고 빛이 그림자가 되는 그곳에서는, 중첩된 시간의 빛깔이 바래지며 항상 우리 곁에 있지만 우리는 아닌 무엇이 제 모습을 드러내는 것 같았다.

율리아나는 꿈꾸는 듯한 눈으로 그 모습을 바라보며 말했다.

"무엇을 보고, 무엇을 느끼셨나요?"

"별로. 그저 찾았습니다."

"무엇을 찾으셨지요?"

"내 곁에 있는 사랑할 수 있는 많은 사람들에게 돌아가는 길을 찾았습니다."

율리아나는 신부를 돌아보았다.

바다 저편에 쏟아지고 있는 햇살이 신부의 얼굴에도 쏟아지는 것 같았다. 그 얼굴은 섬나라 공주인 율리아나에게는 익숙한 얼굴이었다. 기나긴 항해를 끝내고 항구로 돌아온 선원들은, 난폭하거나 부드럽거나 수다스럽거나 조용하거나 간에 모두들 저런 눈빛을 하고 있었다.

"테리얼레이드의 사람들은 정말 행운아군요."

신부는 소리 없이 웃었다. 율리아나는 고개를 가로젓고는 테이블 위에 얹어놓은 두 손을 모아쥐었다.

"신부님."

"말씀하시죠."

"정말…… 무례되는 질문이겠지요. 하지만 꼭 묻고 싶은 것이 있어요."

"원칙적으로는 성직자에게 무례라는 건 없습니다. 무례라는 건 예에 어긋난다는 것인데, 성직자는 하늘의 예만 알고 있을 뿐이며 그것만 따르니까요. 다만 이 엉터리 신부에게는 지금 했던 말 다 까먹게 만드는 악우가 하나 있어서 왠지 신뢰성이 없을 것 같군요."

율리아나는 작게 웃었다.

"데스필드 말씀이군요."

"아무래도 수양이 부족합니다. 어쨌든 노력은 하고 있으니, 편하게 말씀하십시오."

율리아나는 먼저 긴 한숨을 내쉬었다. 그러고는 차마 똑바로 바라볼 수 없어서 그런다는 듯이 고개를 돌려 바다를 바라보며 말했다.

"다만, 사랑할 수 있을까요?"

파킨슨 신부는 이 간단한 문장에 엄청난 질문을 담아낸 율리아나의 화법에 먼저 감명받았다. 신부는 기도하듯 두 손을 모으고는 그 손에 눈길을 떨어트렸다.

"저는 그러고자 합니다."

"에름 후작님도, 신부님도…… 사랑해 봐야 보답이 오지 않는 상대를 다만 사랑하겠다시는군요. 발은 그 사랑이 자기 것이니 무슨 문제냐고 했지만, 정말 그럴 수 있을까요. 데스필드는…… 예. 패스파인더에게 목적은 없지요. 다만 걸어갈 뿐. 하지만 사람들이 정말 다만 걸어갈 수 있을까요?"

"다만 살아가기는 하잖습니까?"

율리아나는 놀란 눈으로 파킨슨 신부를 바라보았다. 신부는 우수 짙은 눈으로 그녀를 바라보고 있었다.

"다만 사랑할 수 있습니다. 저는 그렇게 믿습니다. 그리고 저는 그보다 더 멀리 가지는 못합니다. 그래서 테리얼레이드에 닻을 내리기로 결정했지요."

"더 멀리……?"

"예. 공주님."

문득 율리아나는 파킨슨 신부의 얼굴에서 짙은 피로감을 보았다. 그것은 패배자의 얼굴이었다. 하지만 초췌함이나 비굴함으로 얼룩진 패배자는 아니었다. 그것은 자신의 결정에 따라 싸움을 중단한 자의 눈빛이었고 몸짓이었다. 그리고 정지된 춤이었다.

"저는 이 정도까지 다다른 것만으로도 감사합니다."

율리아나는 문득 눈물을 쏟아낼 것 같은 기분을 느꼈다. 그녀는 자신이 파킨슨 신부에 대해 얼마나 알고 있는지를 돌이켜보았다. 결코 많이 안다고는 하기 어렵다. 몇 개월 전에 만났고 잠시 동행했지만 그보다 더 많은 시간 동안 헤어져 있다가 최근에야 좀 이상한 방식으로 다시 만났다. 친구라는 이름은 아직 무겁고 지인이라는 이름은 어울리지 않는 이 신부를 보며 율리아나는 한번도 느껴보지 못한, 그래서 그 이름을 규정지을 수 없는 느낌을 받았다.

율리아나는 자신이 무슨 말을 하는지 잘 모르는 상태에서 말했다.

"별을 보는 눈을 가졌으면서도 나뭇가지 끝에도 닿지 않는 팔을 가졌다는 것은 너무 슬프지 않은가요?"

파킨슨 신부는 웃으며 고개를 가로저었다.

"별은 보이지 않습니까."

서 소팔라와 서 소사라는 결국 더 이상의 공격을 포기하는 대신 폴라리스 공격에 대비한 교두보를 확고히 해두기로 결정했다. 그들은 폴라리스의 전략을 그대로 채택하여 절대로 응전하지 않는다는 원칙을 내세운 다음 다림으로 통하는 도시들 전부에 대한 거미줄 같은 보급망을 구성하기 시작했다.

하지만 그 작업 또한 쉽지 않았다. 모든 지형을 이동할 수 있으며 심지어 수면까지 달리는 리저드라이더들의 부대는 어떤 험로에서도 반드시 나타나서 병참을 박살내었다. 심지어 그들은 강을 따라 움직이는 수송선 위까지 난입함으로써 그들의 공격 앞에 안전 지대는 없음을 확실히 했다. 두 형제는 리저드라이더들의 이 기동성에 대해서는 납득할 수 있었지만 도대체 어떻게 병참 이동을 제 손금 보듯 알고 있는지에 대해

116

서는 이해할 수가 없었고, 그래서 첩자의 존재에 대해 의심하기 시작했다. 하지만 두 기사의 면밀한 내사에도 불구하고 첩자의 존재는 드러나지 않았다. 당연한 일이었다. 그들이 찾고 있는 첩자가 물수리호의 갑판에 앉아 노래 부르길 좋아하는 검은 소녀였다는 사실은, 설령 면전에 대고 말해 줬다 하더라도 그들로서는 믿을 수 없었을 것이다. 어쨌든 계속되는 보급 부족에 첩자에 대한 의심까지 겹치게 되자 다벨군의 사기는 서리 맞은 푸성귀마냥 가차없이 떨어졌다.

이레다벨에서 모든 재정비를 마치고 도착한 서 켈커와 서 기리우가 본 것이 바로 그런 8군단의 모습이었다. 두 사람은 림파이어 형제 기사들이 병사의 사기를 이 정도로까지 추락시켰다는 사실을 믿을 수 없어했다. 서 소팔라는 잔뜩 주눅든 얼굴로 말했다.

"나는 말이야, 농부의 심정으로 가을이 더 깊어지기만을 애타게 기다리고 있다네. 기온이 더 떨어지면 저 저주받을 도마뱀 새끼들도 설치지를 못할 테니까. 하지만 이 남부에서는 가을도 느리게 오는군."

그러나 서 켈커와 서 기리우의 합류는 분명히 새 바람을 일으켰다. 두 지휘관의 합류로 8군단은 이제 최초로 팔라레온의 국경선을 넘어 스베이 요새를 공격하던 봄의 모습을 거의 회복했고, 그러자 어딘가로 사라졌던 자신감도 서서히 돌아왔다. 그것을 간파한 서 소사라는 기회를 놓칠세라 열심히 휘리의 이름을 팔기 시작했다. '이제 노이에스 자작님만 오시면 무적 8군단이 완성된다'는 말은 서 소사라의 제2의 숨소리 비슷한 것이 되었고 그러자 그 말은 병사들로 하여금 앞서의 패배는 휘리가 없었기 때문에 얻게 된 것이라는 착각을 일으키게끔 만들었다. 병사들은 자신감을 회복했고 패배에 대한 기억을 잊었다. '우리가 질 리가 없다. 휘리 노이에스가 없는 시점에서의, 8군단이 완성되지 않은 상태에서의 패배는 패배가 아니다.' 서 소팔라는 동생의 작업에 단 한마디만 참견했다.

"무적 신화는 좋아. 하지만 그런 신화는 자칫 양날의 검이야, 소사라."

"무슨 말인지 알겠어. 그래. 노이에스 자작님이 없을 땐 항상 진다고 생각하게 될지도 모르지. 하지만 이번에 전설을 만들 수 있다면 다음 번엔 다른 전설도 만들 수 있지 않을까. 어쨌든 몇 달짜리 신념이라도 신념은 유용한 도구야."

잇단 패배에도 불구하고 8군단이 사기를 회복하고 있는 반면, 폴라리스 측은 잇단 승리에도 그다지 기세를 올리지 못하고 있었다.

마왕 빌레스 커리돈을 주축으로 하는 폴라리스 망명 세력들은 폴라리스 수뇌부의 웅크린 자세에 당혹하고 분노하고 있었다. 상대방의 접근을 불허하는 강철의 레이디와 나가기만 하면 승리를 거두고 돌아오는 리저드라이더. 도대체 무엇을 더 원하는가! 그들이 보기에 폴라리스는 전면전으로 들어갈 수 있는 충분한 요건을 갖추고 있었다. 충분하다 못해 그들이 쓰고 싶을 정도의 확실한 요건들이었다. 그런데 폴라리스는 그렇게 하지 않고 있었고 그럼으로써 마왕과 서 하빈저, 그리고 그 외 많은 망명객들에게 식욕 상실과 우울증을 선사하고 있었다.

망명객의 신세인지라 목소리를 높일 처지가 못 되었던 그들은 자신들의 불만을 우회적으로 표현하기로 결심했고, 그래서 직접 승리를 거두고 있는 리저드라이더들을 찾아갔다. '당신들은 폴라리스 평의회에게 계속 승리를 바치고 있다. 이제 더 많은 것을 요구할 수 있지 않은가? 나가서 싸우자고 요청해 보라.' 하지만 리저드라이더들의 우두머리인 서 파르치는 입맛을 다실 뿐 끝내 고개를 세로젓지는 않았다. 참으로 리저드라이더다운 서 파르치의 대답은 다음과 같았다.

"보시오. 폴라리스는 우리들에게 목도리도마뱀을 내어줬소. 제길. 우리 장인이라 할 수 있단 말이오."

서 하빈저는 그다지 풍부하지는 못한 문재로나마 이것을 '결혼보다 짙고 죽음보다 가까운 리저드라이더와 목도리도마뱀의 결합'이라 표현 했고 서 파르치와 리저드라이더들은 그 말을 자신들의 모토로 채택해 버렸다. 리저드라이더들은 다시 한번 목도리도마뱀과 함께 달릴 수 있다는 사실만으로도 만족하고 있었고 게다가 폴라리스 평의회의 지시에 따라(사실은 벨로린의 지시에 따라) 움직이는 한 계속 승리를 거두고 있으므로 불만을 가지고 있지 않았다. 망명객들은 할 수 없이 목표를 바꿔야 했다. 그들의 다음 목표는 바스톨 엔도 장군이었다.

'장군께서 나서주기만 하면 폴라리스는 물론 장군의 조국 사트로니아도 영광된 승리를 얻을 수 있을 것이다. 적은 비루한 모습으로 저 앞에서 그들의 패배를 기다리고 있고 장군이 할 일은 그저 폴라리스 수뇌부를 이끌고 저 밖으로 나가 준비된 승리를 주워오는 일 뿐이다'에 해당하는 제안이 바스톨 장군에게 쏟아져 들어왔다. 일가를 이룬 무인에게 이런 말을 건네는 것이 모욕이라는 것도 모르는 한심한 소치라 하겠지만 어쨌든 장군은 노성을 터뜨리는 대신 차분히 대답했다.

"검을 든 후 40년, 이 노병에게 한번도 주워 가진 승리는 없었소. 투미한 재주밖에 없어 그러한지 모르겠으나 지금에 와서야 그렇게 할 수 있다고도 생각되지 않소."

서 하빈저는 '우리는 삽을 들고 산을 움직이려 했다'며 장탄식을 토해야 했다. 서 하빈저의 고군분투를 열심히 청취한 하리야는 빙그레 웃으며 고개를 끄덕였다.

"그래서, 이제야 나한테 찾아온 겁니까, 서 하빈저?"

"그렇습니다. 하리야 선장. 우리가 조바심 낸다고 하실 수도 있겠지만, 이런 상황에서 조바심을 내지 않는 쪽이 비정상이지 않을까요?"

"무슨 말인지 이해합니다. 예. 당연하지요."

촛불빛이 밤을 잘라내어 그림자로 펴내는 시간이었다. 막상 전쟁 내각의 주인공은 하리야겠지만 더 피로해 보이는 얼굴을 하고 있는 것은 서 하빈저였다. 서 하빈저는 머리카락을 쓸어올리고는 깊은 한숨을 토하며 말했다.

"내정 간섭에 작전 참견까지 다 해보겠습니다. 도대체 무엇을 기다립니까? 8군단은 이미 혹독한 꼴을 당하고 있습니다. 끝장을 봐야 합니다. 시간을 끌면 더 불리합니다. 날씨가 더 추워지면 리저드라이더들은 전선에서 물러나야 할 겁니다. 그리고 휘리 노이에스는 함대를 이끌고 올 테고요."

"그것까지 아십니까?"

"피난민들은 어쨌든 정보에 목말라 하니까요. 다림 시내를 배회하면서 각 상관과 대표부들에게 소식을 구걸하는 망명 귀족들의 모습은 이제 진풍경도 아닙니다. 말씀해 주십시오. 무엇을 기다리고 계시는 겁니까?"

하리야는 가슴 한구석이 답답해지는 것을 느꼈다. 그는 이 질문에 대한 답을 알고 있었다. 하지만 들려줄 수도 없고 들려줘봐야 용인받을 수 있는 대답도 아니다. 그들이 키 드레이번 한 사람의 참전을 기다리고 있다는 것을 어떻게 합리적으로 들리게끔 말할 수 있겠는가.

"키 드레이번을 기다리고 있는 것입니까?"

하리야는 깜짝 놀란 얼굴로 서 하빈저를 바라보았다. 하빈저는 침착한 얼굴 그대로 하리야를 바라보고 있었다.

"뭐라고 하셨습니까?"

"잘못 듣지는 않으셨을 텐데요. 이렇게 물었습니다. 키 드레이번을 기다리고 있는 것입니까?"

"어째서 그렇게 말씀하시는 겁니까?"

"그런 모양이군요."

서 하빈저는 담담한 표정으로 고개를 약간 숙였다. 자신의 무릎을 바라보고 있는 이 얌전해 보이는 젊은이를 보며 하리야는 록소나 기사들보다 이 젊은이야말로 마왕의 첫 번째 재산이 아닌가 하는 생각을 떠올렸다.

잠시 후 서 하빈저는 여전히 자신의 무릎을 내려다보며 말했다.

"저는 제 이성으로 판단할 수 없는 것이라 해서 혐오하고 싶은 생각은 없습니다. 스스로의 이성의 깊이를 과신하는 것이야말로 비이성적일 테니까요. 따라서 여러분들의 행동을 특별히 비난하고 싶지는 않습니다. 예. 누구에게나 의지할 만한 것은 있어야겠지요. 전하나 저에겐 수복해야 할 고국의 이름이 삶의 목표입니다. 여러분들은 아직 익숙하지 못한 폴라리스보다는 키 '노스윈드' 드레이번의 이름이 삶의 목표일 수도 있겠지요. 폴라리스를 위한 전투보다는 키 드레이번과 함께하는 전투라는 것이 더 여러분에게 만족감을 주는 것인지도 모르겠습니다. 실로 그러하겠지요."

"고맙습니다. 서 하빈저."

"별말씀을. 그렇다면 여러분은…… 키 드레이번이 나서지 않는 전투에 매진하는 것은 재미가 없다고 생각하실 수도 있겠지요. 하지만 하리야 선장님. 이 폴라리스가 여러분들의 장난감일지도 모르겠습니다만, 그 장난감에 기대를 걸고 있는 사람들이 너무 많습니다."

하리야는 약간 불편한 듯한 기침 소리를 내었다.

"그렇게까지 생각하지는 않습니다."

"그렇게 생각하셔도 비난하지 않습니다. 사실 이곳 사람들이 간절히 원해서 만들어진 나라도 아니고 당신들이 일생의 비원으로 세운 나라도 아닙니다. 어쩌다 보니 기회가 되었고 그래서 세운 나라이지 않겠습니까? 냉정하게 볼 때 그렇게 보인다는 것은 부정하실 수 없을 겁니다. 그러니 이곳 사람들이나 여러분 모두 이 땅을 위해 피를 흘려가며 싸우고 싶은 생각은 가지고 있지 않을 수도 있겠지요."

"수틀리면 그대로 배에 올라타 열린 바다로 나가버리면 그만이라는 농담을 하긴 하지요."

"예. 하지만 우리는 그런 농담을 할 수 없습니다."

서 하빈저는 손가락을 강하게 깍지껴 턱을 받쳤다가 떼며 말했다.

"당신들이 이 폴라리스라는 나라에 대해 어떤 그림을 그리고 있는지는 잘 모릅니다. 하지만 빌레스 전하나 저, 그리고 서 파르치 같은 이들은 이곳에 말로 표현할 수 없을 만큼의 희망을 걸고 있습니다. 그리고 바스톨 장군 같은 분도 마찬가지리라 생각합니다. 그 분이 용병입니까? 아니면 이곳이 제2의 엔도입니까? 다 아닙니다. 그냥 사트로니아로 돌아가셨다면 목숨뿐만 아니라 평생 쌓아둔 명예까지도 고스란히 보존하실 수 있는 그 분께서 이곳에 남으신 것은, 그 분이 이곳을 마지막 전장으로 선택한 것이라고밖에 생각되지 않습니다."

"나 또한 그렇게 생각합니다."

서 하빈저는 고개를 끄덕이며 일어났다.

"이것은 당신들의 나라이고 당신들이 우리에게 무슨 빚을 지고 있는 것도 아닙니다. 아무것도 요청할 수 없지만, 다만 알아주십시오. 폴라리스에 꿈을 걸고 있는 사람들이 있다는 것을 말입니다. 이만 가보겠습니다."

하리야가 뭐라 말할 새도 없이 서 하빈저는 몸을 돌려 방을 나섰다. 그 뒷모습을 물끄러미 바라보던 하리야는 헛웃음을 지으며 고개를 가로저었다. 그리고 하리야는 창가로 걸어갔다. 어둠 속을 헤매던 하리야의 시선은 곧 목표를 포착했고 하리야는 자유호에 매달린 신호등을 지그시 바라보았다.

키 드레이번은 떠나지 않았다. 하지만 자유호에서 나오지도 않았다. 식스 일항사는 아무런 말도 전하지 않았고 그것은 자유호의 선원들 역시 마찬가지였다. 자유호의 선원들은 키 드레이번이 돌아오자마자 다림시내 곳곳에서 나타나 자유호에 승선했기 때문에 자유호는 언제라도 출항할 수 있는 상태였다. 하지만 그 배의 모든 것은 그 선장과 마찬가지로 침묵하고 있었다.

문득 하리야는 소스라칠 것 같은 기분을 느꼈다.

'키 선장님.'

하리야는 창문을 왈칵 열어젖히며 자유호를 똑바로 바라보았다.

'우리가 제멋대로 당신에게 우리의 소망을 투사하곤 했을 때 당신이 느낀 것은 이런 기분이었습니까?'

칸나는 두 손을 가슴 앞에 모았다가 모은 그대로 앞으로 뻗었다. 그리고 왼손이 위쪽으로 오게 한 다음 가슴 앞쪽에서 수평으로 세 번 원을 그렸다. 그리고 칸나는 두 손을 가볍게 아래로 뿌렸다.

별의별 잡동사니들이 쏟아졌다. 깃털, 뼈, 못토막, 사기 조각, 선원용 단추 등이 칸나의 손으로부터 갑판 위에 쏟아졌다. 칸나는 오른손으로 턱을 받친 채 그 모습을 물끄러미 내려다보았다. 마지막으로 빙글빙글 돌던 단추가 움직임을 멈췄을 때 칸나는 묵직한 신음을 내뱉었다.

"횡액이군."

칸나는 흠칫하며 고개를 들었다. 언제부터 거기 있었는지 모르겠지만 누군가가 칸나의 앞쪽 선교 난간에 걸터앉아 있었다. 칸나는 단검

자루에 손을 뻗으며 재빨리 일어났지만 상대방은 칸나 쪽에는 시선도 보내지 않은 채 바닥에 쏟아진 잡동사니들을 바라보고 있었다. 칸나는 단검을 뽑아 한 바퀴 돌려 똑바로 잡은 다음 말했다.

"벌쳐."

벌쳐는 고개를 숙인 채 말했다.

"내 이름이지. 어떻게 아나?"

"물수리호 손님. 벨로린 친구. 그리고 너, 사람……?"

벌쳐는 고개를 들었다. 재미있어하는 표정으로 칸나를 바라보던 벌쳐는 고개를 끄덕이며 말했다.

"너희 부족은 바라미와 오랜 세월 한 곳에서 살았지. 쓸데없는 눈이 길러졌을지도 모르겠군. 그건 그렇고 칸나 군. 마귀가 찾아온다는 괘가 나왔구면."

칸나는 이를 부드득 갈면서 벌쳐를 바라보았다. 벌쳐는 싱긋 웃으며 말했다.

"바라미는 여기 있나?"

"대사, 없다."

"여기도 없다고? 도대체 어디로 간 거지. 그 비린내 나는 쇠토막은 치워라, 칸나. 네 심장을 뽑아내어 거기에 꽂아주기 전에."

칸나는 더 거슬리는 소리를 내며 단검을 들어올렸다. 하지만 벌쳐는 싱글싱글 웃기만 할 뿐 꼼짝도 하지 않았다. 단검 끝을 벌쳐의 미간에 똑바로 겨누고 있었지만 칸나는 등 뒤로 식은땀이 주르륵 흐르는 것을 느낄 수 있었다. 칸나가 앞으로 돌진하거나 쓰러져버리거나 둘 중 하나를, 혹은 둘 다를 하려고 결심했을 때였다.

벌쳐가 갑자기 웃음을 터뜨렸다.

"어이쿠. 키 대왕님이시군."

칸나는 황급히 몸을 돌렸다.

키 드레이번이 선교 계단을 올라오고 있었다. 코트는 없이 검은 셔츠 바람이었고 그 어깨로 검은 머리가 아무렇게나 쏟아지고 있었다. 뱃전을 순시하는 선장의 보통 모습이었지만 칸나는 키 드레이번이 폴라리스로 돌아온 이후 처음 보는 모습이었다. 칸나는 뭐라 말하려 했지만 선교 위에 올라선 키가 먼저 벌쳐를 향해 말했다.

"뭐냐."

"벌쳐라는 패스파인더올시다, 키 선장님. 물수리호에 잠시 몸을 의탁하고 있지요."

"이곳엔 어떻게 올라온 거지?"

"아아, 레이디 바라미를 찾던 도중 이곳에 계신가 해서 올라왔습니다."

"누가 승선을 허락했나?"

"제가 했지요, 키 선장님."

"재미있는 놈이군. 벌쳐."

"감사합니다."

키는 흥미없다는 듯이 고개를 돌리며 칸나에게 말했다.

"밖으로 집어던져."

잠시 후 키는 고개를 약간 갸웃한 채 꼼짝도 하지 않는 칸나를 바라보았다. 칸나는 어쩔 줄 모르는 얼굴로 키와 벌쳐를 번갈아 쳐다보다가 그만 무릎을 꿇었다. 칸나는 두 손으로 머리를 감싸쥐며 이상한 소리를 내었고 그 모습을 내려다보던 키는 미간을 찡그렸다. 벌쳐가 빙그레 웃으며 말했다.

"그 친구 오늘 일진이 나빠서 그런가 봅니다, 선장님. 제 발로 나가지요."

정중하게 목례까지 해보인 벌쳐는 가벼운 걸음으로 걸어왔다. 선교를 내려가기 위해 계단으로 걸어간 벌쳐는 그 앞에 서 있는 키를 보며 어깨를 으쓱였다.

"좀 비켜주시겠습니까?"

키는 몸을 오른쪽으로 조금 돌렸다. 하지만 벌쳐에게 길을 내주기 위해서 그런 것은 아니었다. 대신 키는 오른손을 앞으로 확 뻗어 벌쳐의 양 볼을 강하게 움켜쥐었다.

그리고, 두 사람은 잠시 그 자세로 멈춘 채 서로를 바라보았다.

칸나는 두려움 가득한 눈으로 그 광경을 올려다보았다. 그들의 머리 저편으로 둥근 달이 요괴스러운 빛을 뿜고 있었고 그래서 둘의 모습은 칸나에게 기이한 실루엣으로 보였다. 바람이 한 차례 키의 머리카락을 흔들었을 뿐 잔잔한 물결 소리 속에 그들은 고요했다. 먼저 입을 연 것은 벌쳐였다.

"이건 무슨 짓이지?"

키의 손에 덮여 있었기 때문에 벌쳐의 목소리는 이상하게 들렸다. 하지만 그뿐, 벌쳐의 어조는 평온한 쪽에 가까웠다. 키는 여전히 벌쳐의 얼굴을 움켜쥔 채 아무 대답도 하지 않았다. 벌쳐는 다시 말했다.

"이젠 포기할 때도 되었을 텐데. 그래봐야 밀리지 않아."

칸나는 퍼뜩 정신을 차리고 키의 팔을 똑바로 바라보았다. 공중에 굳어 있는 듯한 그 팔은 미세하게 떨리고 있었고 그와 연결된 어깨는 옷에 덮여 있어도 뚜렷이 알 수 있을 만큼 부풀어 있었다. 키는 마치 석상이나 벽을 밀고 있는 것처럼 벌쳐를 밀고 있었지만 벌쳐는 키의 손아귀에 쥐인 채 물끄러미 키를 볼 뿐 한 걸음도 물러나지 않았다.

"얼빠진 짓 집어치우게, 친구. 난 네가 측량하고 추리하고 이해할 수 있는 범위를 넘은 곳에서 구현되는 존재야. 이 정도의 무례는 귀엽게 봐줄 테니 손 내리지. 그렇잖으면 그 손을 그 어깨 속에다 쑤셔박아 주겠어."

키의 입 안에서 어금니가 서로 부딪히며 듣기 거북한 소리를 내기 시작했다. 하지만 그 손은 여전히 벌쳐의 얼굴을 쥐어짜겠다는 듯이 움켜쥔 채 경련하고 있었다. 벌쳐가 한숨을 쉬며 왼손을 들어올렸을 때였다.

"아에드……"

벌쳐의 눈에 의혹이 스쳐지나갔다. 벌쳐는 자신의 얼굴 아래쪽을 움켜쥐고 있는 사내를 똑바로 바라보았다. 키는 불티만 튕겨주면 그대로 폭발해 버릴 것 같은 눈빛으로 벌쳐를 쏘아보며 말하고 있었다.

"인 마이오렘 델…… 글로……인."

처절한 비명이 터져나왔다.

칸나는 뒤로 물러나다가 그대로 선교 난간에 머리를 들이받고 말았다. 머릿속에서 벼락이 치며 눈물이 찔끔 새어나올 정도였지만 칸나는 눈을 닦을 겨를도 없이 후다닥 일어났다.

벌쳐는 경련하고 있었다.

오만하게 떨어뜨려 두었던 벌쳐의 두 손은 이제 키의 손목을 잔뜩 움켜쥐고 있었다. 피부를 비틀어 떼어낼 것 같은 사나운 손놀림이었지만 키는 벌쳐의 얼굴을 움켜쥔 채 꼼짝도 하지 않았다. 키의 손바닥 아래에서 들려오는 벌쳐의 비명은 이상하게 아득하게 들리면서 동시에 날카롭게 갈라지고 있었다. 하지만 키의 목소리는 그 처절한 비명 속에서도 또렷하게 들려왔다.

"아에드 인 마이오렘 델 글로인!"

수천 필의 피륙이 동시에 찢어지는 듯한 날카로운 비명이 다시 터져나왔다. 그리고 그와 동시에 화광이 번져나오기 시작했다. 벌쳐의 비명 그 자체가 빛으로 바뀐 듯한 새파란 빛줄기들이 키의 손바닥과 벌쳐의 얼굴 사이에서 새어나와 어지럽게 춤추었다. 그리고 칸나는 심장이 멎을 것 같은 기분 속에 헐떡였다.

그의 눈에는 전혀 다른 모습이 비쳐지고 있었다.

키가 움켜쥐고 있는 것은 벌쳐가 아니었다. 사람도 아니었다. 키는 가장 큰 술통보다 더 큰 심장을 움켜쥐고 있었다. 펄떡거리고 있는 거대한 심장 위로 정맥과 동맥이 부풀어 터질 것 같았다. 그것이 터져버렸다고 생각한 순간 칸나는 얼어붙은 피기둥을 움켜쥐고 있는 키를 보았다. 터져버린 모습 그대로 얼어붙은 핏줄기는 겨울 들판의 헐벗은 나무 같은 모습을 하고 있었다. 그리고 키는 잠을 움켜쥐고 암흑을 움켜쥐고 잊혀진 시간들과 불신을 움켜쥐고 있었다. 그리고 키는 모든 방향을 가리키는 이정표를 움켜쥐고 있었다. 칸나가 마지막으로 본 것은 자유호보다

더 큰 새매의 모가지를 비틀어쥐고 있는 키 드레이번의 모습이었다. 새매의 날개는 뼈다귀로 이루어진 거대한 그물 같았고 그 그물코마다 불꽃의 깃털이 너울대고 있었다.

그리고 칸나는 키의 발 아래 쓰러져 꿈틀대고 있는 벌쳐의 모습을 보았다.

물결 소리와 삐걱이는 돛대 소리, 그리고 칸나 자신의 격한 숨소리만이 거대한 침묵 위에 아로새겨지고 있었다. 키는 펼친 손을 앞으로 뻗고 있었고 그 손에서 떨어져나온 듯한 모습으로 쓰러진 벌쳐는 아무 소리도 없이 버둥대고 있었다. 키는 손을 몇 번 쥐었다 폈다 하다가 다시 내리며 말했다.

"메스꺼운 악마놈이었군."

벌쳐는 고개를 쳐들었다. 그의 입이 열린 순간 맹금의 포효 같은 소리가 낮게 울려퍼졌다. 칸나는 그 소리를 두 번 다시 듣고 싶지 않다고 생각하며 진저리를 쳤지만 키는 경멸 섞인 목소리로 말했다.

"네 지옥불로 돌아가. 내 배에 네 자리는 없다."

칸나는 벌쳐가 일어나는 듯하다고 생각했다.

너무도 빠른 움직임이어서 볼 수 있는 것은 아니었다. 무엇인가가 공기 속에서 허락된 것 이상의 속도를 내며 움직인다는 아련한 느낌만이 칸나가 느낀 것일 뿐, 칸나가 본 것은 키 선장과 벌쳐가 거의 동시에 사라졌다는 것뿐이었다. 그리고 머리를 짓누르는 공포가 느껴져왔다. 칸나는 위를 올려다보았다.

칸나의 정수리 끝에서부터 발끝까지 전율이 치달았다.

저 까마득한 밤하늘조차 낮다는 듯이 솟아 있는 것이 있었다. 두 다리는 다림 앞바다에 담그고 있었지만 그 허리는 자유호의 메인 마스트보다 훨씬 높은 곳에 있었다. 벌쳐는 그런 까마득한 크기가 되어 다림 앞바다에 서 있었다. 그리고 그 얼굴은 이미 사람의 얼굴이 아니었다. 불꽃이 넘실거리는 입과 코, 투박하게 휘어진 뿔과 늑대처럼 튀어나온 입, 뒷머리와 어깨에 걸쳐 무질서하게 돋아 있는 크고 작은 비틀어진 뿔들. 핏빛 극광처럼 펼쳐진 날개는 하늘을 온통 뒤덮고 있었고 여럿으로 갈라진 꼬리는 마른 나무껍질처럼 죽은 피부가 일어나고 있었다. 통상 있어야 할 위치보다 훨씬 낮은 곳에 있는 두 눈은 화구처럼 붉게 타오르고 있었다.

그리고 비늘과 털과 물집으로 뒤덮인 벌쳐의 오른손은 키 드레이번을 움켜쥐고 있었다.

칸나가 비명도 지르지 못한 채 그냥 꺽꺽거리는 소리만 내며 올려다보는 가운데 벌쳐는 상처 입은 맹금처럼 부르짖었다.

"죽음 속에 턱까지 담그고도 그 입으로 오만을 지을 수 있겠는가!"

키는 대답하려 했지만 가슴을 움켜쥐고 있는 상대방의 손아귀는 호흡조차 거의 불가능한 것으로 바꿔놓고 있었다. 그래서 키는 눈을 부릅떠 상대방을 노려보았다. 벌쳐는 그 눈초리에 격분해 왼손을 들어올렸다. 탑이 움직이는 것 같은 기세로 왼손을 까마득히 들어올린 벌쳐는 키를 노려보며 외쳤다.

"머리를 터뜨려주겠다!"

벌쳐가 오른손에 쥔 키의 정수리를 향해 활짝 편 왼손을 내려치려는 순간이었다.

"지겨운 거짓말쟁이. 장난은 그쯤에서 집어치워."

칸나는 이 갑작스러운 목소리가 어디서 들려오는지 몰라 주위를 둘러보았다. 그리고 저 높은 하늘에서는 벌쳐 또한 비슷한 행동을 하고 있었다. 사방을 둘러보던 벌쳐는 곧 이를 악문 채 그르릉거렸다.

"벨로린!"

칸나는 물수리호 쪽을 바라보았다. 벨로린은 너무 검어서 오히려 잘 보이는 모습으로 물수리호의 메인 마스트 꼭대기에 서 있었다. 두 팔을 가볍게 끌어안은 채 하늘에 있는 벌쳐를 올려다보던 벨로린은 삼엄하게 말했다.

"그 창피스러운 짓 당장 집어치우시지."

"이 년! 누구에게 명령하는가!"

"그럼 제안이라고 해두지. 나로서는 어느 쪽이라도 상관없지만. 당장 그만둬!"

벌쳐는 폭풍 같은 포효를 뿜어내었지만 벨로린은 아랑곳하지 않은 채 벌쳐를 쏘아보았다. 칸나는 가슴을 움켜쥔 채 물수리호와 하늘을 번갈아 쳐다보았다.

잠시 후 벌쳐의 모습은 나타났을 때처럼 갑자기 사라졌고 고개를 숙인 칸나는 조금 전과 비슷한 모습으로, 하지만 쥐고 있는 자와 쥐어 있는 자가 바뀐 모습으로 서 있는 키 드레이번과 벌쳐를 보게 되었다. 벌쳐를 노려보던 키는 오른손을 들어 자신의 볼을 움켜쥐고 있는 손을 거칠게 쳐냈다. 벌쳐는 짧게 노성을 터뜨렸지만 그 외에는 별 짓을 하지 않았다. 대신 벌쳐는 선교를 내려간 다음 그대로 갑판을 가로질러 부두로 이어진 널판을 걸어내려갔다.

키는 그 뒷모습을 노려보다가 물수리호 쪽을 바라보았다. 칸나는 키의 시선을 따라 다시 물수리호를 보았지만 메인 마스트 꼭대기는 비어 있었다. 칸나는 어리둥절한 표정으로 고개를 돌렸고 이번엔 키의 모습이 없어진 것을 발견했다. 당황하여 사방을 둘러보던 칸나는 갑자기 들려온 물소리에 놀라 고개를 돌렸다. 키 드레이번은 보트 하나를 내린 다음 물수리호 쪽으로 노를 저어가고 있었다. 그때 주승강구가 열리며 식스 일항사가 갑판으로 나왔다.

"무슨 물소리야? 어라. 보트에 타고 있는 건…… 키 선장님인가?"

멀어져 가던 보트를 보던 식스는 갑자기 누군가가 어깨를 당기는 것을 느끼곤 놀라서 뒤를 돌아보았다. 자유호의 조타수 칸나는 눈을 데구루루 굴리며 말했다.

"소리, 못 들었나?"

"소리? 들었으니까 나와본 거 아닌가."

"아니. 그 소리 아닌 소리."

"무슨 말을 하는 거야, 칸나?"

칸나는 고개를 홰홰 가로젓다가 몸을 돌려버렸다. 그래서 식스 일항사는 잠시 동안 누가 버려놓고 신경 쓰지 않는 물건처럼 서 있어야 했다.

벨로린은 약간 우울한 표정으로 뱃전을 바라보고 있었다. 애당초 사고를 친 것은 벌처였지만 그는 다림 시내 어디론가로 사라져버렸고 그래서 키 드레이번의 방문을 맞이하는 것은 그녀의 몫이 되었다. 노 소리가 멈추고 잠시 후 뱃전 저편에서 키의 목소리가 들려왔다.

"승선 허가를 바란다."

어둠 속을 미끄러져온 물수리호의 일항사는 조용히 고개를 끄덕이고는 다시 어둠 속으로 물러났다. 곧이어 키 드레이번이 갑판 위에 올라섰다. 키 드레이번의 시선은 메인 마스트를 향했고 알버트 선장의 발치에 앉아 있는 벨로린을 보고는 곧장 걸어왔다.

"너는 뭐냐, 벨로린."

벨로린은 아무 대답 없이 키를 올려다보다가 고개를 숙였다. 키는 고함을 질렀다.

"너는 뭐냐!"

벨로린은 무릎을 끌어당겨 그 위에 턱을 얹으며 말했다.

"상대가 알아들을 수 없는 것은 설명할 수 없다, 키 드레이번. 어린애에게 추억의 무게에 짓눌린다는 것이 어떤 것인지를 설명할 수 없는 것처럼. 어떤 남자에게도 아기를 가진 여자의 느낌을 전달할 수는 없는 것처럼. 하지만 무의미한 단어로 만족하겠다면 말해 주겠다."

벨로린은 몸을 뒤로 눕혔다. 알버트 선장의 다리에 기댄 벨로린은 두 손을 배 위에 얹으며 키를 올려다보았다. 그 작고 여린 모습과 무시무시한 등받이의 조화는 그로테스크한 아름다움을 뿜어내고 있었다. 그리고 그것은 그녀의 신분에도 어울리는 왕좌였다.

"나는 판데모니엄의 하이마스터, 노래의 불꽃 벨로린이다."

키는 그 이름을 들었던 기억이 있었다.

"하이마스터. 그 구울의 왕자와 같은 종자인가."

"범주라는 것은 언제나 본질의 파편만을 가리킬 뿐 본질 그 자체에 대한 인식에는 별 도움이 되지 않지. 너는 하리야나 킬리, 혹은 돌탄 등과 같은 종자냐?"

키는 고개를 끄덕였다. 문득 자신과 벨로린의 눈높이가 안 맞아도 너무 안 맞다는 것을 깨달은 키는 갑판에 주저앉았다. 벨로린은 가만히 웃으며 그 모습을 바라보았다.

키는 팔짱을 끼며 말했다.

"그렇다면 아까 그 놈도 악마인가."

"그래. 하지만 그의 이름을 말해 줄 수는 없어. 그가 너에게 준 이름으로 만족하는 것이 좋겠군."

"벌쳐라고 했다."

"그렇다면 벌쳐야. 그리고 벌쳐는 판데모니엄의 하이마스터지."

"지옥의 일곱 지배자라는 말을 들었지. 너희들이 바로 그들인가?"

"유보적으로, 그래. 네가 사용하는 지배자라는 말과 내 지위가 완벽히 일치하는 것 같지는 않으니까. 이번에도 너희들의 예를 들어 볼까? 너와 다른 선장들을 가리켜 노스윈드의 여덟 지배자라고 하지는 않지. 선장은 선장일 뿐이야. 하이마스터는 하이마스터일 뿐이고."

136

"하이마스터의 본질 따위에는 관심없다. 내가 궁금한 것은 지옥불에 튀겨지고 있어야 할 잡것들이 둘씩이나 이 함대에 있는 이유야."

벨로린은 피식 웃었다.

"구울의 왕자의 기분이 어땠는지 알겠군. 넌 자기 자신이 판데모니엄의 하이마스터에게 벌레만도 못한 존재로 보여질지도 모른다는 생각 같은 것 해본 적이 없나?"

"나를 어떻게 보느냐고 물어본 적 없어. 여기서 뭐하고 있는 거냐고 물었다."

"그런 질문은 해본 적이 없지."

"뭐라고?"

"앞쪽의 것. 나를 어떻게 보느냐는 질문. 너는 평생토록 그런 질문 한 번도 해본 적이 없지. 나는 알아. 그것이 얼마나 웃기는 질문이 될까. 거울이 상대방에게 나를 어떻게 보느냐고 물으면 모두들 자기 모습을 본다고 대답하겠지…… 하하하!"

벨로린은 정말 즐겁다는 듯이 웃었지만 키는 묵묵히 그 웃음을 바라볼 뿐 아무 반응도 보이지 않았다. 웃음을 그친 벨로린은 고개를 살짝 끄덕였다.

"그래. 말해 주지. 우리는 어떤 설명하기 모호한 투표를 하고 있다."

"투표라고 했나."

"그래. 투표지. 일곱 개의 선택…… 따라서 가부 동수는 나타나지 않아."

"기권이 없다면 그렇겠군."

"기권은 없어. 시체말로 반쯤 죽었다는 말을 쓰긴 하지만 정말 반쯤 죽은 상태가 있나? 살았거나 죽었거나일 뿐이지. 우리의 선택도 그래. 둘 중 하나일 수밖에 없어."

"그게 어떤 선택인지는 말해 주지 않을 모양이군."

"그래. 가르쳐주지 않아. 하지만 꽤 중요한 거라는 것은 말해 주겠어. 아주 중요해."

"그것과 너희들이 이곳에 있는 것은 무슨 관계지?"

"내가 이곳에 있는 이유야 알 텐데. 나는 알버트 선장에 의해 리포밍된 싱잉 플로라야. 어쨌든 시간의 이 지점에서는 그렇지." 벨로린은 몸을 조금 뒤틀어 알버트 선장의 다리를 쓰다듬었다. "그래서 나는 여기 있는 거지."

"그렇다면 벌쳐는?"

"그는 자신의 선택을 위해 이곳에 있는 거야. 그리고 내게서 뭔가를 얻어내기 위해서지. 둘 중 뒤쪽의 이유가 더 크겠지."

"너희 일곱 악마놈들이 투표를 마치면 무슨 일이 일어나는 거냐?"

벨로린은 고개를 들어 알버트 선장의 턱을 바라보았다.

"결정하겠지. 우리의 배례의 주이자 증오의 주 χαχὸς δαίμων을 어떻게 할 것인지."

키는 자신이 들었던 이상한 말에 약간 당혹했다.

"뭐라고 말했지?"

"더 이상 알 것 없어. 나는 이미 너무 많이 말해 줬어. 이것이 내 약점이겠지만…… 키 드레이번. 더 이상 묻지 마. 나나 벌쳐의 존재가 너

138

나 이곳의 다른 이들에게 해되지는 않을 거라는 점만 알아둬."

"악마가 해되지 않는다고?"

"키 드레이번. 너는 도대체 악마에 대해 무엇을 알고 있지?"

키는 악마에 대한 자신의 관점이나 견해를 피력하는 대신 몸을 일으켰다. 벨로린의 곁을 떠나려던 키는 문득 생각난 것처럼 질문했다.

"바라미는 어디로 간 거지? 벌쳐가 찾던데."

"라미? 그녀는……"

벨로린은 잠시 말을 끊고 바라미에 대해 생각했다. 그리고 언제나 그러했던 것처럼 그녀에 대한 동정심을 느꼈다. 무한자의 그리움은 그 끝이 없다. 벨로린은 깊은 한숨처럼 말했다.

"천년의 그리움을 이으러 갔지."

필마온 기사단장 발도 로네스는 침실에서 홀로 서신을 읽고 있었다.

발도 로네스는 촛불빛이 흔들리는 것을 느끼고는 읽던 서신을 내려놓았다. 그 순간 서 발도는 등 뒤쪽에서 무엇인가가 그를 노려보고 있다는 느낌을 받았다. 서 발도는 고개를 홱 돌렸다.

창문 바로 뒤의 허공에, 그것이 떠 있었다.

어둡게 번득이는 눈빛. 어둠을 덮는 어둠으로 서 있는 그것은 필멸자들의 한없는 공포 그 자체인 것이었다. 보통 사람이라면 찢어지는 비명을 질렀을 상황에서, 그러나 발도 로네스는 무덤덤하게 말했다.

"여기까지 왔나? 다 나은 모양이군."

이 대범함은 판데모니엄의 하이마스터조차 맥빠지는 기분을 느끼게 했다. 서 발도는 한술 더 떠서 말했다.

"내일 찾아갈 생각이었는데 와주니 잘됐군."

삐걱거리는 소리와 함께 창문이 부르르 떨렸다. 다음 순간 걸쇠가 박살나며 창문은 폭발하듯 좌우로 열렸다. 그러나 구울의 왕자는 안으로 들어오는 대신 허공에 뜬 채 서 발도를 바라보았다.

서 발도는 손에 서신을 든 채 창가로 걸어갔다.

거대한 파도 소리가 가까이 다가왔다. 창문 아래는 그대로 대성벽이다. 150피트 아래편에서는 페리나스 해협의 거대한 파도가 하얗게 부서져 치솟아오르고 있었고 거무튀튀한 성벽은 밤 속으로 녹아들어 더 거대하게 보였다. 일반적인 성에 익숙한 이라면 이렇게 높은 성벽이 왜 필요한지 의아해할 것이다. 하지만 이것이야말로 병사보다 훨씬 거대하고 강력한 전함을 상대하는 성벽, 검독수리의 성채인 것이다.

그 까마득한 높이에도 아랑곳하지 않은 채 창턱에 걸터앉은 서 발도는 허리를 숙여 튕겨나간 걸쇠를 들어올렸다. 잠시 그것을 들여다보던 발도는 창 밖으로 집어던졌다. 걸쇠 조각은 150피트의 까마득한 깊이 속으로 사라져 갔다.

"내 창문 부수지 마라, 프린스."

페리나스 해협 위에 떠 있던 구울의 왕자는 그 말에 코방귀도 뀌지 않았다.

"서신은."

"휘리의 서신이다."

"뭐라고적혀있는가."

"나를 사랑하고 싶은데 사랑스러운 짓 좀 해줄 수 있냐는군."

"되어먹지못한소릴."

"나는 그대로 읽은 거다. 프린스. 휘리의 서신이라는 말은 제법 들어보았지만 직접 받아보니 듣던 것보다 더하군. 싱거운 놈인데."

발도 로네스는 웃음기도 없는 얼굴로 휘리를 그렇게 평가했다. 구울의 왕자는 갑자기 웃음을 터뜨렸다. 그의 웃음 소리는 폭풍에 휘말린 신천옹이 내는 것 같은 소리였다.

"하긴네놈이그런농담따위를할수있을리가없지공포를모르는자는농담을할수가없다좋다그게무슨뜻인지는짐작할수있는가."

"어느 정도는. 녀석에겐 함대가 없어. 메르데린 공작이 제아무리 온다벨을 사관학교처럼 만들었다 한들 바다가 없는 그곳에서 해군을 만들 수야 없었지. 따라서 공작의 상속자인 휘리 역시 해군은 가지지 못했고. 놈은 필마온 기사단을 원하고 있겠군."

"그렇다면놈은어디를치기위해너의해적들을원하는것일까."

"폴라리스겠지. 휘리가 아무리 뱃일을 모른다 해도 노스윈드 해적들을 상대할 함대를 아무데서나 구할 수 없다는 것쯤은 알고 있겠지."

"내생각도그러하다기회는왔다."

"어째서 기회인지 설명하라."

"네녀석도알것아닌가."

발도 로네스는 잠시 생각에 잠긴 표정으로 고개를 숙였다. 대성벽을

타고 치솟던 바람이 그의 백발을 휘저어대길 수십 회, 서 발도는 고개
를 들며 차분하게 말했다.

"폴라리스 공격을 약속해 놓고, 대신 오왕자의 땅을 넘겨받으라는 건
가? 제국은 혼 족 때문에 꼼짝 못하고 있다. 따라서 폴라리스와 다벨의
전투에서 어부지리를 노리는 것은 용이하겠지. 하지만 명분은? 펠라론
에 제출할 명분이 필요한데."

"악마신봉자토벌."

"무슨 말이지?"

"알버트선장과트로포스선장에대해알고있는가."

"알버트 선장이라면…… 무슨 말인지 알겠군. 교회가 진저리를 치는
악마의 증인이지. 그런데 트로포스 선장은 왜 거론되는 거지?"

"그놈또한악마의수하니까."

아르파데일 공주는 고개를 옆으로 약간 기울인 채 눈앞의 모습을 바
라보고 있었다. 오스발은 의자에 곧은 자세로 앉아 있었고 율리아나 공
주는 바닥에 앉아 오스발의 무릎에 기대어 앉은 채 무릎 위에 놓아둔
커다란 책을 읽고 있었다. 율리아나의 목소리를 듣던 아르파데일은 그
것이 『남해 해전사』라는 책임을 알아차렸고 시폭스 남작의 이야기가 나
오는 것으로 보아 거의 마지막 부분이라는 것도 알아차릴 수 있었다.

율리아나가 오스발에게 책을 읽어주는 것이 분명했고, 도서실의 창

문에서 흘러떨어지는 햇살 속에 그 모습은 한 폭의 고전주의 그림처럼 보이기도 했지만, 아르파데일 공주는 코믹한 기분밖에 느끼질 못했다. 『남해 해전사』라는 것은 어쨌든 전사 서적이었고 도대체 읽을 재미라곤 없는 딱딱한 책이었다. 하지만 율리아나는 열성적으로 그것을 읽고 있었고 오스발은 고문의 한계에 도달한 자의 다 죽어가는 얼굴로 그것을 듣고 있었다.

하지만 잠시 후 아르파데일 공주는 자신의 판단을, 즉 이것이 율리아나가 오스발에게 가하고 있는 폭행이라는 판단을 조금 수정하기로 결정했다. 율리아나는 그 재미없는 책을 정말 재미있게 읽어주고 있었다. 그녀의 풍부한 독서량과 훌륭한 시각 때문에 율리아나는 접속사와 문장 부호 등을 제외하면 그대로 도표가 되고 말 『남해 해전사』를 한편의 장대한 이야기로 만들어내고 있었다.

"자신의 선원들이 공포에 질려 있다는 것을 간파한 시폭스 남작은 드디어 데샨 카라돔에 비싼 값을 치르고 가져온 무기를 꺼내기로 결정한 거예요. 시폭스 남작의 명령에 따라 마법사들은 드디어 갑판 위로 올라왔어요. 와아…… 생각해 보니 당신도 이 자리에 있었지요? 하지만 노를 젓고 있었을 테니까 트로포스 선장이 어떻게 데샨 카라돔의 마법사들을 물리치는지는 못 봤겠군요."

"예, 못 봤습니다. 공주님. 이야기는 많이 들었습니다만 그것은 배 위에 오가는 이야기들이 대부분 그렇듯이 도저히 사실로 생각되지 않는 이야기들이었습니다."

"걱정 말아요. 이제부터 내가 정확하게 이야기해 줄 테니까."

오스발은 다시 죽어가는 얼굴이 되었다. 아르파데일 공주는 율리아나의 이야기 자체는 그렇게 재미없는 것이 아니라는 판단을 이미 내렸고, 그래서 오스발이 저런 얼굴을 하는 것은 그가 정말 관심이 없기 때문이라는 것을 알 수 있었다. 아르파데일은 약간 괘씸하다는 생각을 하며 작게 헛기침을 했다.

율리아나는 날카로운 비명을 질렀다.

"으아아악!"

아르파데일과 오스발, 그리고 비명을 지른 율리아나 자신까지도 얼이 빠져버렸다. 그리고 율리아나가 비명을 내지를 때 집어던져버린 『남해해전사』는 책장에 부딪혀 둔탁한 소리를 내며 떨어졌다. 아르파데일은 가슴을 누르며 간신히 말했다.

"유리? 왜 그러니?"

"어, 어, 언제 들어온 거야?"

"조금 전에. 책 읽고 있느라고 못 들었나 보지. 그런데 왜 그렇게 놀라는 거야? 누가 보면 너와 오스발이 무슨 이상한 짓이라도 하고 있었던 줄……"

"언니잇! 갑자기 다른 사람 목소리가 들려서 놀란 거잖아!"

"그래? 놀라게 해서 미안하구나."

아르파데일은 웃으며 걸어갔고 조금 전부터 엉거주춤하게 서 있던 오스발은 그제야 인사를 할 수 있게 되었다. 목례하는 오스발을 향해 아르파데일은 문 쪽을 가리켜보였다.

"잠깐 나가 있지 않겠어요, 오스발? 유리와 할 이야기가 있어서 찾아온 것이거든."

오스발은 율리아나를 쳐다보았고 율리아나는 고개를 끄덕였다. 오스발이 도서실 밖으로 나가자 아르파데일은 의자를 끌어와 앉았다.

"책 읽어주고 있었니?"

율리아나는 자신이 집어던진 『남해 해전사』를 들어올리며 말했다.

"응. 발은 페이노를 읽을 줄 모르거든."

"너야 책 보고 있어서 모르겠지만 오스발은 아주 죽겠다는 얼굴을 하고 있더구나."

율리아나는 『남해 해전사』를 끌어안으며 눈을 동그랗게 떴다.

"그랬어? 어, 재미없었나 보구나. 다른 사람들의 독서 취향이 나와 같지 않다는 것을 생각했어야 되는데. 내가 아무거나 닥치는 대로 읽으니까 다른 사람들도 그럴 거라고 생각했어. 좀 쉽고 재미있는 걸로 고를걸."

그리고 율리아나는 안쓰럽다는 눈으로 자신의 가슴에 안겨 있는 책을 내려다보았다.

"재미없으면 재미없다고 말을 하지 이 두꺼운 책 다 읽을 때까지 말없이 듣고 있다니."

고개를 든 율리아나는 아주 재미있다는 표정을 하고 있는 큰언니를 보게 되었다.

"왜 그런 얼굴을 하고 있는 거야?"

"글쎄. 잠깐 동안 들었던 거지만 넌 참 재미있게 읽던데. 거의 재창작을 하더구나. 그래서 난 오스발이 괘씸하다고 생각했어. 우리 시대 최고의 미녀가 저렇게 정성껏 읽어주는데……"

"우에에에, 이렇게 직접적으로! 사람 무안하게!"

"시끄러워요, 율리아나 카밀카르. 어쨌든 세기의 신부가 저렇게 열심히 책 읽어주는데 재미없다는 표정을 짓다니, 저게 무슨 남자냐고 생각했지."

"발은 원래 그래."

"원래 그렇다고? 무슨 의미인지 잘 모르겠구나. 지금 내 관심사도 아니고."

율리아나는 높은 서가에 다시 책을 꽂아넣기 위해 팔을 뻗어올리며 말했다.

"아, 그래. 무슨 관심사로 찾아온 거야?"

"오스발을 사랑하니?"

율리아나는 책을 꽂아넣던 자세로 굳어버렸다. 잠시 정물처럼 굳어 있던 율리아나는 갑자기 몸을 홱 돌렸다. 그러고는 책장에 몸을 기대며 아르파데일을 뚫어지게 바라보았다.

"그렇게 보여?"

"유리, 위험해."

"나 아직 아무 대답도 안했어. 그런데 뭐가 위험하니 어쩌니 하는 거야."

"그게 아니고 그 책…… 윽! 괜찮아?"

불안한 모습으로 반쯤 꽂혀 있던 『남해 해전사』는 그대로 율리아나의 머리를 강타했고 그래서 율리아나는 머리를 감싸쥔 채 쭈그려 앉아

다 죽어가는 신음을 흘려야 했다. 황급히 의자에서 일어난 아르파데일은 율리아나의 앞에 무릎을 꿇고 앉았다.

"괜찮아? 손 좀 치워봐, 유리. 머리 깨지지 않았나 모르겠구나. 어서 손 치워봐."

율리아나는 머리를 꼭 움켜쥔 채 아무 소리도 내지 않았고 그래서 아르파데일은 억지로라도 율리아나의 손을 떼어내려 했다. 그때 율리아나가 갑자기 앞으로 쓰러지며 아르파데일에게 안겨들었다. 아르파데일은 잠시 당혹했지만 곧 미소를 지으며 동생의 등을 토닥였다.

"이런, 유리."

율리아나는 언니의 허리를 꼭 끌어안은 채 낮고 떨리는 목소리로 말했다.

"그렇게 직접적으로…… 사람 무안하게……"

"미안하구나. 이건 의례적으로 하는 말이 아냐. 정말 미안해. 하지만 너는 카밀카르의 공주고, 정확히 해둘 필요가 있어. 안된 일이지만 넌 아슬아슬하고 조마조마한 자기 감정을 즐겨볼 시간 같은 건 태어날 때부터 갖지를 못했어. 나처럼 말이야. 그러니 말해 주렴. 그를 사랑하니?"

"결혼 말이야?"

"그래. 바로 그게 문제지."

율리아나는 큰언니의 허리를 감싸안은 두 팔은 그대로 둔 채 언니의 치마폭에서 얼굴을 들어올렸다.

"이상한 말투네. 뭐가 문제라는 거야?"

아르파데일은 동생의 머리를 쓰다듬으며 잠시 주저했다. 하지만 그녀는 곧 빠른 어조로 말했다.

"머리 좋은 너니까 괜히 돌려 말하다가 망신당하고 싶지는 않아. 사실 그대로 말하지. 볼지악 자작에 대해 어떻게 생각해?"

율리아나는 깜짝 놀란 얼굴로 언니를 바라보았다. 아르파데일은 동생에게 이런 말을 해야 된다는 것은 참 한심스러운 처지라고 생각하며 이마를 찡그렸다.

"발도 로네스 대신으로 말이야. 아직 결혼식은 이루어지지 않았으니 파혼은 어렵지 않아. 만약 볼지악 자작을 네 신랑으로 삼겠다면 우리는 네 지참금으로 폴라리스를 선물할 수 있겠지."

"그런 제안이 왔어? 함대를 지원해 달라고?"

"아니. 오지 않았어. 그 남자는 메르데린 공작의 결혼 건이라면 얼마든지 추진하지만 자기 결혼에 대해서는 아무 언급이 없어. 하지만 우리들은 그가 세기의 신랑감이 될 많은 요건을 갖추고 있다고 판단했지."

"구체적으로?"

"오 왕자의 땅을 정복한 것 이외에 무엇이 더 필요할까? 우리는 그가 제국 기사단 북좌의 공격으로 대표되는 제국의 압력 아래 무너질 거라 판단했지만, 혼 족의 침입으로 그는 기사 회생했어. 행운마저도 그의 편인가 싶은 대목이지. 그는 이제 레프토리아 회전 이후 하이낙스에 가장 가까이 다가간 사람이야. 아직은 여러 모로 불안하지만 무엇을 더 따져 보려다가는 너무 늦겠지. 투자는 상대방이 불확실할 때 하는 거지. 그리고 그의 불안한 입지도 우리 카밀카르와 결합한다면 확실한 것으로 바뀌지 않을까."

"많이…… 생각했네."

"나 혼자 생각한 것은 아니지. 나와 대신들의 토론의 결과야. 생각해보렴. 유리. 너는 카밀카르—다벨의 여왕이 될 수 있어."

"고, 공동 통치?"

아르파데일은 단호한 태도로 고개를 끄덕였다.

"얼마든지 제안할 수 있어. 그의 아내로 만족하겠다면 폴라리스를 선물하는 일 따위는 하지 않아. 노스윈드가 없어진 것을 마지막으로 이제 남해는 더 이상 대륙과의 벽이 아냐. 폴라리스 토벌에는 그런 의미도 있어…… 남해는 신제국의 내해가 되는 것이고 미리온 산맥이 새로운 벽이 되는 거지. 그리고 너는 미리온 산맥 남쪽에 생기는 그 신제국의 여왕이 되는 거지."

율리아나는 숨이 막힌다는 얼굴로 언니를 바라보았다. 아르파데일은 빙긋 웃으며 동생의 볼을 살짝 꼬집었다.

"요런! 무슨 생각 하는지 알겠어. 너는 내가 카밀카르의 여왕이 되지 못할 바엔 죽어버리기라도 할 사람이라고 생각하지?"

"아아아—!"

"못된 동생아, 잘 들어라. 부정하지는 않겠어. 나는 카밀카르의 왕좌에 관심이 많아. 하지만 카밀카르가 더 번영할 수도 있는데 내 것이 아니라는 이유로 거부하고 싶지는 않아. 솔직하게 말해서 이런 생각까지 해봤어. 내가 그와 결혼하면 어떨까 하는 생각."

이번에야말로 율리아나는 완전히 숨이 막혀버렸다. 그녀가 꺽꺽거리는 동안에도 아르파데일은 계속 태평하게 말했다.

"어쨌든 나는 정식으로 결혼한 적이 없잖아? 응? 그 눈길은 뭐야. 아줌마 주책이라는 눈길이야? 훗, 그래. 내 나이가 좀 많지. 하지만 휘리 노이에스라는 남자가 정략 결혼에서 그런 것을 신경 쓸 것 같지는 않은 걸. 그렇게 되면 리로이는 여왕의 애인이 되는 것이고…… 하지만 나보다는 네가 더 조건이 좋아. 너는 세기의 신부고, 휘리가 박색을 선호하는 괴벽을 가지지 않았다면야 네 미모에 설마 넘어오지 않겠니? 호호호. 게다가 넌 나처럼 애인을 가지고 있는 것도 아냐."

당황과 혼란 속에서 표류하던 율리아나는 마지막 말에 퍼뜩 정신을 차렸다. 율리아나는 커다랗게 뜬 눈으로 언니를 바라보았고 아르파데일은 잔잔하게 말했다.

"그래서 묻는 거란다. 유리."

"언니……"

"오스발을 사랑하니? 만일 그렇다면 애인과 남편을 적당히 구분할 자신이 있는 거니? 그렇다면 볼지악 자작에게 청혼을 넣어볼 수 있어. 그렇지 않다면 오스발을 면천시키고 그와 정식으로 결혼하고 싶은 거니? 네가 그렇다면, 내가 결혼하는 쪽으로 제안을 넣을 수도 있어."

"너무 갑작스럽고…… 너무 큰…… 모르겠어. 혼란스러워."

율리아나는 힘들게 고개를 가로저었다. 그녀는 몇 달 전 우연히 만나게 된 휘리 노이에스에 대해 생각했다. 그리고 그 만남 이후로 휘리 노이에스는 저런 정복 행각을 벌이고 있다. '나는 그의 변화에 대한 책임이 있어.' 율리아나는 마음속으로 고개를 끄덕였다. '하지만 그렇다고 해서 그와 결혼해야 하나? 코미디잖아!'

아르파데일은 고개를 끄덕였다.

"그래. 갑작스러운 말이겠지. 하지만 단도직입적으로 다 말해 두는 편이 좋을 것 같았어. 그게 네게는 더 편하겠지. 그러니 이젠 생각해 보렴. 다그치지는 않아…… 중요한 문제니까. 하지만 빠를수록 좋다는 것은 짐작하겠지?"

"그래, 알아. 알고 있어."

"그럼 이만 일어나자. 율리. 가서 일단은 푹 쉬거라."

율리아나는 아르파데일의 부축을 받으며 일어섰다. 충격은 컸지만, 그것은 감정적인 충격이라기보다는 이성적인 충격이었고 그래서 율리아나는 이미 충격을 잊은 채 언니가 말해 준 사실들에 대해 면밀히 생각해 보기 시작했다. 도서실을 나설 때쯤 율리아나는 이미 '그 나이에 파릇파릇한 총각을 넘보다니, 도둑놈 심보군?' 등의 농담을 할 정도로 냉정을 회복했다.

아르파데일과 율리아나가 나가자 도서실은 고요만이 남게 되었다. 잠시 후 그 고요 속에서 무엇인가가 조용히 움직였다.

서가 사이에서 미끄러지듯 나타난 그녀는 폰스파궁에 소속된 사람은 아니었다. 하지만 폰스파궁 경비병들 중 누구를 붙잡고 물어보더라도 그녀에게 입궁 허락을 내어준 적은 없다는 말만 돌아올 것이다. 누구에게도 허락받지 않은 채, 하지만 거리낌없이 들어와 있는 그녀는 조금 전 율리아나가 기대었던 책장을 물끄러미 바라보았다.

창문을 통과한 햇살이 그녀의 흰 옷에서 눈부시게 부서졌다.

바라미는 마치 그곳에 율리아나가 서 있다는 듯이 책장을 바라보았다. 그리고 그녀의 입은 조금 전 자신이 들었던 말을 되풀이하고 있었다. 공동 통치…… 신제국의 여왕…….

바라미는 갑자기 고개를 돌려 문 쪽을 바라보았다.

"벌써 거기까지 생각하고 있었나. 한 인간이 천년 전에 짐작해 낼 수 있는 것은 다른 인간 또한 생각해 낼 수 있다는 건가."

바라미는 고개를 살짝 끄덕였다.

"아르파데일과 마찬가지로 나 또한 그 대답을 기다리겠어. 율리아나. 잘 생각해서 대답해야 될 거야."

잠시 후 도서실 어디에서도 바라미의 모습을 찾아볼 수 없게 되었다.

서 켈커는 읽던 책에서 눈을 들어올렸다. 막사 안이 이상하게 어둡다는 생각을 한 서 켈커는 천막이 몹시 흔들린다는 것을 깨달았다. '비가 오려나?' 서 켈커는 당번병을 부를까 하다가 손수 초를 찾기로 했다. 그가 막 의자에서 일어났을 때였다.

막사의 휘장이 거칠게 젖혀지며 서 기리우가 안으로 뛰어들었다. 서 켈커는 깜짝 놀라 서 기리우를 바라보았다. 서 기리우는 뭔가 무서운 것을 보았다는 얼굴을 하고 있었다. 더군다나 천막에 뛰어들자마자 그가 꺼낸 말은 서 켈커를 더욱 당황시켰다.

"서 켈커! 연이은 패배는 장수에게 어떤 영향을 주겠소?"

"예? 어, 글쎄올시다. 불안하고 초조하겠지요."

"불안과 초조가 심해지면 돌아버릴 수도 있겠지요?"

"그럴 수도 있겠지요, 서 기리우."

"내 추측이 맞았군. 서 켈커! 빨리 밖으로 나와보시오. 나는 조금 전 서 소팔라와 서 소사라가 돌아버렸다는 강력한 의혹을 느끼게 하는 장면을 목격했소!"

서 켈커는 어리둥절한 심정으로 서 기리우를 따라 밖으로 나왔다. 그들이 밖으로 나오자마자 어두컴컴한 하늘에서 빗줄기가 퍼붓기 시작했다. 서 켈커는 잠깐 주춤했지만 서 기리우는 비가 쏟아지건 말건 신경 쓰지 않는다는 태도로 달리고 있었다. 그래서 서 켈커는 어쩔 수 없이 머리 위로 손을 들어올린 채 그의 뒤를 따라 달렸다.

갑자기 쏟아진 비 때문에 이리저리 뛰어다니고 있던 병사들은 진지 한가운데를 달려가는 두 장수를 보고는 깜짝 놀라서 경례를 붙였다. 하지만 두 사람은 그 경례도 본체만체하며 달려갔다. 진지 중간쯤에 도달했을 때 서 켈커는 저 앞쪽에서 들려오는 괴성과 노랫소리를 듣게 되었다.

진지 중간의 공터에서는 서 소팔라와 서 소사라가 춤을 추고 있었다.

그들은 쏟아지는 빗줄기를 향해 두 손을 내민 채 미친 듯이 춤을 추고 있었다. 그들이 발을 구를 때마다 이미 젖고 있던 공터에서는 물방울이 튀어올랐다. 서 기리우는 그 모습을 보며 장탄식을 토했고 서 켈커는 얼빠진 표정으로 마치 비를 부르는 야만인들의 춤 같다고 생각했다. 퍼뜩 정신을 차린 서 켈커는 당황하여 외쳤다.

"서 소팔라! 서 소사라! 이게 어찌된 일이오!"

서 소팔라는 여전히 춤을 추고 있었지만 서 소사라는 두 사람을 돌아보았다. 입이 찢어질 듯 웃고 있는 서 소사라의 얼굴을 본 서 기리우와 서 켈커는 섬뜩한 기분을 느끼며 뒤로 주춤 물러났다. 하지만 서 소사라는 하늘을 향해 손을 뻗으며 폭발적으로 웃었다.

"아핫하하하! 비가 오고 있소!"

"아, 예. 그런데요?"

"폭풍이 온단 말이오! 카이트플라이어의 말이 맞았어. 폭풍이 오고 있어!"

"예, 그렇군요. 그런데요?"

서 소사라는 갑자기 웃음을 멈추고는 서 켈커와 서 기리우를 뚫어지게 바라보았다. 그 급격한 표정 변화를 보던 두 사람이 서 소사라의 정신 상태에 대한 매우 비관적인 결론에 도달했을 때였다. 서 소사라는 도저히 참을 수 없다는 듯이 외쳤다.

"이런 멍청하긴! 도대체 그대들에게 두뇌를 주신 주님을 그렇게 욕되게 할 수 있단 말이오? 좋소. 무뇌아도 이해할 수 있도록 설명해 주겠소. 폭풍이란 큰 바람이오. 큰 바람이 불면 큰 파도가 치지. 큰 파도가 치면 큰 배가 흔들리고, 그러면 큰 배는 큰 대포를 쏠 수가 없소. 제기랄, 오늘은 강철의 레이디 휴일이란 말이오!"

서 켈커와 서 기리우는 잠시 가련하기 짝이 없는 얼굴로 서로를 쳐다보았다. 당신을 욕되게 한 우리를 용서하십시오, 주님.

서 켈커와 서 기리우가 이렇듯 힘들게 폭풍과 강철의 레이디에 대한 상관 관계를 깨닫고 있을 무렵 하리야는 폴라리스 정부 청사에서 이마를 찡그린 채 창 밖의 하늘을 바라보고 있었다.

노련한 뱃사람인 하리야는 조연사에게 묻기도 전에 폭풍이 올 거라는 것을 알고 있었고 그래서 그가 확인해야 하는 것은 이 폭풍을 틈타 8군단이 공격해 올 것인가 하는 것뿐이었다. 그리고 그의 질문에 대해 벨로린은 썩 좋지 않은 대답을 보내어왔다. 림파이어 형제 기사들은 행군이 도저히 불가능한 정도의 폭풍이 아니면 공격을 개시하겠다는 매우 강력한 결심을 하고 있다는 것이었다.

폭풍은 강철의 레이디뿐만 아니라 리저드라이더들의 활동 또한 제약하고 있었다. 서 파르치는 이런 쌀쌀한 날씨에는 목도리도마뱀들의 활동성이 극히 떨어진다고 보고해 왔다. 일단 그들에게 대기 명령을 내려두긴 했지만 하리야는 시메리우스 평원에서의 일을 떠올리지 않을 수 없었다. 역시 지독한 폭풍우가 쳤던 그 날 리저드라이더들은 마왕의 군대 앞에서 볼썽사나운 모습으로 쓰러져 갔다.

상념에 잠겨 있던 그의 등뒤에서 벨로린의 목소리가 들려왔다.

"하리야."

하리야는 몸을 돌렸다. 소파에 앉아 있던 벨로린은 고개를 가로저으며 말했다.

"그들은 지금 출동 준비를 하고 있다. 준비는 퍽 신속하게 이루어지고 있고, 이런 폭풍을 감안하더라도 2시간 내에 외성 앞까지 다다를 것으로 생각되는군."

하리야는 고개를 무겁게 끄덕인 다음 팔짱을 꼈다. 소파에 앉아 있던 것은 벨로린뿐만이 아니었다. 두캉가 선장와 오닉스 선장, 그리고 트로포스 선장도 앉아 있었다. 킬리 선장과 돌탄 선장은 혹시나 파도가 줄어들 경우를 대비해서 각자의 배에서 대기하고 있었다.

하리야는 시무룩한 얼굴로 말했다.

"어쨌든 우리는 적을 멀리 두고 싸워야 하는데, 날씨가 안 도와주는군요."

두캉가 선장이 의아하다는 듯이 말했다.

"멀리?"

"우리에겐 보병 병력이 4천뿐입니다. 하지만 모든 재정비를 끝낸 8군단은 1만에 달합니다. 게다가 그들은 모든 병종을 고루 갖춘 정예 군단이고 우리는 단순한 해적입니다. 절대로 회전으로 가서는 안 되지요. 강철의 레이디로 견제하면서 리저드라이더로 최대한의 피해를 입힌다는 것이 그 동안의 전략이었습니다. 그렇게 약화시켜 두고 용기병이 도착하면 리저드라이더들과 더불어 어떻게 싸움을 걸어볼 만했을 겁니다. 하지만 이 빌어먹을 날씨 때문에 두 가지 무기가 전부 사용 불능이군요. 용기병은 아직도 도착하지 않았고. 따라서 믿을 것은 저 외성뿐이군요."

두캉가 선장은 고개를 끄덕였다.

"성 자체는 상당히 견고해. 저놈들도 이런 날씨엔 대포를 제대로 쓰진 못할 테니까 결국 성벽을 사이에 둔 싸움이 될 테고, 그렇다면 해볼 만하지 않을까?"

"예. 하지만 나는 우리 부하들을 조금도 낭비하고 싶지 않았습니다. 오늘 싸움이야 넘길 수 있겠지만…… 막상 결판을 지어야 될 때 사용할 병력이 남아 있지 않을 수도 있으니까요."

"징병해야지."

"다립 시민들을 분노하게 할 겁니다. 우리는 아직 그들의 마음속까지 파고들지는 않았으니까요. 하지만 다른 방도도 없지요."

하리야는 우울한 생각을 떨쳐버리려는 듯 어깨를 한번 으쓱였다.

"뭐, 일단 발등의 불은 꺼야지요. 내일 일은 내일 생각하고요. 바스톨 장군을 모셔오겠습니다. 성벽 방어전의 지휘는 그분께 부탁드리는 것이 좋을 것 같습니다. 그분도 이미 여러 가지로 생각해 둔 바가 있다고 압니다."

"하지만 겨우 한 시간인데? 훈련을 해본 것도 아닌데 잘 될지 모르겠군. 차라리 우리가 직접 하는 것이 낫지 않을까. 부하들과는 우리가 더 잘 통할 테니까."

"예. 그러니까 우리는 백부장 노릇을 해야겠지요."

두캉가 선장은 고개를 끄덕였다.

"으음. 무슨 말인지 알겠어. 장군을 부르지."

두캉가 선장은 몸을 일으켰고 오닉스 선장은 약간 불편한 듯한 거동으로 일어났다. 문을 나서려던 하리야는 문득 세 번째 선장이 일어나지 않고 있다는 것을 깨달았다. 하리야와 두캉가, 그리고 오닉스와 벨로린은 모두 트로포스를 돌아보았다. 트로포스는 오른손으로 턱을 받친 채 테이블을 노려보고 있었다. 그리고 그의 시선이 닿는 곳에는 그의 왼손이 놓여져 있었다.

"트로포스?"

하리야의 목소리에 트로포스는 고개를 들었다. 트로포스는 자신을 바라보는 시선들을 향해 반쪽짜리 미소를 지어주며 말했다.

"존경하는 동료 선장들이여. 죽는 것이 싫은가, 아니면 마법이 싫은 가?"

하리야 선장은 얼굴을 찡그렸고 벨로린은 무표정했으며 오닉스 나이트의 표정은 알 수가 없었기 때문에, 트로포스의 말에 환한 얼굴이 된 것은 두캉가 선장뿐이었다.

매서운 폭풍은 낙엽들을 가득 퍼올려 사방에 뿌리고 있었다. 비바람과 더불어 온갖 것들이 허공을 누비고 다니자 시계는 최악으로 줄어들었다. 하지만 다벨의 정예 8군단은 엄격하게 대오를 유지하며 행군하고 있었다.

서로 밀집한 병사들과 달리 기병들과 말 위에 올라탄 지휘관들은 비바람에 꼼짝없이 노출되어 있었고 그래서 몹시 고생스러워하고 있었다. 물론 중장보병들은 자신들의 노고가 더 크다고 주장할지도 모른다. 이런 폭풍 속에서 무거운 갑주를 걸치고 병장기를 들고 자기 발로 걸어가는 것은 상상을 불허하는 중노동이라고. 어느 쪽이 더 고생하고 있는지는 알 수 없지만, 어쨌든 다림 외성을 향해 진군하고 있는 8군단에서 편해 보이는 얼굴을 하고 있는 것은 단 한 사람뿐이었다.

서 소팔라는 얼굴을 훔친 다음 다시 기세좋게 외쳤다.

"얼마나 고마운 날씨냐! 응? 투코인, 자식아. 입술 내밀지 마! 생각해보라고. 다림 앞바다에서는 지금 배가 이리 흔들 저리 흔들 하고 있을 거다. 놈들은 강철의 레이디를 못 쏜단 말이다. 기어코 발사했다간 오히려 다림 시를 쏘고 말걸. 그러니 얼굴들 좀 펴라! 스멜링풋! 웃어, 인마! 오늘 우리는 저 성벽을 넘는 거다!"

그러나 서 소팔라는 자신의 말을 믿지 않고 있었으며 그것은 다른 지휘관들 역시 마찬가지였다. 그들은 오늘 다림 외성을 돌파할 생각은 전혀 가지고 있지 않았다. 다만 공성전으로 유도하여 상대방에게 최대한의 출혈을 강요하는 것이 그들의 목적이었다. 폴라리스는 바다를 통해 온갖 보급을 다 받고 있었지만 전투원만은 보급받을 수 없다. 하지만 8군단은 이제 방대해진 다벨의 영토로부터 얼마든지 전투원을 보급받을 수 있다. 따라서 폴라리스가 잃는 한 명의 전투원은 8군단의 두세 명과 마찬가지인 것이다. 어쩌면 서너 명의 피해일 수도 있다. 폴라리스의 전투원은 그대로 그들의 해군력이므로. 서 소사라가 마음속으로 외치고 있는 말은 모든 8군단 지휘관들의 생각을 웅변적으로 나타내고 있었다.

'저들이 더 이상 장난을 칠 수 없게 된다면 전술이고 뭐고 필요없어. 단순히 숫자 싸움으로 몰고 가도 우리가 이긴다!'

서 소사라가 희열에 가까운 기분을 느끼고 있을 때였다. 갑자기 누군가가 그의 곁으로 다가왔다. 고개를 돌린 서 소사라는 서 켈커가 가까이 다가와 있다는 것을 알아차렸다.

"무슨 일이오, 서 켈커?"

"하늘이 이상합니다. 날씨가 갤 것 같습니다."

"무슨 소리를 하는 겁니까? 조연사는 분명히 이틀 이상 폭풍이 계속될 거라고 했어요."

"그 조연사가 틀린 모양입니다."

다시 한번 반박하려던 서 소사라는 문득 이상한 것을 느꼈다. 서 켈커의 모습이 너무 잘 보였다. '조금 전까지만 해도 시계가 엉망이었는데?' 서 소사라는 고개를 들어 하늘을 보았다.

구름 사이로 뛰쳐나온 햇살이 서 소사라의 얼굴에 떨어져내렸다. 그들이 깨닫기도 전에 비는 이미 멈춰 있었고 바람 또한 잠잠해졌다. 서 소사라는 이 어처구니없는 날씨 변화에 공포까지 느꼈다.

트로포스는 헐떡거리며 무릎을 꿇었다. 지팡이에 기대어 간신히 쓰러지지 않는 것이 고작일 뿐 트로포스는 도저히 일어날 기력이 없었다. 그때 누군가가 그의 왼팔을 붙잡았다. 트로포스는 상대방의 손을 뿌리치며 말했다.

"젠장. 조금 있다가 일어날 테니까 놔둬."

"부축하려는 것이 아니야."

트로포스는 옆을 쳐다보았다. 세실이 어두운 표정으로 그를 바라보고 있었다.

"언제 승선한 거지?"

"조금 전에. 마법장을 느끼고 곧장 왔어. 굉장한 일을 해냈군. 이런 폭풍을 지워버리다니."

말을 마친 세실이 갑자기 트로포스의 왼손을 나꿔챘다.

세실은 트로포스의 왼손을 눈앞까지 끌어와 면밀히 관찰했다. 그녀의 눈에 불안이 떠오르는 것을 본 트로포스는 다시 왼손을 끌어당기며 고개를 돌렸다. 자신의 손등을 내려다본 트로포스는 그 위에 선연하게 드러난 11개의 점을 보며 몸을 부르르 떨었다. 트로포스는 지팡이를 꽉 움켜쥔 채 아직 젖어 있는 갑판에 주저앉았다.

세실은 다짐하듯 말했다.

"열한 개야."

"숫자는 나도 셀 줄 알아."

"저번엔 열 개였어. 그 전에는 아홉 개였고. 이제는 확신할 수 있어."

트로포스는 아무 대답을 하지 않았다. 그의 정수리를 내려다보던 세실은 고개를 들어 먼 곳을 바라보았다. 저 멀리 떠 있는 그랜드파더호와 그랜드머더호에서는 분주한 움직임이 보였다.

"구울의 왕자를 불러내었을 때가 아홉 번째였을 거야. 그후로는 계속 졸도한 채였고 깨어났을 땐 열 개가 되어 있었어. 그리고 지금 열한 개…… 그렇다면 열 번째는 뭐지? 내가 그것을 사용했을 때야?"

트로포스는 조금 망설이다가 대답했다.

"아마도."

"그 지팡이로 마법을 쓸 때마다 하나씩 생기는 거냐?"

"경험상으론."

"……그 모양을 보니 아무래도 열두 번째가 마지막일 것 같군."

"그렇겠지."

"부러뜨려."

트로포스는 대답하지 않았다. 세실은 다시 고개를 돌려 그를 내려다보았다.

이제는 햇살이 내리쬐고 있었고 갑판에 흥건히 괴어 있는 물 위론 파란 하늘과 더불어 트로포스 자신의 모습이 비치고 있어 트로포스의 모습은 마치 거울 위에 앉아 있는 것 같았다. 트로포스는 오른쪽 눈에 안대를 하고 있는 또 다른 자신을 내려다보며 말없이 앉아 있었다.

세실은 다시 말했다.

"부러뜨려, 트로포스."

"내가 알아서 하겠어. 지금은 쉬고 싶으니 좀 내버려두지 않겠나?"

"부러뜨리기 힘들다면 내가 해주겠어."

"세실리아, 제발."

"제발이고 뭐고 필요없어! 빨리 부러뜨려, 젠장. 내가 써도 생겼잖아? 그러면 네가 아니더라도 다른 누가 쓰기만 하면 네가 덮어쓰는 거야. 위험해. 이리 내놔!"

트로포스는 다시 침묵했다. 마치 떼쟁이 어린애 같다고 생각하며 세실은 입술을 깨물었다. 그때 트로포스가 나직하게 말했다.

"당신이 사용한 것에 대해 미안하게 생각하고 있는 거라면, 그럴 필요없어. 세실리아. 나는 그것에 대해 고맙게 생각하고 있어. 덕분에 키선장님을 구할 수 있었으니까. 마법사의 예의 문제라면, 뭐 나 같은 불법 마법사에게 그렇게 예의 따질 필요는 없지 않을까? 그러니까 신경쓰지 마."

"알았어. 그러니까 내놔."

"세실리아. 다리를 부러뜨린 말은 직접 죽이는 것이고 침몰하는 배는 함께 빠져줘야 되는 거야. 지팡이는 내가 부러뜨리겠어. 당신이라면 자신의 지팡이를 다른 마법사가 부러뜨리게 놔두겠나? 생각해 주는 것은 고마워. 그러니까 이만 가줘."

세실리아는 주먹을 꼭 쥔 채 트로포스를 내려다보았다. 하지만 트로포스는 여전히 아래를 내려다보며 꼼짝도 하지 않았다. 세실리아는 물러가야겠다고 생각했고, 등이라도 한 대 때려줄까 하다가 그것마저 포기했다. 그녀가 몸을 돌렸을 때 저편에서 맹렬한 포성이 들려오기 시작했다.

휘리리리릭!

가슴을 저며오는 휘파람 소리가 다시 들려왔다. 서 소팔라는 그 소리가 끔찍하게 싫다고 생각하며 목청껏 외쳤다.

"엎드려, 엎드려!"

며칠 전의 밤에는 도망치라고 외쳤지만 지금은 8군단 전체 병력이 한 자리에 모여 있다. 도망치는 것도 질서 있게 수행하지 않으면 혼란 속에서 더 큰 피해가 날 것이다. 그래서 서 소팔라는 포탄이 날아오는 자리에 누우라는 명령을 할 수밖에 없었다. 병사들은 벌벌 떨면서 그의 명령을 따랐지만 몇몇 병사들은 공포 속에서 우왕좌왕하거나 비명을 지르며 달려가기도 했다. 그리고 그런 그들의 머리 위로 명백한 적의로 조준된 포환들이 날아들기 시작했다.

위기를 가까스로 넘긴 긴박한 상황이었지만 하리야는 이것이 기회라는 사실을 간과하지 않았다. 8군단의 전체 병력이 강철의 레이디의 사정권에 들어온 지금은 다시 없을 기회였다. 하리야는 최대한 타격을 줄 수 있도록 광범위 포격을 명령했고, 그래서 여든 발의 포환은 서로 상당한 간격을 두고 격자 포격되었다.

폭음과 불꽃이 8군단의 위쪽으로 파도쳤다.

누군가 하늘에서 이 광경을 내려다보았다면 인간이라는 생물의 가능성에 대해 근엄한 탄성을 질러줄 만한 광경이었다. 여든 발의 포환은 8×10의 거의 완벽한 격자를 그려내었다. 놀랍도록 정밀한 이 사격은, 그러나 의외로 큰 피해를 주지는 않았다. 포환은 그저 높은 운동 에너지를 가진 돌덩이고 따라서 폭발 에너지는 순수하게 물리적인 것뿐 화학적 폭발은 전혀 없었다. 그 물리적 폭발의 파편들도 엎드린 병사들의 머리 위로 다 날아갔기에 희생된 것은 격자 지점에 있었던 운나쁜 병사들뿐이었다. 서 소팔라의 지시는 정확했다…… 그러나 피격 직후 펼쳐진 무시무시한 모습이 병사들의 정신에 준 충격은 거대한 화약 창고의 폭발보다 더 강력했다.

그 사격은 살아 있는 인간의 몸 위에서 펼쳐진 것이었다.

피폭 직후 한때 인간의 부분이었던 것들이 형체도 알아볼 수 없는 모습이 되어 솟구쳤다. 그리고 잠시 후 엎드려 있는 8군단의 병사들 위로 참혹한 비가 쏟아져내렸다. 후두두둑! 인간의 가능성에 놀라워해야 했을 그 존재는 이제 인간 속에 있는 짐승이 내지르는 끔찍한 비명에 놀라야 할 것이다.

"으아아아아—!"

병사들은 전우의 육신과 피로 이루어진 소나기를 맞으며 발광했고, 살덩이와 피로 얼룩진 자신의 손발과 몸을 내려다보며 비명을 질렀고, 그런 서로의 모습을 보며 진저리쳤다. 그들은 일어나서 무턱대고 달려가거나 이 끔찍한 세례의 증거를 지워버리기 위해 제자리에서 데굴데굴 굴렀다. 가장 냉정해야 할 백부장들 중에서도 많은 이들이 충격 속에서 말도 안 되는 소리들을 지르고 있었다. 입에 들어간 것을 무심코 뱉어내다가 그것이 누군가의 손가락이라는 것을 깨닫고 졸도하는 백부장도 있었고 사방에 널린 시체 때문에 어디로도 도망치지를 못해 뱅글뱅글 돌고 있는 백부장까지 있었다.

"정신 차려라, 얼빠진 놈들아!"

서 소팔라는 검집채로 검을 휘두르며 외쳤다. 텡구는 병사의 등을 후려치고 무턱대고 달리는 병사를 걷어차며 소팔라는 병사들을 제어하기 위해 안간힘을 썼다. 서 소사라 역시 사방으로 말을 달리며 고함 질렀고 서 켈커와 서 기리우 역시 난동을 부리는 말과 기수들을 달래기 위해 백부장처럼 날뛰었다. 그러나 병사들은 이미 통제 불가능이었다. 쌍스러운 욕설을 내뱉던 서 소팔라는 기수에게서 군기를 빼앗아 휘두르며 외쳤다.

"도망쳐라! 8군단은 저쪽으로 도망쳐라!"

공포에 질린 병사들에게 똑똑히 들리도록 서 소팔라는 가장 쉽게, 그리고 몇 번씩 똑같은 말을 외쳤다. 그것은 어느 정도 먹혀들었고 병사들은 일제히 진지 방향으로 도망쳤다. 소팔라는 겨우 비슷한 악전고투를 벌이고 있는 동생을 돌아볼 정도의 여유를 찾았다.

"소사라, 가라! 소리를 내며 달려. 유도하라고!"

서 소사라는 짧게 고개를 끄덕이고는 고삐를 놓은 채 방패와 검을 머리 위로 들어올렸다. 서 소사라는 다리로만 말을 달리게 하며 방패에 검을 탕탕 부딪혔다.

"이쪽이다! 8군단, 이쪽이다!"

병사들은 두려움에 떨면서도 더 큰 두려움에서 달아나기 위해 미친 듯이 달렸다. 시체를 밟고 미끄러지고 핏물 속에 나동그라지며 병사들은 죽을 힘을 다해 달렸다. 후위로 쳐진 서 소팔라는 도망치는 8군단의 뒷모습을 보며 그제야 분통을 터뜨렸다. 그러나 그의 성격은 그 순간에도 사나운 농담으로써 자신의 분노를 분출시키고 있었다.

"젠장, 지금 한 방 더 날아오면 꼼짝없이 8군단 전멸하겠군. 군단병 전체가 탈영하는 바람에 소멸한 군단이라, 대단한 전설이 되겠군!"

약간 떨어진 곳에서 그 말을 듣고 있던 서 켈커는 쓴웃음을 지었다. 서 소팔라의 농담은 단순한 농담만은 아니었다. 정말 한 번 더 발사가 이루어질 경우 그가 예측한 결과가 일어나지 않는다는 보장은 어디에도 없었다. 그러나 다행히도 강철의 레이디는 더 날아오지 않았다. 폴라리스는 도망병 소탕용으로 포환보다 훨씬 나은 것을 가지고 있었다.

그래서 다음 번 그들을 덮친 것은 사람의 심사를 긁는 비웃음 소리였다.

"음훼훼훼! 저게 8군단인가?"

서 소팔라와 서 켈커는 뒤를 휙 돌아보았다.

투닥투닥. 묵직하면서도 가벼운 발걸음 소리와 함께 포연 저편으로부터 목도리도마뱀들이 하나둘씩 나타났다. 그리고 도마뱀들의 등 위에는 어떤 괴물의 머리를 떼어낸 것이 아닌가 싶은 괴상한 투구들을 쓰고 있는 리저드라이더들이 오만하게 앉아 있었다. 그들에게 비웃음을 던진 것은 상체를 다 벗어던져 털이 무성한 가슴을 드러내고 있는 선두의 리저드라이더였다. 그는 자신의 목도리도마뱀의 머리 위에 왼쪽 팔꿈치를 괸 채 서 소팔라와 서 켈커를 내려다보았다. 재미있다는 듯이 두 기사를 바라보던 리저드라이더는 이상한 말을 던졌다.

"나는 다케온의 서 파르치다. 자넨 서 소팔라지? 하나부터 열 사이에 마음에 드는 숫자를 불러봐라."

"뭐라고?"

"하나부터 열 사이에 마음에 드는 숫자를 대라고."

서 켈커는 검을 뽑아들며 서 소팔라를 바라보았다. 서 소팔라는 어깨를 으쓱이며 말했다.

"여덟."

"여덟? 좋은 선택이로군. 여덟 세고 나서 추적하겠다, 서 소팔라. 도망쳐봐."

"뭐야, 이 새끼야?"

"하나, 둘."

서 파르치는 태연자약한 태도로 숫자를 세기 시작했다. 서 소팔라와 서 켈커는 어이가 없다는 표정으로 서로를 쳐다보았지만 그 동안에도 서 파르치의 숫자 세기는 규칙적으로 계속되고 있었다.

"셋, 넷."

"이런, 제기랄!"

서 소팔라와 서 켈커는 미련 없이 말머리를 돌렸다. 그들은 곧 맹렬하게 도망치기 시작했지만 서 파르치는 친절하게도 남은 숫자 모두를 정확하게 세었다.

"다섯, 여섯, 일곱, 여덟. 가자!"

"쐐애애애액!"

하리야의 집무실에서는 밝은 담소가 계속되고 있었다. 하리야 선장은 즐거운 듯이 손을 비비며 말했다.

"서 파르치는 이를 부득부득 갈더군요. 여덟이 아니라 셋 정도만 선택해 줬다 하더라도 충분히 서 소팔라를 낚아올 수 있었을 거라고요."

바스톨 장군은 웃음을 터뜨렸다. 서 파르치의 이 오만무도한 무용담은 이미 다림 시내에 요란하게 퍼져 있었다. 하리야는 손을 좌우로 벌리며 말했다.

"어쩌겠습니까? 그렇게 분통을 터뜨리고 있는데 쓸데없는 장난을 쳤다고 꾸중할 수는 없지요. 그래서 포로로 잡아온 것보다 더한 모욕을 줬으니 충분하다고 말해 줬습니다."

"말씀하신 그대로입니다. 하리야 선장. 그렇잖아도 오늘의 공격은 실질적 피해를 줬다기보다는 적의 사기를 꺾어놓은 공격이었소. 그런 공격의 끝마무리로서 나쁘지는 않지요. 서 소팔라나 서 켈커는 오늘밤 잠자기는 다 틀렸을 겁니다. 하지만, 솔직히 말해서 내 부하 중에 누가 그런 장난을 치다가 중요한 포로를 놓쳤다면 난 그 자의 부모에 조부모까지 욕해 줬을 거요."

"예. 뭐 다음 번에 서 소팔라를 거꾸러뜨리면 되겠지요. 그렇잖아도 서 파르치는 노예병과 서 소팔라만은 자기들에게 맡기라고 신신당부하고 돌아갔습니다."

"이해됩니다. 지휘관으로서 부하들의 구원은 풀어주고 싶겠지요. 그래서 말인데, 이제 시작해 볼 때가 되지 않았습니까? 용기병은 곧 도착할 겁니다. 그들이 도착하는 대로 시작해 보는 것이 어떻겠습니까."

하리야는 빙긋 웃으며 말했다.

"전략가의 제안이겠지요?"

"예. 빌레스 전하 때문은 아닙니다. 기회가 아주 좋습니다. 8군단의 사기는 엉망일 테니 간단한 전술로도 그들을 끝내줄 수 있지요."

"어떻게 말입니까?"

바스톨 장군은 하리야의 책상 위에서 지도 하나를 가져왔다. 다림시 외곽을 나타내고 있는 지도였고 거기엔 현재 8군단의 진지가 표시되었다. 장군은 손가락으로 지도를 짚으며 말했다.

"아직 용기병을 본 적이 없어서 그들의 특징을 정확하게는 알 수 없습니다만, 어쨌든 그들이 기병의 특징을 가지고 있는 포병이라고 생각하기로 한다면 포진할 장소는 분명해집니다. 리저드라이더와 용기병과 함께 다림에 있는 4천 병력 중 일단 3천을 내보내어 회전을 시도합니다……."

그리고 바스톨 장군은 상세한 전술 설명을 시작했다. 그의 전술은 8군단을 일정 지점까지 몰아넣는 것이었고 그 일정지점은 바로 강철의 레이디의 사정권 내였다. 장군은 그 지점을 손으로 짚으며 말했다.

"이 해변가로 몰아넣은 다음 일제 포격으로 끝내는 겁니다. 왼쪽의 개펄과 오른쪽의 언덕 때문에 8군단의 기병들도 원활하게 움직이지는 못할 겁니다. 그리고 전투의 이 시점까지 용기병들의 전투력이 충분히 보존된다면—설명해 드렸으니 아시겠지만 리저드라이더와의 교차 공격으로 그들의 전력을 상당히 보존할 수 있다고 봅니다만—십자포화도 가능할 거요. 설령 그렇게 되지 않더라도 페가서스호, 질풍호, 흑기사호 등을 미리 이쪽 바다로 보내놓으면 비슷한 효과를 얻을 수 있겠지요. 포수장들에게 문의해 본 바 이쪽 바다에서 해변을 향한 포격에는 아무 문제도 없다고 하더군요."

바스톨 장군이 설명을 마무리지었을 때 하리야는 감동을 받고 있었다.

"정말 놀랍군요, 장군. 저라면 육전 따로 해전 따로 생각하지 그 둘을 하나의 전장으로 사용한다는 생각 같은 것은 할 수 없었을 겁니다. 정말 감탄했습니다."

"과찬의 말씀이오. 어느 정도 교육받은 지휘관이라면 누구든 생각해낼 수 있을 겁니다. 그리고 바로 그래서 지금이 좋다고 말한 겁니다. 사기가 엉망인 상태에서라면 8군단의 지휘관들도 이 작전을 쉽게 알아차리지 못할 테지요. 이 작전을 꿰뚫어볼 수 있는 휘리 노이에스는 아직

도착하지 않았고." 바스톨 장군은 잠시 기다렸다가 말을 덧붙였다. "그리고, 이 작전은 키 드레이번이 없어도 충분히 가능하오."

하리야는 약간 어두워진 얼굴로 고개를 끄덕였다. 바스톨 장군은 부드러운 어조로 말했다.

"이해하시겠지만 이 작전의 주요 요소들은 리저드라이더와 용기병이오. 그들에겐 키 드레이번이 없어도 되겠지요. 그리고 마지막 포격 역시 키 드레이번이 없어도 가능하지 않겠습니까?"

"예. 알겠습니다."

"하리야 선장. 웬만하면 재촉하고 싶지 않았습니다. 하지만 이길 수 있는 때를 놓치고 싶지는 않소. 휘리 노이에스가 올 때까지 기다릴 필요는 없을 거요. 마찬가지로 키 드레이번이 나서줄 때까지 기다릴 필요도 없고. 이런 표현은 어울리지 않겠지만, 아랫사람끼리 빨리 처리하는 편이 좋을 것 같소."

하리야는 깊은 한숨을 내쉬었다. 바스톨 장군은 재촉하지 않고 조용히 기다렸다.

마침내 하리야의 고개가 위아래로 움직였다.

"용기병이 도착하는 대로, 시작해 봅시다."

킬리 선장과 돌탄 선장, 그리고 두캉가 선장은 승전의 기쁨을 자기들끼리 나누고 있었다. 그들은 부둣가의 적당히 고요한 곳에 모닥불을 피워놓고는 술병을 나누고 있었다. 술병을 한번 크게 들이켠 두캉가 선장은 그것을 옆에 있는 킬리에게 건네었다. 두캉가는 입을 훔치며 자유호 쪽을 바라보았다.

"곧 나오겠지."

돌탄 선장은 두캉가의 시선을 따라 쳐다보고는 싱긋 웃었다. 술을 한 모금 들이켠 킬리는 돌탄에게 술병을 건네며 말했다.

"안 나오셔도 도리가 없습니다. 시내에는 짜증을 부리는 사람들이 많습니다. 하리야는 압박을 느끼고 있고, 조만간 결판을 지어야 될 걸요."

"크 타음은 뭐하치."

킬리와 두캉가는 돌탄을 돌아보았다. 돌탄은 술병을 만지작거리며 말했다.

"천챙 생각만으로토 머리카 꽉 틀어차 있치만, 크래토 생각은 해폴 수 있는 커찮아. 천챙이 끝나면, 우리카 이키면 크 타음은 뭐치?"

킬리는 빙긋 웃었다.

"그 다음이라고? 솔직하게 말하면 이 전쟁을 이기더라도 최소한 향후 10년 동안은 정신이 없을 거다, 돌탄. 아주 끝내주게 바쁠 거야. 전쟁이라는 것은 그런 거야. 더군다나 이 전쟁은 무려 세 개의 나라가 없어졌던 전쟁이지. 하리야는……" 킬리는 말을 끊고는 주위를 잠깐 둘러보았다. 주위가 고요하다는 것을 확인한 킬리는 목소리를 약간 낮춰서 말했다.

"모든 것이 원래대로 돌아갈 것처럼 행동하고 있지만 실제로는 아무

것도 약속하지 않았어. 교활하지. 우리가 휘리를 거꾸러뜨릴 수 있다면 그 다음부터는 팔라레온, 다케온, 록소나가 우리 적이 될지도 몰라. 그리고 사트로니아나 펠라론, 심지어 페인 제국까지도."

돌탄은 약간 창백해진 얼굴로 두캉가를 바라보았고 두캉가는 배를 긁적거리다가 말했다.

"그렇게 되나, 킬리?"

"예. 휘리 덕분에 우리는 현재 두 번째로 나쁜 놈이 되어 있고, 덕분에 과녁 중앙에서는 벗어나 있습니다. 하지만 우리가 휘리를 잡으면, 물론 휘리가 만들어놓은 것도 계승하겠지만 휘리가 덮어써야 될 것도 그대로 계승하는 거죠. 하리야가 재주를 부리겠지만 내가 조금 전에 말했던 나라들 중에 틀림없이 싸워야 될 나라가 최소한 둘 이상은 있을 겁니다. 전부가 아니기를 바라야겠지요. 하지만 분명히 하리야는 넓힐 수 있을 때까지는 넓혀두려 할 겁니다. 그리고 그런 영토 확장에서 상대방의 평화적 이해를 얻을 수 있는 방법은 아직 발견되지 않았습니다."

두캉가는 탄식하듯 말했다.

"하리야는 대단한 사내야."

"예. 그 신부님에게 진짜 나라라는 것은 하늘의 나라뿐일 테지요."

"무슨 말인가?"

"하리야가 경외심을 가지고 대하는 나라는 천상의 나라뿐일 거란 말입니다. 지상의 나라나 사람들이 정한 국경선 따위에 대해서 하리야는 아무 신경 쓰지 않을 테죠. 그는 두려움이나 존경심 어느 것도 갖지 않은 채 무참히, 그리고 확고한 태도로 영토를 얻어낼 겁니다. 내가 10년 동안은 바쁠 거라고 말한 것도 그의 성격을 알기 때문입니다."

두캉가는 피식 웃었다.

"만약 키가 없었다면 그가 우리의 우두머리가 되어 있을지도 모르겠군."

"크럴까요?"

돌탄 선장은 고개를 가로저었다.

"클쎄요. 나는 왠치 크렇치 않았을 컷 캍습니다. 키 선창님이 아닌 하리야였타면…… 최소한 나나 킬리는 노스윈트카 아니었을 수토 있타코 폼니타."

두캉가는 무겁게 고개를 끄덕였다. 킬리 선장과 돌탄 선장은 원래부터 해적은 아니었다. 그들은 레갈루스의 해군 장교들이었고 키가 두 척의 터릿 갤리어스를 가지기로 결정했을 때 그를 따랐던 사람들이다. 키가 아닌 하리야였다면 그들은 배를 몰고 레갈루스로 돌아갔을지도 모른다. 킬리는 우울한 생각을 떨쳐버리려는 듯 밝게 말했다.

"그리고 이런 재미있는 일은 죽을 때까지 못 겪었겠지. 그렇잖아?"

돌탄 선장은 빙긋 웃으며 술병을 기울였다. 그는 다시 두캉가에게 술병을 건네며 말했다.

"크래. 하치만 생칵해 포면 우리뿐만은 아니치. 오닉스 선창만 해토 크럴 텐데."

킬리와 두캉가는 동의할 수밖에 없었다.

"키가 아닌 하리야였다면, 5년 전 이보레 열도에서 쓰러진 것은 하리야였을 가능성이 높지. 그랬다면 오닉스는 여전히 사트로니아의 대해적이었을 테고 노스윈드는 태어나지도 않았겠지."

"알버트 선장도 마찬가지입니다. 하리야였다면 그 악마주의적인 배를 받아들이지도 않았을 테고 물수리호 역시 하리야를 받아들이지 않았겠지요. 그리고 트로포스 선장 역시 그 마법 때문에 하리야와 충돌을 일으켰을 테고…… 두캉가 선장님은 어떻겠습니까?"

두캉가는 돌탄에게 받아든 술병을 천천히 기울였다. 술병을 다 비운 두캉가는 그것을 어깨 너머로 던졌고 술병은 물소리를 내며 바다에 빠졌다. 두캉가는 두툼한 손가락을 깍지꼈다.

"모르겠어. 나는 늙은 해적이야. 미안하지만 나는 키가 아닌 하리야였어도 좋았을 거야." 두캉가는 잠시 말을 멈췄다가 웅얼거리듯 말했다. "그리고 오닉스나 트로포스, 혹은 자네들이었다 해도 좋았을 거야."

돌탄과 킬리는 싱긋 웃었다. 하지만 두캉가는 우울하게 말했다.

"알잖아? 나는 바스톨 장군과는 달라. 그 나이에도 젊은 대통령을 위해 싸우는 짓은 나와는 관련없어. 이 추한 늙은이는 오히려 젊은이들을 이용해 먹지……"

두캉가는 말꼬리를 흐리며 고개를 떨구었다. 그 모습을 보던 킬리는 새 술병을 꺼내어들었다. 그러고는 일부러 요란한 소리를 내며 마개를 뽑았다. 뻥! 두캉가는 그를 돌아보았고 킬리는 한쪽 눈을 찡긋하며 말했다.

"아, 아. 잘 알고 있습니다. 그리고 앞으로도 위험한 일은, 그러니까 키 선장님을 막아서거나 하는 건 우리한테 맡겨두시고 뒷짐이나 지고 있으시죠. 머리 나쁜 애송이가 교활한 늙은이에게 이용당하는 건 만고불변의 법칙이라더군요?"

오스발은 문을 노크했다.

"네?"

"오스발입니다."

"들어와요."

오스발은 문을 열고 율리아나의 방 안으로 들어섰다. 벽난로 앞의 양탄자에 앉아 있던 율리아나는 오스발을 향해 미소를 보냈고 공주가 바닥에 앉아 있는 것을 본 오스발은 잠시 주저하다가 들고 온 바구니를 그냥 바닥에 내려놓았다. 바구니 안에는 와인병과 오프너, 그리고 두 개의 유리잔과 샌드위치 등이 들어 있었다. 술병을 들어올린 공주는 그 레이블을 바라보았다.

"레프토리아."

"예?"

"이건 레프토리아 회전이 있던 해에 담근 거라서 그런 이름을 가지고 있죠. 그 해에 포도주 생산한 곳은 정말 드물어요. 오랜 전쟁의 끝이었으니까. 포도 수확할 인부도 부족했고 양조장 인부도 다 군대 갔고 그나마 남아 있던 양조장들은 모두 군납용 저급주만 생산하던 시절…… 그래서 유명해요. 그런데 맛은 그저 그렇죠."

오스발은 부드럽게 웃었고 율리아나는 오프너를 들어올렸다. 술병을 연 율리아나는 두 개의 잔에 술을 채워서 한 잔을 오스발에게 내밀었다. 오스발은 겸연쩍어하는 동작으로 그것을 받아들었다. 율리아나는 자신의 잔을 들어올려 오스발의 잔에 가볍게 부딪혔다.

투명하고 맑은 소리가 울렸다.

30분 후, 율리아나는 볼이 빨갛게 변한 채 재잘거리고 있었고 오스발은 처음 받아든 잔을 그대로 내려둔 채 말없이 미소짓고 있었다.

"어떻게 생각해요, 발? 왕이 된다면 좋은 일을 할 수 있겠지요?"

오스발은 그저 웃었고 율리아나는 혀를 낼름했다.

"어머, 사람 무안하게 하네. 좋아요. 말 실수했어. 내 지위가 높지 않아서 좋은 일을 못한다고 말하는 것이야말로 위선이겠지요. 변방의 야만인들을 모두 물리치고 상하의 질서를 바로 세우고 만민번영을 이룩하는 것도 좋은 일이고 배고픈 친구에게 빵을 쪼개어 주는 것도 좋은 일이겠지요. 에에에. 나도 알아요."

율리아나는 또다시 잔을 홀짝 비우고 말했다.

"지위나 능력 같은 것은 필요없지요. 어떠어떠한 행동만은 꼭 해야 한다는 강박관념도 필요없죠. 그저 사랑하면 되죠. 파킨슨 신부님이 말씀하셨듯이."

율리아나는 갑자기 고개를 도리도리 흔들었다.

"그렇다면, 거꾸로 본다면 왕이 되지 말아야 할 이유도 없는 거죠? 흐음. 그래요. 그리고 사람들을 사랑해 주면 되겠지요. 그런데 왕이 된다면 더 많은 사람들을 사랑할 수 있지 않을까요. 그런데…… 더 많은 사람들을 사랑하는 것과 한 사람을 사랑하는 것에 차등을 둘 수 있을까요? 어려워라, 어려워라."

오스발은 무심히 말했다.

"데스필드에겐 같겠지요."

"예? 뭐라고 했지요?"

"너를 사랑하는 것과 그들을 사랑하는 것은, 데스필드에게는 같은 것 아닐까요. 모두가 당신이니까요."

"우에? 에에에?"

율리아나는 기묘한 감탄사와 함께 고개를 갸웃거렸다. 오스발이 잠깐 망설이다가 술병을 들어 그녀의 잔에 술을 채워놓는 동안에도 율리아나는 계속해서 고개를 갸웃거렸다.

"그렇겠군요. 데스필드라면 '본인을 사랑하거나 당신을 사랑하거나'라고 했겠지요. 당신 말이 맞아요, 발. 그리고, 우웅, 생각해보니까 그건 다른 사람들도 마찬가지인 것 같네요. 에고이즘과 앨트루이즘뿐이니까. 하지만 그게 같다면…… 같지 않은데요?"

오스발은 물끄러미 율리아나를 바라보았다. 율리아나는 멍한 얼굴로 말했다.

"결혼하는 신랑과 신부를 가리켜 성자나 성녀라고 하지는 않아요. 그들은 서로를 사랑하는데. 만약 2인칭에 대한 사랑과 3인칭에 대한 사랑이 같다면 세상의 모든 부부들은, 아니 정정, 서로를 사랑하는 모든 부부들은 성인들이에요. 그렇죠?"

"그렇겠군요."

"하지만 그렇게 부르지는 않죠. 그렇다면, 과감하게 정의를 내리자면, 성인은 3인칭을 사랑하는 사람이에요. 에에엑! 뭔가가 꼬이는 것 같아요. 뭐가 잘못된 거죠?"

오스발은 빙그레 웃었다. 율리아나는 속상하다는 듯이 샌드위치를 집어들고는 옆으로 누워버렸다.

그녀의 머리는 오스발의 왼쪽 무릎에 얹혀졌다. 입으로는 샌드위치를 오물거리며 율리아나는 동그랗게 뜬 눈으로 오스발을 올려다보았다. 오스발은 겁먹어 눈치를 보는 눈 같기도 하고 장난기 뚜렷한 눈 같기도 하다고 생각했다.

"난 너무 많이 마셨어요. 그래서 생각이 안 되는 거예요."

"예."

대화는 정지되었다.

율리아나는 눈을 감은 채 약간 크지만 고른 숨소리를 내고 있었고 오스발은 오른쪽 무릎을 끌어당겨 오른쪽 팔꿈치를 괴고는 오른손 주먹 위에 볼을 얹었다. 폰스파궁 전체가 적막에 감싸인 것 같았고 테이블 위에서 촛불은 계속 자라나지만 크지는 않는 모습으로 타오르고 있었다.

율리아나가 말했다.

"세 번째예요."

오스발은 고개를 약간 꺾어 율리아나를 내려다보았다. 율리아나의 잠든 것 같은 모습은 조금 전과 마찬가지였고 그래서 그 말소리는 옅은 잠꼬대 같았다.

"이번만 묻고 더는 묻지 않겠어요. 마지막이에요."

무게감을 지닌 정적이 율리아나의 가슴을 내리누르는 것 같았다. 하지만 그녀를 덮고 있는 것은 오스발이 던지고 있는 그림자뿐이었다.

"나를 줄 테니, 당신을 내게 주지 않겠어요?"

대답은 없었다.

율리아나의 모습은 그대로였다. 하지만 그녀의 닫혀진 속눈썹 사이에서 투명한 눈물이 흘러나와 볼을 따라 흘렀다.

그 눈물이 말라버렸을 무렵.

테이블 위의 초가 촛농 무더기로 바뀌었을 무렵.

오스발은 조심스럽게 율리아나의 머리를 들어올려 바닥에 내려놓았다. 그녀는 이미 잠들어 있었다. 오스발은 저린 다리를 조심스럽게 끌어당겨 일어났다. 공주님이 행여나 깰까 봐 오스발의 동작은 모두 고요했다. 일어선 오스발은 발코니 쪽을 향해 걸어갔다.

발코니로 통하는 문을 열자 어둠 속에 서 있는 흰옷의 여자가 보였다. 가지런한 실버블론드를 늘어뜨린 조그마한 여자. 오스발은 고함을 지르려 하다가 자신이 그녀를 안다는 것을 떠올렸다. 여자는 그를 향해 희미한 미소를 짓고 있었다.

"바라미 님?"

"오래간만이군, 오스발."

오스발은 밖으로 걸어나와 문을 닫았다. 발코니에 나와 달빛 속에 선 오스발은 바라미를 바라보며 고개를 갸웃했다.

"어떻게 카밀카르에…… 왜 오신 겁니까? 저를 잡아먹으러……?"

"아니."

"고맙습니다."

바라미는 발코니문 너머로 방 안을 바라보았다. 율리아나는 오스발이 눕혀놓은 대로 양탄자 위에 누워 있었고 그 모습을 보며 바라미는 다시 웃음을 머금었다.

"지독한 남자로군, 너."

"예?"

그러나 라미는 설명을 덧붙이지 않았다. 대신 라미는 품속으로 손을 집어넣었다. 라미의 손이 다시 나왔을 때 그 손에는 단검이 쥐어져 있었다. 라미는 칼집을 쥔 채 단검을 앞으로 내밀었고 오스발은 약간 머뭇거리다가 그것을 받아들었다. 단검을 받아든 오스발은 다시 라미를 바라보았지만 라미는 신비스러운 미소만 지은 채 아무 말도 하지 않았다.

오스발은 단검을 뽑아보았다.

버드나무 잎처럼 생긴 예리한 칼날이 드러났다. 투박하면서도 날카로운, 선원이나 군인이 좋아할 것 같은 단검이었다. 오스발은 멀뚱한 표정으로 라미를 쳐다보았다.

"그녀에게 사랑을 주지 않았으니, 죽음이라도 줘야지. 어쩌면 같은 것일지도 모르니."

"죽음이라고요?"

오스발은 어이없다는 듯이 라미를 바라보았다. 그리고 그만 그 눈에서 시선을 뗄 수 없게 되었다.

라미의 눈은 마치 우물 속에서 타오르는 횃불 같았다. 혹은 소용돌이치는 여러 빛깔의 보석 같았다. 오스발은 참으로 신비한 눈이라고 생각했다. 그때 라미가 단아한 입술을 열어 말했다.

"오스발."

"예."

"들어가서 율리아나를 죽여라."

말 끝에서 라미는 차가운 웃음을 흘렸다.

폰스파궁의 모든 사람들은 공주와 함께 굴러들어온 정체도 모를 노예놈이 술김에 끔찍한 범죄를 저질렀다고 생각할 것이다. 혹은 오스발이 키 드레이번의 사주를 받은 노예라고 생각할지도 모른다. 어쨌든 일은 간단하게 처리되고…….

반왕은 나타나지 않는 것이다.

생각에 빠져 있던 라미는 오스발의 말을 약간 놓쳤다. 라미는 고개를 갸웃하며 물었다.

"뭐라고 그랬지?"

"그러고 싶지 않다고 했습니다."

라미는 잠시 말문이 막힌 채 멍한 시선으로 오스발을 바라보았다. 오스발은 미안하다는 듯이 머리를 조아리고는 단검을 다시 칼집에 꽂은 다음 그것을 앞으로 내밀었다. 라미는 단검을 내려다보다가 다시 오스발을 바라보았다.

"너, 내 눈을 보고 있었나?"

"아름다운 눈이십니다."

"그것 외엔?"

"예? 그것 외라니오? 글쎄요. 신비하다고도 생각했습니다. 하지만 라미 님은 인간이 아니시니까 그건 당연하겠지요."

말을 마친 오스발은 다시 단검을 앞으로 내미는 동작을 반복해 보였다. 하지만 라미는 여전히 단검 쪽엔 아무 신경도 쓰지 않았다. 라미는 믿을 수 없다는 듯이 오스발을 올려다보았다.

"넌 왜 못 보는 거지?"

"예? 못 보다니오? 저, 말씀드렸습니다만 저는 라미 님의 눈이 아름답다고 생각합니다."

"눈동자 말고 다른 것. 다른 것은 느끼지 못하나?"

오스발은 이상하다는 듯한 얼굴로 라미를 바라보았다. 그는 뭔가 놓친 것이 없나 하는 눈으로 라미의 눈을 다시 들여다보았고 그 동작은 라미를 더 당황시켰다. '피하기는커녕 꼼꼼히 들여다본다고?' 그때 오스발이 뭔가 깨달았다는 듯한 표정으로 말했다.

"아, 그렇군요. 왠지 익숙하다고 생각했습니다. 언젠가 비슷한 질문을 들었지요."

"비슷한 질문?"

"예. 키 선장님께서는 저에게 왜 싱잉 플로라의 노래를 듣지 못하냐고 질문하셨습니다. 저는 아무래도 다른 사람들보다 훨씬 열등한 심미안밖에 가지지 못한 모양입니다. 그래서 저는 아름다운 노래나 아름다운 눈을 잘 느끼지 못하는 것이겠지요. 죄송합니다."

오스발은 정성껏 대답했지만 그 대답은 라미를 안심시키기는커녕 그녀를 더 혼란스럽게 만들었다. 라미는 가까스로 질문했다.

"넌 싱잉 플로라의 노래를 못 듣는다고?"

"아니오. 듣기는 듣습니다만 다른 남자들이 느끼는 무엇인가는 느끼지 못합니다."

라미는 혼란스러운 생각을 떨쳐버리려는 듯이 가볍게 고개를 흔들었고 그녀의 길다란 실버블론드가 물결치는 모습은 오스발을 감탄하게 만들었다. 문득 오스발의 손을 본 라미는 그 단검을 집어들며 말했다.

"너에 대해 생각해 보는 건 다른 때라도 가능하겠지. 지금은 일단 급한 일부터 처리해야겠어. 비켜라."

라미가 비키라고 말한 이유는 오스발이 문 앞쪽에 서 있었기 때문이다. 그리고 오스발은 계속 그 자리에 서 있었다. 라미는 눈썹 끝을 올리며 다시 한번 말했다.

"비켜라, 오스발."

"죄송합니다만 공주님을 죽일 생각이십니까?"

"그래."

"왜 그런 일을 하시려는 겁니까?"

"알 것 없어."

오스발은 고개를 끄덕였다.

"예…… 알 것 없겠지요. 어차피 비켜드릴 수는 없으니까요. 저는 그분의 노예입니다."

"그래? 그렇다면 먼저 죽어라."

라미는 조금 전에 받아든 단검을 뽑아들어 뒤로 당겼다. 그리고 주저 없이 그것을 내찔렀다.

라미는 팔이 부러질 뻔했다.

보통 사람이었다면 틀림없이 부러졌을 것이다. 단검은 뭔가에 걸린 것처럼 갑자기 멈춰 섰고 그래서 라미는 앞으로 쓰러질 뻔했다. 오스발은 당황한 눈으로 그녀를 바라보았지만 라미는 더 해괴한 얼굴을 하고 있었다. 라미는 단검을 쥐지 않은 손을 들어 오스발의 가슴을 가리켰다.

"셔츠 주머니에 넣어둔 것이 뭐지?"

오스발은 어리둥절한 표정으로 셔츠 앞주머니에 손을 집어넣었다. 라미는 잔뜩 긴장한 채 그 모습을 보았지만 오스발이 꺼내든 것은 흰 손수건이었다.

"손수건? 그건 뭐지?"

"공주님께서 직접 수를 놓아 만들어주신 겁니다."

"수를 놓았다고?"

오스발은 머쓱해하는 얼굴로 말했다.

"엘핀이 적혀 있다고 하더군요. 저야 페이노도 모르니 읽을 수야 없습니다만. 아, 라미 님은 엘핀을 아시지요?"

오스발은 그렇게 말하며 손수건을 펼쳐보였다. 어두운 밤이었지만 라미는 손수건 위에 수놓아진 글을 쉽게 읽을 수 있었다.

"두 미란 오스발……"

오스발은 잠시 기다렸지만 라미는 더 이상 읽지 않았다. 오스발은 글자가 사라졌나 하는 얼굴로 손수건을 내려다보았지만 손수건은 율리아나에게서 받았을 때의 모습 그대로였다. 오스발은 기억을 더듬었다.

"더 있을 텐데요? 에레—에레로아?"

다음 순간 발코니에 서 있는 것은 오스발뿐이었다.

오스발은 허공을 향해 손수건을 펼쳐든 채 주위를 둘러보았지만 라미의 모습은 어디에도 보이지 않았다. 오스발은 황급히 방 안을 돌아보

았지만 방 안의 모습은 조금 전과 마찬가지였다. 율리아나는 여전히 평
안한 얼굴을 한 채 누워 있었다.

오스발은 손수건을 주머니에 집어넣은 다음 방안으로 들어갔다. 율
리아나의 옆에 도달한 오스발은 재빨리 무릎을 꿇은 다음 그녀의 코 아
래쪽에 손가락을 가져갔다.

오스발의 얼굴이 밝아졌다. 손가락에는 여전히 따스한 숨결이 와닿
았다. 라미는 완전히 떠난 것이다.

바라미는 가공할 속도로 남해를 가로지르고 있었다.

그녀의 모습은 파도를 가로지르고 있는 거대한 흰 뱀이었다. 가끔 먼
곳에서 야간 항해를 하던 선박들이 그녀의 모습을 보고 소란을 일으키
곤 했지만 그녀는 신경 쓰지 않았다. 남달리 용감한 어떤 배는 밤바다
를 가로지르고 있는 흰 서펜트(?)를 추적하기도 했지만 3L의 배가 아닌
바에야 그 속도를 따라잡을 수 있는 배는 존재하지 않았다. 그들은 아
쉬운 마음을 가다듬으며 폴라리스 방향으로 맹렬하게 헤엄치고 있는
돌연변이 서펜트에 대해 항해 일지에 언급해 두는 것으로 만족할 수밖
에 없었다.

몸이 끊어질 듯한 속도로 헤엄치고 있었지만 온몸을 때리고 있는 파
도와 물결은 바라미에게 아무런 자극이 되지 못했다. 바라미는 힘껏 자
맥질을 했다. 거대하고 흰 몸이 칠흑색 바닷속으로 잠겨들며 수면에는

거대한 물보라만 남았다. 바라미는 단숨에 수천 피트 심도까지 내려갔다. 수압이 그녀의 몸을 짓눌러 오그라들게 만드는 그 순간에도 바라미는 소리 없는 비명을 지르고 있었다.

천년 만의 일이었다. 그리고 바라미는 도저히 참을 수 없었다. 그 자리에 서 있는 것, 천연덕스럽게 엘핀을 말하는 오스발을 보는 것은 그녀에게 잔혹한 고문이었다. 천년의 무게가 한 순간에 압축되어 그녀를 후려친 순간 그리움을 가진 하이마스터는 맹렬한 속도로 그 자리에서 도망칠 수밖에 없었다.

그 이름을 그녀 앞에서 말한 사람은 천년 만에 오스발이 처음이었다.

에레로아, 친구, 그녀의 본명을.

선장실의 문을 두드리는 소리가 들렸다. 트로포스는 문 쪽을 향해 말했다.

"들어와."

문이 열리며 스우가 안으로 들어왔다. 스우는 들고 온 도끼를 선장에게 건네었고 트로포스는 고개를 끄덕였다.

"됐으니 가서 쉬거라."

"알겠습니다. 편히 주무십시오."

스우는 꾸벅 인사를 하고서 선장실을 나갔다. 트로포스는 잠시 자신의 손에 들려 있는 도끼를 바라보았다. 스우가 목수에게서 빌려온 투박하고 작은 손도끼였다. 트로포스는 그 무게를 가늠해 보듯 조금 휘두르다가 고개를 가로젓고는 그것을 책상 위에 내려놓았다. 그리고 트로포스는 침대로 다가갔다.

침대에는 세야의 아카나가 놓여 있었다.

트로포스는 세야의 아카나를 들어올려 책상 위에 내려놓고는 잠시 세야의 아카나와 도끼를 번갈아 바라보았다. 그의 손은 자신도 모르는 사이에 안대를 만지작거리고 있었다.

잠시 후 트로포스는 피식 웃었다.

"이럴 줄 알았으면 미리 내 왼눈을 고쳐볼걸. 엉거주춤하는 사이에 열한 번을 다 채우다니."

무심히 말하던 트로포스는 자신의 왼손을 바라보았다.

열한 개의 흰 점이 둥글게 배열되어 있었다. 그 원은 불완전했다. 열한 개나 되는 점이 있었지만 오히려 그런 많은 점들이 있었기에 열두 번째 자리의 공백이 더 뚜렷하게 보였다. 트로포스는 고개를 가로저었다.
'다 채운 것이 아냐.'

트로포스는 오른손으로 왼손의 손등을 덮으며 고개를 돌렸다.
'볼 필요 없어.'

트로포스는 왼손을 쥔 채 한참 동안 세야의 아카나를 바라보았다. 결심이 선 것 같았고, 그래서 트로포스는 오른손을 뻗어 도끼를 집어들었다. 그러나 지팡이를 고정시키기 위해 별 생각 없이 왼손을 뻗은 트로포스는 다시 왼손을 보게 되었다. 트로포스는 흠칫하며 눈을 질끈 감았다. 하지만 불완전한 원은 눈꺼풀 속에서도 보이는 것 같았다.

'열두 번째가 남았잖아.'

'절대로 안 돼.'

'왜 안 된다는 거야?'

'무슨 일이 일어날지 몰라.'

'너 지금 지팡이에 대해 말하는 거야, 아니면 내일에 대해 말하는 거야?'

'이건 내일 무슨 일이 일어날지 모르는 것과는 달라. 이건 마법의 지팡이고 수상하기 짝이 없어.'

'역시 내일에 대해 이야기하는 것 같은데?'

'젠장, 그렇다면 왜 쓸 때마다 점이 생기냐! 아무 일도 없다면 이 수상한 점도 생길 리가 없잖아!'

'사용 회수 표시일 수도 있지. 12번 사용하고 나면 스스로 부러질지도 모르지. 과민 반응하는 것 아닐까?'

'……'

'한 번 남았는데, 아깝잖아?'

'……'

'그렇잖아? 언젠가 이것을 부러뜨린 것을 후회할 날이 올지도 몰라.'

트로포스는 눈을 떴다. 그는 거친 욕설을 내뱉으며 오른손에 쥔 도끼를 힘껏 쳐들었다.

아르파데일은 누군가가 흔드는 것을 느끼고는 눈살을 찌푸리며 일어났다. 더 이상 유모가 필요하지 않게 된 이후로 그녀를 이렇게 깨운 사람은 아무도 없었기에 아르파데일은 꽤 당황한 상태기도 했다. 침대 옆에서 그녀를 흔들던 사람은 곧 반가운 목소리로 외쳤다.

"언니!"

"맙소사…… 율리? 아직 해도 뜨지 않았는데 무슨 일이야?"

아르파데일은 힘들게 일어나 침대머리에 기대어앉았고 그러자 율리아나는 언니의 침대에 걸터앉았다. 아르파데일은 머리카락을 대충 매만지며 창문 쪽을 흘끔 바라보았다. 창문 바깥은 파르스름했고 테이블에는 유리가 켜둔 것이 분명한 초가 불타고 있었다. 아르파데일은 다시 동생을 돌아보았다.

"지금이 새벽 맞는 거지?"

"밤의 아름다운 그림자며 아침의 씨앗. 그래, 새벽이야."

"근위병들과 시녀는 어떻게 통과한 거야? 아니, 관두지. 네가 깨우겠다고 말했지?"

아르파데일은 크게 하품을 하다가 문득 이상한 냄새를 맡았다.

"유리? 너 술 마신 거니?"

"레프토리아 한 병."

"그럼 너 지금 밤새 술 마시다가 자는 사람 깨워놓고 주정부리고 있는 거니?"

"아닌 것 같아. 나도 자다가 일어난 것이거든. 목이 말라서 눈을 떴고, 그러고는 곧장 달려온 거야. 지금 꼭 말해 둬야 할 것이 있어서. 그러니까 술 마시고 주정부리는 것은 아냐."

"그래도 맑은 정신은 아닐지 모르겠네. 하지만 다시 잠들기도 어렵겠군. 그래. 이런 새벽부터 자던 사람 깨워서 꼭 말해야 되는 것이 뭐야? 혹시나 '언니 알지? 나 언니를 사랑해' 등의 것이라면 당장 시녀들 시켜널 찬물 속에 던져버리……"

"나 시집갈래."

아르파데일은 약 10초 동안 아무 말도 하지 않은 채 동생을 바라보았다. 율리아나는 피로하고 어두운 얼굴을 하고 있었고 두 눈은 금방이라도 울음을 터뜨릴 것 같았다. 하지만 그 입술은 이상하게도 미소 같은 것을 짓고 있었다. 아르파데일은 고개를 가로젓고는 침대 옆의 줄을 잡아당겼다.

"일단 정신 좀 차려야겠다. 율리아나."

시녀가 방 안으로 들어오자 아르파데일은 차를 가져오도록 한 다음 율리아나의 손을 붙잡아 일으켰다. 율리아나는 언니가 이끄는 대로 순순히 걸어갔고 잠시 후 두 자매는 침실 옆에 있는 서재의 테이블에 마주 보고 앉았다. 곧 시녀가 차를 가져다놓고 나갔다.

"일단 좀 마셔."

율리아나는 순순히 차를 한 모금 마셨지만 곧 찻잔을 내려놓았다. 아르파데일은 한숨을 쉬며 말했다.

"좋아. 시작하지. 시집가겠다고 했니? 누구에게?"

"볼지악 자작."

율리아나는 주저 없이 대답했고 아르파데일은 잠시 신음을 흘렸다.

"으흐음. 그런 엄청난 일을 술 마시다가 결정했단 말이군."

"술 마시다가는 아냐. 조금 전 눈을 뜨는 순간 '아, 휘리 노이에스에게 시집가야겠구나'는 생각이 들었어. 눈을 뜬 것이 먼저인지 생각을 떠올린 것이 먼저인지 잘 모르겠어. 어쨌든 그래서 곧장 여기로 달려온 거야."

"꿈속에서 생각한 건 아닌지 모르겠군. 왜냐고 물어보면 대답할 수 있니?"

"물론."

"그래? 대답해 봐. 왜 휘리 노이에스지?"

"잊고 있었는데 나 그 남자한테서 프로포즈 받았어."

아르파데일은 뭔가가 뒤통수를 때리는 것 같다고 생각했다.

"뭐라고?"

하지만 율리아나는 차분하게 말했다.

"정말이야. 그 남자 나를 납치하고 싶다고 했어. 장미 꽃다발로 위협해서 백마가 끄는 마차로. 그 정도면 괜찮은 프로포즈 아냐? 내가 자서전이나 회고록 쓰게 되면 써먹어야지."

아르파데일은 멍한 얼굴로 동생을 바라보았고 그래서 율리아나는 간략하게 자신과 휘리의 만남에 대해 설명했다. 아르파데일은 가까스로 고개를 끄덕이게 되었다.

"알겠지? 그 프로포즈를 받은 것도 벌써 몇 달 되었고, 그러니 나 같은 요조숙녀라면 슬슬 대답을 해줄 때가 되었잖아. 내 대답은 '납치해 줘요!'야. 서 발도? 나보다 훨씬 훌륭하고 그 분의 덕에도 어울리는 고아한 숙녀분 만나게 되기를 충심으로 기원해 줄 뿐. 안녕히, 발도 로네스."

아르파데일은 찻잔을 들어올리며 무심히 질문했다.

"오스발은?"

아르파데일의 손이 딱 멎었다.

잠시 후 아르파데일은 찻잔을 내려놓고는 테이블 주위를 돌아 율리아나의 옆에 앉았다. 그리고 동생의 어깨를 감싸안았다. 소리없이 울던 율리아나는 언니가 이끄는 대로 그 어깨에 몸을 기대었다.

"유리, 너⋯⋯"

"아무 말도 하지 마."

"알았어."

그리고 두 자매는 모두 침묵했다.

태양이 떠올라 율리아나의 젖은 볼을 비출 때, 율리아나는 약간 쉰 듯한 목소리로 말했다.

"전투 함대를 준비해 줘."

"전투 함대라고?"

"그래. 나도 폴라리스 정벌에 참가하겠어. 참가라기보다는 입회겠지만, 어쨌든 가겠어."

"유리."

"어차피 폴라리스는 휘리에게 줄 지참금이라며? 그러면 함대는 출발해야 될 거 아냐. 그리고 나도 거기 가는 거야. 그러고는 정복지 폴라리스에 앉아 프로포즈를 보내지 뭐."

"그런 위험한 일을 할 필요는 없어."

"아니, 해야겠어. 이건 내 마지막 선물이야."

"선물이라니?"

그가 더 이상 키 드레이번에게 쫓겨다닐 일이 없도록, 그래서 행복한 그의 자유를 노리도록, 그 미친 남자를 죽여버리겠어, 라는 대답은 율리 아나에게만 들렸다. 그녀가 말하지 않았기 때문이다.

10월 25일. 필마온 기사단은 오랜 금제를 깨고 페리나스 해협을 벗어 났다. 통상 있어왔던 노략질이 아니었다. 그 증거로써 절대로 해적질에 는 나서지 않는 기함 지브라호가 함대의 선두에 서 있었다.

남해를 오가던 배들에 의해 발견된 이 소식은 그 즉시 전 대륙에 퍼 져나갔다. 사람들은 이 해에 아직도 놀랄 일이 남았던가 하며 전율했다. 교회 기사단인 필마온 기사단이 움직인 것은 분명 법황의 명령에 의한 것이리라 판단한 각국은 펠라론에 대해 질문서와 항의서한을 폭포처럼 쏟아내었다. 하지만 정작 가장 당혹하고 있었던 것은 다름아닌 펠라론 이었다. 퓨아리스 4세는 떨리는 손으로 발도 로네스의 서신을 읽었다.

'슈팔데 두 펠라론의 영광 아래에서. 이 하늘 아래 주님의 자녀의 대 적(大敵) 악마의 소행이 뻔뻔스럽게 행하여지고 있음은 주님의 자녀들 의 다시 없는 슬픔이며, 아울러 주님의 기사이자 두 번째 슈팔데인 필마온 기사단에게는 다시 없는 모욕일 것입니다. 이에 필마온 기사단은 언제나 교회를 수호하고 악을 토벌하기 위해 들어왔던 검을 다시 들어 저 악마의 상징인 물수리호와 그 선장인 알버트 렉슬러, 그리고 흑마법 사인 트로포스를 정벌하고자 합니다. 무운과 축복을 바랍니다.'

"개자식, 불행과 저주나 받아라!" 퓨아리스 4세의 반응이었다고 한다.

그러나 부활의 법황이 뭔가 반응을 보이기도 전에 두 번째 급보가 날아들었다. 바로 다음날인 10월 26일, 스톰라이더호를 기함으로 하는 카밀카르 함대가 출항했다는 소식이었다. 그 항로는 얼마 전 백색 서펜트가 목격되었던 곳, 바로 폴라리스 방향이었다.

필마온 기사단과 달리 카밀카르의 목적은 밝혀지지 않았다. 하지만 사람들은 필마온 기사단과 카밀카르 함대가 거의 비슷한 시점에서 출발했다는 사실에서 그들이 암묵적으로 연합 함대를 결성한 것이리라는 결론을 내렸다.

물론 그것은 사실과 달랐다. 그리고 그들을 동시에 움직이게 만든 장본인은 이레다벨에서 서서히 몸을 일으키고 있었다.

"끝은 짧은 거야."

휘리는 지나가는 말처럼 말했다. 바탈리언 남작은 고개를 갸웃했다.

"예?"

"아무리 긴 노래라도 시작과 끝은 짧지. 노래가 길다는 것은 중간이 길다는 거야. 그리고 그건 모든 사물에 통용되는 말이지. 막대기가 길다? 막대기의 중간이 너무 긴 거야. 삶이 짧다? 삶의 중간이 너무 짧은 거지. 키가 크다? 머리끝과 발바닥은 괜찮은데 그 중간이 너무 긴 거야.

시작과 끝은, 언제나 같은, 한 순간의 번득임. 중간이라는 건 시시한 거야. 시작과 끝이야말로 놀라운 기적이지."

휘리는 씩 웃었다.

"긴 노래보다는 강렬한 끝이 좋지. 그들에게 기적을 선물할 때가 되었어."

제21장
별의 꿈

킬리 선장은 성루 위에서 하늘을 바라보았다.

구름이 광포하게 움직이고 있었다. 높은 하늘의 바람은 매서울 정도 겠지만 이 땅 위에는 그 바람의 자취 정도만 느끼게 하는 시원한 미풍이 불고 있었다. 흩날리는 머리카락을 쓸어넘긴 킬리는 흉벽 위에 발을 올리고 저 멀리 숲 쪽을 바라보았다.

잠시 후 수풀 사이에서 몇 명의 기사들이 스르륵 걸어나왔다.

성벽으로부터 거리는 상당히 멀었지만 기사들의 선두에는 눈에 확연히 들어오는 기사가 있었다. 회색 하늘과 회색 대지 사이에서 기사의 초록색은 두드러지게 보였다.

그린 나이트, 휘리 노이에스다. 꿈에라도 잊을 수 없는 이름의 소유자를 처음으로 보게 된 킬리는 쓸쓸하게 말했다.

"정말 녹색 옷을 입고 있군. 실망인데."

킬리 선장 옆에 서 있던 오닉스 선장이 천천히 고개를 돌렸다. 킬리는 휘리를 바라보며 말했다.

"왜 음유시인들이 전쟁터에서 녹색 옷을 선택하는 줄 아나, 오닉스? 근사한 이유가 있을 것 같지만 사실은 외과의사가 초록빛 옷을 입고 수술하는 것과 같은 이유야."

오닉스의 마스크가 다시 휘리에게로 돌아갔다. 킬리는 팔짱을 끼며 우울하게 말했다.

"전쟁터와 수술실의 공통점은? 붉은 피야. 그런데 피의 붉은색을 계속 본 눈은 자신도 모르게 그 반대되는 색을 찾게 되지. 녹색의 잔상을 보게 되는 거야. 그런 잔상은 사람을 혼란시키지. 수술실이나 전쟁터 같은 흥분의 도가니에서 그런 혼란은 정말 위험하지. 그래서 의사들은 서로를 보며 놀라지 않도록 녹색을 입고, 음유시인은 피의 광기에 젖은 전사들을 더 흥분시키지 않기 위해 녹색 옷을 입지."

킬리는 조롱하듯 입술을 내밀었다.

"따라서 저 친구가 저런 옷을 입는 건 자기 기만이고 다른 사람에 대한 기만이야. 쟁쟁한 이름에 어울리지 않게 사람을 실망시키는군. 뭐, 그런 사실도 모르고 그냥 음유시인의 전통을 따르는 것일 수도 있지만."

그때 녹색의 기사가 오른손을 높이 들었다.

숲 자체가 움직이는 듯한 소란이 일어나면서 다벨군이 앞으로 걸어 나왔다. 킬리는 '이제쯤 다 나왔으려나' 하는 생각을 세 번쯤 한 다음 의기소침해져 버렸다. 벨로린이 미리 말해 주지 않았다면 킬리는 더욱 풀이 죽었을 것이다.

총병력 1만 8천. 폴라리스 전체의 병력의 4배에 달하는 병력이 초원 위에 포진했다. 휘리의 정복 전쟁 중 이만한 병력이 등장한 것은 처음이었다. 그도 그럴 것이 휘리는 바스톨 장군에게 격파되었던 군단병들을 모두 8군단에 집어넣었다. 본국에 무력 공백 사태가 일어나게 하는 처사였지만 휘리는 바탈리언 남작에게 9, 10, 11, 12군단의 창설을 명령했고 바탈리언 남작은 이레다벨에서 말없이 그 작업을 수행중이었으며, 두 사람 모두 거기에 어려움이 있을 것이라고는 생각하지 않았다.

펄럭이는 군기들 아래 8군단은 엄정한 진형으로 멈춰 섰다. 휘리 노이에스와 8군단은 그 자세로 성벽을 지그시 바라보고 있었다. 마치 회전을 위한 진형 같았지만 그들의 반대쪽에는 성벽뿐이므로 전체적인 모습이 약간 우스꽝스러워 보인다. 하지만 킬리는 웃을 마음이 들지 않았다.

"나 정서 불안에 걸릴 것 같은데."

농담이 통할 만한 기본적인 소양도 없는—말이 없으므로—오닉스였지만 킬리는 농담을 던져보았다. 오닉스는 손을 들어올려 자신의 옆머리를 향하게 하고는 다른 손으로 심지에 불 붙이는 동작을 취해 보였다.

"그런 쓸모없는 머리는 대포로 날려버리라고? 됐어. 내 머리를 날릴 포환도 아까워질 것 같으니까. 그럼 보고 싶은 것 다 봤으니 배로 돌아가겠어."

몸을 돌리려다가 잠깐 멈칫한 킬리는 씩 웃으며 오닉스에게 손을 내밀었다. 오닉스의 마스크가 킬리의 손을 멀뚱히 내려다보았다.

"이봐. 오늘이 지나면 다시는 못 볼지도 모르는데, 악수쯤 어때?"

잠시 후 오닉스는 손을 내밀었다. 오닉스의 건틀렛을 힘차게 흔들어 준 킬리는 밝게 외쳤다.

"잘 싸우게!"

"대륙 해전사에 다시 없을 명장면이군. 3L의 배 세 척이 한 해역에 집합하다니."

트로포스 선장은 여유작작하게 말했다. 하지만 그 손은 끊임없이 안대를 만지작거리고 있었다.

다림 만은 원래 자유 무역항이다. 그 말은 이 근처의 해역에 위험 지대가 별로 없다는 말이며 따라서 상대보다 적은 숫자로 전투를 벌여야 하는 입장에서는 매우 곤혹스러운 항구이기도 하다. 그리고 트로포스는 3척의 롱 갤리어스와 1척의 헤비 갤리어스, 그리고 2척의 터릿 갤리어스만으로 6척의 롱 갤리어스와 8척의 헤비 갤리어스로 이루어진 필마온 함대를 막아야 하는 입장이었다. 자유호는 여전히 침묵 중이었으며 물수리호 역시 움직이지 않았기에 임시 함대 사령관인 트로포스에게 남은 배는 6척뿐이었다. 그나마 다행스러운 것은 먼바다 쪽에 떠 있는 카밀카르 함대가 움직일 기색이 없다는 점뿐이다. 카밀카르 함대는 필마온 함대와 거의 비슷한 시기에 도착했지만 당장은 관찰하는 입장에 남기로 결정한 듯 움직이지 않았다. 그들 또한 필마온 함대의 모습에 약간 당황한 듯했다.

하지만 카밀카르 함대를 제외하더라도 6 대 14. 누가 보더라도 전투를 벌이려고 드는 것 자체가 어처구니없는 숫자다. 트로포스는 원망스러운 눈초리로 내항 쪽의 물수리호와 자유호를 바라보았다.

"자유호만이라도 나와준다면 좋겠는데."

자유호는 그 전투력뿐만 아니라 수부들에게 던져주는 공포만으로도 충분히 2척 이상의 값을 하는 배였기에 트로포스의 말은 단순한 투덜거림은 아니었다. 하지만 자유호는 닻조차 올리지 않은 모습으로 꼼짝도 하지 않았다. 트로포스는 체념한 듯 고개를 돌렸다.

수하들을 훑어보던 트로포스의 시야에 잔뜩 얼어붙은 해적의 모습이 들어왔다. 트로포스는 픽 웃으며 말했다.

"이봐, 스우. 6 대 14로 해전을 벌이겠다는 작자가 있다면 넌 뭐라고 부르겠나?"

스우는 긴장한 상태였다. 그것도 바짝.

"미친놈이라고 부르지요."

질풍호의 일, 이, 삼항사의 눈초리가 한꺼번에 스우에게 집중되었고 그래서 스우의 얼굴은 허옇게 질렸다. 하지만 트로포스는 껄껄 웃으며 고개를 끄덕였다.

"그래, 미쳤지. 올해는 아무래도 미쳐돌아가는 해인 것 같다. 이 트로포스 님이 대드래곤의 성지로 쳐들어갔을 때부터 뭔가 이상했지. 판데모니엄의 하이마스터를 이 손으로 불러내었고, 그리고 폴라리스? 노스윈드 해적놈들이 건국 영웅이 되셨단 말이지."

트로포스는 목을 옆으로 꺾어 우두둑 하는 소리를 내었다.

"24시간 전의 생활 방식이 지금은 통하지 않는 시대에 살고 있다는 것도 유쾌한 일이야."

벨로린은 알버트 선장의 다리에 등을 기댄 채 두 눈을 감고 있었다.

"피곤해 보이는군."

벨로린은 실눈을 뜨고 위를 올려다보았다. 돛대 위에는 태양을 등지고 한 그림자가 앉아 있었다. 벨로린은 마치 커다란 올빼미처럼 보인다고 생각했다.

"너무 힘쓰고 있는 것 아니야? 전지성이야 너에겐 호흡과도 같은 것이니 그것 때문은 아닐 테고. 모든 것을 아는 벨로린이 더 알려고 힘쓸 필요는 없지. 그럼 뭣 때문일까."

벨로린은 미간을 찡그린 채 돛대를 노려보았다. 돛대 위의 그림자는 사납게 말했다.

"오호라. 진실을 깎아내리느라 너무 힘든가 보군?"

"흥."

"그대는 진실 그 자체를 몸으로 알아버리지. 하지만 저 우매한 종족을 도와주려면 그 진실들을 하등하고 열등한 언어들로 번역해야 하지. 힘드시겠어."

벨로린은 여전히 평온한 자세였다. 하지만 누군가가 그 작은 몸을 만져보았다면 그 몸이 돌멩이처럼 단단하게 긴장하고 있다는 사실에 놀랐을 것이다. 벨로린은 조심스럽게 말했다.

"……네 영토에 침범하지 말라는 건가, 벌쳐?"

"분명히 진리를 깎아내리는 것도 거짓말에 속하지."

벨로린은 마음속으로 고개를 끄덕였다. 어린애에게 남녀가 사랑하면 아기가 생긴다고 가르치는 모든 부모들은 벌쳐의 노예인 것이다. 폴라리스를 위해 진실을 조각내고 단순화시키고 편리하게 가공하는 벨로린은 벌쳐의 영역을 침범하고 있는 것이다.

하지만 벌쳐는 화를 내거나 하는 대신 우울하게 수평선을 바라보았다.

"올라와. 멋진 풍경이다."

벨로린은 잠깐 거절할까 하다가 천천히 몸을 일으켰다. 그녀는 한번 도약했고 다음 순간에는 벌쳐의 옆에 나란히 앉아 있었다. 벨로린은 모든 것을 안다. 그 순간에 아무도 그녀를 보고 있지 않다는 것까지도.

벌쳐는 수평선을 바라보며 손가락을 천천히 꺾었다.

"끝을 짐작할 수도 없는 이 우행."

벨로린은 수평선에 늘어선 전함들의 모습을 바라보았다. 인간들이라면 아마도 가슴 벅찬 광경이라고 말했을 것이다. 하지만 벌쳐는 증오 섞인 목소리로 말했다.

"진흙탕에서 뒹구는 돼지도 이들보다는 더 품격 있는 생물일 것이다. 이 참혹하도록 얼빠진 생물에게 너무 큰 선물이라고 생각하지 않나, 벨로린? 혹은, 우리에게 너무 큰 희생이라고 생각하지 않나?"

벨로린은 고개를 돌려 벌쳐를 빤히 바라보았다.

"말하고픈 바가 뭐지, 듀크?"

"하이마스터가 받아야 할 모든 경의를 보내며 정중히 요청하는데, 네 선택의 이유를 듣고 싶군. 노래의 불꽃이여. 말해 주겠나? 너의 선택은……"

"노래의 불꽃을 지피는 자와 불꽃으로 노래를 태우는 자. 나는 전자를 선택했다."

"이유는? 단지 χαχὸς δαίμων때문인가? 결국 내가 묻고 싶은 것은 이거야. χαχὸς δαίμων이라는 것은 실제할 수 있는 개념인 거야? 그런 것이 정말 가능한가?"

"선택하면 알 것 아냐. 둘 중 하나를 선택하라고. 그러면 χαχὸς δαίμων이라는 것이 실현 가능한지, 우리의 증오와 우리의 배례가 주인을 얻게 되는지, 그리고 저들에게……"

"첫 번째 빛의 종족보다 나은 점이 있는지."

벨로린은 입을 다문 채 벌쳐를 쏘아보았다. 하지만 벌쳐는 다리를 흔들며 한가롭게 말했다.

"고백하자면 난 그들이 좋았어. 적어도 지금 땅 위를 우글거리고 있는 이 두 발 달린 벌레들보다는 나았다고 생각해. 그들은 품격이 뭔지 알고 있었어. 제기랄, 그들은 자존심이 뭔지 알고 있었어."

"하지만 χαχὸς δαίμων은 나타나지 않았어."

"엘프들에게도 나타나지 않았던 것이 이 저급한 동물들에게 나타날 것이라고 생각하는가? 그래도 엘프는 엘핀과 저 복수와 온갖 아름다운 것들을 남겼어. 우리들은 그들에게서 이름까지도 얻었지. 하지만 이 짐승 새끼들은 뭘 남길까? 화약 가루와 피로 물든 대지? 죽이지 않으면 죽는다 따위의 자기 비하적 좌우명? 아니면 저 빌어먹을 매장 관습? 놈들이 남길 것은 무덤들뿐일까? 난 놈들의 모든 환멸스러운 행태들 중 매장이 가장 마음에 안 들어."

벨로린은 약간 비뚤어진 미소를 지었다.

"새매의 공작이여. 그대는 지금 충분히 먹을 수 있는 음식을 땅에 파묻어버리는 인간의 처사에 대해 불평하고 있는가?"

"내가 화를 내는 것은 매일같이 식탁에 시체를 올리면서도 자기 자신의 시체는 누가 볼까 봐 묻어버리는 저 졸렬하고 아둔한 짓거리다. 도대체 눈곱만큼의 자존심이라도 있다면 하지 못할 행동을 저렇듯 천연덕스럽게, 저렇듯 거창하게 행하는 저 아둔한 꼬락서니에 욕지기가 나. 그런 주제에 만물의 영장이라 잘난 체하지. 병아리만도 못한 지성을 가진 주제에."

벨로린은 빙긋 웃었다.

"병아리?"

"병아리는 자기 머리를 구멍에 집어넣고는 매가 자신을 못 볼 거라 생각하지. 하지만 매는 반드시 병아리를 낚아채."

벨로린은 고개를 끄덕였다.

"부모와 친지와 모든 친구의 시체를 파묻어버려도, 죽음은 반드시 찾아온다……"

하지만 벨로린은 곧 고개를 가로저었다.

"아무나 나무들이 늙어가는 소리를 듣는 것은 아니야. 삶 곳곳에 배어 있는, 삶과 하나인 죽음을 볼 수 있게 되려면 저 종족은 더 자라야겠지."

"더 자랄 수 있다고 보나? 더 팔이 길어져 더 높은 별을 만질 수 있다고 보나?"

"난 이루어질 수 없는 꿈을 꾸는 종족은 아름답다고 생각해. 그것이 아무리 우스꽝스럽더라도."

벌쳐는 입을 다물었다. 그때 앞바다에서 포격이 시작되었다.

앞바다에서 일어난 포성은 멀리 다림 외성 쪽에 있는 다벨군에게도 똑똑히 들려왔다. 휘리는 고개를 끄덕였다. 해전이 벌어졌다면 강철의 레이디는 모두 필마온 기사단 쪽으로 돌려졌을 것이다.

"끝내 나오지 않는군. 서 기리우와 서 켈커는 심심하겠는데."

공성전이 된다면 기병은 필요없다. 휘리는 서 기리우와 서 켈커에게 갑자기 나타날지도 모르는 리저드라이더를 대비하도록 명령한 다음 서 소팔라에게 성벽 돌파를 명령했다.

서 소팔라는 검을 뽑아 휘두르며 외쳤다.

"사다리 들어올려!"

나란히 선 노예병들이 사다리를 들어올렸다. 서 소팔라는 한번 더 검을 휘둘렀고 그러자 궁병들이 앞쪽으로 걸어나왔다. 궁병들은 성벽 위쪽을 세심하게 겨냥했고 잠시 후 일제 발사가 시작되었다.

까마득히 솟아오른 화살들이 성벽 위쪽으로 떨어지기 시작했다.

오닉스 나이트는 도끼 끝을 발로 차올린 다음 그것을 한 바퀴 돌려 방패처럼 머리 위를 막으며 한쪽 무릎을 꿇었다. 그와 동시에 화살들이 억수처럼 쏟아져내렸다. 그러나 화살들은 돌에 부딪히는 요란한 소리를 낼 뿐 사람의 몸을 꿰뚫지는 못했다. 다벨군의 예상과는 달리 폴라리스는 성벽 위에 한 사람밖에 배치하지 않았고 그 한 사람은 갑주로 온몸을 두르고 있었다. 오닉스의 머리 위로도 몇 개의 화살이 쏟아져내렸지만 그것들은 모두 도끼나 갑주에 맞아 튕겨났다.

사정을 알 리 없는 다벨군은 즉각 다음 행동으로 들어갔다. 평원에서는 서 소팔라가 두 손을 입 앞에 모은 채 특유의 함성을 내지르고 있었다.

"우—우우우우! 가자!"

노예병들은 야수와 같은 함성을 내지르며 달리기 시작했다. 사다리를 어깨에 멘 채 맹렬히 달려드는 노예병들의 모습은 마치 수천 마리의 거대한 지네가 한꺼번에 성벽으로 치닫는 것 같은 모습이었다. 궁병들은 중장보병들과 자리바꿈하며 뒤로 물러났고 중장보병들은 노예병들의 뒤를 따라 천천히 전진했다. 사람의 파도라 할 만한 것이 쏟아져오고 있음에도 불구하고 성벽 위에서는 화살 한 발도 날아오지 않았고 그래서 휘리는 의아한 기분을 느꼈다.

'이놈들이 전투를 포기한 건가?'

물론 폴라리스는 전투를 포기하지 않았다. 노예병들과 함께 신나게 달리던 서 소팔라는 섬뜩한 기분이 온몸을 훑고 지나가는 것을 느끼며 급히 멈춰 섰다. 긴장한 소팔라의 귀에 그가 요즘 들어 제일 싫어하게 된 소리가 들려오고 있었다.

휘리리리―릭!

"강철의 레이디! 어떻게?"

다벨군들은 모두 이 끔찍한 전조음을 잘 알고 있었고 그래서 발작을 일으킬 듯한 얼굴이 되어 자신도 모르게 멈춰 섰다. 돌격 대형은 엉망이 되었고 백부장들은 갖은 욕설을 퍼부으며 병사들을 장악하려 했지만 다벨군들은 모두 하늘만 바라보고 있었다. 그리고 그들의 팽창한 동공 속으로 하늘을 가르는 80여 개의 포환이 들어온 것은 그들의 혼란이 최대치에 도달했을 때였다.

그랜드파더호와 그랜드머더호의 포수들은 이미 연습해 본 격자 포격을 다시 한번 매끄럽게 펼쳐보였다. 고막을 날려버릴 듯한 괴성과 함께 80개의 화광이 초원에서 번득인 순간 그 모습을 보던 8군단의 수뇌진들은 모두 귀를 틀어막은 채 신음을 흘렸다.

투구와 마스크 때문에 충격음을 좀 심하게 받은 오닉스는 머리를 몇 번 흔든 다음 팔짱을 끼며 다시 초원을 내려다보았다. 초원에서는 패닉에 빠진 노예병들과 중장보병들이 달려왔던 방향을 완전히 거슬러 달려가고 있었고 그 모습을 보며 오닉스는 고개를 한번 끄덕였다. 저 먼 곳에서는 휘리 노이에스가 겁에 질린 말을 달래며 사납게 외쳤다.

"미친놈들. 터릿 갤리어스도 없이 필마온 기사단과 싸우겠다는 건가? 시간 끌기일 뿐이야. 비참해지고 싶다면 마음대로 햇!"

하지만 다림 앞바다에서는 휘리의 예상과는 전혀 다른 일이 펼쳐지고 있었다. 그랜드파더호와 그랜드머더호가 육상 포격을 위해 내항 쪽으로 돌려진 것은 사실이었다. 두 척의 배를 빼냄으로써 폴라리스 함대가 4 대 14의 엄청난 열세에서 싸우고 있는 것 또한 휘리의 예상대로였다. 하지만 그 시각 더 기세를 올리고 있던 것은 폴라리스 함대 쪽이었다.

"목표는 지브라뿐이다! 다른 배는 무시해, 지브라만 쏴!"

트로포스는 맹렬하게 외쳤고 기수는 그 명령을 열심히 다른 배에 전달하고 있었다. 페가서스, 흑기사, 질풍, 바다사자호는 그 명령에 따라 지브라호 한 척에 집중 포격을 가하고 있었다. 집중 포격을 위해 네 척의 배는 모두 제자리를 지킨 채 포격을 하고 있었고 따라서 더없이 좋은 목표물이었지만, 필마온 기사단의 다른 배들은 어처구니없는 공격에 처해 난감하고 있느라 폴라리스 함대를 공격하지 못하고 있었다.

"풀어줘! 풀어줘!"

"이 튀겨죽일 놈들, 빨리 노를 잡아! 노를 잡으라고!"

"이 개새끼, 이걸 빨리 풀어! 우린 다 죽는다, 다 죽는다고!"

필마온 기사단의 노예들은 족쇄를 흔들며 아우성치고 있었다. 족쇄에 묶인 다리들에서 피가 튀었지만 노예들은 아랑곳하지 않았다. 그 중 어떤 노예는 완전한 혼란에 빠져 족쇄를 물어뜯기까지 하고 있었다. 가장 사나운 노예장도 이런 난동 앞에서는 어쩔 도리가 없었다.

필마온 기사단 함대의 좌익을 맡고 있던 닐커터호의 노예장 제틀 역시 채찍을 휘두르고 고성을 질러대고 있었지만 채찍에 맞은 노예가 고꾸라지는 대신 그 옆의 노예들이 두 배로 소란을 부리는 식의 악순환이 계속되고 있었다. 제틀 노예장이 다시 채찍을 뒤로 끌어당겼을 때였다.

콰지지직! 닐커터호의 용골이 깨지며 선복이 꿰뚫렸다. 바닷물이 아래에서 튀어올라 제틀 노예장을 덮쳤고 그래서 제틀 노예장은 뒤로 나동그라졌다. 뒤통수를 호되게 부딪혔던 제틀이 가까스로 똑바로 섰을 때 그는 자신이 어마어마한 크기의 눈을 마주보고 있다는 사실을 깨달았다.

선복 아래쪽에서 콸콸 쏟아져들어오는 바닷물 사이로 진주처럼 새하얀 뱀머리가 솟아올라와 있었다. 배 밑창을 뚫고 올라온 흰 머리는 바닷물과 목재들을 뿌리며 사방으로 시선을 돌렸고 그 차가운 시선과 마주칠 때마다 노예들은 목이 찢어져라 비명을 질렀다. 흰 뱀이 한 바퀴를 돌고 제자리에 왔을 때 제틀은 바닥을 기며 도망치고 있었다. 뱀의 눈이 다시 한번 번득였다.

휘릭—! 확 뻗어간 흰 뱀은 단숨에 제틀의 허리를 낚아채었고 제틀은 끔찍한 비명을 질렀다. 흰 뱀은 제틀의 허리를 깨문 채 배 아래의 좁은 공간에 온몸을 부딪히며 난동을 부렸고 제틀의 몸이 벽과 천장에 부딪힐 때마다 노예들의 머리 위로 피가 쏟아졌다. 노예들은 이 처참한 광경에 목청껏 비명을 지르는 일 이외엔 아무 일도 할 수 없었고 그 사이에도 닐커터는 계속 가라앉고 있었다.

이빨과 머리를 피로 물들인 흰 뱀이 그 속에서 난동을 부리고 있었기 때문에 닐커터호는 가라앉으면서도 계속 요동치고 있었다. 필마온 기사단의 다른 배들은 그 모습을 보며 소름 끼치는 기분을 느꼈다. 그들의 눈에 그 모습은 '침몰'이 아닌 '익사'처럼 보였다.

"어허. 우리의 라미가 꽤 열내는 것 같군."

물수리호의 돛대 위에서 벌쳐는 다리를 흔들며 한가롭게 말했다. 하지만 벨로린은 조그마한 얼굴에 수심을 담은 채 대답했다.

"너무 흥분하고 있는 것 같은데. 저 함대는 어쨌든 교회 기사단이야."

"성물이 있나?"

"지브라호에."

"흐응. 그래서 저놈들은 지브라호만 쏘고 있는 것이군. 네가 말해 줬나?"

벨로린은 벌쳐의 눈치를 보며 고개를 끄덕였다.

"기함이니까 그 배만 노리라고 조언해 줬지."

벌쳐는 큰소리로 웃었고 벨로린은 얼굴을 약간 붉히며 코방귀를 뀌었다.

맹포격을 당하고 있었지만 지브라호는 의연하고 날렵하게 움직이고 있었다. 그 또한 3L의 배였으며 해적질로 다져진 솜씨에서는 노스윈드 해적들과 막상막하인 필마온 기사들이 배를 움직이고 있었기 때문이다. 하지만 그들은 갑자기 이 해역에 출현하여 필마온 기사단의 배를 공격하고 있는 하얀 서펜트에 대해서는 할말이 없다는 입장이었다. 필마온 기사들의 시선이 모이고 있는 곳에는 발도 로네스가 흰 머리를 흩날리며 서 있었다.

발도 로네스는 또 한 척의 익사하는 배를 바라보고 있었다. 흰 뱀은 공격을 피하기 위해 바다 깊숙한 곳을 헤엄치다가 단숨에 배 밑창을 뚫고 올라오는 수법을 사용하고 있었다. 배 바로 아래쪽으로부터의 공격에 대해 전함이 사용할 수 있는 방어 수단은 아무것도 없다는 점에서 그것은 매우 치명적인 공격이었다. 발도는 고개를 끄덕였다.

"후퇴한다."

기사들은 당혹한 표정으로 서로를 쳐다보았다. 그 중 사납게 생긴 기사 하나가 손을 들어올리며 외쳤다.

"단장님! 더 전진해야 합니다. 얕은 바다로 몰아가면 저 서펜트도 힘을 못 쓸 겁니다!"

"그러고 싶지만 그 얕은 바다 쪽에는 노스윈드 해적놈들이 버티고 있잖아. 후퇴한다."

필마온 기사들은 분통을 터뜨렸다. 나름대로 남해 최강의 함대가 어느 쪽인지 확인하겠다는 기대감을 품고 달려왔던 그들이었지만 노스윈드 해적들은 항구 안쪽에서 포격만 가할 뿐 전혀 밖으로 나와 싸우려 들지 않았다. 엉뚱하게도 돌연변이 서펜트 때문에 그들은 싸워보지도 못하고 물러나야 했고 그 사실을 달가워하는 필마온 기사는 아무도 없었다. 기사라는 이름을 가진 만큼 포격전은 몰라도 접근전에서만큼은 자신있어 했기 때문에 그들의 실망은 더욱 컸다. 하지만 발도는 차분하게 명령을 계속 내리고 있었다.

"석궁수들은 모두 장전하고 흰 뱀이 다가오는 기미가 보이면 자의에 따라 발사하라. 조타수, 갑판장. 표류자들을 되도록 많이 건져보자. 저 노스윈드 놈들은 나올 것 같지 않으니 후퇴는 천천히 해도 무방해."

"서펜트는 어떻게 합니까?"

"저 뱀은 신경 쓰지 않아도 좋다."

기사들은 이 명령에 의아해했지만 발도 로네스는 더 이상 설명하지 않았다.

말 위에 가만히 앉아 기다리고 있던 휘리 노이에스는 드디어 앞바다 쪽에서 들려오던 포성이 멎었다는 것을 깨달았다. 휘리는 옆에 있던 서 소사라를 쳐다보았고 서 소사라는 환한 얼굴을 보내었다. 휘리는 고개를 끄덕이며 외쳤다.

"폴라리스 함대는 전멸이다. 돌격하라, 서 소팔라!"

먼젓번의 돌격에서 호된 타격을 입었지만 서 소팔라는 다시 한번 꿋꿋하게 일어섰다. 서 소팔라는 웃통을 벗어 집어던지고는 방패마저도 팽개쳤다. 광인의 소행이었지만 겁에 질린 다벨군에게 그 행동은 강렬한 인상을 주었다. 소팔라는 반쯤 벌거벗다시피 한 모습으로 말을 달리며 외쳤다.

"일어나라, 일어나라! 포격은 없다. 녀석들의 배는 필마온 기사단에 의해 전멸당했다. 돌격하라!"

노예병들은 함성을 지르며 다시 사다리를 들어올렸다. 그리고 중장보병들도 서 소팔라의 외침에 고무되어 다시 검과 방패를 고쳐쥐었다. 서 소팔라는 진형의 최전방에 서서 외쳤다.

"돌격! 돌격! 필마온 기사단에 뒤쳐져서는 안 된다, 돌격하라!"

노예병들은 먼젓번의 돌격에 조금도 뒤지지 않는 기세로 두 번째 돌격을 감행했다. 초원 위에는 시체와 포격의 흔적들이 즐비하게 흩어져 있었지만 노예병들은 그 모습에 더욱 분노하며 달렸다. 먼젓번보다 오히려 더 빠른 속도로 그들은 조금 전 물러났던 바로 그 위치에 도달했다.

그 순간 다림 앞바다에서는 강철의 레이디가 다시 불을 뿜었다.

휘리리릭!

서 소팔라는 기가 막힌 얼굴로 하늘을 바라보았고 멀리 본영에서는 휘리와 소사라가 서로를 쳐다보았다. 소사라는 하늘과 초원 가운데 멈춰 선 그의 형을 번갈아 쳐다보았다.

"포성은…… 멎었는데?"

휘리는 자신의 이마를 짚으며 피를 토하듯 힘들게 말했다.

"그렇다면 필마온이 깨졌단 말인가?"

두 번째 공포는 두 배로 더 끔찍하게 다가왔다. 노예병들은 사다리를 팽개치고 무기까지 집어던진 채 사방으로 도망치거나 제자리에 엎드려 머리를 감싸쥐었다. 서 소팔라는 믿을 수 없다는 시선으로 하늘을 노려보았지만 80발의 포환은 조금 전과 똑같은 모습으로, 아니, 조금 전보다 더 악의적인 모습으로 하늘을 가르고 있었다.

콰과과과광!

제압 사격의 걸작이라 할 것이다. 실제로 날아온 것은 80발의 포환뿐이고 그나마도 상당수 지면을 강타했지만 그 섬광과 폭음, 그리고 충격은 초원 위의 다벨군을 정신적인 사망 상태로 몰아갔다.

맨몸이던 서 소팔라 역시 온전하지 못했다. 폭풍이 날아온 순간 서 소팔라는 온몸이 찢어지는 듯한 고통을 느끼며 몸의 자유를 잃었다. 한참을 날아간─정확하게는 땅을 구르고 있었지만 서 소팔라는 감각을 제대로 느끼지 못하고 있었다─소팔라는 무엇인가에 머리를 박으며 가까스로 멈춰 섰다. 신음을 토하던 서 소팔라는 자신이 부딪힌 것이 누군가의 반밖에 남지 않은 가슴이라는 것을 깨닫고는 소름이 쫙 돋는 것을 느꼈다. 급히 일어나려던 소팔라는 다리에 격한 통증을 느끼며 다시 고꾸라졌다.

'다리가 부러졌나.'

소팔라는 땅에 쓰러진 채 주위를 바라보았다. 그의 시야 속에 세상은 비뚤어져 있었고 그나마도 혼란으로 가득했다. 뭉게뭉게 피어오르는 검은 연기들 사이로 상처 입은 병사들이 괴성을 지르며 뛰어다니거나 쓰러져 신음하고 있었다. 소팔라는 어떻게든 기어가보려고 다시 팔에 힘을 주었다.

본영 쪽에선 서 소사라가 눈에서 불꽃을 튀기고 있었다. 그의 손이 고삐를 쥔 순간 휘리의 손이 그 손을 나꿔챘다. 서 소사라는 베어죽일 듯한 눈으로 휘리를 노려보았다.

"형을 구하겠습니다. 허락해 주십시오."

소사라가 낮은 목소리로 말했을 때 주위의 장병들은 모두 간담이 서늘해지는 것을 느꼈다. 하지만 휘리는 고개를 가로저었다.

"미안하지만 안 되겠다. 성문을 봐라."

성문을 돌아본 소사라는 짧은 신음을 흘렸다.

언제 열렸는지 모를(아마도 모든 사람의 시선이 하늘을 가로지르고 있는 포환들에 쏠렸을 때였을 것이다) 성문에서는 병사들과 목도리도마뱀들이 쏟아져나오고 있었다. 병사들과 리저드라이더들은 성문 밖으로 나오자마자 좌우로 갈라졌다. 왼쪽으로 돈 리저드라이더들은 혼란에 빠진 노예병들과 중장보병들을 본체만체하며 곧장 본영 쪽으로 달려들고 있었다. 그리고 보병대는 오른쪽으로부터 노예병들과 중장보병들을 짓밟기 시작했다. 그 선두에는 검은 갑옷으로 온몸을 감싼 채 거대한 도끼를 휘두르고 있는 거한이 있었다.

휘리는 이를 갈면서 말했다.

"오닉스 나이트로군. 듣던 대로 대단한데. 서 소사라, 놈들은 부대 단절을 노리고 있다!"

서 소팔라는 다시 일어나보려 했지만 참담하게 실패했다. 잠시 끙끙거리며 자신의 상태를 유추해 보던 소팔라는 다리 두 개가 동시에 골절을 일으켰다는 판단을 내리고는 침울해졌다. 잘 움직여지지 않는 다리를 질질 끌다시피 하며 몸을 움직인 서 소팔라는 전장 가운데 앉아서 주위를 둘러보았다.

신세 참 우스꽝스럽구나 하는 것이 소팔라가 느낀 첫 번째 감상이었다. 주위는 비명과 칼 부딪히는 소리, 거친 발걸음 소리가 요란하여 긴박감이 넘치고 있었지만 그 자신은 그 소란스러운 전장 한가운데 멍청하게 앉아 있어야 하는 처지였다. 자신의 모습을 비웃던 소팔라는 아예 팔짱까지 끼며 주위를 바라보았다.

'포로가 되거나 누가 멱을 따거나, 아니면 구출되거나…… 또 뭐가

있을까? 어쨌든 기대되는군. 순전히 다른 사람의 처분에 맡겨야 되는 처지란 말이지.'

소팔라는 아예 킬킬거리기 시작했다. 하지만 그것은 실수였고 소팔라는 곧 허벅지를 움켜쥔 채 고통스러운 신음을 토해야 했다. 어찌나 아픈지 눈물이 글썽해질 지경이었다. 그때 눈물로 흐려진 그의 시야에 이상한 것이 들어왔다.

소팔라는 눈을 훔치고는 앞을 바라보았다. 거대한 다리 두 개가 먼저 그를 감동시켰다.

'이게 사람 다리인가?'

훌륭한 철갑에 둘러싸인 그 다리 위로 역시 훌륭한 갑옷이 보였다. 그 검은 갑옷을 훑어보던 소팔라는 이미 상대방이 누군지 짐작했고 그래서 마지막으로 얼굴을 가린 마스크를 보았을 때도 별로 놀라지는 않았다. 대신 소팔라는 호기심 어린 표정으로 상대를 바라보았다.

오닉스 나이트는 물끄러미 그를 내려다보고 있었다. 표정이란 찾아볼 수 없는 그 마스크 때문에 소팔라는 상대방이 어쩔 심산인지 짐작할 수가 없었다. 문득 소팔라는 상대방이 어떻게 나오든 자신으로선 대처할 방법이 없다는 것을 떠올리고는 피식 웃어버렸다. 오닉스 나이트의 고개가 옆으로 조금 기울어졌다.

'별 희한한 놈 다 보겠다는 거냐?'

그때 저편에서 함성이 들려왔다. 오닉스는 도끼를 고쳐쥐고는 저편으로 달려가버렸다.

소팔라는 잠시 동안 무시당했다는 충격 때문에 얼떨떨해했다. 그러나 곧 소팔라는 고개를 끄덕였다. 그는 맨몸이었고 다벨군의 고급장교라는 증거는 어디에도 없었다. 웃통을 벗어던진 소팔라는 주위의 노예병과 별로 다르게 보이지 않았다. 그리고 오닉스는 공포 때문에 정신이 나간—서 소팔라는 피식피식 웃고 있던 자신의 모습이 상대방에게 그렇게 비칠 수 있다는 사실을 부인하지 않았다—부상병에겐 별 관심이 없었던 것이다.

소팔라는 에라, 하는 심정으로 땅바닥에 드러누웠다.

"다벨이든 폴라리스든 아무나 주워가라. 힘들어서 앉아 있지도 못하겠다."

서 소팔라가 이런 망중한을 즐기고 있는 동안 서 기리우와 서 켈커는 모진 고생을 하고 있었다. 두 기사 모두 이것이 강철의 레이디의 포격을 받지 않았던 대가라면 차라리 포격 쪽을 선택하겠다고 생각하고 있었다.

"쐐애애애—액!"

프릴을 잔뜩 펼친 목도리도마뱀들은 말을 얼어붙게 만든 다음 그 기수를 쳐내리고 있었다. 혹은 겁에 질린 말 자신이 기수를 내팽개치기도 했다. 서 켈커는 리저드라이더를 직접 목격한 다음 평소 사용하던 것보다 월등히 긴 창을 준비해 두고 있었고 지금 그 장창을 곡예에 가까운 솜씨로 휘두르며 달려드는 리저드라이더들을 찔러대고 있었다. 하지만 그것은 고군분투 이상은 되지 못했고 그의 지휘를 받을 수 없었던 다벨 중장기병들은 각자의 기량으로 리저드라이더들을 상대해야 했다. 그런 마구잡이식 싸움은 리저드라이더들에게 훨씬 유리했다. 서 켈커는 어떻게든 지휘 체계를 회복할 시간을 벌어보려 했지만 목도리도마뱀들은 놀라운 민첩성으로 움직이며 그에게 시간을 주지 않았다. 서 켈커가 다시 한번 창대를 휘둘러 한 리저드라이더를 고꾸라뜨렸을 때였다.

"이게 누군가! 서 켈커 아닌가? 음훼훼훼!"

서 켈커는 이 사람 비위를 건드리는 웃음 소리를 잘 알고 있었다. 창을 맹렬히 휘둘러 앞으로 가져온 서 켈커는 전방에 서 있는 리저드라이더를 차분히 바라보았다.

"반갑군, 서 파르치. 숫자를 선택해야 하나?"

"한번으로 족해! 제기랄. 당신과 서 소팔라를 놓친 다음 얼굴을 못 들고 다녔다구. 이번엔 내 포로가 되어주셔야겠어. 자, 덤벼봐!"

서 켈커는 서 파르치의 무장을 흘끔 바라보았다. 상대는 롱 소드를 들고 있었고 상대방이 타고 있는 목도리도마뱀의 앞발에도 롱 소드와 비슷하게 보이는 무장들이 달려 있었다. 서 켈커는 빙긋 웃었다.

"칼을 세 개나 쓰는군. 하지만 내 것이 더 길어."

차분한 말 끝에 서 켈커는 집어던지는 듯한 속도로 창을 내찔렀다.

전투는 짧고 긴박하게 치루어졌다. 폴라리스는 혼란에 빠진 노예병들과 8군단을 분리한 상태에서 노예병을 전멸시킨다는 계획을 들고 나왔다. 노예병은 강력한 폭발력을 자랑하지만 일단 무너지기 시작하면 가장 취약한 모습을 보일 거라는 판단은 정확했고 그 계획은 별 흠집

없이 성공적으로 수행되었다. 리저드라이더들이 다벨의 기병들을 상대하는 동안 오닉스 나이트의 보병들은 노예병들을 척살해 대었다.

하지만 휘리는 폴라리스군이 성벽 밖으로 나온 이상 절대로 그냥 돌려보내지는 않겠다는 결심을 했다. 서 소사라는 사령관의 뜻을 정확히 이해한 다음 혼란에 빠진 중장보병들을 먼저 수습했다. 중장보병들은 노예병보다는 회복이 빨랐고 소사라는 전열을 가다듬은 중장보병으로 오닉스 나이트의 보병을 맹렬하게 공격하기 시작했다.

성벽 위에서 그 모습을 보던 바스톨 장군은 주저없이 후퇴를 명령했다. 얻은 만큼 뺏기는 식으로는 폴라리스가 절대적으로 불리하다. 오닉스와 서 파르치는 바스톨 장군의 명령에 따라 성문 안쪽으로 도망쳤고 서 소사라는 그제야 전장 한가운데 드러누워 있던 형을 발견할 수 있었다. 전투 내내 억누르고 있던 불안감이 해소된 순간 서 소사라는 형을 끌어안고 목놓아 울기 시작했고 그래서 겨우 구출한 형을 기절시키고 말았다.

하지만 서 소사라는 형제의 행운에 마음놓고 즐거워할 수는 없었다.

진영으로 복귀한 8군단은 그들이 입은 피해에 대해 망연자실해했다. 노예병들은 사실상 전멸했다. 전장에서 도망쳐버린 노예병들이 돌아올 가능성은 남아 있었지만 그날 저녁 점호에 응한 노예병은 원래 숫자의 1/5도 되지 않았다. 하지만 8군단의 가장 뼈아픈 손실은 다른 곳에 있었다.

휘리는 짓씹는 듯한 어조로 반문했다.

"서 켈커가 붙잡혔다고?"

중장기병은 비통한 표정으로 보고했다.

"그렇습니다. 그 비겁한 녀석이 일대일 대결인 척해 놓고는 부하들과 함께 우르르 달려들어 서 켈커를 붙잡아버렸습니다."

중장기병은 자신이 본 바를 상세히 보고했다. 서 파르치가 서 켈커의 창을 막아낸 순간 서 켈커의 뒤쪽에서 이상하게 생긴 리저드라이더가 달려들어 서 켈커의 뒤통수를 후려쳐 낙마시켰다는 것이다. 중장기병은 그 목도리도마뱀에게는 다른 도마뱀에게서 찾아볼 수 없는 보라색 줄무늬가 있어 이상하게 보였다는 말로 보고를 마쳤다. 휘리는 쓴 표정으로 고개를 끄덕였다.

"전장에서의 속임수야 탓할 수는 없지. 걱정 마라. 포로로 잡힌 거라면 어떤 액수의 몸값이라도 지불하고 서 켈커를 되찾아오겠다. 가서 쉬도록."

중장기병은 경례한 다음 돌아갔다. 휘리는 우울한 표정으로 참모진을 둘러보았다.

한 사람이 빠졌을 뿐이지만 서 켈커의 빈 자리는 크게 보였다. 그 조용하고 드러나지 않는 기사는, 그러나 8군단에서 가장 강력한 병종을 자유자재로 다루고 있었다. 중장보병이 군단의 방패라면 중장기병은 군단의 검이다. 8군단은 노예병을 잃었을 뿐만 아니라 검까지 뺏긴 셈이었다.

서 기리우가 더 참을 수 없다는 듯이 노성을 질렀다.

"항의해야 합니다!"

아픈 몸을 이끌고도 회의에 참석해 있던 서 소팔라와 서 소사라, 그리고 휘리는 서 기리우를 돌아보았다. 서 기리우는 자리에서 일어나 바다 쪽을 가리키며 외쳤다.

"저 바다 도둑놈들은 터릿 갤리어스를 맡아주기로 했잖습니까! 그런데 거꾸로 도망쳐버렸습니다. 상대보다 훨씬 많은 배로도 이기지 못하는 주제에 노스윈드와 맞먹는 척 잘난 체를 하다니, 돼지 같은 놈들!"

휘리는 무겁게 고개를 끄덕였다.

"어쨌든 그 친구들을 만나봐야 되는 건 맞아. 오늘밤은 승세를 탄 적군의 야습이 있을지 모르니 대비하고, 내일 날이 밝는 대로 필마온 기사단을 좀 만나봐야겠군. 그리고 전투 직전에 나타났다는 그 카밀카르 함대도 좀 만나봐야겠고."

휘리는 책상 위의 두 손을 깍지끼며 부드럽게 말했다.

"제군들. 오늘은 여러 가지로 힘든 날이었다. 내가 8군단을 맡은 이래로 이런 패배는 처음이로군. 더군다나 육지와 바다 모두 상대보다 월등히 많은 병력을 가지고 있었으면서도 이런 패배를 당하다니, 제군들에게 할 말이 없다."

참모진들은 침울한 표정으로 고개를 떨구었다. 그 모습을 보던 휘리는 가볍게 손뼉을 딱 쳤다. 다시 고개를 들어올리는 장수들을 향해 휘리는 밝은 얼굴로 말했다.

"재미있는 얼굴들을 하고 있군. 어울리지 않으니 집어치우게, 서 소팔라. 서 소사라 자네야 원래 진지한 얼굴을 하고 있으니 넘어가지. 기운들 내! 약속하겠다. 그 표정들 잘 기억해 두었다가 기필코 저 해적놈들로 하여금 똑같은 표정을 짓게 만들어주지."

휘리가 부하 장수들을 위무하던 있던 시각, 폴라리스에서는 거창한 승전 파티들이 벌어지고 있었다. 그러나 거창하기만 할 뿐 요란하지는 않은 파티들이었다.

그 파티들은 주로 각국 대표부들이 마련한 것들이었다. 안타까운 마음으로 폴라리스의 패배를 점치고 있던 그들은, 그래서 폴라리스가 거둔 놀라운 승리에 희열에 가까운 기쁨을 느꼈다. 필마온이나 다벨을 선호하는 나라가 드물다는 것이 확실히 증명되는 순간이었다. 그들은 본격적인 힘의 대결에서 필마온과 다벨을 동시에 격퇴한 폴라리스의 위업에 아낌없는 찬사를 보내었을 뿐만 아니라 본국에도 그 쾌거를 전달하고 싶어 안달했다. 밤이 오자마자 감동 어린 문구로 가득한 서신을 지참한 전령이 대륙 곳곳을 향해 달려가기 시작했다.

그러나 그들이 주최한 파티들은 별로 인기를 끌지 못했다. 노스윈드의 선장들은 모두 정중한 거절을 보내었고 노스윈드 해적들 역시 노잡이 노예까지도 찾아오면 환영하겠다는 파티였음에도 불구하고 저조한 참여율을 보였다. 같은 기쁨을 공유하고자 하는 망명객들만이 약간명씩 참여했을 뿐 전반적으로 한산한 파티들이 다림 시내 곳곳에서 벌어지고 있었다.

카밀카르 대사관에서는 폴라 대사가 펜촉을 가다듬은 다음 다시 종이 위로 펜촉을 달리게 했다.

'이들은 아직도 뱃사람이라면 잘 아는 노스윈드의 엄한 기율을 잊지 않은 모양입니다. 노스윈드는 승리 뒤에 소란 없다고 들었습니다. 말 그대로 지금 이들은 과연 거대한 승리를 거둔 승전국의 병사들이 맞는지 의심스러울 정도로 조용히 행동하고 있습니다. 선장들이 조용히 있으니 아랫사람인 자신들이 함부로 나서면 안 된다고 생각하는 것 같기도 합니다.'

폴라 대사는 펜촉을 잉크병에 담그며 창 밖의 바다를 바라보았다. 다림 앞바다는 육지에 비해 좀 요란한 편이었는데, 표류자 수색과 전리품 인양 등의 작업이 있었기 때문이다. 결국 그나마도 잔치가 아닌 노역으로 시끄러운 것이었다. 폴라 대사는 수심이 깃들인 표정으로 다시 펜촉을 들어올렸다. 그녀의 표정과 달리 펜촉은 매끄럽고도 빠르게 움직여 갔다.

'육지 쪽의 다벨은 침통한 분위기입니다. 강철의 레이디와 리저드라이더, 그리고 노스윈드 해적들의 공격으로 노예병들은 궤멸에 가까운 타격을 입었고 8군단의 3중대장 서 켈커는 포로로 잡혔습니다. 그외 다른 지휘관의 손실에 대해서는 아직 잘 밝혀지지 않았습니다만 또다른 지휘관 하나가 큰 부상을 입었다는 이야기도 있습니다. 8군단이 그 구성원의 정예성을 자랑으로 삼기는 했지만 폴라리스 공격을 앞두고 3, 4, 5, 6군단의 잔여병들을 대거 합류시켰으므로 현재 그 질적 수준은 미지수, 따라서 고급 지휘관의 손실은 매우 큰 타격일 것 같습니다.'

관심을 해군 쪽으로 돌린 폴라 대사는 대사에 대해 떠올렸다.

'필마온 기사단을 공격했던 그 하얀 뱀은 서펜트가 아님을 알려드립니다. 제 정보망에 의하면 그것은 대사라고 합니다. 원래 아피르 족의 땅에 살면서 그들을 잡아먹던 괴물인데 키 드레이번에게 패배한 이후로 키 드레이번의 부하가 되었다고 합니다. 너무 낭만적인 이야기라 이 정보를 어디까지 믿어야 될지는 모르겠습니다.'

"폴라 대사님도 수고가 많으시군요. 예, 대사 맞아요. 다른 이름으로는 철탑의 인슬레이버라고 하지요."

먼바다에 떠 있던 카밀카르 함대의 기함 스톰라이더호에서 율리아나는 부드럽게 웃으며 말했다. 한 용감한 전령의 노고에 의해 폴라 대사의 서신이 도착한 것은 조금 전이었다. 전령은 방수포로 서신을 감싼 다음 카밀카르 함대까지 헤엄쳐 왔다.

카밀카르 함대의 제독 데아첵은 흥미로워하는 표정으로 말했다.

"철탑의 인슬레이버라고 하셨습니까? 그 괴수에 대해 잘 아십니까, 공주님?"

"자세히는 몰라요. 하지만 린타는 자신의 저술을 통해 그 괴물이 오 왕자의 땅이 통일되는 것을 막고자 하는 목적을 가지고 있다는 식의 묘사를 했지요. 만일 그것이 사실이라면 실제로 오 왕자의 땅을 통일한 휘리 노이에스는 대사의 적이 되겠지요. 아마도 그래서 폴라리스와 손을 잡고 있는 것 아닐까 생각되네요."

데아첵 제독은 자신이 들었던 것을 잘 기억해 두는 표정을 짓다가 다시 서신으로 시선을 돌렸다.

"계속 읽겠습니다. 폴라리스가 가진 기적의 금고에는 아직도 잔고가 충분히 남아 있는 듯합니다. 이에 저는 본국에 강력하게 요청합니다. 불난 집과도 같아서 한발을 잘못 내디뎠다간 그대로 타 죽을 것 같지만 그렇다고 해서 제자리에 서 있을 수도 없는 위험한 시절입니다. 결단은 빠르게, 하지만 신중하게 하길 바랍니다. 그리고 저는 폴라리스를 돕는 것 또한 유익한 점이 있을 수 있다는 점을 지적합니다. 어쨌든 폴라리스는 어느 나라와도, 심지어 그 땅의 주인이었던 레갈루스와도 악연을 쌓은 바가 없습니다. 그들의 원래 정체를 생각해 보면 이 또한 그들 특유의 놀라운 기적이라 하겠습니다. 반면 다벨은 그 점령국은 물론이거니와 제국과 교회와도 좋지 못한 관계를 가지고 있는 악당입니다. 그들 자신도 부인할 수 없겠지요. 앞날의 일을 생각해 볼 때 폴라리스와 키 드 레이번에게 협조하는 것에 다벨과 휘리 노이에스에게 협조하는 것만큼의 이득이 없다고는 생각하기 어렵습니다. 다림의 폴라. 데아첵 제독, 폰 스파궁으로 복사본 한 통을 보내주기 바랍니다. 무운을 빕니다."

고지식하게도 마지막 부탁까지 다 읽은 데아첵 제독은 서신을 정확히 접어 탁자 위에 내려놓았다. 엄밀하게 말하자면 서신이 아니라 암호로 이루어진 서신을 해석한 해석본이었지만 제독의 손길은 한결같이 정중했다. 데아첵 제독 역시 다림의 큰누님을 좋아하고 존경하는 뱃사람인 것이다. 생각에 잠긴 표정으로 촛불을 바라보던 율리아나는 고개를 살짝 꺾어 데아첵 제독을 바라보았다.

"어쩌시겠어요, 제독님?"

"폴라 대사의 글을 읽으면 항상 유쾌합니다. 저 같은 무인도 이해하기 쉽게 써주시고 재미있으니까요."

잠시 엉뚱하게 들리는 말을 한 데아첵 제독이었지만 곧 진지한 표정으로 말했다.

"선전포고의 시점을 늦출 필요가 있다는 것이 제 판단입니다. 전투 직전에 상대를 바꾸는 것이 얼마나 볼썽사나운 꼴인지야 두말 할 필요도 없겠지만 이 시점에서 성급한 판단은 피하는 것이 좋겠습니다."

"본국에 결정을 넘긴다는 건가요? 하지만 그건 너무 늦을 텐데요."

"원칙적으로 본국의 재결은 필요하지 않습니다. 급히 결정을 내려야 할 순간이 온다면 저는 당연히 폴라리스를 공격할 겁니다. 그런 명령을 받았으니까요. 하지만 그 시기를 늦추는 것 정도는 괜찮을 것 같습니다. 끝끝내 폴라리스와 싸우게 된다 하더라도 우리는 다벨과 필마온 측이 진심으로 고마워하게 될 만한 개입 시점을 선택할 수 있을 테니까요. 문제는 어떤 것이 카밀카르에 가장 도움되느냐 하는 것이고, 그 판단을 위해 폴라 대사의 이 서신은 꼭 본국에 전해져야 할 것 같습니다."

"알겠습니다. 그럼 일단 이 위치에서 관망인가요? 그렇지만 그건 다른 사람들에게 너무 기회주의자적인 모습으로 비칠 텐데요. 전쟁터 주위를 배회하며 누굴 도울 건지 궁리하는 모습은……"

"그런 입장은 회담을 통해 정리할 수 있을 것 같습니다."

"회담이오?"

"예. 필마온 측과 다벨 측이 회담 요청을 해왔습니다. 장소는 폴라리스에서 약간 떨어진 어떤 해변가입니다. 당연히 응해야겠지만 아무것도 약속해 줄 수는 없을 겁니다. 따라서 카밀카르는 이 소란에 우려를 느끼며 그대들을 주시하노라, 정도로 거드름을 피워볼까 합니다. 공주님께서도 참석해 주시길 바랍니다."

"제가요?"

"예. 공주님께서 참석하시면 우리의 태도가 불분명할지는 몰라도 최소한 농담은 아니라는 것을 보여줄 수 있으니까 저들도 함부로 우리를 전쟁 구경꾼이나 기회주의자로 몰아가지는 못할 겁니다. 그리고 공주님께서도 서 휘리를 만나보셔야 하지 않겠습니까? 게다가 발도 로네스는, 어쨌든 지금은 공주님의 약혼자이십니다."

데아첵 제독이 그 자신의 말처럼 단순한 무골은 아니라는 것이 드러나는 말이었다. 율리아나는 생긋 웃으며 말했다.

"예. 알겠습니다. 언제지요?"

"내일입니다. 활동하시기 편한 복장을 하시기 바랍니다. 어쨌든 이곳은 3개국과 1개 기사단이 모여 있는 전장이니까요. 무슨 일이 일어날지는 아무도 모릅니다."

폴라리스 정부 청사의 지하 감옥에서 서 켈커는 밀짚이 깔린 침대에 앉아 감옥 안을 천천히 둘러보았다.

대우는 어떻다고 딱부러지게 말할 수 없는 수준이었다. 서 켈커는 대접받기를 즐기는 성격은 아니었다. 하지만 적군 고급 장교에 대한 처우를 잘 검토하면 폴라리스가 다벨에 대해 어떻게 생각하고 있는지를 추측해 낼 수 있는 법이다.

그러나 서 켈커는 폴라리스가 다벨에 대해 어떻게 대처할 작정인지 짐작해 내기 어려웠다. 고문이나 폭행은 없었으며 무장은 물론 해제당했지만 옷은 그대로 입고 있도록 했다. 여기까지는 충분히 호의적이지만 감옥에 가둔다는 것은 기사에 대한 예우라고 하기 어렵다.

'적절한 방에 유폐하는 것이 훨씬 세련될 텐데. 해적들이라서 모르는 건가, 아니면 나를 모욕해 보겠다는 것일까?'

그때 저쪽에서 둔한 소리와 함께 문이 열렸다.

서 켈커는 조용히 고개를 돌려 철창 바깥을 바라보았다. 발자국 소리와 함께 두 사람이 걸어와 철창 앞에 섰다. 늙고 젊은 두 명의 기사였다. 젊은 기사는 주위를 둘러보더니 곧 의자 하나를 가져왔고 늙은 기사는 그 의자에 앉아 철창 안쪽의 서 켈커를 지그시 바라보았다. 젊은 기사는 부동 자세를 취하며 말했다.

"록소나 국왕이신 빌레스 전하십니다."

서 켈커는 부드럽게 웃었다.

"그럼 당신은 서 하빈저겠군."

부드러운 말투지만 국왕을 무시한 채 그 옆사람에게 말을 건 행위는 상대방에 대한 모욕이다. 서 하빈저는 눈살을 약간 찌푸렸다. 그때 마왕이 입을 열었다.

"뒤통수를 좀더 세게 쳐줄걸 그랬군."

"당신이? 하지만 리저드라이더였는데. 당신이 목도리도마뱀을 타셨소?"

마왕의 눈썹이 꿈틀거렸다. 서 하빈저는 딱딱한 목소리로 경고했다.

"서 켈커. 기사답게 예의를 지켜주시오."

"예의? 아아. 전하라고 부르라는 말입니까? 미안하지만 그럴 수는 없습니다. 우리는 록소나를 정벌하지 않았습니까. 설마 나더러 거기에 대해 미안해하라고 요청하는 것은 아니겠지요."

서 하빈저는 한숨을 쉬었다. 서 켈커의 말은 틀린 바가 없었다. 서 켈커를 뚫어지게 바라보던 마왕 역시 싱긋 웃으며 고개를 끄덕였다.

"좋다, 서 켈커. 마왕이라면 어떻겠나? 그건 내 별명이니까 괜찮겠지?"

"저는 좋습니다. 마왕."

"그럼 먼저의 질문에 대답해 주지. 그래, 나는 목도리도마뱀을 타고 있었다. 말보다 낫다고는 못하겠지만 그럭저럭 괜찮은 동물이더군."

"새로 얻은 취미가 즐거우시길 바랍니다."

"그럼 이제 내가 질문 좀 할까. 하리야는 그대에게 무슨 질문을 하던가?"

"하리야? 미안하지만 제가 여기 갇힌 이후로 사람 얼굴을 본 건 식사를 가져다준 간수 외에는 당신들이 처음입니다."

마왕은 고개를 갸웃하며 서 하빈저를 바라보았다. 서 하빈저는 서 켈커를 훑어보고는 고개를 끄덕였다.

"그러고 보니 고문을 당한 것 같지는 않군요. 그런데 취조도 없었다는 말입니까?"

"그렇습니다. 솔직히 심심하던 참이었지요."

마왕은 본격적으로 어리둥절한 얼굴이 되었다.

"하리야 선장은 정말 이상하군. 부상병은 치료해서 놔주더니 고급 장교를 잡아왔는데 얼굴도 안 비춘다? 천천히 고문할 생각일까? 하지만 이런 전쟁통에 천천히라는 것도 말이 안 되고."

"아, 그건 제가 좀 묻고 싶은 바입니다. 정말 당신들이 우리 부상병을 치료해 주고 간 겁니까?"

"그렇다. 하리야 선장의 명령이었지."

"정말 이상한 행동이군요. 포로를 발견했는데 잡아가지 않는다? 그러고 보니 하리야 선장은 독실한 신앙인이라는 농담을 들었던 것 같군요. 해적과 신앙인이라는 것이 도저히 어울리지 않는다고 생각합니다만."

하빈저가 끼여들었다.

"이단이 아닐까 의심스럽습니다만 어쨌든 그가 신앙을 가진 것은 맞다고 봅니다. 서 켈커."

"그렇습니까? 그렇다면 치료해 준 것은 그의 신앙에 따른 일이고, 포로를 잡지 않는 건…… 흠음. 포로가 필요없기 때문입니까? 깨놓고 말해 봅시다. 폴라리스는 현재 포로를 수용하고 감시하는 인력도 아쉬운 처지일 거라 짐작합니다만."

"글쎄요. 넉넉하다고 하기는 어려울 겁니다."

서 켈커는 속으로 아픈 감정을 삭였다. 내통자로군. 포로가 필요없고 고급 장교에게도 관심이 없다면, 림파이어 형제들의 의심대로 8군단에 내통자가 있기 때문이군.

"네 예측대로야. 서 켈커는 배신자에 대한 의심을 하고 있어."

하리야는 고개를 끄덕였다. 벨로린은 의자에 앉아 다리를 흔들고 있었다. 그 모습을 보던 하리야는 문득 자신이 얼마나 쉽게 기적에 익숙해지고 있는지를 깨닫고는 조금 놀랐다. 벨로린은 의자에 몸을 파묻듯 비비적거리며 말했다.

"그럼 몸값을 받고 돌려주는 건가? 글쎄. 잘하는 일인지 모르겠군. 서 켈커는 훌륭한 무인이야. 그가 8군단 내에 야기할 불안감보다 8군단이 그를 돌려받았을 때 가지게 될 힘이 더 크지 않을까."

"미래에 대해서는 너도 가정형이나 의문형밖에 사용할 수 없구나."

엉뚱한 대답에 약간 놀란 벨로린은 고개를 갸웃하며 하리야를 바라보았다.

"알고 있었잖아?"

"알고 있었지. 하지만 조금 전에 난 너에 대해 놀라워하던 참이었거든. 의자에 앉으면 방바닥에 발도 닿지 않는 조그마한 소녀가 자신의 눈에 보이지도 않는 사람의 속마음에 대해 태연하게 말하고 있다니. 더 놀라운 것은 내가 그것을 태연하게 받아들이고 있었다는 점이야. 넌 정말 놀라운 존재야."

벨로린은 문득 사악한 미소를 지으며 천장을 가리켰다.

"저 분만큼?"

하리야는 정색하며 고개를 가로저었다.

"하늘 아래 그 분만큼 놀라운 것은 있을 수 없다, 벨로린. 가장 놀라운 것이라 하더라도 바로 그 분께서 만드신 것이니까."

"내가 그 분이라고는 생각하지 않나? 그 분이 꼭 점잖고 잘생긴 남자로만 나타나야 되는 것은 아닐 텐데. 조그맣고 까무잡잡한 여자아이로 나타날 수도 있잖을까?"

·"물론 그 분께서 원하신다면 어떤 모습으로도 나타나실 수 있겠지. 하지만 너는 아냐."

"왜지?"

"킬리 선장을 위해서 나를 돕고 폴라리스를 도우니까. 내가 그 분에 대해 이렇다 저렇다 하긴 어렵겠지만 난 그 분께서 저 다벨군 또한 사랑하시리라 믿는다."

벨로린은 고개를 반대쪽으로 기울이며 말했다.

"너의 신앙은 도대체 어떻게 되어먹은 건지. 그 분이 사랑하는 자녀들을 속이고 베고 죽이고 있는 너는 그렇다면 뭐지? 그 분의 적인가?"

"그 분에게 적이란 있을 수 없다, 벨로린. 성급하고 신앙이 얇은 이들이 신의 적이니 뭐니 하는 말을 하면서 그 분을 모욕할 뿐. 그 분께 어떻게 적이라는 것이 있겠니. 그러나 그 분께서는 그런 우자들도 사랑하시겠지."

"그렇다면 네 신앙은 뭐냐. 네가 무슨 짓을 하더라도 그분은 변함없이 너를 사랑할 테니 아무런 걱정 없이 마음대로 행동하겠다는 식인가?"

"그것이야말로 독신이겠지."

벨로린은 말을 멈춘 채 가만히 하리야를 바라보았다.

문득 하리야는 빙그레 웃으며 말했다.

"너무 무거운 이야기로군. 그런 이야기는 다른 때 하자꾸나. 더 알려줄 이야기는 없니?"

"내일 제9시쯤 이곳 사람들이 깨진대포만이라고 부르는 만에서 다벨, 필마온, 카밀카르의 대표자 회담이 있을 거다. 그곳을 급습할 수 있다면 이 전쟁을 끝낼 수 있을 거야. 하지만 포기하는 편이 좋을 것 같군."

"호위가 어마어마하겠지?"

"그렇기도 하지만 그 회담 동안 필마온 함대와 8군단은 이곳을 위장 공격해서 다른 데 눈돌리지 못하도록 할 생각이거든. 너도 알다시피 그들은 이미 내통자에 대한 의심을 하고 있으니까."

"무슨 말인지 알겠군. 그렇다면 그 말을 해주는 이유는……"

"그 위장 공격에 대비하라는 것 말고도 하나 더 있어. 내일 8시에 여기로 오겠어. 회담 내용을 들려주지."

"알았어, 고마워."

벨로린은 의자에서 깡총 뛰어내렸다. 하리야는 의자에서 일어난 다음 문까지 걸어가 벨로린에게 문을 열어주었다.

벨로린이 하리야의 집무실을 나서려 할 때였다. 하리야는 지나가는 말처럼 말했다.

"벨로린. 그 분은 너도 사랑하신단다. 끝이 없을 만큼."

벨로린은 잠시 멈춰 섰다. 하지만 고개는 돌리지 않았다. 잠시 통로를 바라보며 서 있던 벨로린은 곧 문을 나섰다. 하리야는 미소를 지으며 방문을 닫았다.

물수리호의 갑판 위에서 가장 많이 찾아볼 수 있는 표정은 언제나 무표정이었다. 그리고 그 갑판 위에 앉아 있던 라미는 자신의 팔을 가만히 내려다보았다.

희디흰 그녀의 팔에는 어울리지 않게도 푸르스름한 멍자국 같은 것이 남아 있었다. 라미는 치마를 살짝 걷어올렸고 종아리에도 비슷한 흔적들이 있는 것을 발견했다. 라미는 '호' 하는 짧은 한숨을 쉬고는 피곤한 듯 덱체어에 몸을 기대었다.

그녀의 정면에 앉아 있던 벌쳐는 조롱기 섞인 목소리로 말했다.

"무리가 많았군, 라미. 탑을 너무 오래 떠나 있었던 것 아냐? 아니면 이 땅 위에 너무 오래 있었던 것이거나. 마지막으로 판데모니엄을 본 것이 언제지?"

"지금도 보고 있어. 내 앞에 앉아 있군."

"이크. 사납게 쉬식거리는군."

"네가 뻔뻔하다는 거야 잘 알지만, 너를 가장 싫어하는 하이마스터들이 둘이나 있는 곳에 이렇게 버티고 앉아 있을 수 있다니 정말 놀랍군."

"지금 새와 뱀의 오랜 원한 관계를 재확인하고 싶어하는 거라면 미안하지만 사절이야. 지친 상대를 괴롭혀주고 싶은 생각은 없는걸."

"물론 거짓말이겠지, 변명은 관둬. 저기 벨로린이 오고 있으니까."

벌쳐는 뱃전을 올라오는 벨로린의 모습을 보았다. 벨로린은 알버트 선장의 앞쪽에 앉아 있는 라미와 벌쳐를 흘끔 쳐다보고는 그 사이를 가로질러 걸어갔다. 알버트의 발치에 주저앉은 벨로린은 둘을 번갈아 쳐다보다가 진지한 목소리로 말했다.

"아버지는 너희 둘이 당신 앞에서 소란을 부리는 것을 달갑잖게 생각하고 있어."

벌쳐는 폭소를 터뜨렸고 라미 역시 약간 곤혹스러운 미소를 지었다. 하지만 벨로린은 웃음기라곤 찾아볼 수 없는 얼굴로 벌쳐를 노려보았다. 가까스로 웃음을 멈춘 벌쳐는 손을 내저으며 말했다.

"좋아, 미안해. 하지만 벨로린. 아버지라니, 웃음밖에 안 나오는걸."

"웃으라고 한 말이 아닌데."

벌쳐 역시 정색을 했다. 벌쳐는 벨로린을 똑바로 바라보다가 엄숙하게 말했다.

"원한다면 사과하겠어. 하지만 그 녹아내리다가 만 인간이 아닌 너에게 하는 거야."

"마음대로 해. 그리고 라미? 내일은 나가지 마."

"왜지?"

"지금 필마온 기사단은 모든 배에 성전과 성물을 비치하고 있어. 지브라호의 창고엔 그런 물건이 많거든."

"곤란하군. 발도 로네스가 어떻게 그 사실을 짐작한 거지?"

"구울의 왕자가 귀띔해 준 거야. 녀석의 선택은 발도 로네스였지."

라미는 우울한 얼굴로 고개를 떨구었다. 그때 벌쳐가 싱글거리며 말했다.

"이봐, 라미. 왜 이들을 돕고 있는 거지? 벨로린은 킬리 선장을 선택했으니까 그런다 하더라도 넌 아직 선택하지 않았잖아."

라미는 눈을 조금 치켜떠 벌쳐를 쏘아보았다. 하지만 벌쳐는 기죽은 기색 없이 계속 말했다.

"네가 그토록이나 저지하고 싶어하는 그 반왕 때문이라면, 그래도 이상하잖아. 반왕은 카밀카르의 그 셋째 공주라면서? 카밀카르를 공격해야 되는 거 아냐?"

라미는 씹어뱉듯이 말했다.

"반왕을 막는 것은 결국은 제국을 지키기 위해서다. 휘리는 반왕이 아니더라도 제국에 해될 존재고 역시 격퇴해야 돼. 그 점에서 나와 폴라리스는 목적의 일치를 보고 있지."

"천년이나 제국을 지켜줬으면 그 남자에 대한 의리는 충분한 거 아냐?"

라미의 눈에서 불길이 용솟음치는 것과 동시에 그녀의 목에서 뱀의 포효가 울려퍼졌다. 쉬이이—잇! 하지만 벌쳐는 웃음을 머금은 표정 그대로 라미를 마주보았다. 그때 벨로린이 차갑게 말했다.

"이 배 위에서는 안 돼. 둘 다 교양 있게 행동하는 것이 좋을걸. 그리고 한 가지 더 말해 준다면, 너희들은 둘 다 선택하지 않았어. 어쩌면 같은 쪽을 선택하게 될지도 모르는 일이잖아."

라미는 얼음덩이가 깨지는 것 같은 목소리로 말했다.

"저놈이 나와 같은 쪽을? 어림없는 소리야."

"함부로 단정하지는 마, 바라미. 네가 말하는 그 자는 시간의 패스파인더고 어쩌면 비니힐만큼이나 이해하기 어려운 하이마스터지."

벌쳐는 곤란하다는 듯이 웃었다.

"이보라고. 앞에 놔두고서 여기 없는 것처럼 말하지 말라구."

라미는 다시 한번 사나운 시선으로 벌쳐를 노려보았지만 벌쳐는 싱글거릴 뿐이었다. 라미는 벨로린을 돌아보았고 그녀의 어깨 너머로 알버트 선장의 흉측한 모습을 바라보았다. 그리고 라미는 입을 다물었다.

벨로린은 눈을 감은 채 뒤통수를 알버트 선장의 다리에 비비며 말했다.

"다른 이야기를 해볼까. 하리야 선장 말인데, 아무래도 나나 라미에 대해 뭔가를 짐작하고 있는 것 같아. 그리고 벌쳐 너도."

벌쳐는 감탄하는 얼굴이 되었다.

"그 놈이 우리 정체를 알았다는 건가?"

벨로린은 여전히 눈을 감은 채 말했다.

"뭔가를 느낀다에 가까워. 그는 요 근래 계속 성격이 변화해 가고 있어. 폴라리스 건국 이전의 하리야와 지금의 하리야는 많은 차이를 보이고 있지. 익어가고 있는 건지 닳아가고 있는 건지는 말하기 어렵지만."

벨로린은 눈을 감은 채 갑자기 빙그레 웃었다.

"계속 변화하는 생물은 아름답다고 생각하지 않나, 벌쳐? 그것이 어떤 변화든 간에. 너라면 좋아할 것 같은데. 시간 저편에 있는 목적지보다는 흘러가는 시간 자체를 사랑하는 시간의 패스파인더여."

해안가의 가을은 그 물빛에서부터 찾아든다.

무거워지고 멀어지는 가을의 파도가 해안에 부딪히며 지칠 줄 모르는 열성으로 창세기부터 그려온 그림을 모래 위에 그려나가고 있었다. 하지만 한 번도 같은 그림이 그려진 적은 없을 것이다.

휘리 노이에스는 말발굽이 모래에 박히며 나는 서걱거리는 소리에 정신을 판 채 백사장 위를 걷고 있었다. 모래밭을 걷는 말이 힘들어할까 봐 그는 말에서 내려 고삐를 쥔 채 걷고 있었고 고삐를 쥐지 않은 쪽 손에는 신발을 모아쥔 채 맨발로 걷고 있었다. 그가 걷는 방향으로 앞쪽 멀리 모래밭 저편에는 천막이 설치되어 있었고 그 주위에는 상당히 많은 수의 기사들이 도열해 있었다. 그 앞바다에는 두 척의 전함이 해변을 향해 대포를 겨냥한 모습으로 떠 있었다. 하지만 휘리는 여전히 모래 소리에만 귀를 기울인 채 고요히 걸어갔다.

기사들은 다가오는 휘리에게 의아한, 그리고 불신의 시선을 보내었다. 휘리가 20피트 전방까지 다가갔을 때 천막 바로 앞에 있던 기사 중 하나가 날카롭게 외쳤다.

"정지! 누구냐?"

"휘리 노이에스다. 서 발도와 약속이 있는데."

기사들은 당황하여 서로를 쳐다보았다. 먼저 입을 열었던 기사가 온 얼굴로 당황을 표시하며 더듬거렸다.

"서…… 휘, 휘리십니까?"

"그렇다."

기사는 도저히 믿을 수 없다는 시선으로 휘리를 위아래로 훑어보았다. 바지를 걷어올려 드러낸 맨발에서부터 시작된 시선은 단출한 녹색 평상복을 거쳐 곧 얼굴에까지 이르렀다. 그리고 기사의 시선은 휘리의 어깨 너머의 뒤쪽을 향했다. 그러나 기사는 휘리의 뒤편에서 찾던 것을 발견하지 못했고 그래서 다시 더듬거려야 했다.

"혼, 혼자 오신 겁니까?"

"난 벙어리가 아니니 대변인은 필요없고 제국어도 할 줄 아니 통역 또한 필요없는데."

"호위병 말입니다만?"

"날 죽일 건가?"

"천만의 말씀입니다!"

"그렇다면 됐잖아. 안내 좀 부탁할까."

어제 저녁부터 거울로 써도 될 만큼 문지르고 닦아댄 무기와 갑주로 성장하고 발이 푹푹 빠지는 모래밭에서 한 시간 동안 근엄하기 짝이 없는 모습으로 서 있었던 필마온 기사들과 카밀카르의 병사들은 현실을 부정하고픈 욕망에 머리끝까지 빠져들고 말았다. 그때 천막의 휘장이 젖혀지며 하얀 머리의 기사가 밖으로 걸어나왔다.

발도 로네스는 조금 전의 기사가 그랬듯이 휘리를 위아래로 죽 훑어보았다. 그러나 발도는 더듬거리는 대신 손을 앞으로 내밀었다.

"발도 로네스요."

"휘리 노이에스입니다."

현재 교회와 대륙의 많은 이들을 두려움과 적개심으로 몰아가고 있는 두 사내는 너무도 간단히 인사를 마쳤다. 악수를 끝낸 발도 로네스는 휘리의 발을 내려다보며 말했다.

"신발은 신는 편이 좋겠습니다. 안에는 레이디가 기다리고 계십니다."

"율리아나 공주님이 벌써 오셨습니까?"

"그렇습니다."

휘리는 고개를 끄덕인 다음 말고삐를 옆으로 내밀었다. 기사들 중 하나가 황급히 말고삐를 받아들자 휘리는 발을 탁탁 턴 다음 신발을 꿰어 신기 시작했다. 묵묵히 그 모습을 바라보던 발도는 휘리가 다시 똑바로 서자 천막의 휘장을 들어올렸다.

천막 안쪽에는 테이블과 의자들이 놓여 있었다. 그리고 테이블 저편에는 한 여인과 한 기사가 앉아 있었다. 휘리는 여인이 율리아나 카밀카르일 것이라고 짐작했지만 그 모습을 보며 약간 의아함을 느껴야 했다. 셔츠와 바지, 그리고 재킷으로 이루어진 단순한 복장이야 이곳이 전쟁터 근처임을 놓고 본다면 충분히 이해할 수 있는 일이었지만 여인은 거기에 덧붙여 얼굴에 베일을 두르고 있었다. 의아한 눈초리로 그 베일을 보고 있는 휘리를 향해 여인이 낮은 목소리로 말했다.

"그렇게 자신있나요?"

휘리는 왠지 그 목소리가 낯익다고 생각하며 반문했다.

"무슨 말씀이신지요?"

베일 위편으로 보이는 여인의 두 눈에 약간의 실망감이 떠올랐다. 하지만 여인은 다시 조용히 말했다.

"노래는 할 줄 아나요?"

휘리는 다음 순간 감탄과 창피함을 동시에 느꼈다. 황급히 무릎을 꿇은 휘리는 고개를 숙이며 정중하게 말했다.

"이렇게 하지요. 내 노래가 마음에 드신다면 그 베일을 올려주겠습니까?"

정확한 대답을 하면서도 휘리는 창피함에 얼굴이 확확 달아오르는 것을 느꼈다. 율리아나 카밀카르는 음유시인의 자격으로 전쟁에 참가하고 있는 휘리를 위해 작은 막간극을 준비했지만 휘리는 미처 그것을 깨닫지 못했던 것이다.

'맙소사. 음유시인에 관련된 가장 유명한 이야기를 깨닫지 못하다니!'

"노래가 마음에 들지 않을 경우에는 어떻게 하지요?"

"당신의 노예가 되어드리겠습니다."

"노예? 나는 그런 것 필요없어요."

"당신의 노예가 되어 영원히 당신만을 위해 노래 부르지요. 그 베일을 들어올릴 때까지. 그럼으로써 내 자존심과 내 자유와 내 사랑을 동시에 얻겠습니다."

율리아나는 가볍게 웃으며 말했다.

"재미있군요. 하지만 노예는 주인의 손에 죽임당할 수도 있을 텐데요? 내가 베일을 벗게 될까 봐 두려워 그런 일을 할 수도 있다고 생각하지 않나요? 만일 그렇게 된다면 당신의 자존심과 당신의 자유와 당신의 사랑이라는 것은 도로 찾기 어려우실 뿐만 아니라 목숨까지 잃게 되실 텐데."

"나는 상관하지 않습니다. 노래해도 되겠습니까?"

"언제라도 좋아요. 목숨을 걸 수 있다면."

벨로린은 움찔한 모습으로 한참 동안 굳어 있었다. 하리야는 멀리서 들려오는 포성에 잠시 귀를 기울였다가 다시 벨로린을 바라보았지만 벨로린은 여전히 똑같은 모습이었다. 하리야는 할 수 없이 말을 건네었다.

"벨로린? 왜 그러지?"

벨로린은 눈을 깜빡거리다가 겨우 하리야를 쳐다보았다.

"아아, 미안해. 율리아나 카밀카르와 휘리 노이에스는 조금 전에 만났어. 둘은 재미있는 일을 하고 있군."

"재미있는?"

"율리아나는…… 베일을 쓴 모습으로 나타났어. 그리고 그 모습을 본 휘리는 자신의 노래로 그 베일을…… 들어올리겠다고 말하고 있고."

하리야는 너털웃음을 터뜨렸다.

"아하! 아달탄 대왕의 이야기군? 아마도 율리아나 공주의 기획이겠군. 그 공주님 재미있는 성격이었지. 그러고 보니 어울리는 이야기로군. 휘리는 음유시인이었고 아직도 초록색 옷을 입으니까. 그렇다면 공주가 미지의 여인 역할을 하고 있고 휘리가 아달탄 대왕의 역할이란 말이지."

하리야의 눈매가 갑자기 날카로워졌다.

"흐음. 재미있군. 이것은 카밀카르가 휘리를 정복왕으로 대접한다는

246

의미가 담긴 제스처인가?"

"글쎄. 율리아나 카밀카르는 상대편이 그렇게 생각해 주면 좋다는 심정이야. 확언은 해주기 싫은 것 같아. 그래서 그런 모호한, 보기만 좋은 제스처를 선택한 것 같고."

"으흐음. 그렇게 된 것이군. 좋아, 노래는?"

"지금 시작되었어. 한참 동안은 별로 해줄 말이 없겠군."

"그러면 난 잠시 외성 쪽의 소식 좀 알아보고 오겠어. 괜찮겠지?"

"그래."

하리야는 몸을 일으켜 집무실을 나섰다. 홀로 남은 벨로린은 긴장했던 몸을 소파에 기대며 얕은 한숨을 내쉬었다.

그리고 벨로린은 라미를 떠올리며 미간을 찡그렸다. 그녀는 하이마스터의 분노를 몇 배로 불려서 받게 될 율리아나에 대해 동정심을 느꼈다.

'라미가 이 일을 알면 율리아나를 더 증오하게 되겠군. 어리석은 계집. 하필이면 라미의 이야기를 소재로 끌어내다니.'

율리아나의 곁에 앉아 있던 데아첵 제독은 감탄을 느꼈다. 그는 이 회담에서 카밀카르의 입장을 되도록 불명확하게 해두는 것이 목적이었고 따라서 회담이 지체되는 것은 오히려 반기는 입장이었기에 마음놓고 휘리의 노래를 감상할 수 있었다. 그리고 음율에 그다지 조예가 없는 데아첵 제독도 휘리의 노래가 일급이라는 말도 모자랄 지경인 것은 짐작할 수 있었다.

'그 아버지가 악마라는 소문이 따라다니는 이유를 알겠군.'

테이블 저편에 앉아 있는 발도 로네스는 팔짱을 낀 채 무표정하게 이 모습을 바라보고 있었다. 그의 얼굴에서는 회담이 지체되고 있는 것에 대한 불만도, 자신의 약혼녀에게 구애가를 부르고 있는 휘리에 대한 분노 같은 것도 찾아볼 수 없었다.

그리고 휘리는 자신의 역할을 충실히 수행하고 있었다. 본성부터 탤런트인 휘리는 설령 발도 로네스가 분노에 찬 표정으로 칼춤을 추고 있었다 해도 노래를 멈추거나 하지는 않았을 것이다. 그 순간 그는 휘리 노이에스라기보다는 음유시인으로 변장한 채 대륙을 주유하던 아달탄 대왕 그 자체였다.

어느샌가 노래가 멈추었다.

자신도 모르게 열렬하게 박수를 치던 데아첵 제독은 황급히 박수를 멈추었다. 이 고풍스러운 이야기에서 박수를 쳐주는 역할 따위는 원래 없다. 데아첵 제독이 얼굴을 빨갛게 물들이는 동안 휘리는 차분히 율리아나를 올려다보았다.

율리아나의 오른손이 서서히 올라갔다.

율리아나는 귀 뒤로 연결되어 있는 베일의 매듭을 풀었다. 휘리는 자신만만하게 웃으며 그 베일이 치워지는 모습을 바라보았다. 그러나 그 베일이 완전히 치워진 순간 휘리의 얼굴은 경악으로 물들었다.

"다…… 당신은!"

율리아나는 풀어낸 베일을 테이블 위에 올려놓고는 두 손을 무릎 위에 모았다. 그리고 휘리를 내려다보며 싱긋 웃었다.

"오래간만이군요, 휘리 노이에스. 날개는 아직 찾지 못했어요."

진지를 들어서던 서 소사라는 문득 주위를 둘러보았다. 공포 속에서 두어 시간을 보낸 병사들은 모두 제정신이 아닌 얼굴을 한 채 걸어오고 있었다. 서 소사라 자신도 그렇게 깔끔하다고는 볼 수 없는 모습을 하고 있었다. 진영에 남아 있던 기병들과 포병들은 측은한 얼굴로 전우들을 맞이하고 있었다.

8군단은 필마온 함대와의 연합 작전으로 폴라리스에 대한 위장 공격을 마치고 돌아오는 길이었다. 강철의 레이디에게 대포나 기병을 다 내어줄 수는 없었기에 서 소사라는 보병들을 주축으로 한 공격조를 편성했다. 이에 폴라리스는 10여 발씩 날아오는 견제 사격으로 응수해 왔다. 양자의 행동은 잘 조화되었고 그래서 공격조는 강철의 레이디가 작열하는 벌판에서 두 시간 동안 포환과 술래잡기를 벌여야 했다. 적은 숫자로 날아오는 포환은 어쨌든 보고 피할 수 있었다. 하지만 결코 말처럼 쉬운 일은 아니며, 신경이 곤두선 상태에서 두어 시간을 그런 식으로 도망쳐 다니는 것은 차라리 포환을 맞고 싶은 기분을 느끼게 하는 고역이다.

말고삐를 당번병에게 건넨 서 소사라는 지친 표정으로 막사를 향했다. 그러나 막사 안으로 들어서자마자 서 소사라는 얼굴 표정을 밝게 바꾸며 말했다.

"아직 안 죽었군?"

침대에 누워 있던 서 소팔라는 싱긋 웃었다.

"피곤하지?"

소사라는 망토 조임새를 푼 다음 걸레가 되다시피 한 망토를 맥없이 바라보다가 옆으로 집어던졌다. 의자에 몸을 던진 소사라는 두 손으로 얼굴을 가리며 길게 심호흡을 했다.

"사이다 한 컵과 시집 한 권과 꽤 넓은 나무그늘 하나만 있으면 좋겠군."

"사이다를 몸에 바르고 시집을 베고 그늘에서 일광욕하는 것도 나름 대로 흥미로운 도전이겠는걸."

"부러진 것이 다리가 아니라 이였다면 좋았을걸."

"피해는?"

"스무 명 정도. 정신없이 피하려다가 오히려 피탄 지점에 몸을 던진 놈들이 태반이야."

"어때? 좀 익숙해지는 거 같더냐?"

"모르겠어. 그 포격에 익숙해지려면 한 달 이상은 걸릴 것 같은데."

"그럼 안됐지만 좀더 돌려야겠군."

소사라는 신발을 하나씩 벗으며 침울하게 말했다.

"그래야겠지만…… 난 병사들이 포격에 익숙해지기 전에 반란을 일으키게 될까 봐 겁날 정도인데. 나도 그 포격엔 익숙해질 자신이 없어."

"포수장들의 말은 사실이었나?"

"모르겠어."

"모르겠다니?"

"포수장들은 그 포격이 절대로 3회 이상 연속 발사되진 않을 거라고 했지. 배 자체가 흔들려버리니까. 하지만 오늘 폴라리스는 연속 발사를 하지 않아서 확인할 수가 없어. 폴라리스 놈들은 우리들이 위장 공격을 한다는 것을 잘 안다는 듯이 띄엄띄엄 마구잡이 식으로 쏘던데. 그러고 보니 또 가슴 아프군. 그렇게 무턱대고 쏘는 대포에 스무 명이나 잃다 니."

"하지만 포수장들의 말은 사실일 거다. 합리적이잖아? 아무리 뛰어난 관측사가 있다 해도 배가 흔들리는 것까지는 어찌할 수 없다는 건 확실히 말이 되지. 따라서 그 포격에 익숙해져야 해. 최초의 3회 발사 동안만 혼란에 빠지지 않으면……"

"성벽 바로 아래까지 육박해서 포격을 피할 수 있다. 그래, 말이 되는 이야기야. 다만 너무 과중한 요구라는 느낌을 지울 수 없군."

서 소팔라는 입을 다물고 침울한 표정을 지었다. 막사 천장을 바라보며 누워 있던 서 소팔라는 갑자기 생각났다는 듯 베개 아래로 손을 집어넣었다. 멀뚱히 바라보는 동생을 향해 서 소팔라는 베개 아래에서 꺼낸 책을 던져주었다. 소사라는 제목을 확인하고는 감탄하며 동시에 질책의 눈길을 보내었다.

"시집을 그런 용도로 쓰나?"

"하도 심심해서 구해 오라고 했지만 도저히 읽을 수 없던걸. 그리고 테이블 위의 그건 물병이 아냐."

소사라는 솔깃한 표정으로 병을 들어 잔에 부었다. 노르스름한 액체가 잔에 쏟아지며 독특한 향취가 피어올랐다.

"아아, 사이다로군. 키스해 줘도 돼?"

"다음에 제수씨에게 대신 받지. 탈영했던 노예병 하나가 돌아오면서 그걸 구해 왔더군. 나한테 선물하고 용서를 빌 생각이었지만 난 그거 싫어하잖아. 나무그늘은 네가 알아서 구해."

소사라는 즐거운 표정으로 잔을 들어올렸다.

"형과 그 노예병에게 축복 있기를."

소사라가 건배하듯 잔을 높이 들어올렸을 때였다.

굉음이 울려퍼지며 폭풍이 천막을 덮쳤다. 소팔라는 침대째로 뒤집혀버렸고 의자에서 나동그라진 소사라는 박살난 사이다 병을 바라보며 분루를 삼켰다. 하지만 소사라는 재빨리 기어가 침대를 치우고 형을 일으켜 앉혔다. 소팔라는 어처구니없는 표정으로 주위를 둘러보다가 말했다.

"사이다가 너무 익었나?"

소사라는 침대로 방호물을 만들며 그 너머로 눈을 내밀었다. 천막은 어디론가 날아가버렸고 소사라의 시선에는 천막 근처에서 피어오르는 포연이 들어왔다.

"제기랄, 우린 포격을 당하고 있어!"

"강철의 레이디가 여기까지 쏜다고 말하는 거야?"

"그건 모르겠어. 하지만 우린 분명히……"

콰과아앙!

소사라는 소팔라를 덮치며 침대 뒤로 엎드렸다. 이번에는 약간 떨어진 곳인 듯 폭풍은 별로 없었다. 하지만 동생의 아래에 깔려 있던 서 소팔라는 어디선가 날아와 떨어지는 프라이팬을 보며 기막힌 표정을 지었다. "얼씨구, 솥은 안 날아오나?" 쾅, 뎅그렁! "……금발 미녀! 금발 미녀는 안 날아오나? 목욕 수건만 두른……"

"관둬, 형. 취사장 쪽이 당한 모양이군. 일어날 수 있겠어?"

"겁탈당한다 해도 못 일어나. 놔두고 부하들이나 빨리 살펴봐."

소사라는 굳은 얼굴로 소팔라를 바라보았지만 행동은 빨랐다. 그는 재빨리 침대와 테이블의 잔해 등으로 형의 몸을 덮어주고는 검을 챙겨들며 일어났다. 허리를 잔뜩 숙인 채 달리며 소사라는 포격의 방향을 찾았다. 잠시 후 소사라는 포격이 폴라리스 방향이 아닌 진지 좌측에서 일어나고 있다는 사실을 깨달았다.

"좌측이다! 진지 좌측에서 포격이다, 모두들 엄폐물을 찾아라!"

'강철의 레이디가 아니다.'

방향이 틀릴 뿐만 아니라 하늘 어디에도 포환은 보이지 않았다.

'직사인가?'

그때 다시 소사라의 근처에서 폭발이 일어났고 소사라는 몸을 구부린 채 몇 바퀴나 굴러갔다. 갑옷을 벗지 않은 것이 다행이라고 생각하기에 앞서 소사라는 자신이 신발을 벗었다는 사실에 안타까워했다. 넘어진 달구지를 발견한 소사라는 그 뒤로 몸을 날린 다음 한손으로 발바닥을 움켜쥐며 진지 좌측을 관찰했다.

그리고 서 소사라는 헛바람을 삼켰다.

진지 좌측으로 일단의 기병들이 달리고 있었다. 중장갑을 걸친 기병들은 진지의 뒤쪽에서부터 다벨 진영을 우회하여 폴라리스 방향으로 달리고 있었다.

그리고 포격은 바로 그 기병이 가하고 있었다.

잘못 본 것이 아니었다. 기병들은 전투보속으로 말을 달리며 다벨군을 향해 오른손을 옆으로 내밀고 있었다. 그리고 그 오른손으로부터 섬광이 일어났다. 소사라는 잠깐 동안 그들이 거울을 들고 있다는 상상을 해보았지만 도무지 어울리는 일이 아니었다. 더군다나 그들의 오른손에서 섬광이 일어날 때마다 다벨군 진지 어느 곳에선가 폭발이 일어나는 이상 그것은 분명히 포격이었다.

고정 관념이 위협당하면 사람은 환상에서 답을 끌어낸다. 소사라도 하마터면 그들이 악마 군단이라는 판단을 내리고 기도문을 외울 뻔했다. 그러나 기도문을 떠올렸을 때 소사라는 가까스로 교회의 유명한 성물을 기억해 낼 수 있었다.

'핸드건? 맙소사, 핸드건을 든 기병이라니! 저놈들이 대관절 뭐하는 놈들이기에 교회의 성물을……'

교회를 떠올린 서 소사라는 곧 법황청이 최근에 가지게 된 기사단의 이름을 떠올렸다. 서 소사라는 분노한 목소리로 외쳤다.

"바이올 기사단!"

하리야는 망원경을 조금 더 앞으로 내밀려고 애썼고 그래서 두캉가 선장은 그의 허리춤을 붙잡아야 했다.

"조금 더 몸을 내밀면 자넨 하리야 파이가 될걸세."

하리야는 두캉가에게 허리춤을 잡힌 상태로 흉벽 너머로 몸을 내밀며 감탄했다.

"굉장하군요. 달리면서 쏘는 거라 명중률은 그저 그렇지만 다벨군은 도저히 반격할 여유도 갖지 못하는데요?"

"흐음. 우리한테까지 오지 않고 도착하자마자 곧장 기습한 것은 그 때문인가 보군. 그러면 우리도 도우러 나가야 되나?"

"아, 아니오. 지금 이쪽으로 오고 있습니다. 방금 다벨군의 기병이 움직였습니다. 그레고리?"

하리야는 망원경을 눈에서 떼며 그레고리를 돌아보았다.

"다벨의 추격대가 용기병들의 뒤를 따르고 있다. 엄호사격할 수 있겠나?"

"강철의 레이디로 말입니까? 하리야 선장님. 말씀드렸지만 저는 관측사지 신이 아닙니다."

"용기병을 피해서 다벨 기병을 맞추라고는 하지 않았어. 그냥 근처에 몇 발 떨어지게 해줘. 그거라면 가능하겠지?"

그레고리는 코를 한번 훔친 다음 하리야에게서 망원경을 받아들었다. 전장을 쓱 훑어본 그레고리는 곧 허리춤에 꽂아둔 깃발을 들어올렸다. 하리야는 당황해서 외쳤다.

"아니, 계산 안하나?"

"저 근처는 워낙 많이 쏴서 어떻게 쏘면 어디 떨어진다는 것쯤 훤합니다. 풍향, 풍속도 일정하고. 맡겨두시죠."

초원에서는 200기의 용기병들이 무려 6,000기에 달하는 다벨 기병의 추격을 받고 있었다. 다벨 기병을 이끌고 있던 서 기리우는 이 갑작스러운 기습에 크게 노하여 고성을 지르고 있었다. 하지만 고성뿐, 실상은 따라붙기도 어려운 상황이었다. 용기병들은 달아나면서도 가끔 몸을 뒤로 돌려 핸드건을 쏘아대고 있었고 그때마다 다벨의 기병들이 하늘로 날아오르거나 땅을 구르거나 혹은 그 둘을 동시에 수행하는 것이다. 서 기리우는 상하체가 따로 날아가는 부하들을 보며 정신이 번쩍 들었다.

"활을 꺼내라! 경장기병, 활을 꺼내라!"

그리고 서 기리우도 안장 옆에 꽂아둔 활을 꺼내었다. 전속력으로 달리는 말 위에서도 서 기리우는 능숙하게 화살을 메겨 활을 들어올렸다. 기리우는 가장 뒤쪽에 달리고 있는 용기병의 등을 겨냥하여 활시위를 한껏 당겼다.

휘리리리―릭!

기리우는 질겁하며 시위를 놓았고 발사 순간에 흐트러진 화살은 엉뚱한 방향으로 날아갔다. 하늘을 가로질러 들려온 것은 가느다란 휘파람 소리였지만 기리우와 다벨 병사들에게는 폭음이나 비명보다 더 끔찍한 소리였다. 결과적으로 6,000기의 기병들이 동시에 겁에 질린 눈으로 위를 바라보는 진풍경이 벌어졌다. 그 소리의 의미를 몰랐기에 다벨군의 이 기이한 모습에 의아해하던 용기병들은 잠시 후 들려온 굉음에 크게 놀랐다.

다벨 기병과 용기병들의 양쪽으로 40로드쯤 떨어진 곳에서 폭발이 파도처럼 일어났다.

"잠시 바람 좀 쐬고 오겠습니다. 여러분들도 잠시 쉴 필요가 있을 것 같습니다."

휘리는 몸을 일으켜 그대로 천막 밖으로 나왔다. 지지부진한 회담을 계속하고 있던 발도나 데아첵 제독 모두 그를 붙잡지는 않았다. 특히 데아첵 제독은 품에서 책 한 권을 꺼내어 읽기 시작했고, 발도 로네스는 책을 준비해 온 카밀카르의 제독을 물끄러미 노려보았지만 아무 말도 하지 않았다.

밤이었다. 병사들은 이 회담이 발각되는 것을 크게 걱정하지는 않았다. 많은 수의 호위병들과 전함까지 있었으므로 원래부터 은밀한 회담이라고 하기는 어렵다. 그래서 병사들은 곳곳에 화톳불을 피워 주위를 밝게 해놓았다. 천막을 나온 휘리는 곳곳에서 타오르는 불빛과 그 주위를 가로지르는 그림자를 보다가 발길을 해변 쪽으로 돌렸다.

경계근무를 서던 몇 명의 병사들이 휘리를 바라보았지만 휘리는 그들에게 가볍게 목례하며 인적이 적은 곳으로 걸어갔다. 물결 조잘거리는 밤바다에는 병사들이 피워둔 화톳불의 빛이 기형으로 자란 나무처럼 드리워져 있었고 젖은 모래는 휘리의 발걸음에 감겼다가 소리없이 부서져 내렸다.

휘리는 해변에 주저앉았다.

무슨 회담을 했는지 기억도 제대로 남지 않았다. 율리아나는 인사만 건넨 다음 천막을 떠났고 그녀가 천막을 떠날 때 휘리의 정신도 같이 떠나간 듯했다. 남은 세 명의 무인들은 무인다운 이야기를 나눠보려 했지만 데아첵 제독은 자꾸 엉뚱한 이야기를 꺼내거나 주제를 흐트러뜨리기만 했다.

"그렇소이다. 현재 폴라리스는 리저드라이더를 보유하고 있지요. 그런데 그 자들은 목도리도마뱀들에게 고기를 익혀서 줄까요, 날것으로 줄까요? 난 그게 참 궁금합니다. 소금으로 간을 할까요?"

그럼에도 불구하고 데아첵 제독은 가장 무성의한 회담자는 아니었는데, 휘리의 언동이 조금 더 심각했기 때문이다.

"서 휘리."

"예? 나를 불렀습니까?"

"그랬소. 일곱 번째로."

결국 발도 로네스는 카밀카르에 대해 깨끗이 포기했다. 그들은 아무일도 하지 않지만 떠나지도 않는다는 확인을 받은 다음, 발도는 데아첵 제독을 거의 무시해 버렸다. 데아첵 제독은 계속해서 이야기에 끼여들었지만 발도는 휘리에게만 이야기를 걸었다. 발도의 집요한 질문에 휘리는 어느 정도 정신을 수습할 수 있었고, 그래서 그들은 세 가지 정도의 합의를 이루어낼 수 있었다. 그것들은 모두 은유적인 단어와 비유적인 표현들로 이루어져 있어 세심하게 관찰하지 않으면 알아보기 어려운 합의였지만 대충 내용을 요약하면 다음과 같다.

1. 필마온 기사단은 다벨의 폴라리스 공략을 돕는다. 다만 이것은 비밀동맹이며 문서로 남기지도 않는다. 대외적으로 둘은 별개의 목적을 가진 별개의 군사 집단이다. 다벨은 전범을 보호하고 있는 폴라리스를 공격하는 것이고 필마온은 이단의 혐의가 뚜렷한 알버트 선장을 공격하는 것이다. 사실 이것은 암암리에 결정되어 있던 사실의 재확인에 불과하다.

2. 전후 다벨은 폴라리스의 영토를, 그리고 필마온 기사단은 노스윈드의 전함들과 노스윈드의 보물을 가진다. 그 보물은 이미 상당수 소모된 것이 분명하며, 따라서 필마온 기사단이 원하는 것은 노스윈드의 전함들이다. 휘리는 별말없이 찬성했다. 만약 바탈리언 남작이 이 자리에 있었다면 절대로 양보하지 않았겠지만 그는 이레다벨에서 4개 군단의 창설에 여념이 없었다. 폴라리스를 건국한 것이 바로 노스윈드의 전함들이므로, 거칠게 말한다면 노스윈드의 전함을 주는 것은 바로 폴라리스를 내주는 것과 같다고도 할 수 있다.

3. 필마온 기사단과 다벨은 이 협조 관계를 향후로도 계속 유지하며 그 공조로 얻은 결과에 대해서는 폴라리스의 경우를 전례로 삼는다. 이 말은 바꿔 말한다면 대륙의 동부 해안선을 따라 분포해 있는 모든 나라들이 다벨과 필마온 기사단의 공격을 받을 수 있다는 말이 되며 그 때마다 다벨은 영토를, 필마온은 재화와 전함들을 얻게 된다는 의미다.

그런 문구는 하나도 들어 있지 않았지만 3항이야말로 휘리 노이에스에 의한 대륙 재통일의 의지가 담겨 있는 문항이며 데아첵 제독이 가장 열성적으로 훼방놓았던 것도 바로 3항이다. 그리고 휘리가 천막을 나와버린 것은 바로 그 3항의 합의를 앞둔 상황이었다.

휘리 역시도 3항에 대해서는 고민하고 있던 중이었다. 땅을 가진다해도 무장을 모두 저편에 넘겨주는 식이라면 결국 땅 또한 주게 되는 것이다. '그런데 데아첵 제독이 반대하고 나서는 것은 무엇 때문일까.' 휘리는 데아첵 제독이 무엇을 원하는지에 대해 생각해 보았다.

별로 생각할 필요도 없이 간단히 결론이 나왔다. 카밀카르 또한 저 3가지 합의 사항에 찬성하는 것이다. 다만 '필마온 기사단'이라는 이름이 들어갈 자리에 '카밀카르'라는 이름을 넣고 싶어하는 것이 다를 뿐이다. 휘리는 밤바다를 향해 씩 웃었다.

"두 미녀가 나에게 추파를 던지는 건가."

"좋겠네요."

휘리는 황급히 고개를 돌리며 동시에 일어나려 했다. 그러나 젖은 모래에 발이 미끄러졌고 그래서 휘리는 몇 번 허둥거린 다음에야 똑바로 일어설 수 있었다.

그리고 율리아나는 웃음을 머금은 채 그 모습을 바라보고 있었다. 휘리는 다급하게 외쳤다.

"율리아나 공주님!"

"예. 말씀하세요."

"예? 아, 아니오. 그냥…… 부른 겁니다."

"그러신가요."

휘리는 심장을 쿵쾅쿵쾅 울리며 이 자리만 벗어날 수 있다면 그가 교수대에 선 사형수라도 좋으니 기꺼이 자리를 바꾸겠다고 생각했다. 휘리를 물끄러미 바라보던 율리아나는 모래밭을 보다가 앉으려는 시늉을 했다. 휘리는 자신도 모르게 황급히 팔을 뻗어 율리아나의 팔을 움켜쥐었다.

율리아나는 휘리의 손아귀에 붙잡힌 자신의 팔을 보다가 휘리를 올려다보았고 휘리는 비명처럼 외쳤다.

"죄송, 죄송합니다! 자, 잠시 기다리십시오!"

휘리는 잡아뜯듯이 자신의 망토를 풀어내어서는 정성껏 모래바닥에 깔았다. 그리고 율리아나는 휘리의 손에 세게 붙잡혔던 팔을 문지르면서 그 모습을 바라보았다. 망토를 다 깐 휘리는 고개를 옆으로 돌린 채 망토를 가리켜보였다. 율리아나는 망토 위에 앉으며 말했다.

"고마워요. 자상하시군요. 내 팔을 부러뜨릴 뻔한 건 용서해 드리죠."

"죄, 죄송합니다!"

"서 휘리께서도 앉으시지요?"

"저는 괜찮습니다."

"내가 괜찮지 않아요. 올려다보려면."

휘리는 망토 바깥의 모래밭에 털썩 주저앉았다. 바다를 향해 휘리가 앉아 있는 꼴이 어떤가 하면 남달리 엄격한 백부장이 있다면 그 모습을 초상화로 그려 신병들의 교육 자료로 쓰고 싶어할 만큼의 부동자세였다.

'보아라. 이것이 군인의 앉는 자세이니라.'

율리아나는 빙긋 웃으며 역시 바다 쪽을 쳐다보았다.

물결은 끊임없이 모래사장으로 다가서고 있었고, 아쉬움 속에 도로 물러났다.

율리아나는 세운 무릎을 가슴에 끌어안고는 그 위에 턱을 얹은 채 물결 소리에 귀를 기울였다. 그리고 휘리는 자신에게 가장 필요없는 신체 부위는 심장이라는 판단을 내리고 있었다. 왜 이렇게 큰소리를 내고 있는 거지? 이 미치광이 심장아, 좀 얌전히 굴지 못해? 그때 율리아나가 바다를 보며 뭐라고 말했다. 휘리는 고개를 약간 돌리며 물었다.

"뭐라고 하셨습니까?"

"장미 꽃다발과 백마가 끄는 마차는 준비하셨는지 물어봤어요."

휘리는 정수리에 벼락이 떨어진 것 같은 기분을 느꼈다.

"용서하십시오. 저, 저는 카밀카르의 공주님이시라는 것을 몰랐습니다. 아니, 저, 제 말은 그러니까 신분이 낮은 여인에게는 항상 추파를 던진다는 말은 절실히, 아니, 절대로 아닙니다. 그건 결코 희롱이나 농담이 아니었습니다. 무, 물론 카밀카르의 공주님께 그런 말을 드린 것이 잘했다는 말은 아닙니다. 절대로 아닙니다. 다만, 그러니까 그것은 제 본심에서 우러나온, 뭐라고 말할까, 그러니까 말입니다. 예, 물론 잘못했습니다. 사과드리겠습니다, 용서하십시오. 그러니까 그 왜……"

율리아나는 휘리의 횡설수설을 중간에서 자르기로 결심했다.

"그때 거기엔 왜 계신 거지요?"

"예?"

"롱레인저들과 함께 다림 근교에 계셨었지요. 그건 정복지 사전 답사

였나요?"

"비슷합니다."

"이해가 안 되는군요. 당신은 이중 인격자인가요?"

휘리는 정신이 번쩍 든 얼굴로 율리아나를 돌아보았다. 분노한 표정을 지으려 했지만 그의 얼굴은 그를 배신했고 그래서 휘리는 율리아나의 옆얼굴을 향해 억울하다는 듯이 말했다.

"어째서 그렇게 말씀하시는 겁니까?"

"서 휘리. 당신은 그때 부하 사병을 죽이고 고해하러 왔지요. 하지만 그게 정복지 사전 답사였다면 당신은 이미 많은 사람을 죽일 심산이었다는 말이 되는데요. 앞뒤가 맞지 않는 행동이잖나요?"

휘리는 입을 다물었다. 잠시 동안 물결 소리에 공간을 내준 채 침묵하던 휘리는 잘게 무서지는 파도를 보며 말했다.

"뭐라 말씀드려야 될지 모르겠습니다."

"변명을 하지 않는 것은 멋진 자세겠지요. 하지만 난 당신의 행동을 평가하려는 것이 아니라 앞뒤가 맞지 않는 그 행동에 대해 궁금해하는 거예요. 뭔가 자신을 설명해 볼 수 없나요?"

"당신 때문입니다."

이번에는 율리아나가 휘리를 향해 고개를 돌렸다. 그리고 휘리는 하늘의 별을 바라보고 있었다. 율리아나는 휘리의 옆얼굴을 향해 묻는 시선을 보내었다.

"당신에게 뭔가를 전가하려는 것은 아닙니다. 율리아나 공주님. 제가 지은 것은 제가 받습니다. 하지만 설명을 요구하셨기에 말씀드립니다.

당신 때문입니다. 아니, 당신 덕택입니다."

"설명해 주시죠."

"기억하실지 모르겠습니다만, 당시의 저는 피에 다가가는 것이 아버지에 다가가는 것이라 생각하고 있었습니다. 제가 가장 증오하는 아버지 말입니다."

"타르타니어스?"

휘리는 놀라지 않았다. 그만큼 율리아나의 말은 자연스러웠다. 그래서 휘리 또한 다른 사람이 그런 질문을 꺼냈을 때 보였을 반응을 하나도 보이지 않은 채 되물었다.

"어떻게 짐작하셨습니까?"

"당신의 노래가 어머니를 잇는 거라면 무장으로서의 자질은 아버지를 잇는 것이겠지요. 그리고 만약 당신의 아버지가 이름 없는 혼 족 전사였다면 당신의 그 증오는 너무 과하지요. 유명한 아버지였기에 증오도 더 커지는 것이겠지요. 위대한 혼 족의 무장이라면 떠오르는 이름은 얼마 되지 않아요."

"정확한 추측이십니다. 공주님."

휘리는 생애 처음으로 자신의 출생에 대해 고백했다. 어떤 해방감 같은 것이 찾아든 것도 아니고 모멸감이 찾아오지도 않았다. 휘리는 자신이 그렇게 평온하게 아버지에 대해 이야기할 수 있다는 사실에 놀라며 말을 이었다.

"저는 타르타니어스이고 싶지 않았습니다. 노이에스이고 싶었지요. 그래서 피에 다가서지 않으려 했습니다. 그 정찰행은 메르데린 공작이 저에게 내린 일종의 시험이었습니다. 저는 여러 차례 그의 제안을 거절했고 또한 이웃나라라는 것이 서가에서 책을 빼듯 그렇게 쉽게 얻어가질 수 있는 것이 아니라고 말했습니다. 공작은 제게 직접 가서 보고 오라고, 그 다음에 말해 보자고 했습니다. 그래서 저는 유람이나 하자는 심정으로 그의 제안을 받아들였습니다. 공작은 팔라레온에 대한 정찰을 요구한 것이지만 저는 다른 생각을 하고 있었지요. 예, 롱레인저들과 함께 사람 잡아먹는 아피르 족이 우글거리는 검은 황야를 누빈다는 것은 제게는 매력적이고 근사한 모험처럼 생각되었습니다. 그리고 거기서…… 저는 공주님을 뵌 것입니다."

휘리는 별을 보며 한숨 같은 웃음을 터뜨렸다.

"생각해 보니 정말 굉장한 모험이었군요."

밤바람이 율리아나의 머릿결을 흩어놓았고 그래서 율리아나는 머리를 쓸어넘긴 다음 다시 휘리를 바라보았다. 휘리는 짧게 침묵했다가 곧 말을 계속했다.

"공주님께서는 아버지의 아들이 아닌 저 자신이 되라고 하셨습니다. 그 말씀을 들은 순간 저는 제가 얼마나 바보 같은 짓을 하고 있었는지 알 수 있었습니다. 꼴보기 싫은 녀석이 저녁 식사로 빵과 감자를 먹는다고 해서 자신은 죽과 콩만 먹겠다고 드는 사람은 바보겠지요. 제가 그랬습니다. 제 속의 어떤 부분이 아버지를 닮았다고 해서 그것이 아버지인 것은 아닙니다. 그것 또한 저 자신입니다. 저는 타르타니어스이고 싶지 않아서 노이에스가 되려 했지만, 그것은 타르타니어스가 되려는 것만큼 바보스러운 일이었습니다."

휘리는 고개를 돌려 율리아나를 바라보며 말했다.

"저는 타르타니어스도 아니고 노이에스도 아닌 휘리였습니다."

율리아나는 눈을 투명하게 빛내며 휘리의 시선을 마주보았다. 그 눈을 바라보던 휘리는 그 눈이 슬퍼보인다고 생각했다. 그러나 그가 뭐라 말하기 전에 율리아나는 고개를 돌렸다. 밤바다를 바라보며 율리아나는 어깨를 살짝 떨었다.

"발 때문이야……"

"예?"

"미안해요."

휘리는 수심 어린 눈으로 율리아나를 바라보았다. 하지만 율리아나는 무릎에 얼굴을 파묻으며 그 시선을 피했다. 밤 속에서 다시 어둠 속으로 숨어든 율리아나는 속삭이듯 말했다.

"나는 그때 취해 있었지요."

휘리는 율리아나가 무슨 말을 하는지 안다고 생각했다. 하지만 율리아나가 하는 말은 휘리가 이해하는 바와는 다른 의미였다. 그녀가 취해 있었던 것은 술이 아니었다.

"그래서 당신에게 그렇게 말했죠. 나 자신도 그러지 못할 거라는 걸 머릿속으로 부정하며. 나는 율리아나 카밀카르가 아닌 유리가 되지 못해요. 세 번이나 두드려봤지만 문은 열리지 않지요. 그렇지만……"

율리아나는 고개를 들어 다시 밤바다를 바라보았다. 휘리는 그 눈이 젖어 있는 것을 보며 가슴을 찌르는 아픔을 느꼈다.

"아직도 취해 있어요."

휘리는 두 팔이 떨리는 것을 느꼈다. 그는 몸을 돌렸고 그리고 천천히 율리아나에게 다가갔다. 율리아나는 가득 아롱진 눈물 너머로 바다만 바라보고 있었다. 휘리는 두 팔을 천천히 내밀었다.

그러나 휘리가 그녀를 안기 전, 율리아나는 갑자기 몸을 일으켰다. 휘리는 그만 가슴이 터져버린 것 같은 기분을 느꼈지만 일어선 율리아나는 여전히 바다를 보며 말했다.

"서 휘리. 폴라리스를 정복해 주세요."

휘리는 입술을 꽉 깨문 채 율리아나를 올려다보았다. 만약 입을 열었다면 비명이나 노래가 터져나왔을지언정 말은 나오지 않았을 것이다. 갑자기 불어온 바람이 율리아나의 옷을 펄럭이게 만들고 그 머리카락을 흩날리게 만들었지만 그 소란 속에서 율리아나는 꼼짝도 하지 않았다.

"그리고 키 드레이번을 이 세상에서 없애주세요. 그렇게 하겠다면 카밀카르는 모든 전력으로 당신을 도울 거예요. 그리고 그것이 끝났을 때 카밀카르는 위대한 정복왕에게 율리아나 노이에스라는 족쇄를 채우겠지요."

휘리는 그만 입을 열고 말았다.

"예에?"

비명 같은 반문에도 율리아나는 고개를 돌리지 않았다.

"카밀카르는 그런 생각을 하고 있어요. 알잖아요? 두 미녀가 추파를 보낸다고 하시더군요."

그리고 율리아나는 아무런 미련이나 아쉬움도 없는 경쾌한 동작으로 몸을 돌렸다. 율리아나는 작별 인사도 없이 떠나갔고 해변에 남은 휘리

는 한 손으로 망토를, 그리고 다른 손으로는 자신의 가슴을 움켜쥔 채
그 뒷모습을 끝없이 바라보고 있었다.

바스톨 장군은 책상 위에 가득한 자료들을 모두 치워버리고 한 장의
지도만을 남겨두었다. 하리야는 그것이 얼마 전에 보았던 지도임을 깨달
았다. 바스톨 장군은 책상 주위에 몰려선 사람들 중 한 기사를 바라보
며 말했다.

"원로에 노고가 많으셨을 텐데 미안합니다만 곧장 시작해야겠소. 서
퀵핸드."

퀵핸드라 불린 기사는 침착한 태도로 고개를 끄덕였다.

"우리는 준비되어 있습니다. 바스톨 장군님. 그리고 빠른 작전 행동
은 우리들 쪽에서 오히려 요청하고 싶은 것입니다. 잘 아시겠지만."

이 이상한 이름은 물론 본명이 아니다. 서 퀵핸드는 법황의 비밀 군
대인 용기병은 조직될 때부터 작전이 끝나 해산될 때까지 암호명만을
사용한다고 설명했다. 따라서 바스톨 장군이나 하리야도 그들을 바이
올 기사단 대신 법황의 용기병으로 대우하기로 결정했다.

"푹 쉬게 해드리고 싶소만 저 바깥쪽에 필마온 함대와 카밀카르 함
대가 와 있는 이상 시간을 끌 수가 없군요. 카밀카르 함대의 목적은 현
재까지는 다소 불분명하지만 필마온 함대는 분명히 다벨과의 동맹임을
보여주고 있소. 한시라도 빨리 다벨군을 처리해서 필마온을 물러나게

해야 되겠소. 다벨군을 처리할 전략은 대강 수립해 두었지요. 오늘 낮에 본 당신들의 활약을 놓고 볼 때 내가 미리 세워두었던 전략이 충분히 가능할 듯합니다."

"말씀하시는데 죄송합니다만 한 가지 묻고 싶은 것이 있습니다. 오면서 보니 다벨군은 거의 2만은 되는 것 같던데, 그 대군을 한번에 격퇴할 수 있다는 말씀입니까?"

"1만 8천이오. 그리고 가능합니다."

서 퀵핸드와 다른 용기병들은 서로를 쳐다보며 감탄했다.

"과연 바스톨 장군님이시군요. 빨리 듣고 싶습니다."

바스톨 장군은 빠르고 정확하게 설명해 나갔다. 용기병들은 몇 군데서 질문을 던졌지만 바스톨 장군은 미리 예상했다는 듯이 여유 있게 대답했다. 그래서 작전의 전달은 단시간에 끝났다. 용기병들은 위대한 무장의 작전에서 허점을 찾아보겠노라고 끙끙거렸지만 곧 포기했다. 병력차가 너무 크면 기계(奇計)라는 것도 통하지 않는 법이다. 이편에서 기계를 부려도 상대편이 우직하게 밀고 오면 그만이니까. 하지만 폴라리스가 보유한 병종들은 모두 강렬한 특색들을 가지고 있었고 바스톨 장군은 그 특색들을 잘 조화시켜 기계 아닌 기계를 만들어놓았다. 서 퀵핸드는 두 눈 가득히 경의감을 담은 채 짧게 말했다.

"이것은 가능합니다."

바스톨 장군은 미소를 지었지만 곧 진지한 표정으로 말했다.

"충분히 아시겠지만, 당신들에게 과중한 부담이 있습니다."

"알고 있습니다. 하지만 장군께서 이렇게 우리들이 도망칠 길까지 배려해 두신 바에야 어떻게 못하겠다고 하겠습니까."

"그렇다면 모레 아침 작전을 시작하겠소. 준비하고픈 것이 있거나 필요한 것이 있으면 말씀하시오."

"우리는 내일 당장이라도 좋습니다."

서 퀵핸드는 호기 있게 말했다. 바스톨 장군은 웃으며 고개를 끄덕였다.

"하지만 이쪽에선 준비가 좀 필요하니까. 그럼 내일 하루 푹 쉬길 바랍니다."

서 퀵핸드와 용기병들은 인사를 하고 물러갔다. 바스톨 장군과 하리야는 서로를 쳐다보며 잔잔한 웃음을 떠올렸다. 하리야가 먼저 말문을 열었다.

"이제 끝이군요."

"그렇소. 결판을 보는 거지요."

"아, 그렇지. 축배를 들어야지요."

하리야는 손가락을 튕기고는 책상 서랍을 열었다. 책상 서랍 속에서 디캔터와 두 개의 잔을 꺼낸 하리야는 두 잔에 와인을 채워 바스톨 장군에게 내밀었다. 자신의 잔을 들어올리던 하리야는 문득 창 밖을 바라보았다.

창 밖으로 멀리 밤바다를 보며 하리야는 쓸쓸하게 말했다.

"그는 끝내 나오지 않는군요."

"키 선장 말씀이오?"

"그렇습니다. 내일 하루가 더 남아 있기는 하지만, 아무래도 나올 것

같지 않군요. 물론 키 선장님이 나오거나 나오지 않거나 하는 것은 장
군님의 훌륭한 전략에 별 영향을 주지 않는 일입니다만, 아쉽다는 것은
부정할 수 없습니다."

바스톨 장군은 동정 어린 시선으로 하리야를 바라보다가 잔을 내려
놓았다. 의자를 찾던 장군은 조금 전 지도를 펼쳐놓았던 테이블에 걸터
앉으며 말했다.

"하지만 떠나지도 않았잖소."

"그렇긴 하지요."

"키 드레이번이 당신들에게 무엇인지 정의내리는 것은 내 능력 밖의
일이라 생각됩니다. 하리야 선장. 하지만 나는 이런 생각을 하지요. 산은
그저 그곳에 있는 것으로 충분하지 않겠소?"

하리야는 창턱에 잔을 내려놓은 다음 바스톨 장군을 돌아보았다. 바
스톨 장군은 생각에 잠긴 표정으로 천천히 말했다.

"산을 사랑하는 자 중에서 산봉우리를 자신에게 끌어내리려 하는
사람은 없소. 거꾸로 자신이 거기로 올라가지. 무엇인가를 사랑하고 경
외하는 것은 항상 나 스스로를 거기로 이끄는 것이지 그것을 내게로 끌
어오는 것은 아닌 것 같소."

"……장군께서는 엔도를 자기에게 끌어오는 대신 사트로니아에 주셨
지요. 그리고 지금은 하드루스 대통령에게 자신을 주고 있고."

"나를 본보기로 삼으라는 말은 하고 싶지 않겠소. 모든 이에게는 자
신의 방식이 있으니까. 하지만 하리야. 나는 당신과 당신의 동료들이 키
드레이번에게 다가갈 수도 있다고 생각하오. 어딘가로 떠나지 않고 언

272

제나 기다리는 산처럼 키 드레이번은 저곳에 있소. 충분하지 않습니까? 멋진 승리를 만들어 그에게 주시오."

하리야는 웃으며 창턱에 내려놓았던 잔을 들어올렸다. 그는 잔을 앞으로 내밀었고 바스톨 장군 역시 잔을 들어올려 가볍게 부딪혔다.

'챙.'

밤안개 속에 고요히 잠겨 있는 해안이 있었다.

안개가 이 해안가를 덮은 지 800년, 그 이후로 햇빛은커녕 별빛도 이 해안에는 닿은 바 없다. 푸르름은 어디에서도 찾아볼 수 없고 언제나 안개에 젖어 있는 백사장은 희기만 하다.

그 안개 속 가장 깊은 곳에서 대드래곤 라오코네스는 눈을 떴다.

판데모니엄의 하이마스터이자 동시에 지상의 생물의 왕. 또 다른 하이마스터 비니힐이 존재와 부재에 걸쳐 있다면 라오코네스는 밤의 세계와 낮의 세계에 걸쳐 있다. 그래서 그는 일몰의 왕이다. 그의 해역은 슬프고, 언제나 안개 속에 잠겨 있는 미명의 영역이다.

눈을 뜬 라오코네스는 멀리 보았다.

아주 멀리.

그리고 조금 더 멀리.

대드래곤 라오코네스는 선택했다.

알버트 선장에게 노래를 불러주던 벨로린은 갑자기 노래를 멈췄다. 그녀의 뒤편에 앉아 있던 라미와 벌쳐는 의아한 듯이 그녀를 돌아보았다. 벌쳐가 먼저 말했다.

"벨로린? 무슨 일이야?"

벨로린은 대답하지 않았다. 라미는 자리에서 일어나 벨로린에게 다가가 그녀의 뒤편에 섰다. 허리를 굽힌 라미는 벨로린이 미세하게 떨고 있다는 사실을 깨닫고는 놀랐다.

"벨로린?"

벨로린은 고개를 떨구며 말했다.

"방금 또 하나의 하이마스터가 선택했어."

"누군데?"

벌쳐가 반색하며 말했다. 라미는 사나운 눈길로 벌쳐를 바라보았지만 벌쳐는 꿈쩍도 하지 않았다. 벨로린은 천천히 돌아앉아 라미와 벌쳐를 바라보았다.

"우리들 중 아무것도 두려워하지 않아서 별명도 사용하지 않는 왕다운 이가 있지."

"일몰의 왕 라오코네스! 그가 선택했나?"

"조금 전에."

"어떤 선택이지?"

벨로린은 자꾸만 부풀어오르는 가슴을 진정시키느라 이를 악물었다.

한참 후에야 벨로린은 겨우 말을 꺼내었다.

"낮의 끝에 매달린 자와 밤을 이끄는 자. 그는 밤을 이끄는 자를 선택했지."

"그렇다면?"

벨로린은 절망한 듯 고개를 끄덕였다.

"그래. 이제 3:1이야. 직스라드, 비니힐, 라오코네스는 모두 자유를, 그리고 복수를 선택한 것은 나 하나뿐. 남은 것은 너희 둘과 아델토뿐이군."

벨로린은 라미와 벌처의 얼굴을 동시에 쏘아보며 으르릉거렸다.

"부탁하진 않겠어. 불필요하고 무의미한 일이니까. 벌처 너의 말대로, 저 두 발 달린 벌레에겐 너무 큰 선물이었는지도 모르지."

벌처는 아무 말 없이 벨로린을 바라보다가 몸을 일으켰다. 그는 그대로 몸을 돌려 물수리호의 선상에서 사라졌다. 라미는 그 사라지는 모습을 보다가 다시 벨로린을 돌아보았다. 벨로린은 고개를 가로저으며 차갑게 말했다.

"아냐, 라미. 저 꼴사나운 거짓말쟁이는 나의 앙숙이지만, 그래서 나를 가장 잘 알지. 너도 좀 꺼져주겠나? 나 자신을 동정하고 싶어. 그리고 그런 모습 별로 보이고 싶지 않아."

라미는 허리를 폈다. 그리고 조금 후 라미의 모습도 사라졌다.

홀로 남은 벨로린은 알버트 선장에게 매달려 자신과 인간을 위해 통곡했다.

서 소사라는 책상에 걸터앉아 오른발을 왼쪽 무릎에 올려놓고는 그 발바닥을 침통한 얼굴로 바라보았다. 용기병들의 습격 때 맨발로 진지 내를 뛰어다닌 그 발에는 갖가지 상처들이 아로새겨졌고 지금은 붕대로 꽁꽁 묶여져 있었다. 서 소사라는 두 배로 부푼 것 같은 그 발을 힘겹게 신발 속으로 쑤셔넣으며 투덜거렸다.

"차라리 칼에 맞고 말지, 걸을 때마다 짜증나게시리 발바닥을 다치냐."

부서진 침대 대신 의자에 반쯤 기대어 누워 있던 서 소팔라는 고개를 끄덕이며 근엄하게 말했다.

"곤란하게 되었군. 서 켈커는 포로 신세, 나는 다리가 부러지고, 넌 족하면지속성 격통에 시달리고 있으니 8군단 지휘관들은 궤멸의 위기로군."

"알았어. 안 투덜거리지. 비꼬지 말라고."

"다리 부러진 형 앞에서 투덜거리지 말라는 의미도 있었다만, 정말 큰일은 큰일이다. 너 말은 탈 수 있겠냐?"

"등자를 깃털로 만들어준다면 더 좋겠지만, 제길, 탈 수 있어."

"객기 부리지 말고 일단 더블원 센츄리온에게 명령해 둬. 유사시에 지휘권 계승할 준비를……"

"말해 뒀어."

"잘했어. 가르친 보람을 느끼게 하는구나."

소사라는 '형이 나를 언제 가르쳤다는 거냐!'고 고함 지르지는 않았다. 그는 그의 형을 잘 알고 있었고, 그런 대답이야말로 소팔라의 화법에 휘말리게 되는 것이라는 점도 잘 알고 있었다. 소팔라는 기대했던 반응이 나오지 않자 약간 불만스러운 표정을 지으며 책상 위를 가리켰다.

"지도 위에서 엉덩이 좀 치워봐라. 바이올 기사단은 모두 얼마쯤 되더냐?"

소사라는 옆으로 비켜 앉으며 대답했다.

"200기 가량."

서 소팔라는 그 대답을 들으며 찬찬히 지도를 바라보았다. 바스톨 장군이 가진 것과 거의 똑같은 지도였다. 서 소팔라는 수염이 드문드문 돋은 턱을 만지작거리며 말했다.

"200기라. 기병의 속도를 가지고 있지만 공격 가능 거리가 포병의 거리란 말이지. 게다가 팔을 돌려서 옆으로 쏘고 뒤로도 쐈다고? 그건 옆을 쏘려면 한참 대포를 돌려야 되는 포병보다 훨씬 민첩하다는 의미야. 결국 이놈들의 공격 범위는 자신을 중심으로 상당히 큰 원이 되겠군."

"끔찍하군. 이놈들 앞에서 일반적인 부채꼴 형태는 포기해야 된다는 말이군."

"네가 폴라리스라면 그놈들을 어떻게 써먹겠냐?"

"접근시키지는 않아. 그럴 필요가 없는 데다 숫자가 적으니까. 말이 움직일 수 있는 지형이면서 몰리지 않는 곳을 죽 이어보지. 음? 잠깐……"

서 소사라의 눈이 가늘어졌다. 소팔라 또한 비슷한 표정을 지었다.

그리고 형제는 동시에 말했다.

"리저드라이더!"

"그래, 맞다. 아우야. 그 놈들은 접근전만 하지. 하지만 지형에 구애되지 않고 어디든 움직여. 성격이 완전히 반대되지만, 바로 그렇기에 하나 더하기 하나가 둘 이상도 될 것 같지 않냐? 물론 둘도 못 될 수도 있지만 바스톨 장군이 저기 있으니 그런 희망은 버리는 편이 좋겠지."

소사라는 싱긋 웃으며 악담했다.

"다리 부러져 꼼짝 못하니 오래간만에 머리 쪽으로도 피가 통하는 모양이군. 좋아. 생각 좀 해보자. 먼저 확실히 해둘 것은 고정 관념을 다 포기한다는 거야. 저기엔 상식 밖의 녀석들만 있으니까."

"아, 조금만 기다려. 고정 관념과 작별할 시간이 필요해. 오랫동안 정들었던 거라 보내기가 여간……"

"그만해, 그만. 어디 볼까."

그리고 잠시 후 다리 부러진 형과 발바닥 다친 동생은 각자 의자와 책상 모퉁이에 앉아 지도를 노려보며 고함을 지르기 시작했다. 그들은 상대방의 지능을 가장 처참한 수준으로 무시하며 고성을 질렀고—"제기랄, 엉덩이 말고 머리로 생각해, 머리로! 거기에 왜 목도리도마뱀을 쓰냐!" "아무래도 머리에 피가 더 통하려면 팔까지 부러뜨려야 될 것 같은데. 좀 도와줄까?"—그래서 막사 주위를 지나던 8군단 병사들은 깜짝 놀라 서 기리우에게 달려갔다. 그러나 얼마전 이 형제 기사를 광인으로 의심했다가 창피를 당한 경험이 있는 서 기리우는 인자한 표정을 지으며 '그들은 원래 미쳤지만 다행히도 쓸모 있게 미쳤으니 내버려둬도 된다'는 체험에서 우러나온 귀중한 지혜를 병사들에게 전해 주었다.

그리고 그 시각, 폴라리스의 정부 청사 지하에서는 서 켈커가 묵묵히 철창의 문이 열리는 모습을 바라보고 있었다.

철창이 열리고 세 명의 사내가 안으로 들어왔다. 감방에 들어선 세 사내들 중 좌우의 두 사내는 양손에 검과 횃불을 들고 있었다. 가운데 서 있던 남자가 서 켈커를 향해 말했다.

"일어나십시오, 서 켈커."

켈커는 침대에서 일어나 남자를 똑바로 바라보았다. 남자는 미소띤 얼굴로 말했다.

"나는 하리야 헌처크라고 합니다."

"하리야 선장이시군요."

"그렇습니다. 좋은 대답을 못 들을 것 같습니다만 그래도 형식적으로 나마 질문은 해둬야겠군요. 우리에게 협력하시겠습니까?"

"형식적으로나마 얼굴에 침을 뱉어드릴까요?"

"사양하겠습니다. 그러면 다른 부탁을 하겠습니다."

"무슨 부탁입니까?"

"당신을 돌려보내겠습니다. 서 휘리에게 제 말을 전해 주십시오."

서 켈커는 당혹한 시선으로 하리야를 바라보았다.

"몸값 협상이……"

"아니오. 그냥 풀어드리는 겁니다. 그러니 심부름꾼 정도의 일은 해 주시지 않겠습니까?"

서 켈커는 완전히 당황했다. 그는 미심쩍은 눈으로 하리야를 쏘아보았지만 그 얼굴에서 읽어낼 수 있는 것은 거의 없었다.

"당신이 아무리 적이지만 이런 말 정도는 해주는 것이 기사의 예의일 듯하군요. 나를 풀어주는 것은 다시 없이 우둔한 짓입니다. 당신의 적을 이롭게 하는 일입니다."

"나는 그렇게 생각하지 않습니다."

"나를 모욕하는 겁니까?"

"아니오. 당신을 돌려주는 것이 다벨을 이롭게 하는 일이라는 것에는 나 역시 동감입니다. 하지만 나는 그것이 우둔한 일이라고는 생각하지 않습니다. 서 소팔라가 부상을 입었으므로 당신을 돌려보내줘야 다벨에게 좀 공평한 싸움이 되지 않겠습니까?"

서 켈커는 이런 말에 벌컥 화를 내거나 하지는 않았다. 다만 눈살을 찡그린 채 하리야를 바라보았다. 하리야의 말이 단순히 약올리기 위한 말인 것이 분명한 이상 거기에는 신경 쓸 만한 것이 없다. 서 켈커는 하리야가 어떻게 서 소팔라의 부상을 알고 있는가, 그리고 왜 자신을 풀어주는가에 대해 고민했다.

"좋습니다. 당신 스스로 실수했음을 인정하게 해드리지요. 전할 말이라는 것은 뭡니까?"

"첫째. 내일 하루 시간을 줄 테니 이곳에서 떠나길 바란다. 모레 아침에는 공격을 시작하겠다."

"보편적인 전투 신청이군요. 모레 아침에 전투 개시라는 말로 이해해 두겠습니다. 둘째는 뭡니까?"

"넷째까지 있습니다. 적어드릴까요?"

서 켈커는 피식 웃었다.

"괜찮으니 말씀해 보시죠."

"알겠습니다. 둘째, 내가 전에 제시했던 제안은 아직도 유효하다. 그 제안이라는 것이 뭔지 알고 싶다면 서 랜달에게 물어보면 알 수 있을 것이다. 그 조건들을 이행해 준다면 우리는 다벨과 평화롭게 이야기해 볼 용의가 있다. 셋째, 다벨—필마온 협약을 문서로 남겨두지 않는 것은 잘한 일이다. 다벨이 몰락하더라도 필마온 기사단까지 수렁으로 끌어들이지는 않게 될 테니 기사다운 처사로 생각하며 환영한다. 필마온 기사단은 안전하게 그들의 소굴로 돌아갈 수 있으리라. 넷째, 개인적으로 당신의 천사와 재회하게 된 것을 축하한다."

서 켈커는 둘째 조항은 듣자마자 망각해 버렸지만 셋째 조항에서는 움찔했고 넷째 조항에서는 혼란에 빠져버렸다. 비록 서 켈커는 겉으로 드러내지 않으려 애썼지만 뭘 봐야 할지 알고 있었던 하리야는 그 표정들을 남김없이 읽어내었고 그래서 약간 심술궂은 즐거움을 느꼈다. 서 켈커는 의심스럽기 짝이 없다는 시선으로 하리야를 노려보았지만 하리야는 몸을 돌리며 말했다.

"나가시지요. 경의 말을 준비해 두었습니다. 물론 무장은 떠나기 직전에 돌려드리겠습니다."

말에 오른 서 켈커는 옆을 돌아보았고 오닉스 나이트는 묵묵히 그의 검을 건네주었다. 마상에서 검을 받아든 서 켈커는 오닉스를 내려다보다가 칼자루를 살짝 쥐어보았다. 그러자 오닉스는 재빠른 손짓을 보내었다. 서 켈커가 의아한 표정을 지었을 때 옆에 있던 해적 하나가 그 손짓을 설명해 주었다.

"오닉스 선장님께서는 경에게 나가거든 마음대로 해도 좋으나 여기서는 칼을 뽑지 말라고 하셨습니다. 기사의 예의를 생각하라고도 하셨고요."

서 켈커는 빙긋 웃으며 오닉스의 마스크를 향해 말했다.

"혹시 땜질이라도 해뒀을까 봐 그런 거요. 무장을 돌려준다는 것에 좀 놀랐거든."

오닉스는 '뭣하러? 그런 장난을 칠 바에는 아예 돌려주지 않는다'에 해당하는 손짓을 보내었고 옆에 있던 해적이 그 손짓을 말로 번역했다. 서 켈커는 고개를 약간 숙여보였다.

"옳은 말이군. 실례했소."

서 켈커는 검을 허리에 찼고 그러자 오닉스는 그의 창도 돌려주었다. 창을 받아든 서 켈커는 예의 있게 그것을 거꾸로 들며 앞을 보았다.

둔중한 소리와 함께 성문이 열렸다.

서 켈커는 다시 옆을 보았지만 오닉스나 주위의 해적들 모두 아무 말이 없었다. 서 켈커는 어정쩡한 기분을 느끼며 창대로 말의 엉덩이를 두드렸다. 그가 성문을 빠져나올 때까지 아무도 말을 하거나 제지하지 않았고, 그래서 밖으로 나온 서 켈커는 자신이 혹 여전히 감방 안에 누워 있으며 이것은 꿈이 아닐까 하는 생각까지도 해보았다.

하지만 그렇게 믿기엔 너무 실감 넘치는 현실이었다. 서 켈커는 망상을 뿌리치고는 혹여나 있을지 모를 화살 공격을 피하기 위해—그럴 가능성은 거의 없다고 생각했지만—빠르게 말을 달렸다. 성벽이 삽시간에 멀어지며 어느새 서 켈커는 어두운 숲속으로 들어서게 되었다. 서 켈커는 그제야 랜턴이라도 하나 달랄걸 하는 후회를 하며 말의 속도를 늦추었다.

밤하늘의 날씨는 맑았다. 하지만 달은 이미 저문 시각이었고 그래서 주위는 어두웠다. 그나마 약한 조명이 되어주던 별빛도 숲속에서는 아무 도움이 되지 않았다. 다만 길 옆의 덤불에서 들려오는 귀뚜라미 소리와 바람 소리가 있어 외롭지는 않았다. 서 켈커는 고삐를 헐겁게 잡으며 느긋하게 말을 몰았다. 그리고 그는 생각에 잠겼다.

'하리야는 왜 내통자가 있다는 것을 과시하는 듯한 말을 한 걸까.'

서 켈커는 갈피를 잡기 어려웠다. 내통자가 있다면 숨겨야 할 것이다. 만일 우리를 혼란에 빠뜨리려 가상의 내통자를 꾸며대는 것이라면 그가 말한 정보들이 너무 뚜렷하다. 서 켈커는 다벨—필마온 협약에 대해서는 알지 못했고 천사라는 말이 무엇을 의미하는지는 더욱 짐작되지 않았지만, 그것은 휘리에게 물어보기만 하면 당장 판명될 이야기이므로 거짓이라고는 생각하기 어려웠다…… 생각을 계속하던 켈커는 갑작스러운 익숙함을 느꼈다. 서 켈커는 추억의 갈피를 더듬어보았다.

'천사. 천사라고?'

서 켈커에게도 그렇게 부르는 사람이 있었다. 실제로 입밖에 내어 그렇게 부른 적은 한번도 없었지만 마음속으로는 항상 그렇게 불렀었다.

그리고 지금은 분명히 천사가 되었으리라 믿고 있다.

'아밀리아.'

서 켈커는 레갈루스 주재 다벨 대사관의 무관이었던 적이 있다. 그것은 대외적인 직책일 뿐 실제로 그는 강철의 레이디의 제조법에 관한 비밀을 캐내기 위해 파견된 첩자였다. 끝내 그 극비 중의 극비는 알아내지 못했지만 대신 켈커는 레갈루스에서 그만의 보물을 찾아낼 수 있었다. 다벨의 그의 전우들은 모두 이 과묵한 동료가 레갈루스에서 가져온 보물에 대해 축하를 보내기보다는 우려를 느꼈다. 하지만 켈커는 조용히 미소만 지을 뿐이었다.

그와 아밀리아는 겨우 2개월 정도만 함께 있을 수 있었다. 켈커는 아직도 정확하게 기억하고 있다.

'88일이었지.'

그리고 아밀리아는 다른 남자의 아이를 낳다가 죽었다. 켈커는 아내가 임신한 상태라는 것을 알고 결혼했었기에 놀라지는 않았다. 대신 깊은 슬픔 속에서, 켈커는 그 남자를 찾아내어 죽일 것을 조용히 서원하려 했다. 하지만 그 서원은 끝내 이루어지지 않았다. 켈커는 아밀리아가 낳은 아기도 사랑하려 했다. 그렇다면 아밀리아가 사랑했던 남자 또한 사랑할 수 있을 것이다. 켈커는 그것이 아밀리아의 뜻일 거라 믿었다.

그 이후로 그는 바뀐 것이 없는 듯했다. 원래 여인에게 별 관심이 없었던 켈커는 유일하게 사랑했던 여인이 죽고 나서는 여자에 대한 관심을 모조리 잃었다. 그의 고요함과 성실성은 원래 그의 특징이라 할 만한 것이기에 전우들은 그에게서 달라진 모습을 보지 못했다. 하지만 그 이

후 켈커는 매일밤 잠들기 전 두 개의 문장을 말하는 버릇이 생겼다.

'주여. 일생 동안 겨우 88일이라니오.'

그리고 켈커는 곧이어 말하는 것이다.

'주여. 저에게 88일이나 되는 행복한 시간을 주신 것에 감사드립니다.'

켈커는 어두운 숲을 바라보며 아밀리아의 얼굴과 그 행동을 떠올렸다. 그녀는 겁이 많았고 그처럼 고요한 성격이었다. 켈커는 그녀의 주위에 감도는 그 고요함에 매혹되었다. 그녀가 유일하게 목소리를 약간이라도 돋우는 것은 아미라고 불렸을 때뿐이었다. 그녀는 그 애칭을 싫어했다.

뭔가가 앞에 있었다.

"누구냐?"

켈커는 창을 똑바로 고쳐잡아 앞으로 내밀며 삼엄하게 외쳤다. 그러나 돌아온 것은 반가워하는 외침이었다.

"서 켈커! 탈출한 건가?"

"자작님이십니까?"

갑자기 불빛이 확 피어올랐다. 켈커는 랜턴의 가리개가 치워졌다는 것을 깨달았다. 그리고 랜턴을 높이 들어올리고 있는 것은 바로 휘리 노이에스였다. 휘리는 그처럼 말에 타고 있었고 혼자였다. 그는 반가워하는 얼굴로 말에서 내렸고, 켈커 역시 말에서 내려 휘리에게 다가갔다.

휘리는 켈커의 팔을 붙잡으며 놀라워했다. 켈커는 미소 지으며 말했다.

"자작님께서 이곳에 어떻게 홀로 계신 겁니까?"

"응? 아아, 나는 필마온 기사단과 회담을 나누다가 진지로 돌아가는

길이었어. 그런데 멀리서 말발굽 소리와 갑옷 소리 같은 것이 들려오던
걸. 그래서 불빛을 죽이고 바라보고 있었지. 그런데 맙소사, 도대체 어떻
게 탈출한 거지?"

"심려 끼쳐드려 죄송합니다. 그리고 저는 탈출한 것이 아닙니다."

"뭐? 아니라니?"

"그들이 그냥 보내줬습니다."

서 켈커는 휘리에게서 랜턴을 받아든 다음 자신이 겪은 일을 간략하
고 정확하게 전달했다. 이야기 도중 휘리는 몇 번이나 끼어들려 했지만
끝까지 꾹 참은 채 켈커의 이야기를 다 들었다. 그러고는 고개를 끄덕이
며 말했다.

"일단 진지로 돌아가자, 서 켈커."

"알겠습니다."

서 켈커는 랜턴을 높이 들며 불빛이 생겨서 다행이라고 생각했다. 그
리고 휘리는 그 옆을 함께 걸으며 깊은 생각에 빠졌다.

멀리 진지의 불빛이 보일 무렵, 휘리는 갑작스럽게 말했다.

"모레 아침이라고 했나?"

"그렇습니다."

"그거 안됐군."

"무슨 말씀이십니까, 자작님?"

"폴라리스는 내일 끝나거든."

서 켈커는 주춤하며 휘리를 돌아보았다. 휘리는 싱긋 웃으며 말했다.

"필마온 기사단과는 이야기를 다 끝내고 돌아왔다. 우리는 내일 밀

물시, 그러니까 제4시를 기해 폴라리스를 공격할 거다. 그러니 자네가 말해 준 대로 자넬 돌려보낸 건 실수야. 공격 바로 전날 자네를 돌려보내다니."

"죄송합니다만 필마온 기사단과는 어떤 협약을 하신 건지 여쭤봐도 되겠습니까?"

"우리는 폴라리스를, 그리고 그들은 노스윈드의 모든 전함과 보물을 가지기로 했지."

서 켈커는 고개를 갸웃하며 말했다.

"자작님. 우리 손해가 더 큽니다. 폴라리스는 물론 훌륭한 무역항이 었지만 각국은 이제 우리와의 무역을 달가워하지 않으므로 그건 별 소용 없는 특색입니다. 무역항의 특색을 제외한다면 폴라리스에는 남는 것이 없습니다. 땅이 넓은 것도 아니고 무슨 자원이나 수확이 많은 것도 아닌, 별 쓸모 없는 땅입니다. 하지만 노스윈드의 함대는 제국의 공적 제1호라 불릴 만큼 최강의 함대입니다."

"자네 말이 맞아, 서 켈커. 그리고 그래야 해."

"예?"

"노스윈드 함대가 제국 제일의 함대여야 한다고. 그래야 필마온 기사단을 쓸어버릴 수 있겠지."

켈커는 놀라워하는 눈으로 휘리를 물끄러미 바라보았다. 하지만 막상 그의 입이 열렸을 때 그의 대답은 간략했다.

"알겠습니다."

용기병의 지휘관 서 퀵핸드는 다림 수도원장 조슈아 신부를 향해 어리둥절한 시선을 보내었다.

　"그게 무슨 말씀입니까?"

　"나도 차분히 생각해 볼 여유는 없었습니다."

　"저, 이런 말씀 드리는 것을 용서하시기 바랍니다, 신부님. 전임 수도원장께서는 분명히……"

　"도리언 원장님은 분명히 그 해적들에게 살해되었소. 그리고 나는 주님께 맹세코 그 복수를 하려고 없는 말을 지어내는 것이 절대로 아닙니다. 그것은 순종의 서약에 위배되는 일이지요."

　서 퀵핸드는 고개를 조아렸다.

　"죄송합니다. 하지만 제가 받았던 명령과 달라도 너무 다릅니다."

　"새 명령이 왔습니다."

　조슈아 원장은 굳은 얼굴로 품속에서 서신을 꺼내었다. 서 퀵핸드는 고개를 갸웃하다가 그 서신을 집어들었고 조슈아 원장은 그 동안에도 설명을 계속했다.

　"당신들의 속도가 너무 빠르기 때문에 전령이 당신들을 따라잡지 못했던 거요. 물론 용기병은 최단시간 내에 작전을 끝내야 하니 그것을 힐난할 수야 없겠지만. 어쨌든 그 전령은 목숨을 걸고 달려왔고 당신들이 그 해적들과 함께 있다는 것을 알고는 서신을 나에게 전했소. 똑똑한 젊은이였고, 그래서 사태가 돌이킬 수 없게 되기 전에 경을 여기로 불러올 수 있게 되었지."

서 퀵핸드는 고개를 끄덕이며 서신을 읽었다. 차분한 얼굴로 읽기 시작했던 퀵핸드는, 그러나 곧 눈을 크게 뜨고 정신없이 그것을 읽어내렸다. 두 번이나 서신을 읽었던 퀵핸드는 몸을 떨며 신음을 토했다.

"맙소사……"

"성하의 서신이 확실하지요?"

서 퀵핸드는 서신을 내려놓으며 고개를 가로저었다.

"예, 그렇군요. 그렇다면 이 말은……"

조슈아 원장은 노한 얼굴로 말했다.

"나 또한 그들에게서 악마의 분위기를 느끼고 있었소. 그 파렴치한 것들은 감히 악마의 상징을 선장으로 모시고 이 도시에서는 성직자를 살해했소. 게다가 저 흰 서펜트나 요괴의 노래 같은 노랫소리들이라니! 경이 만약 내가 있었던 기간 동안 여기 있었다면 지금 내가 그 말씀들을 믿는 것만큼이나 믿게 되실 거요."

"저, 그러니까 저는 악마어는 모릅니다. 혹 아십니까?"

"나 또한 자세히는 모르지만 악마어라는 건 사실 엘핀의 약간 변형된 형태요. 그리고 귀공도 아시겠지만 핸솔 추기경은 훌륭한 학자며 엘핀의 대가시지요. 그분께서 로스왈로의 추측을 확인하셨으니 그것은 확실할 겁니다."

그리고 조슈아 원장은 서 퀵핸드가 내려놓은 서신에서 문제의 지점을 노려보며 말했다.

"야만인의 카드점에서 알카나라는 것이 있소."

"예, 저, 면구스럽습니다만 저도 그 점을 본 적이 있습니다."

"그러면 아시겠군. 그 알카나라는 이름은 엘핀어 아카나에서 유래된 거요. 아카나의 원래 뜻은 조커. 그리고 세야는 황금. 따라서 세야의 아카나는 황금의 조커를 의미하오."

카밀카르 함대는 폴라리스의 남쪽 해안으로 꽤나 먼 곳에 떠 있었다. 보통 이 정도의 거리에서는 지휘관도 느긋해지는 법이지만 흰 서펜트의 활동을 보게 된 데아첵 제독은 이 밤중에도 빈틈없는 경계 활동을 요구했다. 밤바다에서의 척후 활동이 쉽지는 않았지만 그 서펜트의 독특한 흰색은 이 경우 도움이 될 것이라는 것이 제독의 판단이었고, 그래서 카밀카르의 함대의 모든 감시대 위에서는 병사들이 삼엄한 눈으로 주위를 경계하고 있었다.

기함 스톰라이더의 감시대 위에도 역시 감시원들이 배치되어 있었다. 그러나 그들은 다른 배의 감시원들보다 월등히 고생스러워하고 있었다. 병사의 의무와 남성의 본능이 동시에 그들의 어깨를 짓누르고 있었기 때문이다. 그들은 참으로 딱한 모습으로 목례를 계속하고 있었는데, 결코 누군가에게 인사를 보내기 위한 것은 아니었다. 그들은 절망적인 심정으로 차라리 갑판 위에 있는 율리아나 공주가 빨리 배 안으로 들어가 줬으면 하고 바라고 있었다.

스톰라이더의 감시원들을 그런 곤경에 빠뜨리고 있던 율리아나 공주는 그때 북쪽을 향한 뱃전에 서서 앞을 바라보고 있었다. 멀리 폴라리스의 불빛이 가늘게 비치고 있었고 그 위쪽으로는 북극성이 찬연하게 빛나고 있었다.

율리아나는 두 개의 폴라리스를 동시에 보고 있었다.

율리아나는 폴라리스라는 이름이 그렇게까지 우스운 것은 아니라고 생각했다. 다림이 최남단에 있다는 것은 오직 육지인들의 관점에서 그럴 뿐이다. 남해를 오가는 뱃사람에게 다림은 어디까지나 북쪽에 있는 것이다. 이렇게 바다에 떠서 보고 있을 때, 다림은 북극성의 빛 바로 아래에서 빛나고 있었다.

율리아나는 나직하게 속삭였다.

"난, 혜성이에요."

"예?"

그녀의 등뒤에서 오스발의 반문이 돌아왔지만 율리아나는 밤바다를 보며 말했다.

"나는 떠돌이별이지요. 기억나나요? 테리얼레이드에서였지요. 세실은 나와 당신에게 목적이 뭐냐고 묻는 대신 어떤 별을 좇고 있느냐고 말했어요. 그녀는 역시 마법사군요."

율리아나는 뱃전 너머로 불어오는 바람을 향해 가슴을 내밀었다.

"나는 집을 잃고 방황하는 별이에요. 길게 꼬리를 끌며 정신없이 날아다니지만 멈춰 설 수는 없어요. 미노에서 다림으로, 그리고 다림에서 대륙을 가로질러 라트랑으로, 다시 바다를 넘어 카밀카르로. 하지만 거기서도 멈추지 못한 나는 마침내 이곳으로 왔어요. 밤, 떠돌이별이 가장

부러워하는 것은 뭘까요?"

"고정된 별인가요?"

"폴라리스."

가슴을 펼쳤던 율리아나는 다시 어깨를 움츠렸다. 가을의 바닷바람은 차가웠다.

"하늘의 모든 별 중 움직이지 않는 단 하나의 별. 태양과 달마저도 뜨고 지지만 북극성은 움직이지 않아요. 저 아름다운 멜바골조차도 당긴 활을 어쩔 줄 몰라하는 모습으로 밤하늘을 숨가쁘게 달려가지만 북극성만은 그러지 않아요. 이곳이 다림이었을 때 나는 떠나버렸지만……나는 처음부터 이곳으로 돌아오게 되어 있었나 보군요. 내가 좇고 있는 것은 움직이지 않는 하나의 별이지요. 어떤 흐름에도 휩쓸리지 않는 자유로운 별. 휩쓸려 비명 지르지만 휩쓸리지 않으면 더 불안해하는 모든 얼간이들 가운데 홀로 자유를 즐기는……"

율리아나는 오른손으로 왼팔을 감싸안으며 고개를 가로저었다.

"몰라요. 나는 바보가 되었어요."

문득 율리아나는 무엇인가가 그녀의 목 뒤를 간지럽힌다는 것을 깨달았다. 흠칫한 율리아나는, 그러나 곧 그것이 전에도 한번 느껴본 감각이라는 것을 깨달았다.

팔라레온의 밀밭에서처럼.

그녀의 등뒤에 있던 오스발이 그녀에게 숄을 덮어주고 있었다. 율리아나는 고개를 옆으로 기울여 까끌까끌한 숄 위에 볼을 문질렀다. 오스발은 공주의 어깨 위로 숄자락을 정돈해 주고는 손을 치우려 했다. 그

때 공주의 왼손이 뻗어와 오스발의 오른손을 붙잡았다.

율리아나는 오스발의 오른손을 자신의 오른쪽 어깨 위에 누른 채 가만히 서 있었다.

감시원들은 아무것도 보지 못했다.

오스발은 공주에게 자신의 손을 내맡긴 모습으로 공주의 머리카락을 내려다보았다. 공주는 오스발의 손을 자신의 어깨 위에 세게 누르며 말했다.

"발."

"예."

"이 숄, 가지고 나왔나요?"

"예. 그렇습니다."

"날씨가 싸늘하니까?"

"예."

"당신은 숄을 가지고 나오지 않았어요."

오스발은 대답하지 않았다.

"피나드 부인의 농장에서 당신은 지금처럼 나에게 숄을 둘러주었지요."

"기억합니다."

"예. 하지만 당신이 자고 있던 별채는 원래 쓰지 않는 텅 빈 건물이었어요. 피나드 부인은 하인들을 다 해고했으니까요. 따라서 그곳에는 당신이 그때 나에게 둘러준 것 같은 깨끗한 숄은 있을 수 없지요."

오스발은 대답하지 않았다.

"취한 상태에서 보았고 그래서 꿈이라고 생각한 모습이 있었지요."

"무슨 모습입니까?"

"우리가 마차에 숨어서 저 도시를 떠나던 날, 당신과 바탈리언 남작은 취한 나를 안에 앉히고 나란히 마부석에 앉아 있었지요."

"그랬습니다."

"나는 누군가가 '병신!'이라고 외치는 소리에 잠을 깼어요. 그건 남작의 목소리였지요. 난 창문 사이로 밖을 훔쳐보았지요. 바탈리언 남작은 무슨 말 끝에 괴로워하며 우필을 꺾어 마차 옆으로 팽개쳤죠."

"기억합니다."

"그리고 잠시 후 당신은 남작님에게 우필을 건네었지요."

오스발은 대답하지 않았다.

"라트라인의 그 언덕 위에서 대드래곤이 나타났을 때, 모두가 대드래곤을 바라보고 있을 때 당신은 서 레빌의 검으로 우리를 묶고 있었던 밧줄을 끊었지요."

"예."

"하지만 지금 생각해 보니 라오코네스가 우리 머리 위를 뒤덮기 직전 당신이 멀리 떨어져 있던 그 검을 보기 위해 고개를 돌렸던 것이 기억나요. 그 검은 우리에게서 꽤 떨어진 곳에 있었지요."

오스발은 대답하지 않았다.

"발."

"예."

"카밀궁에서, 나는 당신에게 부탁했던 적이 있지요."

"어떤 부탁 말씀입니까?"

"태풍을 치워달라고 했어요."

"기억합니다."

"뭐라고 대답했지요?"

"명령이신지 여쭤봤습니다."

율리아나는 오스발의 손을 밀어내려 했지만 그녀의 손은 오히려 그 손을 더 세게 움켜쥐고 있었다. 율리아나의 눈에는 어느새 눈물이 고여 흘러내리고 있었다. 율리아나는 떨리는 입술을 꼭 깨물었다가 겨우 쉰 목소리로 말했다.

"그게 명령이었다면, 당신은 어쩔 생각이었지요?"

오스발은 대답하지 않았다. 율리아나는 오스발의 오른손을 끌어당겼다. 오스발로 하여금 자신의 목을 두르게 한 율리아나는 뒤로 한 발자국 물러났다. 바르르 떨리는 몸을 오스발의 품에 기대어놓고서, 율리아나는 울먹이며 말했다.

"지금 아무도 우리를 안 보고 있지요?"

"예."

"어떻게……? 이 배에만도 세 명. 그리고 다른 배에서도 많은 감시원들이 눈을 빛내며 밤바다를 감시하고 있는데…… 발, 대답해 줘요. 만약 그게 명령이었다면, 당신은 어쩔 생각이었지요?"

"공주님은 바보가 아닙니다."

율리아나가 원하던 대답은 아니었다. 하지만 율리아나는 푸근한 기분을 느꼈고 그래서 눈물을 흘리면서도 빙긋 웃었다. 오스발은 오른팔로 율리아나를 끌어안은 채 나직하게 말했다.

"공주님께서 움직이지 않기에 오히려 자유로운 별의 꿈을 꾸는 것은 절대로 바보 같은 일이 아닙니다."

"별은 있나요?"

"있습니다."

"당신인가요?"

오스발은 대답하지 않았다.

제22장
세상의 주인

굼실 떠오른 태양이 노련한 무사처럼 그 햇살을 휘두르자, 아침은 이미 돌이킬 수 없는 것이 되어 수평선 이쪽을 덮어 나갔다. 바다를 가로질러 뱃전을 넘은 햇살은 조그마한 소녀의 속눈썹에도 내려앉았다. 소녀는 간지럽다는 듯이 눈살을 찡그렸다가 눈꺼풀을 들어올렸고 그러자 그녀의 속눈썹에 내려앉았던 햇살이 투명하게 부서졌다.

벨로린은 눈을 떴다.

그녀는 알버트 선장의 발치에 쓰러져 있었다. 울다 지친 그녀의 볼은 핼쓱해져 있었고 마구 흩어진 머리카락은 볼과 목에 찰싹 달라붙어 있었다. 벨로린은 갑판을 짚으며 힘겹게 상체를 일으켰다. 똑바로 앉은 벨로린은 머리카락을 뒤로 쓸어넘기고는 주위를 둘러보았다.

다른 배들의 아침 활동은 이미 끝나고 있었다. 가을이라 아침은 늦고 그래서 선원들은 해가 뜨기도 전에 이미 아침 식사를 마치고 삭구를 돌보거나 무장을 가다듬거나 하고 있었다. 항구 바깥쪽에 두 개 함대가 도사리고 있었으므로 그들의 면면에 긴장감이 감돌지 않은 것은 아니지만 늘상 하는 일을 붙잡은 그 손은 느릿하면서도 정교하게 움직이고 있었다. 낮은 태양 때문에 그림자들은 길게길게 늘어져 있었고 그런 그림자들의 숲 속에서 그들의 모습은 먼 시간 속의 다른 생물들처럼 보였다.

벨로린은 멍한 얼굴로 항구의 아침을 둘러보았다.

벨로린은 그림자져 검은 돛대를 오르고 있는 하얀 사람을 보았다. 그리고 벨로린은 입에 못을 문 채 무언가를 못질하는 선원을 보았다. 옆에서 비추고 있는 햇살 때문에 그들은 불가마 속의 질그릇처럼 보였다. 벨로린은 마지막으로 태양을 바라보았다.

눈이 부셨다. 벨로린은 눈을 깜빡여 눈물을 짜내었다. 그러나 눈물은 계속 흘러내렸다. 벨로린은 소리없이 울며 입매에는 함뿍 미소를 담았다.

'그들은 동정받을 만한 생물이야.'

벨로린은 몸을 돌려 알버트 선장을 바라보았다. 이 아침 속에 흩뿌려진 그림자들은 알버트 선장의 몸 위에서 감출 것을 감추고 드러낼 것을 드러내어 그의 모습을 섬뜩한 시체에서 돛대에 기댄 채 일광욕을 하는 노선장의 모습으로 바꿔놓았다. 벨로린은 알버트 선장을 바라보며 다시 웃었다.

"안녕, 알버트."

안녕. 벨로린.

대답은 그녀 자신이 떠올리는 것이었지만 벨로린에게는 아무 상관 없었다. 벨로린은 마치 견습 선원이 된 것처럼 똑바로 일어서서 경례를 붙이며 말했다.

"좋은 아침이군요. 선장님. 햇살이 참 곱죠?"

모든 밤은 빛나는 여명을 약속하지.

"예. 선장님. 당신들에게도 여명은 찾아올 거예요."

가장 어두워 새벽을 잉태할 만한 밤이 우리에게 찾아온다면.

"올 거예요. 선장님. 아직 셋 남아 있어요."

그들에게 너무 과한 것을 바라서는 안 된다. 보이. 그들의 선택이 무엇이든 우리는 아쉬워할지언정 탓해서도 안 되고.

벨로린의 상상 속에서 알버트 선장은 견습 선원에게 말하듯 엄격하면서도 자상하게 말하고 있었다. 그리고 보이(견습 선원)라는 말을 들은 벨로린은 활짝 미소 지었다.

"저는 소년이 아닌데요. 선장님?"

어흠. 호칭에 약간 문제가 있군. 하지만 선장님이 보이라면 보이인 거야.

"잘 알겠습니다, 선장님!"

벨로린은 다시 경례를 붙이며 기운차게 몸을 돌렸다. 부두 쪽을 보게 된 벨로린은 순간 고개를 갸웃했다.

부두는 꽤 소란스러웠다. 그리고 그것은 부두에 늘상 있는 종류의 소란은 아니었다. 사람들은 서로 부딪혀 으르렁거리고 멱살잡이라도 하겠다는 듯이 험악한 얼굴로 서로를 쏘아보곤 했다. 그 소란을 바라보던 벨로린은 그것이 몇십 명의 사내들이 야기하고 있는 소란임을 깨달았다. 입을 꾹 다문 채, 하지만 무리지어 움직이고 있는 사내들은 군항 쪽을 향해 무턱대고 걸어오고 있었다. 한결같이 망토를 단단히 조이고 거기에 후드까지 덮어쓴 모습이었다. 벨로린은 의아한 심정으로 그들이 누군가 생각했다.

곧 답을 알 수 있었고, 그래서 벨로린의 얼굴은 하얗게 질렸다.

벨로린은 재빨리 몸을 돌려 질풍호를 바라보았다. 질풍호의 갑판 위에서도 선원들이 한가로이 오가고 있었고 그 모습을 본 벨로린은 곧 고함을 지르려 했다. 그러나 입을 벌리기 직전, 벨로린은 가까스로 말을 삼킨 다음 뱃전을 향해 달려갔다. 그러고는 질풍호를 향해 황급히 손을 휘저었다.

스우는 아침 식사 후의 노곤함을 이기지 못해 기지개를 켜고 있었다. 스우는 근엄하고 엄숙한 자들이 벌이고 있는 복잡한 게임들에 대해서는 한번도 관심을 가져본 적이 없었고 그 사실에 대해 안타깝게 여긴 적도 없다. 스우의 주된 관심사는 세끼 식사를 제때 먹을 수 있느냐에 쏠려 있었고 죽기 직전까지만 그것이 보장된다면 죽음 자체에 대해서는 별로 불평하지 않을 생각이었다. 어쨌든 그 역시 죽음 바로 위에 널빤지를 깐 채 평생을 살아가는 수부인 데다가 거기에 덧붙여 교수대와 너나 하는 사이인 해적이었으므로. 그러나 운명의 수레바퀴는 그 순간 스우라는 이 단순한 인물에게 상당히 흥미로운 임무를 던져주기로 결정하고 있었다.

문득 이상한 느낌을 받은 스우는 옆을 돌아보았다. 죽 움직이던 시선이 물수리호에 도달했고 그리고 거기서 멈췄다. 스우는 눈살을 잔뜩 찡그린 채 물수리호를 직시했다. 아직 말도 한 번 못 붙여본 검은 소녀—스우는 어쨌든 소심한 인물이었다—가 그를 향해 '오닉스식' 손짓을 보내고 있었다.

'어라, 저 꼬마가 저걸 언제 익혔지?'

스우는 놀라워하며 그 손짓을 해석했다. 손짓은 정확했고 문장은 완벽했다. 해석을 마친 스우는 잠시 얼어붙었다. 그러나 곧 스우는 튕기듯 몸을 돌려 주승강구를 뛰어내려갔다. (그리고 그것으로 운명이 스우에게 던져준 임무는 끝났다.)

잠시 후 갑판으로 뛰어올라온 트로포스 선장은 곧 매서운 눈으로 물수리호를 바라보았다. 조금 전 스우가 보았던 손짓이 반복되었고 트로포스는 거기에 대한 질문을 손짓에 담아 보내었다. 흥분한, 그리고 서두르는 손짓이 돌아왔고 트로포스는 부두 쪽을 바라보았다. 트로포스는 얼굴을 찡그리며 낮게 외쳤다.

"노예장! 최고 전투 속도!"

사태는 급했고 그래서 트로포스는 노예장에게 직접 외치며 타륜을 향해 달려갔다. 당황한 선원들을 향해 트로포스는 다급하게 외쳤다.

"전투 준비! 전투 준비—!"

부두 쪽에서는 서 퀵핸드가 이를 갈며 후드를 확 젖혔다. 질풍호에 갑작스러운 소요가 일어났다 싶은 순간 그 노가 일제히 움직이기 시작했다. 롱 갤리어스의 전투 속도 돌입은 범선이나 다른 배와는 비교가 안 된다. 서 퀵핸드는 망설일 필요가 없다고 판단했다. 거리가 아직 멀지만 움직이게 되면 더 곤란해진다.

"사격 준비—!"

그의 주위에 있던 수십 명의 기사들은 일제히 바다 쪽을 향해 달려갔다. 아침 거리를 오가던 시민들이 당혹한 눈으로 바라보는 가운데 부두 끝에 도달한 기사들은 한쪽 무릎을 꿇었고 그들의 망토가 일제히 등뒤로 넘겨졌다. 그리고 망토 아래에서는 핸드건을 쥔 손들이 뻗어나와 바다를 겨냥했다.

고막을 날려버릴 듯한 굉음이 부두의 아침을 갈가리 찢어놓았다.

하리야는 책상에서 벌떡 일어나 창가로 달려갔다. 수평선을 바라본 하리야는, 그러나 자신의 짐작이 틀렸음을 깨달았다. 필마온 기사단이나 카밀카르 함대가 공격을 시작한 것은 아니었다. 하리야는 어이없는 표정으로 부두 쪽을 바라보았다. 그리고 그의 눈에 급격한 전투 기동을 하고 있는 질풍호의 모습이 들어왔다.

'왜 저러는 거지? 혹시 반란이라도 일어난 건가?'

하리야는 사태를 알아보기 위해 문 쪽으로 달려가려 했다. 그러나 몸을 돌리기 직전 하리야는 한층 더 이상한 모습을 목격했다. 폴라리스 청사로 통하는 대로가 소란스러워지고 있었다. 하리야는 눈을 흡뜬 채 대로를 바라보았고 잠시 후 한 무리의 기사들이 달려오는 모습을 발견

했다. 하리야는 그들이 용기병임을 깨닫고는 크게 놀랐지만 그의 경악은
아직 이른 것이었다.

포석을 요란하게 두드리며 광장에 도달한 용기병들은 달리는 것을
멈추지 않은 채 핸드건을 뽑아들었다. 하리야는 뭔가 생각해 보기도 전
에 바닥으로 몸을 날렸고 바로 그 순간 용기병들의 사격이 시작되었다.

강렬한 폭음이 하리야를 강타했다. 하지만 이상하게도 충격은 전해
지지 않았다. 만약 용기병들이 건물을 사격하고 있다면 바닥에 엎드린
하리야에게는 그 충격이 전달되었어야 한다.

'이 녀석들이 하늘을 쏘고 있나?'

하리야는 의문을 잠시 접어둔 채 주위를 둘러보며 무장을 찾았다.
바깥에 몇 배나 되는 적이 와 있는 이런 상황에서 폴라리스 수뇌부가
마비된다는 것은 그대로 폴라리스의 멸망을 의미한다.

'일단 탈출해야 한다.'

그때 바깥쪽에서 가해지던 사격이 멈췄다. 그리고 준엄한 목소리가
들려왔다.

"건물 내의 사람들에게 고한다. 바깥으로 나오는 사람은 누구를 막
론하고 예고 없이 공격하겠다. 그러나 안에 얌전히 있는 것은 용인되며,
우리는 그대들이 그렇게 하기를 바란다. 이 요구 조건을 성실히 수행한
다면 그대들에게 더 이상의 피해는 절대 없을 것이며 현 상황 또한 빠
르게 종결될 것이다."

하리야는 그 명령이 재미있다고 생각했다. 바깥의 용기병은 '건물 내
의 모든 사람'이라고 표현했을 뿐 '폴라리스의 수뇌진'이라고는 말하지

않았다. 그리고 자신들에 대해서는 '우리'라고만 표현했다. 비밀 군대다운 화법이라고 생각하며 하리야는 탈출할 방도를 모색했다. 그리고 머리 한구석으로는 계속 생각했다.

'이곳을 마비시켜 놓고서 저놈들이 부두에서 무슨 짓을 하려는 걸까?'

바스톨 장군은 자리에서 벌떡 일어났다. 전시 상황이었으므로 그는 평상시에도 갑옷과 무장을 착용하고 있었고 그래서 장군은 겉으로나마 완전히 준비된 상태에서 밖으로 달려나갈 수 있었다. 물론 정신적으로는 아무런 준비도 되어 있지 않은 상태였지만.

부두 쪽과 정부 청사 쪽에서는 폭음이 연이어 들려왔고 그 상황에서 바스톨 장군은 빠르게 결단을 내렸다. 말을 향해 달려가는 그의 뒤에서 마왕의 고함이 들려왔다.

"장군! 이게 어떻게 된 일입니까?"

고개를 돌린 바스톨 장군은 검을 빼어든 모습으로 달려오고 있는 빌레스 국왕과 서 하빈저를 볼 수 있었다. 바스톨 장군은 말에 오르며 고개를 가로저었다.

"나도 모릅니다. 아무래도 이 재빠른 포성은 용기병의 것인 듯한데 확실하지는 않군요. 나는 일단은 외성 쪽으로 가볼 생각입니다. 다벨군이 준동한다면 그곳에서 상대해야 되니까요. 미안합니다만 서 하빈저에게 명령을 좀 내려도 되겠습니까?"

서 하빈저는 주군을 돌아보았고 마왕은 외치다시피 말했다.

"얼마든지!"

"고맙습니다. 서 하빈저! 당장 서 파르치에게 가서 완전 무장한 상태로 정부 청사 쪽으로 달려가라고 하시오. 제일 목표는 하리야 선장의 구출이고 그 외에는 아무것도 신경 쓸 필요가 없소. 그를 구출한 즉시 페가서스호로 옮기라고 명령하시오. 그곳이 가장 안전하고, 또한 그가 바다 쪽을 맡아줘야 하니까. 나는 일단 오닉스 선장과 함께 다벨군을 경계하겠소. 사후 승인을 받을 테니 일단은 내가 육상 방어를 책임지겠노라고 하리야 선장에게 전하시오."

서 하빈저는 약간 곤혹스러워하는 얼굴로 말했다.

"죄송합니다만 저는 전하를 보호해야 합니다."

"걱정 마시오. 전하께서는 나와 같이 계실 거요. 바스톨 엔도의 이름이면 마왕의 보호자로 충분하겠소?"

서 하빈저로서는 두번 생각할 필요가 없었다.

"충분합니다."

그리고 세 사람은 빠르게 헤어져 달려갔다.

트로포스는 자신이 받아보았던 가장 거친 공격들을 모두 떠올렸다. 그러고는 지금 받고 있는 공격에 비하면 그것들은 모두 별것 아니었다고 생각했다.

부두에 선 용기병들은 질풍호를 향해 빗발처럼 핸드건을 쏘아대고 있었고 그래서 질풍호 주위에서는 장대한 물보라가 끝도 없이 솟구치고 있었다. 다른 배들 모두가 전투 태세에 돌입하고 있었지만 용기병들은 오로지 질풍호만 사격하고 있었다. 핸드건은 어쨌든 포신이 긴 대포보다는 명중률이 떨어진다. 하지만 그 위력만큼은 절대 대포에 뒤지지 않는다. 그리고 재장전이 필요없는 그 공격 속도에 있어서는 대포의 수십 배다. 트로포스는 키를 움켜쥔 채 최대한 빨리 외해 쪽으로 배를 빼내기 위해 애쓰고 있었고 부두의 용기병들은 그를 놓치지 않겠다는 듯이, 그리고 다른 배가 공격을 시작하기 전에 끝내겠다는 듯이 폭포수 같은 포환을 날려보내고 있었다. 명중탄은 차라리 당연하다는 듯이 날아들었다.

콰아앙!

트로포스는 타륜을 놓칠 뻔하다가 간신히 거기에 매달려 쓰러지지 않았다. 절망적으로 올려다본 그의 눈에 중간쯤에서 부러지기 시작하는 돛대의 모습이 가득 들어왔다. 그리고 두 번째, 세 번째 명중탄이 날아들기 시작했다.

"와아아!"

부두에 있던 용기병들은 환호를 질렀지만 서 퀵핸드는 비로소 그의 부하들이 어디를 쏘고 있었는지를 깨닫고는 황당한 얼굴이 되었다. 용기병들은 훌륭한 전사였지만, 그러나 수부는 아니었다. 그래서 눈에 들어오는 가장 그럴 듯한 목표물을 쏘고 있었다. 서 퀵핸드는 노성을 질렀다.

"이런! 키를 쏴! 돛대를 쏴봐야 소용없다. 키를 쏘라고!"

용기병들은 아차 하는 심정으로 포구를 아래로 낮추었다. 트로포스로서는 안타까운 노릇이었지만 서 퀵핸드는 뱃사람 집안의 자손이었다. 질풍호의 키 주변으로 피탄점이 집중되는 것을 본 그랜드머더호의 킬리 선장은 다급하게 외쳤다.

"준비되는 대로 발사! 배신자 놈들, 가루로 만들어버려—!"

서 퀵핸드는 자신들을 향하는 포문을 보며 등허리에 소름이 돋는 것을 느꼈다. 원래 계획대로였다면 이런 어처구니없는 전투는 필요없었을 것이다. 조용히 질풍호에 승선해서 트로포스 선장만을 체포하는 것, 그리고 그를 이단 심판에 넘기는 조건으로 다시 폴라리스에 협조하는 것이 그의 계획이었다. 하지만 전투는 이미 시작되었고 그들은 남해 최강의 함대와 포격전을 벌여야 하는 난처한 지경에 빠져 있었다.

"후퇴—! 건물 뒤로 숨어라!"

서 퀵핸드가 절망적인 심정으로 외친 순간, 그랜드머더호의 포수들은 단심에 불을 당겼다.

벽에 기대어앉아 창문 밖을 훔쳐보고 있던 하리야 선장은 지금껏 들려오던 포성을 압도하는 굉음에 헛바람을 삼켰다. 앞바다 쪽을 바라본 하리야는 그랜드머더호에서 피어오르는 포연을 보며 아연해하는 얼굴이 되었다.

'맙소사, 쐈구나!'

현장을 보지 않아도 하리야는 대충 짐작할 수 있었다. 그랜드머더호는 가까운 거리에 있는 용기병들에게 직사탄을 날렸을 것이다. 부두의 소름 끼치는 광경을 연상하던 하리야 선장은 청사 바로 앞에 있던 용기병들을 재빨리 훔쳐보았다. 그들 역시도 이 무지막지한 포성에 당황하여 부두 쪽을 돌아보거나 서로 불안한 얼굴로 수군거리거나 했다. 하리야는 조금 전 찾아든 검을 불끈 쥐며 몸을 돌렸다. 탈출하려면 지금뿐이다.

그러나 바로 그때 청사 밖의 용기병들 또한 다급한 판단을 내리고 있었다. 항구 쪽에서 수상한 조짐이 보이고 있는 이상 폴라리스 수뇌진을 체포해 둘 필요가 있다고 판단한 분견대 지휘관은 급히 명령을 내렸다.

"서 스컬칩! 서 본헤드! 서 아이언립! 즉각 청사 내로 돌격하여 요인들을 억류하라! 제일 목표는 하리야 헌처크 평의회 의장이다!"

살벌하다기보다는 난처한 웃음을 짓게 만드는 별명의 용기병들은, 그러나 진지한 표정으로 정문을 겨냥했다. 세 명의 용기병들이 방아쇠를 당긴 순간 꽹음과 함께 문짝은 흔적도 없이 사라졌고 그들은 말에 탄 채 청사 안으로 뛰어들었다. 그리고 바깥의 용기병들은 청사 주위에 대한 경계에 들어갔다.

계단에 도달한 하리야 선장은 아래쪽에서 들려오는 말발굽 소리에 움찔했다. 그와 동시에 비명이 들려왔다. 아마도 남들보다 일찍 출근했다가 뜻밖의 사태에 지금껏 숨죽이고 있던 자들일 것이다. 용기병들이 청사 내로 들어온 것을 깨달은 하리야는 검을 고쳐 쥐며 통로의 창문들을 살폈다. 하지만 바깥의 용기병들은 청사를 완전히 포위하고 있었다. 그때 누군가가 그의 어깨를 붙잡았다.

하리야는 뜻모를 소리를 내지르며 검을 뒤로 휘둘렀다. 그러나 그 검은 배틀엑스의 넓은 날에 가로막혔고 그 도끼 뒤에는 익숙한 마스크가 그를 노려보고 있었다.

"오닉스 선장?"

'누구 목을 날리려는 거야, 하리야 선장'에 해당하는 손짓이 돌아왔다. 하리야는 황급히 검을 치우며 말했다.

"자네 외성 쪽에 있지 않았나? 제길. 놈들에게 선장을 둘이나 내어주게 생겼군."

마스크 아래의 표정이 어떨지야 알 수 없지만 일단 그 마스크는 무덤덤하게 창문 밖을 훔쳐보았다. 청사가 완전히 포위되어 있다는 것을 안 오닉스는 별 당혹하는 기색도 없이 곧장 층계 쪽으로 걸어갔다. 아래를 흘끔 훔쳐본 오닉스는 하리야에게 손을 흔들었다.

'들어온 것은 셋이다. 어떻게 되겠군.'

"어떻게?"

언제나 그랬듯이 오닉스는 말 대신 행동으로 대답했다. 그의 왼손이 자신의 마스크로 올라가는 모습을 보며 하리야는 입을 쩍 벌렸다.

오닉스는 마스크를 벗었다.

선량해 뵈는 얼굴이 드러났다. 순한 눈매와 선한 얼굴. 누가 봐도 평생 말싸움 한번 일으키지 않았을 것이라고 장담할 만한 얼굴을 보며 하리야는 말을 잊었다. 게다가 햇살을 받지 않아 새하얀 피부는 절대로 바다 사나이의 피부가 아니었다. 마스크를 벗은 오닉스는 계속해서 갑옷까지 벗은 다음 그것들을 도끼와 함께 모두 통로 옆의 방 안에 던져

넣었다. 그리고 오닉스는 하리야에게 손짓을 보냈다.

'검을 줘, 하리야 선장.'

하리야는 오닉스의 손짓을 보면서도 아무 반응을 보이지 못했다. 그 모습을 물끄러미 보던 오닉스는 하리야의 검을 빼어들며 다시 손짓을 보냈다.

'바닥에 앉아.'

"고마운 제안이야. 그렇잖아도 주저앉아 버릴 지경이었거든."

하리야는 아무렇게나 대답한 다음 통로 바닥에 주저앉았다. 오닉스는 하리야에게서 약간 떨어진 다음 검을 하리야에게 겨눈 채 계단 아래 쪽을 돌아보았다.

그리고 하리야는 두 번째로 강렬한 충격을 받았다.

"기사님—! 기사님들! 하, 하리야 선장, 하리야 선장은 여기 이, 있습니다!"

계단을 올라오는 발자국 소리가 들려왔다. 잠시 후 말에서 내린 용기병 둘이 2층 통로로 올라섰다. 하리야는 그때까지도 오닉스의 목소리를 들었다는 충격 때문에 아무 말도 못하고 있었고 오닉스는 검을 쥔 손을 부들부들 떨면서 말했다.

"기사님! 기사님! 제가, 제가 하리야를 잡았습니다. 제가 잡았어요!"

오닉스는 건장한 체격을 감추기 위해 허리를 구부리고 있었고 하리야는 그 모습을 보며 속으로 혀를 내둘렀다. 겁에 질려 횡설수설하는 오닉스를 보며 용기병 중 하나가 말했다.

"너는 누구냐?"

"예! 예! 저는 닉스라고 합니다. 거룩하신 주님을 믿으며 법황 성하를 믿습니다. 미사에는 절대로 빠지지 않고 헌금도 꼬박꼬박 내고 있습니다. 그래서 주위에서는 모두 선량한 닉스라고 부릅니다. 제가 여기서 청소부 일을 계속하고 있었던 것은 절대로 해적놈들이 좋아서가 아니라 저만 바라보고 사는 처자식들 때문입니다. 제가 일하지 않으면 당장 그 불쌍한 것들의 입에 거미줄을 치게 될 형편인지라……"

하리야는 터져나오려는 웃음을 어떻게 할 수 없어 지옥 같은 고통을 겪어야 했다. 용기병들은 귀찮다는 듯이 고개를 끄덕여 오닉스의 입을 막고는 하리야에게 말했다.

"서 아이언립이라고 합니다. 하리야 헌처크가 고작 잡부에게 검을 빼앗기다니, 명성에 어울리지 않는 일이군요."

도저히 말을 할 수가 없던 하리야는 그냥 어깨만 으쓱였다. 아이언립은 턱끝으로 하리야에게 일어나라는 신호를 보내며 말했다.

"서 스컬칩. 저 친구의 검을 받아들게. 놔두면 자기 발등에 떨어뜨리겠군. 어쨌든 페가서스호의 하리야 헌처크를 단신으로 체포한 영웅이 그런 꼴을 당해서야 되겠나."

스컬칩은 킬킬거리며 오닉스에게 손을 내밀었다. 오닉스는 안도의 한숨을 내쉬며 검을 내밀었다. 그러나 그 내미는 동작은 너무 빨랐고 게다가 칼날을 앞쪽으로 한 상태였다. 스컬칩이 눈살을 찌푸리며 상대를 꾸중하려는 순간 그 검은 스컬칩의 복부를 꿰뚫고 있었다.

아이언립은 괴성을 지르며 몸을 돌렸지만 오닉스는 이미 스컬칩의 손에서 핸드건을 나꿔챈 다음 아이언립의 옆머리를 겨냥하고 있었다. 그리고 하리야는 움찔하는 아이언립의 손에서 핸드건을 뺏어들었다. 순식간에 무장을 해제당한 아이언립은 꼼짝도 못하는 모습으로 서 있어야 했다. 오닉스는 아이언립에게 말했다.

"서 아이언립. 아래쪽에 있는 친구를 부르게. 이름은 안 불러도 좋아. 그냥 '이리 좀 와주게'면 충분해."

그 목소리는 조금 전 하리야를 경악시켰을 때처럼 온화했다.

킬리가 다림 부두에 개방시킨 광포함은 처참함을 넘어선 효과를 나타내고 있었다.

용기병들은 전우의 시체를 돌아볼 생각도 못한 채 머리를 감싸쥐고 도망치고 있었다. 무의식중에 선택한 방향이었겠지만 그들은 모두 다림 교회로 도망치고 있었고 그것은 최선의 선택이었다. 킬리는 짧은 순간 성소를 보호할 것인가를 놓고 고민했지만 결국 보호하기로 결정했다. 그의 투철한 신앙 때문은 아니다. 용기병들의 배신 때문에 교회와 그 신도들까지 적으로 돌려놓는 것은, 더군다나 이미 강력한 응징을 한 직후에 그런 일을 저지르는 것은 모양이 좋지 않다는 판단이 섰기 때문이다. 킬리는 포문을 거둬들이도록 명령한 다음 질풍호 쪽을 바라보았다.

질풍호의 상태는 좋지 않았다. 부러진 주돛대는 갑판 위에 커다란 상처를 만들어놓고 있었다. 건현에도 몇 개의 구멍이 나 있었고 노도 상당수 부러진 상태였다. 그러나 가장 큰 문제는 그것이 아니었다.

"트로포스 선장! 키가……"

"그래. 박살났다. 젠장."

그랜드머더호가 발사하기 직전에 용기병들이 쏜 몇 발의 포환이 질풍호의 키를 파손시켜 놓았다. 트로포스는 안대를 만지작거리며 우울한 표정으로 물수리호 쪽을 바라보았다. 벨로린에게 용기병들이 공격한 이유를 묻기 위해서였지만, 트로포스는 그것을 물어보지 못했다. 벨로린은 또다시 다급한 손짓을 보내고 있었다.

벨로린의 손짓을 보던 트로포스의 얼굴에서 핏기가 싹 가셨다. 트로포스는 황급히 망원경을 챙겨들며 수평선 쪽을 바라보았고 그 모습을 본 킬리 선장과 돌탄 선장 역시 망원경을 챙겨들었다. 그리고 네 선장은 거의 동시에 신음을 흘렸다.

수평선 쪽에서는 필마온 기사단의 전함들이 이물을 나란히 한 채 다가오고 있었다. 바라미의 공격으로 몇 척의 배가 침몰했지만 그래도 9척이나 되는 숫자였다. 트로포스 선장은 쌍스러운 욕설을 내뱉으며 주위를 다시 둘러보았다. 페가서스호와 흑기사호는 선장이 없는 상태였고 질풍호는 항행 불능의 상태였다. 물론 페가서스호와 흑기사호는 전쟁 발발 이후부터 각자 도일 일항사와 매슈 일항사의 지휘를 받고 있었지만 질풍호까지 빠진다면 폴라리스 함대에 선장은 하나밖에 남지 않는다. 트로포스 선장은 그 하나 남은 선장을 바라보았다.

"두캉가 선장!"

"왜 그러나, 트로포스?"

"축하합니다. 폴라리스 함대 사령관이 되셨습니다."

두캉가는 입을 쩍 벌린 채 아무 말도 못했다. 그리고 킬리 선장과 돌탄 선장 역시 당혹한 얼굴로 서로를 쳐다보았다. 잠시 후 네 선장의 시선은 전부 한 곳으로 집중되었다. 두캉가 선장이 그들을 대표하여 외쳤다.

"제에기랄, 자유호! 이보라구, 식스 일항사!"

자유호의 선상에서는 식스 일항사가 어두운 얼굴로 그들을 바라보고 있었다. 그리고 그의 주위에는 자유호의 다른 선원들이 역시 비슷한 표정으로 서 있었다. 두캉가 선장은 흥분하여 침을 튀겨가며 외쳤다.

"식스 일항사! 당장 키 드레이번을 불러줘. 빨리 나오라고 해!"

"무슨 용건이십니까."

"모르나! 설명해 줄 테니 잘 들어! 하리야도 없고 오닉스도 없어! 킬리와 돌탄은 육지의 다벨군을 막아야 하고 질풍호는 항행 불능이 되었어! 그런데 저기선 필마온 놈들이 오고 있어!"

"보고 있어서 압니다."

"뭐야? 알고 있으면 가서 전해! 키 선장이 나와야 해!"

식스는 아무 말 없이 몸을 돌렸다. 그가 주승강구로 사라진 다음 두캉가는 손톱을 물어뜯으며 자유호의 선상을 노려보았고 그의 시선을 받게 된 자유호의 선원들은 거북하다는 듯이 얼굴을 옆으로 돌렸다. 그동안 페가서스호의 도일 일항사와 흑기사호의 매슈 일항사는 각자 전투 준비에 들어갔다.

조금 후 식스는 들어갔을 때보다 두 배는 더 어두워진 얼굴로 주승 강구를 올라왔다. 두캉가 선장은 그 얼굴을 보며 심장이 덜컥 내려앉는 것 같았지만 두 눈에는 여전히 희망을 담은 채 식스의 뒤쪽을 바라보았다. 하지만 식스의 뒤쪽으로는 아무도 따라나오지 않았다.

갑판에 올라온 식스는 두캉가 선장을 향해 고개를 가로저었다.

두캉가 선장이 노성을 지르려는 순간, 그의 머릿속이 하얗게 바뀌었다. 두캉가는 비틀거리며 뱃전을 움켜쥐었다.

'이게 내가 받을 벌인가?'

'이게 내가 키 드레이번에게 내놓아야 하는 것인가? 모든 이들의 앞쪽에 서서 죽는 것?'

두캉가의 눈앞이 뿌옇게 바뀌었다. 불투명한 시야에 더하여 천둥소리 같은 이명이 그를 더욱 혼란스럽게 만들었고 두캉가는 혼절할 것 같은 기분 속에 표류했다. 사정없이 잡아당겨진 순간들이 그를 에워쌌고 그 속에서 두캉가는 외롭게 방랑했다.

그리고 백년이 지났을 때, 두캉가는 멀리서 들려오는 고함을 들었다.

"……가 선장! 두캉가 선장!"

두캉가는 고개를 들었다.

편안했다. 몸은 놀랍도록 가벼웠고 신경은 한 줄 한 줄이 모두 달아오른 철사처럼 불타고 있는 것 같았다. 두캉가는 경쾌하게 몸을 돌려 트로포스를 바라보았다. 다시 고함을 지르려던 트로포스는 움찔하며 입을 다물었고 두캉가는 그를 향해 고개를 끄덕였다.

"트로포스. 다녀오겠네."

트로포스와 킬리, 그리고 돌탄 선장은 놀란 눈으로 두캉가 선장을 바라보았다. 320파운드나 나가는 둔한 몸과 근시 때문에 찡그려진 눈매 등은 그대로였지만 그들은 지금까지 한번도 본 적이 없었던 두캉가를 보는 듯했다. 두캉가 선장은, 마치 조금 전에 진수식을 마친 전함 같았다.

물수리호의 선상에 있던 바라미는 고개를 휙 돌렸다. 그녀는 두캉가 선장의 모습을 뚫어지게 바라보았고 벨로린은 그런 라미의 모습에 눈살을 찡그렸다.

두캉가 선장은 가볍게 손을 흔들며 말했다.

"도일 일항사, 매슈 일항사! 모든 포격 제어는 자함에서 맡는다. 잘 알았나!"

"아, 알겠습니다! 선장님!"

두 명의 일항사들 역시 당혹한 표정이었고 특히나 매슈 일항사는 흑기사호를 탄 이후 처음으로 오닉스 선장이 아닌 다른 선장에게 경칭을 사용하는 모습까지 보였다. 세 선장들은 이 작은 기적에 놀라워했지만 두캉가는 당연하다는 듯 씩 웃으며 수평선을 노려보았다.

"좋아. 한바탕 놀아보자. 함대, 진격!"

바다사자호와 페가서스호, 그리고 흑기사호는 삼각형을 이룬 모습으로 진격해 갔다. 그 모습을 정신없이 바라보던 돌탄 선장은 몸을 부르르 떤 다음 트로포스 선장을 돌아보았다.

"괜찮을까? 타펠쿤이 아직 움직인 것은 아닌 것 같은데, 우리들도 합류하는 편이 낫지 않을까?"

트로포스 선장은 고민스러워하는 표정으로 말했다.

"아니, 조금만 기다려보자. 두캉가 선장의 저런 모습 처음 봤군. 그리고 대사가 있으니까…… 그런데 대사는 어디 있는 거지?"

트로포스의 말이 떨어지기가 무섭게 물수리호 쪽에서 요란한 소리가 들려왔다. 고개를 돌린 트로포스는 세 척의 전함을 뒤쫓듯 헤엄치고 있는 흰 뱀을 발견하고는 고개를 끄덕였다.

하지만 물수리호의 선상에서는 벨로린이 경악한 표정으로 바다를 바라보고 있었다. 라미가 일으키는 물보라를 보며 벨로린은 속으로 비명을 질렀다.

'바보 같으니, 저기엔 성물들이 있다. 네가 무슨 일을 하겠다는 거냐!'

벨로린은 라미의 속으로 들어섰다. 그리고 벨로린은 흠칫하며 입술을 깨물었다. 라미의 속에서 되풀이되고 있는 것은 한 사람의 이름을 부르는 외침이었다.

폴라리스 정부 청사의 정문이 갑자기 열렸다.

용기병들은 당황하여 정문 쪽을 바라보았다. 튕겨지듯 열린 정문에서는 말 한 마리가 뛰쳐나왔다. 말은 그대로 용기병들의 원진을 향해 돌진하고 있었고 그 마상에 있는 기수를 본 용기병들은 흠칫했다. 검은 갑주 위로는 검은 마스크가 얼굴을 가리고 있었고 그 위로 치켜든 두 손에는 거대한 배틀엑스가 들려져 있었다. 용기병들은 핸드건을 들어올리며 외쳤다.

"오닉스 나이트! 멈춰라!"

하지만 오닉스 나이트는 머리 위의 도끼를 빙글빙글 돌리며 주저없이 달려들었다. 오닉스의 정면에 서 있던 용기병들은 지휘관을 바라보았고 지휘관은 내뱉듯이 외쳤다.

"제기랄, 비켜! 말을 쏘겠다!"

용기병들은 황급히 비켜났다. 그들이 비켜준 길을 통해 오닉스가 통과하기 직전 지휘관은 방아쇠를 당겼다. 포성과 함께 말은 피를 흩뿌리며 쓰러졌고 마상에 있던 오닉스 나이트는 그대로 허공을 날아 건물 벽에 부딪혔다.

지휘관은 핸드건을 앞으로 내민 채 오닉스를 향해 말을 몰아갔다. 오닉스는 벽 아래쪽에 처박혀 꿈틀거리고 있었다. 고개를 가로젓던 지휘관은 문득 이상한 것을 발견했다.

오닉스의 두 손은 도끼에 묶여 있었다.

"이게 어떻게 된 일이야?"

당황해서 말에서 내린 지휘관은 곧장 오닉스를 향해 걸어갔다. 지휘관은 마스크를 붙잡아 위로 확 쳐들었고 곧 비명을 질렀다. 마스크 아래에는 입에 재갈이 물려져 있는 사내의 얼굴이 있었다.

"속았다, 서 본헤드야!"

용기병들의 지휘관이 비명을 지르고 있을 무렵 하리야 선장과 오닉스 선장은 건물들의 지붕 위를 달리고 있었다. 용기병들은 정문에서 뛰어나온 서 본헤드에게 시선이 뺏겼기 때문에 청사 3층에서 몸을 날린 두 선장을 보지 못했고 두 선장은 그 틈을 타 건물들의 지붕을 열심히 달려가고 있었다.

분주히 도망치던 중이었지만, 하리야 선장은 앞쪽에서 달려가는 오닉스 선장의 뒷모습을 보며 계속 당황을 느꼈다. 앞쪽에서 교묘한 몸놀

림으로 박공 위를 달려가고 있는 사내는 그가 늘상 알고 지내던 인물이었지만, 동시에 그가 처음 보는 인물이기도 했다. 눈에 들어오는 모습과 머릿속 사실의 불일치는 하리야에게 매우 기묘한 느낌을 주었다. 그때 앞쪽에서 달려가던 오닉스가 갑자기 멈춰 섰다.

"왜 그러나, 오, 오닉스…… 선장?"

하리야는 오닉스의 이름을 더듬는 자신에 대해 창피하게 생각했지만 오닉스는 그런 것에 신경 쓰지 않았다. 오닉스는 손을 아래로 내려 골목 길을 가리켜보였다. 오닉스가 가리키는 곳을 본 하리야는 환한 얼굴로 외쳤다.

"서 파르치! 서 하빈저!"

골목길에서 청사에 대한 공격을 놓고 의논하던 서 파르치와 서 하빈 저는 갑자기 지붕 위에서 들려온 소리에 깜짝 놀랐다. 그리고 조금 후 지붕 위에서 하리야 선장이 뛰어내리는 것을 보고는 환한 얼굴이 되었 다. 서 하빈저는 기쁨에 찬 목소리로 외쳤다.

"탈출하셨군요!"

"그래요. 운좋게도. 여러분들은?"

"아, 선장님을 구하기 위해 용기병들을 공격할 방도를 생각중이었습 니다. 그런데 저 자들이 배신한 것이 확실한 겁니까?"

"그렇소. 이유는 모르겠지만."

서 파르치는 으르릉거리며 골목 저편을 쏘아보았다.

"그렇다면 공격해야겠군요."

"아니오. 내버려두시오. 저 자들은 우리를 억류하는 것이 목적이었고 실제 목표는 배들이었던 것 같소. 하지만 부두 쪽으로 간 패거리는 그랜드머더호의 밥이 되었을 거요. 그러니 저 친구들은 내버려두시오. 목표를 상실한 것을 알면 알아서 흩어질 테니까. 문제는 다벨군의 움직임인데, 어떻게 됐지요? 혹 알고 있습니까?"

"바스톨 장군께서 외성 쪽으로 가셨습니다. 오닉스 선장과 함께 육상 방어를 책임질 테니 하리야 선장께서는 페가서스호로 가셔서 스스로를 보호하고 동시에 해상 방어를 맡아달라고 하셨습니다."

"알겠습니다. 젠장. 바깥쪽에 대해서는 철저하게 막고 있다고 생각했는데 엉뚱하게 안쪽에서 이런 일이 벌어지다니. 나는 페가서스호로 가지요. 그럼 자네는 외성으로……?"

하리야는 다시 떨떠름한 얼굴로 오닉스를 돌아보았고 오닉스는 가볍게 고개를 끄덕였다.

하리야는 서 파르치를 향해 말했다.

"그럼 경들은 외성으로 가서 바스톨 장군을 돕기 바랍니다."

"알았습니다. 그런데 이 분은 누구십니까?"

서 하빈저는 오닉스를 가리키며 말했다. 하리야는 과연 자신의 말이 신빙성 있게 들릴까 의심하며 말했다.

"오닉스 나이트 선장이오."

하리야의 우려대로, 서 하빈저와 서 파르치는 도저히 못 믿겠다는 얼굴로 오닉스를 쳐다보았다.

필마온 기사들은 어처구니가 없다는 얼굴로 전방을 바라보았다. 남해의 뱃사람들을 진감케 만드는 노스윈드 함대의 등장이었지만, 그 모습이 너무 초라했다.

"세 척? 세 척이라니?"

"저놈들 그 서펜트를 너무 믿고 있나 보군."

"다른 배들 다 뛰어나오게 만들어주지. 자유호까지!"

'자유호'를 말할 때 필마온 기사들의 어조에는 약간의 경의 같은 것이 담겨 있었다. 하지만 그 외의 말들에는 가소로워하는 심정이 가득 담겨 있었다. 필마온 기사들이 기세를 드높이는 동안에도 발도 로네스는 침착하게 명령을 내렸다.

서 발도의 명령에 따라 지브라호는 뒤로 물러나는 듯한 움직임을 보였다. 그리고 그 외 8척의 배는 좌우로 갈라지며 다가오는 노스윈드 함대를 포위하는 진용을 갖추었다. 바다사자호의 선상에서 두캉가 선장은 물러나는 지브라호를 보며 싱긋 웃었다.

"잘 알고 있군. 네 녀석이 목표라는 것. 좋아. 멈춰라."

두캉가 선장의 명령에 따라 페가서스호와 흑기사호도 조용히 정선했다. 두캉가 선장은 배들을 그렇게 내버려둔 채 대사의 방향을 가늠했다.

그리고 바닷물을 바라보았다.

두캉가 선장은 벌써 몇 개월째 다림 앞바다를 관찰해 왔다. 그만큼 관록 있는 뱃사람이 아니더라도 조수의 흐름쯤은 파악하고도 남았을 시간이었다. 그래서 두캉가 선장은 머지않아 썰물이 시작된다는 것을 알고 있었다. 그의 계획은 썰물을 이용하여 단숨에 적진을 뚫고 들어가 기함 지브라호를 잡는 것이었다.

'대사가 충분히 소란을 피운다면, 그리고 썰물을 이용한다면 뚫을 수 있다.'

그때 바라미가 바다사자호의 좌현을 지나쳤다. 두캉가 선장은 요란하게 일어나는 물보라를 보며 고개를 끄덕였다.

필마온 함대의 좌측을 향하던 물보라가 사라졌다. 대사가 깊이 잠수한 것이다. 물보라가 사라진 순간부터 필마온 함대 우익 쪽의 선원들은 손에 땀을 쥔 채 배 밑바닥을 바라보았다.

잠시 후 필마온 함대의 최우익 함선 블루바론호가 요란하게 진동했다. 그리고 바닷속으로부터 형언할 수 없이 처절한 비명이 들려왔다.

물수리호의 선상에 있던 벨로린은 두 귀를 틀어막으며 무릎을 꿇었다. 하지만 귀를 막는 것은 다른 모든 사람들에게는 도움이 될지 몰라도 그녀에게는 전혀 도움이 되지 않았다. 그녀는 바라미가 당하는 고통을 그대로 '알았다'. 벨로린은 앞으로 허물어졌고 알버트 선장의 발치에 얼굴을 비비며 온몸을 떨었다.

"안 돼, 안 돼…… 그만둬, 바라미……!"

하지만 벨로린은 다시 한번 알았다. 바라미는 몸이 찢어질 듯한 고통 속에서도 다시 한번 블루바론호의 용골을 향해 솟아오르고 있었다.

벨로린은 상체를 일으키며 외쳤다.

"하지 마—!"

조금 전 들려온 비명에 경악하던 킬리 선장은 벨로린의 고함에 고개를 돌렸다. 그 순간 다시 한번 필마온 함선이 진동하며 찢어지는 비명이 터져나왔다. 사람이 내는 것 같지 않지만 그렇다고 해서 다른 동물의 것도 아닌, 마치 바다 그 자체가 비명을 지르는 듯한 소리였다.

킬리는 귀를 틀어막으며 뒤로 물러났다.

"맙소사, 주여! 이게 도대체 무슨 소리인가!"

들을 수 있는 범위 내의 모든 사람들이 그 섬뜩하면서도 몸서리쳐지도록 슬픈 비명에 넋을 잃었다. 공격을 당한 블루바론호의 선원들조차도 공포보다는 치밀어오르는 연민에 진저리를 쳤다. 두 번째 공격은 첫 번째에 비하면 훨씬 약했다. 선원들은 자신의 얼굴을 쥐어뜯으며 주저앉거나 뱃전 너머로 몸을 내밀었다. 뱃전 너머로 몸을 내민 선원들은 한결같이 차라리 세 번째 공격이 있기를 간절히 원했다. 최소한 배 아래에서 이 끔찍한 비명을 질러대는 것이 살아 있다는 증거가 되므로. 하지만 두 번째 공격 이후 바다 아래는 고요해졌다. 필마온 선원들은 비명의 여운에 몸을 떨며 서로를 쳐다보았다.

그러나 조금 후 다시 세 번째의 공격이 개시되었다. 함선은 첫 번째나 두 번째보다는 훨씬 약하게 흔들렸고 블루바론호의 선원들은 세 번째의 비명을 들으며 기뻐해야 할지 무서워해야 할지 알 수 없게 되었다. 그리고 다림 앞바다의 모든 사내들은 울고 있었다.

그리고 울 수 없는 사내의 눈에도 눈물이 흘러내렸다.

벨로린은 목뒤가 뜨거워지는 것을 느끼며 고개를 들었다. 눈물로 그녀의 시야는 부옇게 바뀌어 있었고 그래서 벨로린은 힘겹게 눈 주위를

닦았다. 알버트 선장의 얼굴을 올려다본 벨로린은 그의 메마른 볼이 반짝이는 것을 보았다.

"아…… 아버지?"

거렇게 죽어 있는 알버트 선장의 볼 위로 흐르는 것은 분명 눈물이었다. 벨로린은 자신의 목 뒤를 만져보았고 그곳이 젖어 있음을 깨달았다. 벨로린은 멍한 표정으로 알버트 선장을 바라보았다.

"아버지?"

그녀를 돕고 싶은가, 보이?

"선장님?"

그녀를 돕고 싶은가?

벨로린은 한없이 울며 고개를 끄덕였다.

"예…… 예. 그래요, 선장님. 그녀를 돕고 싶어요. 그녀는 지금 싸우고 있는 것이 아니에요. 그녀는 두캉가 선장에게서 다른 남자를 봤어요."

벨로린은 두 손으로 얼굴을 가렸다.

"나는 저 바보를 돕고 싶어요."

나도 그렇다, 보이.

물수리호의 거체가 움직이기 시작했다.

바람 한 점 없었고 노 또한 움직이지 않았지만 물수리호는 제자리에서 빙글 돈 다음 수평선을 향했다. 트로포스 선장과 킬리 선장, 그리고 돌탄 선장과 다른 모든 노스윈드 해적들이 그 모습에 놀랐지만 정작 물수리호의 선원들은 전혀 놀라지 않았다. 그들은 심장에서 흘러나온 피가 온몸을 향해 그냥 나아가듯 자연스럽게, 그리고 거침없이 움직였다.

갑판 아래에서 노잡이들은 조용히 노를 쥐었고 갑판원들은 말없이 돛대를 치우고 무기를 집어들었다. 포수들은 입을 다문 채 대포를 장전했다. 그리고 그 모든 침묵의 움직임 속에서 벨로린은 홀로 말하고 있었다.

"하지만 당신은 왜 돕는 거죠, 선장님?"

네가 원하고, 그녀가 원한다.

"선장님?"

그렇다, 보이. 그것뿐.

"선장님?"

대답은 없었다.

벨로린은 알버트 선장을 망연히 올려다보았다. 이물에서는 파도가 세차게 갈라지고 있었고 움직이기 시작한 물수리호의 노들은 사납게 수면을 베어내고 있었지만 그 갑판 위에서 알버트 선장, 돛대에 못 박힌 시체의 얼굴은 평온하고 영원처럼 고요했다. 벨로린은 나직하게 중얼거렸다.

"당신은 심장에 못 박힌 키 드레이번. 그렇기에……"

"돌격!"

두캉가 선장의 외침과 함께 바다사자호와 페가서스호, 그리고 흑기사호의 노가 일제히 수면을 때렸다. 세 척의 배는 움직이자마자 이미 최고 속도로 달리고 있었고 그 방향은 필마온 함대의 우익 쪽이었다. 필마온 함대는 응전 태세를 취했지만, 그 속도는 느렸다. 그들은 혼란되어 있었고 허둥대고 있었다. 그러나 노스윈드 함대를 지휘하고 있는 두캉가 선장의 의지는 확고했다. 두캉가 선장은 필마온 함대의 우익을 우회하여 후열에 있는 지브라호에 단숨에 육박할 작정이었다.

그러나 필마온 기사단 역시 해적류의 전투에 능숙한 이들이었다. 혼란에 빠져 있는 블루바론호는 노스윈드 함대를 방해하지 못했지만 지브라호는 선수를 왼쪽으로 틀며 함열의 좌측으로 도망치기 시작했다. 무표정하게 함열을 바라보던 발도 로네스는 기다리던 순간이 오자마자 벽력처럼 외쳤다.

"함대—돌격!"

필마온 함대의 노들이 거칠게 당겨졌다. 그들은 배후로 돌기 시작한 노스윈드 함대를 내버려둔 채 부두를 향해 돌격했다. 두캉가 선장의 눈꺼풀이 꿈틀했다.

"우리를 무시하겠다고?"

"네가 차린 식탁에는 앉지 않는다, 두캉가 선장."

발도 로네스에게는 자신이 있었다. 자유호는 움직이지 않고 질풍호는 항행 불능인 상태에서 그는 지브라호 단독으로도 세 척의 전함과 속도경쟁을 할 자신이 있었다. 그래서 발도는 함대의 다른 배들로 하여금 기함을 보호하는 대신 다림 부두를 공격하게끔 했다.

기함을 공격함으로써 다른 전함들도 모두 한 자리에 묶어두려 했던 두캉가는 신음을 흘렸다. 하지만 그의 손은 빠르게 움직이며 선원들을 독려하고 있었다.

"부두는 내버려둬! 우리는 지브라만 잡는다. 부두에는 할아버지와 할머니, 질풍, 그리고 자유호가 있다!"

바다사자호와 흑기사호, 그리고 페가서스호는 두캉가 선장의 명령에 따라 지브라호를 향해 육박했다. 그리고 저 멀리에서는 물수리호 또한 지브라호를 향해 달려오고 있었다. 그 모습을 보던 발도 로네스는 옆에 놓아두었던 석궁을 들어올렸다. 석궁의 쿼렐 끝에는 이상하게 생긴 물건이 묶여 있었다.

외성 위에 있던 바스톨 장군은 앞바다 쪽에서 들려오는 끔찍한 비명에 어깨를 움츠렸다. 자신이 들었던 소리가 도저히 이 세상의 소리 같지 않았기에 바스톨 장군은 오닉스를 바라보았다. 그러나 오닉스의 얼굴 역시 몹시 일그러져 있는 것을 본 바스톨 장군은 자신이 헛소리를 들은 것이 아님을 깨달았다.

"이게 무슨 소리일까요, 오닉스 선장?"

오닉스는 일그러진 얼굴로 고개를 가로저었다. 그는 마스크 대신 코 위까지 수건을 두르고 있었고 두 개의 구멍을 뚫어 시야를 확보한 모습이었다. 얼굴의 반을 가리고 있었지만 어쨌든 평상시보다는 훨씬 생동감 있는 표정을 보여주고 있었다. 바스톨 장군은 다시 평원 쪽을 바라보았다.

다벨군은 강철의 레이디의 사정 거리 밖에서 땅바닥에 앉은 모습으로 꼼짝도 하지 않고 있었다. 그들 역시 이 처절한 비명에 놀란 듯 웅성거리고 있었지만 대열은 흐트러뜨리지 않고 있었다. 그리고 그들 뒤편으로 멀리 녹색의 기사는 말에 오른 모습으로 가만히 성벽만을 노려보고 있었다. 그 모습을 보며 바스톨 장군은 가까스로 지금이 전투중이라는 사실을 되새겼다.

"무엇을 기다리고 있는 것인지 모르겠군."

다벨군은 바스톨 장군이 성벽에 도착했을 때부터 지금까지 한결 같은 모습으로 앉아 있었다. 공격해봄직한 모습이었지만 용기병들을 상실했기에 장군은 전략을 펼칠 수 없었다. 남은 군대를 투입했다가 혼전이 일어나면 강철의 레이디까지 사용할 수 없게 되므로 바스톨 장군은 마냥 기다릴 도리밖에 없었다. 바스톨 장군은 용기병들의 배신에 마음 아파하며 어금니를 깨물었다.

갑자기 오닉스 선장이 바스톨 장군의 어깨를 확 잡아채었다.

바스톨 장군은 당황하여 오닉스를 보았고 오닉스는 바다 쪽을 가리켰다. 바스톨 장군은 먼바다에서 솟아오르고 있는 불꽃을 보며 당황했다.

"저건 데샨 카라돔의 신호탄인데. 화살에 묶어 쏘나 보군. 그런데 뭣 때문에…… 으음?"

바스톨 장군은 황급히 몸을 돌려 초원을 바라보았다. 초원에서는 다벨군이 몸을 일으키고 있었다. 바스톨 장군은 그들이 지금껏 기다리던 것이 저 신호임을 깨달았지만 그 신호가 무엇을 의미하는지는 알 수 없었다. 그리고 거기에 대해 생각해 볼 겨를도 없었다. 장군은 재빨리 그레고리에게 명령을 내렸고 그레고리는 깃발을 꺼내어 흔들었다.

하지만 포환은 날아오지 않았다.

킬리 선장과 돌탄 선장은 외성 쪽의 깃발 신호를 보았지만 거기에 응할 수가 없었다. 그랜드파더호와 그랜드머더호는 다가오는 필마온 함대를 향해 포문을 돌리고 있었다. 육지에는 성벽이 있지만 바다에는 그런 것이 없고, 따라서 그들이 어느 쪽을 공격해야 되는가는 자명했다. 킬리 선장과 돌탄 선장은 거의 비슷한 시각에 짧은 명령을 외쳤다.

"발사—!"

두 척의 터릿 갤리어스로부터 80개의 화염이 예리한 부채꼴을 그리며 뿜어나갔다.

수평선으로부터 수십 개의 물기둥이 동시에 솟아오르는 장관이 펼쳐졌다. 여덟 척의 필마온 전함들 중 유난히 앞으로 돌출했던 혼벡스호는 무수한 직격탄을 맞아 이물이 거의 사라지는 강렬한 타격을 입었다. 그리고 이물 쪽으로 바닷물이 차들어가자 혼벡스호는 서서히 앞으로 기울어지기 시작했다. 선원들은 재빨리 바다로 뛰어들었지만 갑판 아래에 묶여 있던 노예들과 갑주를 입고 있던 기사들은 비명을 올렸다. 이윽고 영구히 바닷속에 잠겨 있는 롱 갤리어스의 키가 물방울을 흩뿌리며 하늘로 치솟는 극히 보기 드문 광경이 펼쳐졌다.

그러나 대부분의 선박의 무게 중심은 뒤쪽에 맞춰져 있고 혼벡스호 역시 마찬가지였다. 게다가 기울어지는 혼벡스호의 선체 안에서는 포가에서 풀려난 대포들이 굴러다니며 선체 이곳저곳을 강타하고 있었다. 그 결과 놀랍게도 위로 떠오르던 혼벡스호의 선체는 허공에서 천둥 같은 파열음과 함께 두 동강나버렸다.

촤르르르—룽!

강력한 물보라가 일어나 주위의 전함들에 물벼락을 쏟아놓았다. 혼벡스호는 허공에서 허리가 끊어진 채 두 부분으로 나뉘어 바닷속으로 떨어졌고 이 전대미문의 광경을 본 필마온 기사들은 온몸에 소름이 돋는 것을 느꼈다. 공격을 가했던 그랜드파더호와 그랜드머더호의 포수들도 이런 식으로 파괴되는 배는 본 적이 없었고 그래서 어처구니없는 한숨을 토해놓았다.

혼벡스호는 침몰하면서 필마온 함대의 돌격 대형을 엉망으로 만들어놓았다. 그 거창한 파괴는 거대한 파도를 만들어 필마온 전함들을 뒤흔들었다. 킬리 선장과 돌탄 선장은 기회를 놓치지 않고 재장전을 명령했다. 느리디 느린 터릿 갤리어스는 접근전에 취약하기 때문에 되도록 상대를 접근시키지 않고 싸워야 한다. 순식간에 재장전이 완료되었고 다시 두 전함은 혼란에 빠진 필마온 함대를 향해 불의 창을 무수히 날려보내었다.

부두에 도착한 하리야 선장은 앞바다의 상황이 나쁘지 않다고 생각했다. 지브라호는 항구 바깥쪽에서 3L의 배다운 교묘한 회피 기동을 계속하며 세 척의 전함을 희롱하고 있었지만 두캉가 선장은 뚝심 있게 지브라를 몰아대고 있었다. 게다가 뒤늦게 도착한 물수리호가 합세하게 되자 지브라호는 더욱 움직임의 폭을 제한당하고 있었다. 그리고 항구 안쪽에서는 두 척의 터릿 갤리어스가 다가오는 필마온 전함들에게 남해 해전사에 길이 남을 만한 맹포격을 퍼붓고 있었다. 하리야는 지브라호를 추적중인 네 척의 배가 돌아온다면 바다 쪽의 공격은 대충 막아낼 수 있다고 판단했다.

하지만 문제는 육지 쪽의 다벨군이었다. 외성 방향을 돌아본 하리야는 바스톨 장군에 대해 생각했다. 튼튼한 성벽이 있긴 하지만 그것을 수비할 병력이 절대적으로 불리한 상황에서 장군이 과연 언제까지 다벨군을 막을 수 있을지는 미지수였다. 하리야는 거의 고통스럽게 생각에 생각을 거듭했다. 어떻게 바스톨 장군에게 보내어줄 병력이 없을까?

생각에 빠져 있던 하리야의 눈에 이상한 것이 들어왔다.

하리야는 자신이 본 것이 무엇인가 생각하며 다시 주위를 둘러보았다. 포성이 울린 직후부터 부둣가에는 인적이라고는 찾아볼 수 없었고 그래서 귀가 찢어질 듯한 포성이 계속되고 있음에도 불구하고 오히려 한산해 보였다. 그 기이한 고요함 속에서 움직이고 있는 하나의 물체가 있었다.

바닷물 위를 넘실거리는 흰 천은 마치 커다란 해파리처럼 보였다. 그리고 그 너머에서 출렁거리는 실버블론드.

하리야는 두 팔을 앞으로 쭉 내민 채 바닷속으로 뛰어들었다.

온몸을 잡아당기는 물의 저항을 뿌리치며 하리야는 팔을 쭉쭉 뻗었다. 다섯 번째로 팔을 휘둘렀을 때 그의 손은 물 위에 떠 있는 부드러운 것에 부딪혔다. 하리야는 발로 물을 차며 눈앞에 떠 있는 것을 조심스럽게 끌어당겼다. 젖어 있는 실버블론드 너머로 하리야는 희게 굳어 있는 라미의 얼굴을 발견했다.

"바라미!"

라미는 마치 시체 같았다. 하리야는 급히 그녀를 끌어당기려 했다. 그러나 그의 몸이 라미와 부딪힌 순간 라미는 눈을 부릅뜨며 비명을 토했다.

하리야는 엉겁결에 바라미를 확 떠밀고 말았다. 조금 전처럼 거대한 비명은 아니었다. 쇠약해진 라미는 마치 목이 졸린 사람처럼 비명을 지르고 있었다. 부릅뜬 그 눈은 핏발이 선 채 하리야를 쏘아보고 있었고 그 동안에도 그녀의 몸은 계속 가라앉고 있었다. 하리야는 다시 다가서려 했다.

"안 돼…… 안 돼, 제발 오지 마…… 오지 마!"

하리야는 헤엄치는 것을 멈췄다. 라미는 끝없이 가라앉고 있었지만 그보다는 하리야가 다가오는 것을 더 무서워하고 있는 듯했다. 잠시 의아해하던 하리야는 곧 해답을 떠올렸다.

하리야는 두 발로만 헤엄치며 품속으로 손을 집어넣었다. 품속에서 힘들게 커다란 책을 꺼낸 하리야는 잠시 짧게 고민하다가 몸을 옆으로 돌렸다. 하리야는 물이 허락하는 한 팔을 뒤로 끌어당기며 입 속으로 짤막한 문장을 중얼거렸다.

아에드 인 마이오렘 델 글로인.

그리고 하리야는 성전을 집어던졌다.

날아간 성전은 곧 풍덩 하는 소리를 내며 가라앉았다. 파문 두세 개가 생기다가 곧 사라진 다음 하리야는 라미를 향해 몸을 돌렸다. 라미는 이해할 수 없다는 눈으로 하리야를 바라보았다. 하리야는 두 팔을 힘있게 끌어당기며 라미를 향해 헤엄쳤고 라미는 아무 말도 하지 않았다.

하리야는 그대로 라미의 뒤쪽으로 헤엄쳐간 다음 등뒤로부터 라미의 목을 끌어안았다. 그리고 하리야는 한 팔만으로 헤엄쳤다. 라미는 하늘을 보며 누운 자세로 하리야에게 끌려갔다. 그녀의 옷이 넓게 펼쳐져 물 위에 거대한 삼각형을 그렸고 그 속에서 라미는 고요히 누워 있었다.

하리야는 저편의 바닷가를 향해 힘있게 헤엄쳐 갔다. 라미는 하늘을 보며 말했다.

"어떻게 알았지?"

"글쎄요. 반신반의하고 있었습니다."

"너는 폴라리스를 위해 성유물을 매매하더니 이젠 악마를 위해 성전을 포기하는구나."

"그렇게 되었군요."

"언젠가 너를 유혹할 바에야 너를 죽여달라고 했었지?"

"기억합니다."

"네 신앙의 증거는 너 자신뿐이라는 건가, 하리야? 성유물도, 교회도, 성전도 필요없고 주님과 주님을 믿는 너 자신만 있으면 된다는 거야?"

하리야는 말없이 팔을 끌어당겼다. 물살이 옆으로 갈라지며 하리야와 라미, 그리고 흰 옷은 느리지만 꾸준한 속도로 해변을 향해 헤엄쳤다.

하리야가 다시 말문을 연 것은 그들이 해변가 바위 위에 도달했을 때였다. 하리야는 라미를 바위 위로 끌어올려 눕힌 다음 그 옆에 주저앉았다. 라미는 손가락 하나도 까딱할 수 없는 모습으로 누워 있었다.

"바라미. 주님은 당신을 사랑하십니다."

"나는 판데모니엄의 지배자야."

하리야는 해전을 바라보며 건성처럼 말했다.

"그리고 다른 모든 피조물과 마찬가지로 그분의 사랑을 받는 피조물이지요. 그렇다면, 그분께서는 그분의 말씀으로 당신을 괴롭히는 것을 원치는 않으실 겁니다. 성전을 휘둘러 형제의 두개골을 깨버리는 것이 용서되지는 않겠지요. 마찬가지입니다."

"너는 바람이구나."

"뭐라고 하셨습니까?"

라미는 한쪽 무릎을 세운 채 가슴에 손을 얹고 하늘을 바라보았다. 포성은 치열했지만 다림의 하늘은 맑았다. 라미는 고개를 옆으로 조금 돌려 하리야를 보았다. 하리야는 머리에서 물을 뚝뚝 떨어뜨리며 어깨로 숨을 쉬고 있었다. 그리고 그 얼굴은 여전히 해전이 벌어지고 있는 앞바다를 향해 고정되어 있어 라미가 볼 수 있었던 것은 그 옆얼굴과 바닷물이 방울져 흐르는 턱뿐이었다.

그들이 머물러 있던 바위 옆으로 파도가 잘게 부서졌다. 그 소리를 듣던 라미는 입술을 거의 움직이지 않은 채 말했다.

"아무것으로도 막을 수 없는 바람……"

라미의 손이 옆으로 떨어지듯 내려와 하리야의 손등에 올려놓아졌다. 하리야는 그제서야 고개를 돌려 라미를 보았다. 라미는 자신의 손을 하리야의 손등에 올려놓은 채 그를 올려다보았다.

"국경으로도, 철탑으로도 바람은 막을 수 없겠지. 바람은 그 자신의 규칙에 의해 불어갈 뿐. 바람을 이끄는 것은 아무것도 없고 바람을 가로막는 것도 없지. 너는 바람이구나."

라미는 긴 한숨처럼 말을 이었다.

"그리고 그는 나무로군."

"바람과 나무요?"

"나는 너를, 복수를 선택하겠다. 하리야."

하리야는 그 말에 약간 놀랐다. 그것은 벨로린이 킬리 선장에게 한 말과 같았다. 그러나 하리야가 그것에 대해 질문하기 전 라미가 먼저 말했다.

"너에게는 아무 도움도 못 되겠구나. 어쨌든 지금 당장은 말이야. 미안해."

"바라미."

"아냐. 내 이름은 에레로아. 이제 너의 친구지. 나를 친구로 여겨줄 수 있겠어?"

하리야는 뭐라 말해야 될지 알 수 없었다. 하지만 그의 손은 에레로아의 손을 쥐고 있었고, 그의 입은 미소와 함께 말하고 있었다.

"반갑습니다, 에레로아. 나는 당신의 친구입니다."

바스톨 장군은 앞바다에서 벌어지고 있는 해전을 보며 다급한 표정을 감추지 못했다. 두 척의 터릿 갤리어스는 필마온 함대를 거칠게 공격하고 있었지만 바로 그렇기에 육지 쪽을 향한 지원 사격은 엄두도 내지 못하고 있었다. 폴라리스는 전쟁 발발 이후 처음으로 강철의 레이디 없이 싸워야 했고 그것이 이미 잃어버린 용기병보다 더 큰 손실임은 너무도 분명했다.

해적들은 흉벽 너머로 돌을 던지고 창과 화살을 날려보내며 다벨군의 접근을 막기 위해 애썼다. 하지만 아래쪽의 다벨군 역시 성벽 너머로 빗발처럼 화살과 창을 날려보내고 있었고 시시각각으로 성벽 위에는 전사자들의 시체가 쌓여가는 형국이었다. 게다가 다벨군이 성벽 바로 아래까지 도달한 이상 그랜드머더호와 그랜드파더호가 풀려난다 하더라도 지원 사격은 불가능했다. 바스톨 장군은 결단을 내려야 했다.

"서 파르치! 밖으로 나가 다벨군의 측면을 치시오!"

서 파르치는 약간 씁쓸한 얼굴로 말했다.

"상대가 너무 많습니다."

"공격은 지연시킬 수 있을 거요. 시간을 끌어주시오. 나는 그 동안 어떻게든 용기병들을 회유해 보겠소."

"그 배신자들을 말입니까?"

"그래요. 부두에서 많이 죽었지만 그래도 상당수 남아 있을 거요. 다림 교회로 피신했다고 하니 그들을 구슬려봐야겠소. 어차피 이제는 강철의 레이디도 쏠 수 없소. 내가 그들을 회유할 때까지만이라도 시간을 좀 벌어주시오!"

서 파르치는 비장한 표정으로 고개를 끄덕인 다음 리저드라이더들에게로 돌아갔다. 바스톨 장군은 오닉스 쪽을 쳐다보았다.

"오닉스 선장!"

큼직한 통을 들어올리던 오닉스는 잠깐 기다리라는 턱짓을 한 다음 한쪽 다리를 들어 허벅지 위에 통을 세웠다. 그의 팔꿈치가 휘둘러지자 통의 뚜껑은 한번에 박살났다. 오닉스는 통을 성벽 아래로 집어던진 다음 불 붙은 나뭇가지를 던지고 나서야 바스톨 장군에게 몸을 돌렸다. 오닉스의 등뒤로 솟구치는 화염을 보며 바스톨 장군은 떨떠름하게 고개를 끄덕였다.

"계속 그렇게 해주시오."

오닉스는 짧게 고개를 끄덕이며 또다시 기름통을 들어올렸다. 성벽을 내려가려던 바스톨 장군은 서 파르치의 뒤를 따르는 사람을 발견하고는 황급하게 외쳤다.

"전하, 어디로 가십니까?"

빌레스 국왕은 칼자루에 손을 얹으며 바스톨 장군을 돌아보았다. 바스톨 장군은 고개를 가로저었다.

"안 됩니다. 전하께서는 이곳에 계셔야 합니다."

"장군."

"아니오, 다른 말씀 하시지 마십시오. 시간이 없어서 더 말 못하겠군요. 절대로 가셔서는 안 됩니다!"

바스톨 장군은 굳은 얼굴로 다짐하듯 말하며 성벽을 내려갔다. 그 뒷모습을 물끄러미 바라보던 마왕은 핏 웃으며 망토를 풀어내었다.

"장군. 미안하지만 싸워야 된다는 것을 알잖소."

마왕은 풀어낸 망토를 옆으로 건네었다. 그곳에는 서 하빈저가 서 있었다. 망토를 받아든 서 하빈저는 약간 슬픈 어조로 낮게 말했다.

"기어코 가실 겁니까, 전하?"

"자네는 언제나 그러고 싶어했지만, 그러나 나를 막은 적이 없었지. 어쩔 텐가? 새 역사에 도전해 보겠나?"

"……같이 나가겠습니다."

"자네는 목도리도마뱀을 못 타잖나. 말을 타고? 관두게. 나를 보호하기는커녕 오히려 방해가 될 거야."

서 하빈저는 진실을 부정하지는 않았다. 그리고 서 하빈저는 진실을 말했다.

"전하. 보호하겠다는 것이 아닙니다. 저 역시 전하와 같은 바람을 가졌을 뿐입니다."

몸을 돌려 걸어가던 마왕은 제자리에 멈춰 다시 서 하빈저를 바라보았다. 서 하빈저는 무표정한 얼굴 위에 두 눈을 활활 불태우며 말했다.

"이젠 싸우고 싶습니다. 전하. 내일이나 죽음 따위는 무시하고."

트로포스는 바람을 바라보았다. 그리고 트로포스는 물결을 응시했다. 하지만 둘 중 어느 것도 그의 편은 아니었다. 질풍호는 돛대가 부러지고 키가 파괴된 상태로 힘겹게 떠 있는 것이 전부였다. 그랜드파더와 그랜드머더는 포신이 녹을 듯한 사격을 계속하고 있었지만 필마온 함대

역시 끈질기게 육박하고 있었다. 그들 또한 네 척의 전함에 추적당하고 있는 기함 지브라호의 모습을 똑똑히 볼 수 있었다. 그리고 기함을 구출하는 가장 좋은 방법이 두 척의 터릿 갤리어스를 무력화시키는 것임 또한 똑똑히 파악하고 있었다. 다림 앞바다의 해전은 묘하게도 깃발 쟁탈전 비슷한 것으로 바뀌고 있었다. 양 진영에서 누가 먼저 상대편의 깃발을 뽑아드는가. 혹은 꺾어버리는가.

그러나 폴라리스 측이 더 불리한 싸움이었다. 다가오는 적으로부터 도망치는 것과 다가오는 적 전부를 파괴하는 것 중 어느 것이 더 용이한 일인지는 자명하다. 터릿 갤리어스들을 보호할 전함이 필요했지만 그것이 가능한 위치에 있는 두 척의 배 중 질풍호는 꼼짝도 할 수 없는 상태였고 자유호는 꼼짝도 하지 않는 상태였다. 트로포스는 다시 한번 원망 섞인 눈으로 자유호를 응시했다. 그리고 고지식한 식스는 그 눈길을 피하지 않았다. 상대편의 원망이 당연하다는 태도였지만, 그것은 트로포스로 하여금 더욱 부아가 치밀어오르게 만들 뿐이었다.

콰아아앙!

다시 한번 요란한 파열음이 치솟아오른 순간 트로포스는 눈앞이 캄캄해지는 기분을 느꼈다. 그랜드머더호의 고물에서 화염이 치솟고 있었다. 그랜드머더호의 갑판원들은 황급히 진화에 들어갔지만 아무래도 키가 파괴된 듯했다. 이제 여섯 척으로 줄어든 필마온 전함들은 쾌재를 올리며 그랜드머더호로 접근하고 있었고 그랜드머더호의 선교 위에서는 킬리가 비장한 눈으로 트로포스를 돌아보았다. 말이 전달될 수 없는 상황에서 킬리는 오닉스의 손짓을 사용했다.

'아무래도 어렵겠는데.'

트로포스는 힘겨운 신음을 토하며 고개를 끄덕였다. 접근전에 들어간다는 것은 그랜드머더호의 패배를 의미한다. 그렇잖아도 전투원의 숫자가 적은 데다가 육상 방어를 위해 많은 수의 전투원을 빼낸 상태였기 때문이다. 게다가 필마온 전함들이 그랜드머더호에 밀착하게 되면 그랜드파더호 역시 함부로 사격할 수 없게 된다. 킬리는 슬픈 눈으로 육지 쪽을 바라보며 다시 손짓했다.

'우리는 엉뚱한 곳에서 싸우고 있군.'

'뭐라고?'

'지금 우리가 필요한 곳은 바로 저곳일 텐데.'

킬리는 아쉬움을 떨쳐버리듯 고개를 내저으며 검을 뽑아들었다. 그리고 자신의 일항사 샤이틴을 불러들였다.

"일항사. 아래로 내려가서 노예들의 쇠사슬을 다 풀어줘라."

"노예들까지 전투에 동원합니까? 믿을 수 있을까요?"

"아니. 명령이 떨어지면 전원 배에서 뛰어내린다. 싸울 필요는 없다."

"싸우지 않는다고요?"

"그래. 싸우지 않는다. 모두들 바다로 뛰어들어라."

샤이틴 일항사는 이해할 수 없다는 표정으로 그의 선장을 바라보다가 문득 몸을 딱딱하게 굳히며 고개를 가로저었다.

"무슨 말씀인지 알겠습니다. 제가 하겠습니다."

"샤이틴."

"선장님은 가셔야 합니다."

"이건 내 배다. 샤이틴. 그리고 자네가 지금 당장 반란을 일으킬 생각이 아니라면 나는 아직 자네의 선장이야. 빨리 내려가서 노예들을 풀어줘."

샤이틴 일항사는 뭐라 대들듯 어깨를 꿈틀거리다가 몸을 돌렸다. 일단은 노예들을 풀어주는 것이 더 급하므로 자폭에 대해서는 좀 천천히 의논해 보자, 고 생각하며 샤이틴은 주승강구를 바쁘게 내려갔다.

사라지는 일항사의 등을 보던 킬리는 다시 한번 그랜드머더호의 갑판을 죽 둘러보았다. 갑판원들은 다가오는 필마온 전함들을 향해 석궁을 날려보내거나 화재를 진압하거나 하며 정신없이 뛰어다니고 있었지만 킬리는 그랜드머더호 그 자체를 바라보았다.

'왕국 레갈루스의 방패가 되어야 했을 너를 해적기 아래로 끌어들이고도 모자라, 나는 이제 너를 불태우려 하는구나.'

킬리는 감상적으로 바뀌는 마음을 다잡으며 트로포스 선장에게로 고개를 돌렸다. '필마온의 전함들을 모두 끌어들인 다음 화약고를 폭파시키겠다. 그랜드파더호에게 피신 명령을 전하고 질풍호의 선원들도 충격에 대비하게끔 하라'에 해당하는 손짓을 보내려던 킬리는, 그러나 트로포스 선장에게 시선을 고정한 채 굳어버리고 말았다.

트로포스 선장은 한 손으로 긴 지팡이를 짚고 서 있었다. 그리고 다른 손으로는 짧은 의문문을 보내고 있었다.

'킬리 선장. 죽는 것이 싫은가, 마법이 싫은가?'

다림 앞바다는 갑작스러운 고요함 속으로 빠져들었다.

그랜드머더호와 그랜드파더호는 물론이거니와 필마온 기사단의 함선들도 전장의 한 부분에서 기이한 일이 일어나고 있다는 느낌을 받으며 침묵했다. 그들은 의심스러워하는 눈으로 질풍호를 바라보았다. 해변가의 바위 위에서는 하리야가 고개를 갸우뚱하며 질풍호를 바라보았고 그 옆에서는 에레로아가 힘겹게 상체를 들어올리고 있었다. 판데모니엄의 하이마스터인 그녀조차도 지금 일어나고 있는 이 기이한 전조에는 꽤나 당혹하지 않을 수 없었다.

물결이 사라지고 있었다.

전투를 벌이던 해적들과 기사들은 당혹한 눈으로 바다를 바라보았다. 물결은 사라졌고 바다는 번득이기 시작했다. 눈을 비비고 바라보았을 때 바다는 조금 전까지의 모습 그대로였다. 하지만 속눈썹 너머로, 혹은 자신의 코 언저리에서 그들은 기묘하게 변하는 바다를 보았다. 바다는 금속성의 광택을 뿌리며 고체로 변하고 있었다. 그러나 다시 바라본 바다는 지저분하고 흔들리는 보통의 바다였다.

그리고 질풍호 위에서는 트로포스가 한쪽 무릎을 꿇은 채 세야의 아카나를 움켜쥐고 있었다.

질풍호의 선원들은 언제나처럼 뒤로 물러난 채 공포에 질린 눈으로 그들의 선장을 바라보고 있었다. 그리고 그들의 시야 한가운데서 트로포스는 고개를 떨군 채 길고 복잡한 주문을 중얼거리고 있었다. 두 팔에서 일어나던 미미한 경련이 곧 어깨로 옮겨갔고 잠시 후 트로포스의 온몸이 미친 듯이 흔들렸다.

갑자기 그의 고개가 홱 쳐들려졌다. 트로포스는 목이 그렇게까지 꺾인다는 것이 믿어지지 않을 정도로 머리를 높이 들어올렸다. 그 얼굴은 하늘을 바라보고 있었지만, 그 눈은 허옇게 뒤집어져 있었다. 부들부들 떨리는 입술은 주문과 침과 뜨거운 입김을 동시에 뿜어내었다. 바다가 고요해진 덕분에 킬리는 그의 주문을 들을 수 있었고 그 중간중간에 알아들을 수 있는 말이 섞여 있음을 깨달았다.

"파도의 봉우리를 박찬 갈매기만이 가장 높은 바람을 맛보리라……"

자유호의 갑판에서 정신없이 그 광경을 보던 식스는 누군가가 자신을 옆으로 밀어내는 것을 느꼈다. 고개를 돌린 식스는 파랗게 질린 세실의 얼굴을 발견했다.

"레이디 세실리아?"

세실은 식스의 말을 들은 체 만 체하며 질풍호만을 바라보고 있었다.

"저…… 얼간이. 기어코……"

그때 세야의 아카나가 멈추었다.

트로포스는 놀랍도록 경쾌한 동작으로 일어났다. 그 얼굴은 파리했지만 표정만은 온화했다. 트로포스는 언젠가 부러뜨리려 했지만 그 대신 책상을 찍고 말았던 지팡이를 들어올려 그랜드머더호를 겨냥했다.

그리고 트로포스는 명령했다.

"날아라!"

그랜드머더호는 격심한 진동을 일으켰고, 그래서 킬리는 엉덩방아를 쩔고 말았다. 킬리는 선교에 주저앉은 채 믿을 수 없다는 눈으로 자신의 다리 사이를 내려다보았다. 그의 몸은 이미 뚜렷이 느끼고 있었지만 그의 머리는 그 사실을 인정할 수 없었다.

그랜드머더호는 떠오르고 있었다.

먼저 노들이 수면 위로 떠올랐다. 그랜드머더호의 선복을 따라 격류가 되어 흘러내리던 바닷물은 이윽고 물방울이 되어 후드득 떨어져내렸다. 노예들은 노 구멍을 통해 바다를 내다보며 비명을 질렀고 갑판원들은 뱃전에 매달린 채 비슷한 행동을 취했다. 노와 선복 전체에서 물방울을 떨어뜨리고 있었지만 그랜드머더호는 더 이상 배가 아니었다. 일찍이 이런 영광을 차지한 배는 어디에도 없었을 것이다. 어떤 배도 가지 못했던 해역을 그랜드머더호는 미풍을 타고 조용히 미끄러지고 있었다.

그랜드머더호는 창공을 항해하고 있었다.

필마온 전함들의 선원들은 그들의 돛대 높이로 솟아오르는 그랜드머더호를 보며 주저앉거나 비명을 질렀다. 개중에는 바다로 뛰어드는 자들까지 있었다. 그리고도 그랜드머더호는 계속해서 떠오르고 있었다. 킬리는 비틀거리며 일어나 뱃전으로 달려갔다. 그러고는 이제 아래로 까마득히 보이는 질풍호의 갑판을 바라보았다.

그곳에는 트로포스가 위를 올려다보고 있었다.

"트로포스!"

트로포스는 킬리처럼 고함을 지르는 대신 손을 들어올렸다.

'킬리. 가서 바스톨 장군과 오닉스를 돕게.'

다시 고함을 지르려던 킬리는 가까스로 입을 다물었다.

'그들을 도우라고?'

'그래. 강철의 레이디는 모든 땅에서 사용이 금지되었지. 그리고 땅 위에 떠 있는 배를 땅이라고는 할 수 없겠지. 가서, 그들을 돕게.'

킬리는 다시 손짓을 보내었지만 그것은 트로포스에게 전달되지 않았다. 트로포스는 지팡이를 돌려 그랜드파더호를 겨냥하고 있었다. 그랜드파더호의 선상에서는 돌탄 선장이 허옇게 질린 얼굴로 더듬거리고 있었다.

"이, 이퐈. 어, 처, 청말? 안 돼. 맙소사—!"

트로포스는 빙긋 웃으며 외쳤다.

"날아라!"

다림 교회를 향해 황급히 달려가던 바스톨 장군은 문득 주위가 어두워졌다는 느낌을 받았다. 좌우를 둘러본 바스톨 장군은 대로 위를 움직이고 있는 거대한 그림자를 발견했다.

'구름 그림자인가?'

하늘을 올려다본 바스톨 장군은 다음 순간 천식 증세를 보이고 말았다.

다림 앞바다에서 떠오른 두 척의 터릿 갤리어스는 황당하다는 시선으로 그들을 올려다보는 필마온 기사들을 무시한 채 고요히 선수를 돌렸다. 이물을 육지 쪽으로 돌린 두 전함은 그대로 허공을 미끄러졌다.

그리고 바스톨 장군이 올려다보았을 때 두 척의 전함은 지상 150피트 정도의 높이를 유지한 채 다림 상공을 통과하고 있었다.

바스톨 장군은 얼굴이 빨갛게 될 때까지 격렬하게 기침한 다음에야 겨우 호흡을 회복했다. 150피트라는 까마득한 높이인 데다 평소에는 관찰이 불가능한 각도에서 보고 있었지만—바닷 속에 들어가지 않는다면야 배를 아래쪽에서 보기는 어렵다—장군은 겨우 그것이 그랜드머더호와 그랜드파더호라는 것을 알아차릴 수 있었다. 장군은 자신의 이마를 짚으며 웃음을 터뜨렸다.

"맙소사! 포환을 못 날려보내니 아예 배를 날려보내는군. 못 말리겠는데!"

정신없이 웃던 장군은 문득 대로 한가운데서 말을 멈춰 세운 채 껄껄거리고 있는 자신의 모습이 그다지 품위있어 보이지는 않을 거라는 사실을 떠올렸다. 장군은 당황하며 자신이 무슨 일을 하던 중인가를 떠올리려 했다. 그러자 더 큰 당황이 그를 엄습했다.

"잠깐. 내가 지금 용기병들에게 화력을 구하러 가고 있었나?"

바스톨 장군은 고개를 내려 멀리 보이는 다림 교회의 종탑을 바라보았다. 그리고 장군은 다시 고개를 들어 하늘을 날고 있는 두 척의 터릿 갤리어스를 보았다. 일제 사격으로 80발. 그러나 하늘에 떠 있으니 이제는 좌우의 함포를 모두 사용할 수 있다. 장군은 지금 다림 상공을 가로질러 외성 쪽을 향하는 것이 무엇인지를 정확하게 깨달았다.

그것은 160문의 강철의 레이디다.

장군은 다시 한번 품위는 별로 없지만 희열은 충분한 함성을 질렀다.

"내가 왜? 강철의 레이디가 160문인데!"

바스톨 장군은 말을 돌렸고 자신이 달려왔던 길을 그대로 되짚어 달려갔다. 그리고 그의 머리 위에서 나란히 날고 있는 두 척의 전함을 향해 팔을 휘두르며 함성을 질렀다. 뱃전으로 고개를 내민 선원들은 아래쪽의 대로를 달리는 노장군을 알아보고는 손을 흔들어보였고 그 작은 동작은 바스톨 장군을 거의 실신하게 만들었다. 장군은 기사들의 퍼레이드를 향해 팔을 휘두르는 개구쟁이처럼 비명을 지르고 웃음을 터뜨렸다. 그리고 어떻게 보더라도 수부의 자질을 가졌다고는 말할 수 없는 바스톨 장군은 그 순간 모든 뱃사람들이 느끼는 공포는 느끼지 않았다.

하리야는 벌벌 떨면서 하늘 저편으로 멀어져 가는 그랜드파더호와 그랜드머더호의 고물을 바라보았다. 그의 머리의 이성적인 부분은 그 순간 바스톨 장군이 느끼는 기쁨을 그대로 느끼고 있었지만 그의 감성은 그렇지 못했다. 늘상 보아왔던 배였고 게다가 그의 동료들이 타고 있는 배였지만, 뱃사람 하리야는 하늘을 날고 있는 배의 모습에서 한 가지 공포밖에 느끼지 못했다. 에레로아는 빙그레 웃으며 말했다.

"이봐, 하리야 선장. 유령선을 떠올리고 있는 건가?"

하리야는 움찔하며 에레로아를 바라보았다. 에레로아는 부드러운 미소를 짓고 있었고 그 미소의 의미를 깨달은 하리야는 얼굴을 붉혔다. 그 미소에는 '악마도 두려워하지 않는 자네가 유령선에 떨고 있는 건가?'라는 조소가 담겨 있었다. 하리야는 약간 볼멘 목소리로 말했다.

"젠장, 바라…… 에레로아. 나는 뱃사람이란 말입니다."

"그래. 하늘을 나는 유령선은 폭풍이나 전염병의 전조라지. 하지만 안심해. 저건 그랜드파더호와 그랜드머더호니까."

"나도 압니다. 음, 진정해야겠지요."

하리야는 마음을 가다듬기 위해 애썼다. 이 전투의 특이한 점은 전투 발발 이후부터 지금까지 폴라리스가 전혀 지휘 계통을 갖추지 못한 상태에서 당사자 각자의 판단에 따라 싸우고 있다는 점이다. 킬리는 자의에 따라 용기병들을 날려버렸고, 바스톨 장군은 아무런 지휘권도 가지지 못한 상태에서 폴라리스의 육상 방어를 책임지고 있었다. 두캉가는 노스윈드 선단의 4개 전함을 지휘하며 지브라호를 쫓고 있었고 트로포스는 자의에 따라 두 척의 터릿 갤리어스를—그만이 할 수 있는 방식으로—육상 방어로 돌렸다. 모든 사람들이 내키는 대로 행동하고 있는 가운데 그나마 최고 책임자라 할 수 있는 하리야는 이 해변가의 바위 위에 앉아 넋놓고 구경하고 있었다.

하리야는 지금까지의 상황에 불만을 느끼지는 않았지만 자신도 뭔가 행동을 해야 한다는 의무감을 느꼈다. 비록 그와 바스톨 장군이 수립했던 모든 전략이 폐기된 상태였지만 그래도 할 수 있는 일이 있을 것이다. 하리야는 생각하기 위해 애썼다. 그가 고민했던 것, 즉 바스톨 장군을 지원할 병력은 두 척의 터릿 갤리어스가 파견됨으로써 해결되었다. 그렇다면 남은 문제는…… 순간 하리야는 충격을 받은 얼굴로 앞바다를 노려보았다.

"자폭하려는 건가!"

두 척의 터릿 갤리어스가 하늘로 날아가버림에 따라 여섯 척의 필마온 전함이 목표를 잃은 채 당황하고 있었다. 하지만 다림 앞바다에는 자유호를 제외하고도 아직 폴라리스의 전함이 한 척 남아 있었다. 그리고 하리야는 트로포스 선장이 두 척의 터릿 갤리어스를 날려보낸 이유가 꼭 육상 지원만은 아닐지도 모른다는 의심을 느꼈다.

트로포스는 10년 동안 잠을 못 잔 듯한 피로감을 느꼈다.

트로포스는 10년 동안 잠만 잔 것 같은 생경함을 느꼈다.

바다, 그리고 그의 배는 고요했다. 조금 전까지 들려오던 전투의 소음들은 어디에서도 들려오지 않았고 잔잔한 물결 소리만이 사방을 가득 메우고 있었다. 그리고 트로포스는 어디에도 신경 쓰지 않았다.

트로포스는 천천히 한쪽 무릎을 꿇었다. 갑판에 닿는 무릎의 느낌은 거의 느껴지지 않았다.

'잘 됐어.'

두캉가 선장은 지브라호를 격침시키거나 하다못해 다시는 찾아올 생각이 들지 않을 정도의 피해를 입혀 돌려보낼 것이다. 그리고 킬리와 돌탄은 다벨군을 상대로 비슷한 일을 해줄 수 있을 것이다. 이 앞바다에 남아 있는 여섯 척의 필마온 전함은 질풍호를 폭파시켜 처리할 수 있을 것이다. 설령 그들이 질풍호의 폭발에서 도망친다 해도 두캉가 선장은 지브라호를 처리한 다음 천천히 그들을 상대할 수 있을 것이다. 트로포스는 한번의 마법으로, 터릿 갤리어스를 하늘로 끌어올린다는 발상의 전환으로 모든 문제를 해결한 것이다.

'가장 효율적으로 마법을 쓴 것 같군. 훌륭해, 트로포스.'

트로포스는 스스로에게 보내는 공치사를 들으며 빙그레 웃었다. 그러나 자족감에 빠져 있을 시간은 아니었다. 질풍호는 스스로 움직일 수 없는 상태이므로 필마온 기사단이 접근하도록 해야 한다. 그랜드파더호와 그랜드머더호가 목표에서 제외됨으로써 그들이 질풍호로 달려들 가능성이 높아지긴 했지만 안심할 수는 없다. 질풍호를 공격하는 대신 지브라호를 구출하러 달려가버릴 수도 있다. 트로포스는 다시 지팡이에 힘을 주며 일어나려 했다.

그리고 트로포스는 자신이 쥐고 있는 것이 지팡이가 아니라는 사실을 깨달았다.

그가 쥐고 있는 것은 누군가의 다리였다. 자줏빛 행전이 두 정강이를 감싸고 있었고 그 위로는 황금빛으로 번쩍이는 바지가 우스꽝스럽게 부풀어 있었다. 허리는 노란색 물방울 무늬 비단 새시로 꽉 졸라매져 있었고 비리디안 빛 격자 무늬 셔츠와 황금빛 조끼가 서로를 완벽히 무시하는 모습으로 하나의 상체 위에 모여 있었다. 트로포스는 한 가지 생각밖에 떠올리지 못했다.

'상당히 파격적인데?'

트로포스는 이 해괴한 복장을 한 여자의―도저히 성별을 짐작할 수 없는 복장이었지만 그 옷 아래의 몸은 그럭저럭 여성의 선을 가지고 있었다―얼굴을 올려다보았다. 부풀다 못해 옆으로 쳐진 모자가 두 귀를 다 덮고 있었고 그 아래로는 금발이 흩날리는 가운데 여자는 부드럽게 웃었다. 트로포스는 그 여자의 위아래 입술이 서로 다른 색깔을 하고 있는 것에 큰 충격을 받지는 않았다.

"이갈기의 요정과 코골기의 요정이 더불어 축복하는 듯한 이 아름다운 날 그대 앞에 선 이 자의 이름은 아델토라 하오."

트로포스는 반갑다고 말하기에 앞서 짧은 순간 갈등을 겪어야 했다.

바람을 끊으며 날아든 창날이 다시 리저드라이더의 투구끈 아래로 파고들었다.

턱 아래를 파고든 창날은 연구개를 관통하여 단숨에 뇌를 헤집어놓았고 따라서 창이 뽑히기도 전에 이미 리저드라이더는 죽어 있었다. 무서운 힘으로 창이 당겨질 때 리저드라이더의 시체 또한 목도리도마뱀 위에서 떨어져 땅 위를 뒹군다.

창을 들고 있던 병사는 숨을 헐떡이며 시체를 바라보았다. 병사는 자신이 한 짓을 누가 보았을까 하는 두려움을 느끼듯 충혈된 눈으로 주위를 둘러보았다. 그러나 뒤를 돌아보았을 때 그 모든 것을 까맣게 잊었다. 조금 전 자신이 쓰러뜨린 상대방의 눈빛마저도. 그곳에는 우둘투둘하고 단단한 피부 사이로 번득이는 눈이 있었다. 그 냉혹한 눈으로 주시당하자 병사는 꼼짝도 할 수 없었다. 이빨들이 희게 번득이는 입이 벌어지고 역한 입김이 병사에게 확 풍겨올 때도 병사는 현실을 부정한다.

'이런 일이 있을 수는 없어.'

지금까지 보아왔던 목도리도마뱀이 애완동물로 여겨질 정도로 흉측하게 생긴 놈이 병사를 응시하고 있었다.

그리고 좌우로 펼쳐지는 무시무시하면서도 아름다운 프릴.

"쐐애애애애애액!"

"으아아아!"

병사는 괴성을 지르며 창을 끌어당겼다. 하지만 이번에는 프릴 뒤에서 또다른 창이 날아와 병사의 창을 쳐내었다. 그 순간 그 흉측한 목도리도마뱀이 앞으로 돌격했다. 병사는 목과 가슴의 아픔보다는 자신의 발이 땅에서 떨어지는 느낌에 더 당혹했다. 아무것도 보이지 않았지만 자신이 무슨 일을 당하고 있는지 깨달은 병사는 끔찍한 공포를 느꼈다. 병사를 깨물어 올린 목도리도마뱀은 그의 몸을 허공에 대고 흔들고 있었다.

잠시 후 목도리도마뱀은 물고 흔들던 것이 이미 시체임을 깨닫고는 그것을 옆으로 집어던졌다. 도마뱀에 타고 있던 마왕은 옆으로 비껴들었던 장창을 한바퀴 돌려 고쳐 잡으며 발로는 도마뱀의 허리를 걸어찼다. 하지만 목도리도마뱀은 앞으로 달려가는 대신 으르렁거리며 펄쩍 뛰어올랐고 마왕은 아뿔싸 하는 표정으로 멋쩍게 웃었다.

'아차, 말이 아니지.'

그러나 빌레스의 손은 허리춤의 석궁을 향하고 있었고 도약의 최정점에 도달했을 때 마왕은 전장의 저편을 향해 화살을 날렸다.

서 파르치는 등뒤에서 들려오는 비명에 놀라 고개를 돌렸다. 다벨 중장보병 하나가 가슴에 꽂힌 쿼렐을 움켜쥔 채 나동그라지고 있었다. 서 파르치는 저편을 보았고 그곳에서는 다시 땅에 내려선 마왕이 빈 석궁을 옆으로 집어던지는 광경이 보였다. 석궁에 얻어맞은 중장보병은 비틀거렸고 마왕은 장창을 휘둘러 중장보병의 복부를 사정없이 꿰뚫고 있었다.

"꽤나 바빠 보이시는군요, 전하!"

"자네 목숨까지 책임지려니 좀 바쁘군."

서 파르치의 얼굴이 붉으락푸르락했지만 마왕은 싱긋 웃으며 자신의 목도리도마뱀을 달리게 만들었다. 트라이어드. 다른 목도리도마뱀보다 세 배는 더 빠르고 세 배는 더 힘세고 세 배는 더 못생겼다는 의미의 이름을 가진 마왕의 도마뱀은 보라색 번개처럼 전장을 치달렸다.

그럼에도 불구하고 그 시점에서 마왕은 다벨군의 최고의 악몽은 아니었다. 마왕의 오른팔이자 마왕의 방패였던 서 하빈저는 자신의 몸과 타고 있는 말 전체를 하나의 검으로 바꾼 듯한 기세로 다벨군을 공격하고 있었다. 그 기백 넘치는 공격은 록소나 중장기병이 왜 대륙에서 가장 터프하다는 명성을 듣고 있는지를 잘 말해 주고 있었다. 그리고 비록 그가 이 전장의 유일한 록소나 중장기병이 아니었더라도 서 파르치는 그가 록소나 중장기병의 표상이 될 수 있으리라 확신했다.

서 파르치와 마왕과 서 하빈저, 그리고 리저드라이더들은 그런 식으로 성벽으로 육박하는 다벨 중장보병대의 옆구리를 사정없이 후려치고 있었다. 공격 그 자체보다도 그들이 야기하고 있는 공포가 먼저 중장보병대를 얼어붙게 만들었다. 목도리도마뱀이 으르렁거리는 가운데 성벽을 올라가고 싶어하는 병사는 어디에도 없었다. 멀리서 그 모습을 관찰하던 서 소사라는 우울한 표정으로 말했다.

"형의 노예병이 존경스럽군. 물론 도망치지 않았다면 더 존경스러웠 겠지만."

부러진 다리를 등자에 묶은 모습으로 말에 타고 있던 서 소팔라는 난처한 듯 어깨를 으쓱이며 하늘을 올려다보았다. 도망친 노예병을 떠 올리는 듯한 모습이었다. 형제의 대화를 듣고 있던 휘리는 고개를 끄덕 이며 말했다.

"어떻게든 정리를 해야겠군. 서 켈커! 나가서 저 무례한 놈들을 쫓아 버려라."

서 켈커는 가볍게 고개를 끄덕인 다음 투구를 덮어썼다. 그러나 그가 달려나가기 전 서 소팔라가 기겁한 목소리로 외쳤다.

"자, 잠깐! 하늘을 봐!"

하늘을 올려다본 다벨의 지휘관들은 그들이 가장 저질스러운 악몽 에 단체로 초대받은 기분을 느꼈다.

빌레스 국왕은 끌어당겼던 장창을 내찌르려다가 멈칫했다. 그의 적수 였던 중장보병은 마왕의 공격을 전혀 방어하지 않고 있었다. 마왕은 전 투중이었고 따라서 상대방이 싸울 의사가 있든 없든 거꾸러뜨릴 충분 한 용의가 있었지만, 호기심은 별개의 문제다. 그래서 마왕은 트라이어 드가 공격하지 못하도록 고삐를 뒤로 끌어당기며 정중히 질문했다.

"이 자식아, 그렇게 넋빼고 있으면 안 찔릴 줄 아냐!"

그럼에도 불구하고 중장보병은 방패를 옆으로 늘어뜨린 채 참 바보 같은 얼굴로 멍청히 서 있었다. 당혹감을 느낀 마왕은 '이봐, 이 얼빠진 친구 좀 보게' 하는 듯한 눈으로 주위를 둘러보았고 그러고는 더 당황해 버렸다. 주위의 많은 병사들이 비슷한 증세, 즉 무기를 늘어뜨린 모습으로 하늘을 보고 있었다. 그 중에는 서로 무기를 맞댄 모습으로 똑같이 하늘을 보고 있는 병사들도 있었다. 이 거대한 시대적 흐름에 동참하기 위해 마왕은, 눈살을 조금 찌푸리긴 했지만 근엄하게 하늘을 보았다.

'제군들이 그렇게 원한다면, 나도 보아주지.'

그리고 마왕은 그들의 심정을 완전히 이해할 수 있게 되었다. 저 멀리서 목이 졸린 듯한—마왕은 그것이 아무래도 서 파르치의 목소리 같다고 생각했다—비명이 들려왔다.

"배가 하늘을 난다!"

킬리 선장은 끊임없이 명령을 생각해 냈고 동시에 그 명령들이 어떻게든 통상적인 명령처럼 들리게끔 애썼다. 그 결과로 그랜드머더호의 승무원들은 돛을 펼치고 밧줄을 당기고 캡스턴에 매달리고 심지어 서로에게 시비를 걸기까지 했다. 하지만 노는 젓지 않았다. 킬리 선장은 허공에 노를 저어야 되는 노예들이나 그 모습을 보고 있어야 하는 선원들의 심리 상태가 어떤 식으로 변화될지 상상하기도 두려웠다. 그래서 킬리는 가장 상식적인 명령만 내렸다.

"선내의 기름을 다 끌어모아라! 화약 주머니도 몇 개 갑판으로 옮겨와! 모조리 아래에 뿌린다. 어, 그렇게 많이 가져올 필요는 없다. 생각을 해, 생각을! 허공에 화약이 떠다닐 정도가 되면 폭발이 일어났을 때 우리까지 위험하잖나! 기수! 성벽으로 신호를 보내라. 리저드라이더들 다 불러들이라고 해!"

성벽 위의 그레고리는 가혹한 명령을 받고 신음을 흘렸다. 그들의 머리 위를 날아가고 있는 두 척의 배를 보았을 때 다른 모든 이들은 경이감에 몸이 굳었다. 하지만 그레고리만은 그랜드파더호로부터 날아온 깃발 신호를 보며 낭패감에 젖어들었다.

'사격각을 말해라.'

그레고리는 자신의 선장답다고 생각하며 투덜거렸다.

"허, 젠장이군. 난 하늘에서 대포 쏴본 적이 없는데."

그럼에도 불구하고 그레고리는 계산을 해내었다. 기적적인 일이었다. 충분히 숙련된 포수라면 대포와 타격 목표 양자 모두와 떨어진 제삼자의 위치에서도 관측을 해낼 수 있으며 그레고리가 성벽 위에서 해온 일 또한 그런 묘기였지만, 그 대포가 공중에 떠 있다는 것은 이야기가 전혀 다르다. 게다가 높이차가 전혀 없는 바다의 전투에 익숙한 그레고리에게 지금처럼 높이차가 심한 경우는 난생 처음이었다. 육지의 포수라도 이런 고각도 사격엔 진땀을 흘릴 테지만 그레고리는 주저없이 깃발을 들어올렸다. 하늘에서 성벽 위를 내려다보던 돌탄은 그레고리가 보내는 깃발 신호를 보며 씩 웃었다.

"크렇치! 크래야 내 포수창이치. 키수! 크랜트머터호에 천탈해!"

그 모든 일은 구름처럼 허공을 떠가던 두 척의 터릿 갤리어스가 성벽 바로 위를 통과할 때 일어났다. 다벨 중장보병대는 그들의 머리 위를 떠가는 거대한 배의 선복을 바라보며 질려버렸지만 리저드라이더들은 황급히 전선을 이탈했다. 전지형을 달릴 수 있는 그들다운 초고속 이탈이었다. 그리고 그들이 빠져나간 자리 위로 하늘에서 기름과 화약이 바람을 타고 쏟아져내렸다.

높이 때문에 기름은 가장 가는 빗방울보다 더 가늘게 뿌려지고 있었지만 다벨군을 적실 정도는 되었고 다벨 중장보병들은 자신의 팔다리와 전우의 몸에서 번들거리는 기름을 보며 패닉에 빠져버렸다. 그들은 모든 방향으로 도망치려 했고 그래서 어디로도 도망치지 못했다. 오닉스 나이트는 그 모습을 보며 묵직한 한숨을 흘렸다. 그때 그의 등뒤에서 다급한 발자국 소리가 들려왔다. 고개를 돌린 오닉스는 성벽 위로 올라오는 바스톨 장군을 발견했다.

"어떻게 되었소?"

오닉스는 '보시죠' 하듯 손을 내밀었다. 바스톨 장군이 땀에 젖은 이마를 훔치기 위해 손을 들어올렸을 때 두 척의 배가 사격을 개시했다. 그리고 장군은 손을 내리지 못했다.

"꽝꽝콰콰콰꽝!"

두 척의 배로부터 분수처럼 불꽃이 튀어나왔다. 그레고리는 강철의 레이디가 발사 가능한 최고 각도를 지시했고 동시에 160개 대포 모두가 서로 등각을 이루도록 배려했다. 그 결과 앞뒤로 나란히 선 두 전함의 선체로부터 모두 160개의 화염이 튀어나와 하늘을 향해 맹렬히 솟아올랐다. 허공에 화산이 생긴 듯한 모습을 보며 바스톨 장군은 감탄을 토했다.

쏘아져 올라간 포환들은 올라갔던 속도 그대로 떨어져내렸다. 그레고리는 대포가 겨우 발사될 정도의 화약량을 지시했기 때문에 포환들은 거의 지근 거리라 할 만한 거리를 두고 전함 주위로 떨어져내렸다. 그리고 전함의 아래쪽에는 몸에 기름과 화약을 바른 다벨군들이 동공이 튀어나올 듯한 모습으로 위를 올려다보고 있었다.

잠시 후 초원 위로 살육의 비가 쏟아져 내렸다.

"아―델토? 황금의 조커?"

"오오, 기쁘오! 즐겁소! 행복하오! 그렇소. 바로 그런 보잘것없는 이름으로도 불리곤 하오. 왕의 권세마저도 그 혀 위에 놓고 짓뭉갤 수 있으나 내 재담을 마음에 들어하지 않는 철부지의 발에도 걷어차여 눈물짓는 이 자는 바로 황금의 조커라오. 하나의 눈으로도 그 정도의 혜안을 보이시니 두 개의 눈이 있었다면 어쨌했을지 상상도 가지 않는구려!"

트로포스는 무슨 소리인가 하다가 가까스로 자신의 안대를 만지작거리며 고개를 끄덕였다. 그는 천천히 일어나며 상대를 주의 깊게 바라보았다.

"네가…… 그 지팡이였냐? 세야의 아카나?"

"오오, 선생께서는 그 한쪽 눈을 빼어주고 대신 100인의 지혜를 얻으신 거요? 그러하오이다. 기담요설에 능한 자 많다 하나 그 중에서도 남보다 우월한 이 있으니 참으로 금강석과도 같은 혀를 가진 그 이름 린타! 그 분께서 이 가엾은 광대에게 무려 아흐레 밤낮의 시간을 베푸시어 스스로의 치욕을 알게 하신 바 이 광대는 감당할 수 없는 수치에 혀가 얼어붙고 몸이 굳어 정신을 차려 주위를 둘러보니 어느새 한 자루 지팡이가 되고 말았소이다. 또다시 그 이야기를 꺼내려니 눈물이 앞을 가리오."

트로포스는 굳어 있던 것 치곤 혀가 너무 매끄럽게 돌아간다고 생각했지만 그 말을 꺼내지는 않았다.

"그 용기병들이 왜 나를 공격한 건지 알겠군. 악마가 있기 때문에……"

그때 트로포스는 갑자기 자신의 손등을 바라보았다. 그곳에는 열두 개의 점이 완전한 원을 그리고 있었다. 트로포스는 손등을 바라보던 눈을 들어 아델토를 바라보았다.

"내가 널 풀어준 거냐?"

아델토는 손뼉을 치며 환하게 웃었다.

"그렇소, 그렇소. 이 자만큼의 자만심을 가진 분이 또 계실 줄은 정말 몰랐군요."

"자만이라니?"

"여드레째라도 도망쳤으면 되었을 거요. 하지만 아흐레째 밤이 올 때까지도 난 도망치지 않았소. 내가 이길 수 있다고 생각했거든. 이 광대는 자신의 파멸이 다가오는 줄 알면서도 그렇게 했소. 그런데 그런 뚜렷한 신호를 보냈는데도 굳이 파멸의 문턱을 넘으시는 분이 여기 또 계셨구려."

트로포스는 자신의 위아래 턱이 딱딱 부딪히는 것을 느꼈다. 그의 허리가 뒤로 빠졌고 그에 따라 발걸음도 두어 발자국 물러났다. 트로포스는 두려움 가득한 눈으로 악마를 바라보았다.

"나는 죽나?"

"아니오. 지팡이로 만들어드리리다. 그렇지만 선생의 경우에는 123,456,789개의 점이 필요할 거요. 하루에 열 번씩 사용해도 2만 6천 년 정도 걸리지. 그리고 선생의 장기 지배력으론 대단한 지팡이는 못 되겠는데? 하하하!"

트로포스는 검을 뽑아들었다. 하지만 그 스스로도 무슨 소용이 있을까 싶었다. 그의 걱정대로 아델토는 트로포스의 검에는 전혀 신경 쓰지 않았다.

그뿐만 아니라 아델토는 환한 얼굴로 주위를 둘러보았다. 그녀가 몸을 이리저리로 흔드는 것에 따라 모자에 달린 방울이 딸랑거렸고 허리 뒤로 늘어뜨린 새시 자락 역시 나풀거렸다. 아델토는 그런 경쾌한 모습으로 이곳저곳을 둘러보았고 그녀가 움직이는 것에 따라 검 끝을 이리저리 옮기긴 했지만 트로포스는 자신의 모습이 기하급수적으로 한심해진다고 생각했다. 아델토는 뱃전으로 달려가 바다를 바라보다가 트로포스를 돌아보았다.

"여기는 전쟁터요?"

"이봐. 뭐 하는 거야? 덤벼!"

"쯧쯧. 성급하시긴. 선생에게 들을 거 좀 듣고 천천히 지팡이로 만들어주겠소. 호옹. 전쟁 때문에 이 자를 쓰셨나 보군. 웅? 이 눈 좀 보게. 이상한 것이 보이네?"

아델토는 두 손을 올려 자신의 눈꺼풀을 위아래로 잡아당겼다. 트로포스는 그 동작에 김이 빠졌지만 이어서 나온 말에는 더 혼란을 느꼈다. 아델토는 해변가를 바라보며 놀란 목소리로 말했다.

"저기 음란이 있네?"

"무슨 말이야?"

아델토는 트로포스의 말을 들은 체 만 체하며 다시 고개를 돌렸다. 그러고는 더 놀랐다는 표정을 지었다.

"웨—엑? 저기엔 질투까지? 어떻게 된 일이오, 이거."

황당해하던 트로포스는 문득 아델토가 등을 보이고 있다는 것을 깨달았다.

'오닉스는 구울의 왕자의 등을 찔렀지. 그럼⋯⋯'

트로포스는 검을 잔뜩 움켜쥐며 뒤로 끌어당겼다. 그때 그의 등뒤에서 다른 목소리가 들려왔다.

"여기 나도 있다. 아델토."

아델토는 몸을 빙그르르 돌렸고 그래서 트로포스는 움찔했다. 하지만 아델토는 트로포스를 보는 대신 고개를 들어 돛대를 바라보았다. 트로포스는 고개를 돌렸다.

돛대 위에는 벌쳐가 무릎 위에 깍지낀 두 손을 올려놓고 앉아 있었다. 아델토는 놀랐다는 듯이 외쳤다.

"탐욕까지! 이게 어떻게 된 일이오, 공작님? 하이마스터가 넷이라니?"

하이마스터라는 말에 트로포스는 등골이 쭈뼛해지는 것을 느꼈다. 뒷갑판까지 물러나 있던 질풍호의 선원들도 하얗게 질린 얼굴로 앞갑판을 바라보고 있었다. 하지만 벌쳐는 태연하게 말했다.

"구울의 왕자도 있다. 거기 그 친구가 불러냈지. 지팡이였던 자네를 이용해서."

아델토는 놀란 표정으로 트로포스를 바라보았고 트로포스는 자신이 뭔가 굉장한 일을 저지른 것 같다는 기분을 느끼며 어딘가로 숨고 싶다고 생각했다. 아델토는 나풀나풀 걸어와서는 여전히 트로포스의 검을 무시한 채 그의 얼굴을 똑바로 들여다보았다.

"선생께서 분노를 불러내셨다고?"

트로포스는 쭈뼛거리며 대답했다.

"구울의 왕자를 말하는 거라면, 뭐, 그렇긴 한데."

"그래? 그러하오? 대단하시오! 잠깐. 대식은 저기 미노 만에 항상 계시고, 그럼 여섯씩이나? 아니, 잠깐. 나태가 있잖소! 그 자야 있는지 없는지도 잘 모르니까……"

"미안하지만 잊혀진 탑이 있지."

벌쳐는 빙그레 웃으며 말했고 그러자 아델토의 눈이 커다랗게 변했다. 트로포스가 멍한 눈으로 바라보는 가운데 아델토는 갑자기 손뼉을 딱 치며 뒤로 공중제비를 넘었다. 똑바로 선 아델토는 날카로운 휘파람을 불어 트로포스의 귀를 멍하게 만든 다음 외쳤다.

"χαχὸς δαίμων!"

"맞아. 광대."

"좋아, 이 자는 복수요!"

"이보라고, 광대. 찾고 나서 말해."

벌쳐는 곤란하다는 듯이 말했지만 아델토는 이제 벌쳐까지 무시하고 있었다. 아델토는 한쪽 손을 위로 들어올리고 다른 손은 허리에 얹은 채 제자리에서 빙글빙글 돌기 시작했다. 트로포스는 아델토가 회전하면서 그 행전과 새시, 그리고 셔츠의 색깔이 계속 바뀌는 것을 보고 기겁했지만 아델토는 아랑곳하지 않은 채 계속 춤을 추었다.

타이호―! 트랄라라, 네가 죽으면 관 속에
꼬리 없는 수코양이 한 마리 집어넣지.
에구머니 아주머니 치마 속에 뭘 숨겼지?
저 녀석이 맡긴 건가? 틀림없이 그 꼬리.

늙어빠진 악마가 네 관에 걸터앉아
네녀석의 갈빗대 우물거리며 외치겠지.
어이쿠, 내 꼬리. 이놈이 자른 내 꼬리.
성 요를룸의 축일에 이놈이 자른 내 꼬리!

타이호―! 트랄라라, 그랬어. 내 말 맞지?
놈이 내놓은 건 악마의 꼬리라니까.
으스대며 산의 꼬리라 자랑하고 다녔지만
한 눈에 알아봤지. 그건 악마의 꼬리!

아델토는 빙글빙글 돌면서도 마치 가만히 서 있는 것처럼 씩씩하게 노래를 불렀다. 앞뒤로 둘씩이나 되는 판데모니엄의 하이마스터에게 둘러싸여 있었지만 트로포스는 왠지 유쾌해진다고 생각했다. 주위를 둘러본 트로포스는 어이없다는 표정으로 질풍호를 바라보고 있는 필마온 기사들을 보고는 더욱 즐거워졌다.

아델토는 갑자기 회전을 멈추며 고개를 숙이며 양팔을 좌우로 쫙 펼쳤다. 트로포스는 그 한쪽 손이 자신을 향하고 있는 것을 보고는 다른 손이 어디를 향하는지 바라보았다. 그 손은 자유호를 가리키고 있었다. 트로포스가 뭐라 말하려 할 때 아델토는 고개를 들어올리며 트로포스를 향해 함뿍 웃음을 지어보였다.

"선생이셨구려! 싸랑하오!"

"……사랑한다고?"

"그렇소. 선생이오. 나는 지지점이 아닌 지렛대를 선택하오. 선생 원하는 거 다 들어드리리다! 이 자는 선생을 선택했다고오오옷!"

아델토는 제자리에서 팔짝팔짝 뛰면서 외쳤다. 그리고 트로포스는 도저히 한마디 하지 않을 수 없었다.

"조금 전엔 지팡이로 만든다며? 그것도 2만 6천 년 동안?"

트로포스의 머리 한구석에서는 조금 쩨쩨한 트로포스가 '하루에 한 번씩이면 26만 년이고 1년에 한번씩이면 1억 2천 년이야'라고 중얼거리고 있었다.

하지만 아델토는 계속 웃으며 말했다.

"아하? 그 농담 말이오?"

"……안 웃겼어."

"다음엔 꼭 웃겨드리리다!"

그리고 아델토는 트로포스의 허리를 꽉 껴안았다. 트로포스는 비명을 꽥 질렀지만 아델토는 트로포스를 껴안은 채 빙글빙글 돌았다. 그리고 뒷갑판에 서 있던 스우 및 다른 해적들은 이 남녀의 역할이 완전히 바뀐 동작, 더군다나 애꾸눈에 체구 당당한 해적 선장이 여자에게 안겨 허공을 돌고 있는 광경을 보며 난생 처음 배멀미를 느꼈다.

질풍호에 접근하고 있던 필마온 기사단의 전함들에서도 '웬만하면 내버려두자'는 의견이 팽배해지고 있는 가운데 벌쳐는 눈을 가늘게 떠 수평선 쪽을 바라보았다.

"선택이 나에게 넘어왔나."

외성 바깥쪽에는 눈뜨고 볼 수 없는 광경이 펼쳐졌다.

1만의 다벨 보병이 화염과 폭발 속에 불타고 있었다. 그랜드파더호와 그랜드머더호가 분수처럼 포환을 쏘아올릴 때마다 그것은 '머리 바로 위로 떨어지는 강철의 레이디'라는 전무후무한 공격이 되어 초원에 작렬했다. 게다가 두 척의 전함은 포환뿐만 아니라 불타는 것은 뭐든 뿌리고 던지며 폭발을 증폭시켰다. 이제 누구도 다벨군의 파멸을 의심하지 않았다. 바스톨 장군은 이 엄청난 대승에 목이 메어 오닉스를 돌아보았다. 그리고는 약간 어이없어하는 표정으로 말했다.

"오닉스 선장? 어떻게 그런 얼굴을 하고 있으시오?"

오닉스는 아무 말도 하지 않았다. 이제 그랜드파더와 그랜드머더는 허공이 아닌 불의 바다 위를 항해하고 있는 것처럼 보였고 그러자 그 유령선다운 모습이 더욱 두드러졌다. 게다가 그 아래의 불이 연료로 삼고 있는 것이 인간의 육체인 바에야. 얼굴을 완전히 가려주던 마스크가 사라지자 이제 오닉스는 미신에 뼛속까지 빠져든 선원의 보편적인 얼굴을 보여주고 있었다.

오닉스는 고개를 가로저으며 흉벽에 손을 짚었다. 불과 얼마 전 하리야를 놀라게 했던 그 목소리가 이번엔 바스톨 장군을 놀라게 했다.

"우리는 벌을 받을 거요."

다벨군의 진영에서는 서 소사라가 형의 말과 자신의 말의 고삐를 한 손에 모아쥔 채 처연한 얼굴로 불타는 전장을 바라보고 있었다. 그리고 그의 발치에 주저앉은 서 소팔라는 목을 놓아 울고 있었다.

"말이 돼야, 도, 도무지 말이 돼야지! 꺼허어어어!"

소팔라는 투구를 벗어 팽개친 다음 더욱 서럽게 울었다. 내버려두면 숨이 막힐 것 같았지만 소사라에게는 정신적으로도 육체적으로도 형을 말릴 여력이 없었다. 그래서 소사라는 묵묵히 고개를 돌렸다. 하지만 저편에서는 서 기리우가 하늘을 향해 가슴을 풀어헤치며 '나를 쏴! 이놈들아, 나를 쏘라고!'라고 울부짖고 있었다. 서 켈커가 어디 있나 찾아보던 소사라는 저 아래의 초원에서 어떻게든 병사들을 구출해 내기 위해 좌우로 뛰며 고함을 지르는 퀠커를 발견했다. 퀠커는 망토를 벗어 불 붙은 병사를 내리치며 도와달라고 고함 지르고 있었지만, 소사라에게는 발을 뗄 힘조차 없었다.

소사라는 휘리 노이에스를 돌아보았다.

휘리는 말 안장 위에 꼿꼿이 앉아 있었다. 얼굴은 약간 창백했고 아무 표정도 찾아볼 수 없었다. 무표정하다기보다 시체의 얼굴 같았다. 화재가 일어난 초원에서는 열풍이 불어닥치고 있었고 그 바람은 휘리의 머릿결을 어지러이 흩날렸지만 휘리는 꼼짝도 하지 않은 채 초원을 바라보았다.

문득 휘리의 입술이 열렸다.

"이토록 가소로운 세상, 이슬 속에 담긴 천년."

소사라는 굳은 얼굴로 휘리를 바라보았다. 그를 한 대 후려치고 싶었고, 동시에 그의 발에 매달려 울고 싶었고, 동시에 그에게 등을 돌리고 떠나버리고 싶었다. 그러나 소사라는 다시 형에게 고개를 돌려 형의 어깨에 손을 짚었다.

"일어나, 형."

소팔라는 몸을 돌려 동생의 다리를 부둥켜 안았다.

"소사라, 소사라. 이건 너무해. 너무하다고! 지는 건 상관없어. 하루에 세 번씩 져도 웃으라고 하셨지? 아버님께선 그러셨지. 하지만 이럴 수는 없다고! 이런 말도 안 되는 개수작이라니!"

소사라는 한쪽 무릎을 꿇으며 형의 어깨를 끌어안았다. 소팔라는 말을 더 잇지 못한 채 다시 울음을 터뜨렸고 소사라는 형의 어깨에 팔을 두른 채 불타는 전장을 바라보았다.

그의 머릿속에는 아무 생각도 떠오르지 않았다. 군사들을 구출해야 된다는 생각도, 적에 대한 적개심도 떠오르지 않았다. 소사라는 마치 남의 일을 보듯 덤덤하게 전장을 바라보았다.

그의 귀에서 무슨 말소리 같은 것이 들려왔다.

소사라는 피로한 눈을 돌려 다시 휘리를 바라보았다. 휘리는 저 앞을 바라보며 말했다.

"그리고 바탈리언 남작에겐 너무 많은 기대를 하지 마라. 그는 재미가 없어지면 떠나버릴 사람이다. 그를 다루는 법은, 짧은 기간 내에 할 수 있는 거대한 일을 계속 주는 것이다. 그러면 그는 다른 사람들이 몇 년 걸릴 일도 한 달 만에 해치울 거다."

"……자작님?"

"사트로니아를 주의해라. 놈들의 2인자 근성을 잘 이용하도록. 그들은 1인자의 가능성을 가진 자를 쓰러뜨리지만 스스로 1인자가 되지는 못한다. 그들을 가장 만족시키는 것은 소제국의 이름임을 유념해라. 라트랑—레모—바이스라의 중부 동맹이 절대로 흐지부지되지 않도록 조심해라. 그건 기회다. 그들을 계속 긴장시키도록."

"자작님. 무슨 말씀을 하십니까?"

"나머지는 네 의도대로 해라. 서 소사라."

휘리의 돌로 깎아 만든 것 같은 얼굴이 서서히 아래로 내려왔다. 소사라는 그 얼굴을 마주보며 다시는 느끼기 어려울 생경함을 느꼈다.

"막을 내릴 때가 되었다."

휘리의 손이 고삐를 움켜쥐었다. 바람이 일어났나 싶을 때 휘리의 모습은 이미 없어졌다. 소사라는 황급히 고개를 돌렸고 저 아래로 불타는 초원을 향해 달려가는 휘리의 뒷모습을 발견했다. 그가 뭐라 고함을 지르려 할 때 확 피어오른 불의 장막은 이미 휘리의 모습을 삼켜버렸다.

그리고 소사라는 휘리의 첫 번째 말을 듣지 못했다는 것에 정도를 넘어선 안타까움을 느꼈다.

흙벽에 몸을 기대고 있던 오닉스는 멀리서 들려오는 말발굽 소리 같은 것을 느꼈다. 치솟는 화염의 아우성과 병사들의 비명, 그리고 계속되는 포성이 주위를 가득 메우고 있어 들릴 까닭이 없는 소리였지만 오닉스는 똑똑히 들을 수 있었다. 오닉스는 뭔지 모를 공포를 느끼며 흠칫흠칫 고개를 들었다.

그때 초원에서 불어오던 열풍이 오닉스의 얼굴에 확 불어닥쳤다. 열풍은 오닉스의 수건을 휘감아 날려올렸고 오닉스는 맨얼굴로 불의 바다를 응시하게 되었다.

그 얼굴에는 그림자라곤 하나도 찾아볼 수 없었다.

휘리 노이에스는 불 속을 달려가고 있었다. 사방에서 날리는 불티가 시야를 어지럽히고 숨을 턱턱 막히게 하는 연기가 사정없이 소용돌이 쳤다. 그의 망토에도 불이 붙었지만 휘리는 상관하지 않았다.

열기는 살을 그을리게 만들고 그의 말은 꼬리와 갈기에까지 불이 붙어 비명을 지르고 있었다. 말은 이제 불 속에서 도망치기 위해 전속력으로 달리고 있었고 그래서 휘리는 고삐를 쥔 손을 놓았다. 휘리는 손을 뒤로 돌렸고 불타는 망토가 한번 흩날렸을 때 그의 손에는 활이 쥐어져 있었다. 그때 망토의 불이 휘리의 머리카락과 상의에도 옮겨붙었다. 하지만 휘리는 침착하게 화살통으로 손을 뻗었다. 살통을 멘 끈이 불타 떨어지기 직전 휘리는 화살 하나를 꺼낼 수 있었다. 휘리는 천천히 활 위에 화살을 재였다. 그리고 휘리는 허공을 향해 두 팔을 들어올렸다.

화르르륵! 그의 소매를 따라 활에도 불이 옮겨붙었다. 활시위가 하얗게 불타오르고 있었지만 이미 동공까지 타들어가고 있던 휘리는 그것을 보지 못했다. 대신 휘리는 다른 것을 보고 있었다. 그의 시야 속에는 한 여인이 그를 향해 미소짓고 있었다.

어머니?

아니면 율리아나?

휘리에게는 아무 상관 없었다.

휘리는 더 높은 곳을 향해 활을 쏘았다.

하리야에게 부축되어 일어나던 에레로아는 갑자기 몸을 떨었다.

에레로아는 가슴이 두근거리는 것을 느꼈다. 고통 같기도 하고 웃음 같기도 한 것이 그녀의 가슴속에서 요동치고 있었다. 에레로아는 어리둥절한 표정으로 주위를 둘러보았다. 그들은 여전히 바위 위에 서 있었고 파도는 쉼없이 바위를 때리고 있었다. 그리고 하리야는 그녀를 부축한 채 의아한 표정을 짓고 있었다.

"에레로아? 무슨 일입니까?"

에레로아는 대답할 수 없었다. 그녀는 미소를 지으려 했지만 하리야의 더 당황해하는 얼굴을 보고는 그녀가 엉뚱한 표정을 짓고 있음을 깨달았다. 얼굴이 제멋대로 움직이고 팔다리는 사정없이 떨렸다. 에레로아는 미칠 것 같은 기분 속에서 고개를 내저었다.

그때 벨로린이 그녀 속으로 들어왔다. 놓칠 뻔했지만 에레로아는 가까스로 벨로린을 보았고, 그녀의 말에 귀를 기울였다. 그리고 에레로아는 하리야를 바라보았다.

"하리야."

"예, 에레로아."

"그가 죽었어."

"예?"

"다섯 번째 검이 부러졌어."

"휘리…… 휘리 노이에스 말입니까?"

에레로아는 고개를 끄덕이며 웃었다. 잠시 후 하리야의 얼굴에도 웃음이 떠올랐다. 에레로아는 그 얼굴을 보며 더 크게 웃었고 그러자 하리야도 환하게 웃었다. 하리야는 열띤 얼굴로 조심스럽게 질문했다.

"그러면?"

"이겼지. 너희들은 이겼어."

"오, 맙소사, 에레로아!"

하리야는 비명 같은 환성을 지르며 에레로아를 끌어안았다. 에레로
아는 그 느낌이 별로 마음에 들지 않았지만 잠시 하리야를 내버려두기
로 했다. 하리야는 곧 그녀를 풀어주며 다시 한번 확인하듯 그녀의 눈
을 들여다보았다.

"정말, 정말입니까? 우리는 이긴 겁니까?"

"그래. 너희들은 이겼어."

"으와아아!"

하리야는 에레로아를 놓아주며 다시 괴성을 질렀다. 하리야는 두 주
먹을 불끈 쥐고 하늘을 향해 휘두르다가 털썩 무릎을 꿇었다. 그러나
기도드리기 직전 하리야는 에레로아를 훔쳐보았다. 에레로아는 웃으며
고개를 끄덕였다.

"약간…… 떨어지지. 조용히……"

에레로아는 바위 반대편으로 몸을 옮겨 반대쪽을 바라보았다. 하리
야는 감사해하는 눈으로 에레로아의 등을 보고는 곧 고개를 숙여 기도
를 드렸다. 물론 말소리는 전혀 내지 않았다. 그러나 곧 하리야는 울음
을 터뜨리며 땅에 엎드렸다.

에레로아는 등뒤에서 들려오는 희열에 찬 울음 소리를 들으며 조용
히 미소 지었다. 이것은 하리야의 승리이며 폴라리스의 승리지만 동시

에 그녀의 승리이기도 했다. 다섯 번째의 검은 부러졌고 이제 오 왕자의 검은 모이지 않는다.

반왕은 나타나지 않는 것이다.

에레로아는 먼바다를 바라보았다. 저편 수평선 너머에는 율리아나가 있을 것이다. 하지만 에레로아는 이제 그녀를 죽일 필요가 없다. 에레로아는 뭐라 말할 수 없는 복잡한 미소를 지으며 말했다.

'축하한다. 율리아나. 널 지켜준 그 노예에게 감사……'

오스발을 떠올린 에레로아는 다시 가슴이 저려오는 것을 느꼈다. 에레로아는 눈살을 찡그리며 생각했다.

'그 놈이 내 이름을 불렀기 때문이야.'

에레로아는 고개를 가로저으며 오스발에 대해 잊으려 애썼다.

지브라호는 더 이상의 모욕적인 회피를 포기한 다음 자랑스럽게 돛을 폈다. 그리고 3L의 배다운 속력으로 노스윈드의 배들을 떨쳐버리며 먼바다를 향해 나아갔다. 그 모습은 당당했으며 두캉가는 속으로 경의를 보냈다. 그리고 두캉가는 재빨리 전함들을 반전시켰다. 앞바다에서 질풍호를 포위하던 필마온의 배들은 그들을 향해 다가오는 노스윈드의 전함들의 모습과 달아나는 기함을 보고는 전의를 상실했고, 그래서 포위를 푼 다음 각 방향으로 뿔뿔이 흩어져 도망쳤다. 두캉가는 그들에 대한 추적도 포기했다. 다시 부두로 돌아온 두캉가는 두 주먹을 힘껏

내밀며 트로포스의 질풍호를 바라보았다. 가까스로 아델토에게서 풀려
난 트로포스 역시 멋쩍은 표정으로 주먹을 흔들었다.

"이겼어!"

"이겼습니다."

킬리는 덱체어에 주저앉으며 땀에 젖은 이마를 쓸어넘겼다. 선원들은
서로를 얼싸안은 채 환호하고 있었고 그 모습을 보며 킬리는 빙그레 웃
었다. 그러나 한 선원만은 난처한 표정을 하고 있었다. 킬리는 그 선원을
바라보며 말했다.

"왜 그러나, 조타수?"

"저, 선장님. 이제 어떻게 해야 됩니까?"

"글쎄. 나도 잘 모르겠다. 하지만 키를 한번 돌려봐. 앞바다 쪽으로."

조타수는 포기하는 심정으로 키를 돌렸다. 그랜드머더호는 부드럽게
선수를 돌렸고 잠시 후 다림 앞바다를 향했다. 조타수는 늘상 행해 오
던 이 일에 경악에 가까운 기쁨을 느꼈다. 하지만 곧 조타수는 돛을 바
라보며 말했다.

"선장님. 바람이 역풍입니다만."

킬리는 고개를 끄덕이고는 잠시 생각에 잠겼다. 그러나 그는 이미 답
을 알고 있었다. 그는 아까부터 하고 싶었던 일을 떠올리고는 슬그머니
웃음을 지었다. 황급히 웃음을 지운 킬리는 선장다운 태도로 근엄하게

말했다.

"갑판장—!"

갑판원들과 얼싸안고 춤을 추던 갑판장은 황급히 선장에게로 달려왔다. 킬리는 그에게 늘상 행해 오던 명령을 내렸지만 갑판장은 어이없어하는 눈길로 선장을 바라보았다. 하지만 킬리는 한쪽 눈을 찡긋하며 말했다.

"한번 해보자고. 나는 궁금했단 말이야."

갑판장은 어깨를 으쓱인 다음 선교를 내려갔다. 갑판의 해치에 도달한 갑판장은 해치를 연 다음 아래쪽을 향해 외쳤다.

"노예장! 미속 전진한다."

갑판 아래에서 당황해하는 반문이 돌아왔다.

"예. 그런데요?"

"노를 저으란 말이다. 핫하하!"

갑판 아래에서는 다시 약간의 소란이 일어났다. 하지만 그 소란은 즐거워하는 기색이 역력했고 킬리는 미소를 머금은 채 두 손을 비볐다. 자, 과연 어떻게 될까?

잠시 후 그랜드머더호의 노가 일제히 움직였다. 그리고 그와 동시에 그랜드머더호는 다림 앞바다를 향해 서서히 움직이기 시작했다. 갑판 위아래에서 동시에 환성이 솟구쳤고 킬리는 안도의 한숨 같은 웃음을 지었다. 하지만 타륜을 쥐고 있던 조타수는 아직도 약간 근심스러워하는 기색으로 말했다.

"선장님. 그런데 어떻게 내려가지요?"

킬리는 껄껄거리며 대답했다.

"웅? 자네 어떻게 배를 멈추는지 모르나? 그럼 고참 선원의 지혜를 가르쳐주지. 닻을 던지면 된다구."

조타수는 못 말리겠다는 듯이 웃었고 킬리는 더 큰소리로 웃었다. 그리고 저편의 그랜드파더호가 그랜드머더호를 따라 움직이는 것을 보고는 아예 배를 붙잡고 웃어대었다.

물수리호는 닻을 내렸다.

부두에 정선한 노스윈드의 전함들 전부에서 함성과 웃음 소리가 드높았지만 물수리호만은 고요했다. 노를 멈추게 된 노예들의 한숨 소리조차 없는 가운데 선원들은 조용히 움직이며 전투의 뒤처리를 하고 있었다.

그리고 벨로린 역시 폴라리스가 올리는 환성에는 동참하지 않고 있었다.

벨로린은 긴장한 채 서 있었다. 그녀의 한손은 알버트 선장의 허리띠를 꼭 움켜쥐고 있었고 다른 손은 자신의 바지춤을 틀어쥐고 있었다. 매서울 지경으로 번득이는 눈은 질풍호를 노려보고 있었다. 질풍호에서는 아델토가 그녀를 향해 손을 젓고 있었지만 벨로린은 그녀의 머리 위, 돛대에 앉아 있는 벌쳐를 바라보고 있었다.

벌쳐는 한가롭게 다리를 흔들며 먼바다를 보고 있었다. 그는 벨로린의 눈길에도, 폴라리스인들의 기쁨에도, 그리고 다시 트로포스를 괴롭히고 있는 아델토에게도 관심이 없는 듯했다. 그는 그저 수평선을 쏘아보며 자신 속으로 깊이 빠져들어 있었다.

벨로린은 아무 말도 하지 않은 채 벌쳐를 쏘아보았다.

문득 벌쳐의 오른손이 천천히 움직였다.

그의 눈은 여전히 수평선을 향하고 있었지만 벌쳐의 손만은 그와 분리된 생명체인 것처럼 움직였다. 이윽고 멈춰 선 그 손의 집게손가락은 벨로린을 향하고 있었다. 그리고 벨로린은 그 손가락이 그녀를 가리키고 있는 것이 아님을 쉽게 알 수 있었다. 벨로린은 몸을 틀어 알버트 '네일드' 렉슬러 선장을 보았다가 다시 벌쳐를 보았다.

알버트 선장을 가리키고 있던 벌쳐의 손가락은 이제 허공에 글자를 쓰고 있었다. 엘핀이었고, 벨로린은 입속으로 그 글자를 읽었다.

기릭스.

자신의 이름을 다 쓴 새매의 공작은 다시 손을 내렸다. 그리고 벨로린은 두 얼굴 가득히 웃음을 지으며 두 팔을 들어올렸다. 벨로린은 하늘을 껴안겠다는 듯이 두 팔을 벌렸다. 참을 수 없는 함성이 그녀의 입을 통해 터져나왔다.

"복수다!"

"그들은 인간에게 복수하기로 결정했군요."

"무슨 말이죠, 발?"

"그들은 이 세계에 살 수 없습니다. 존재할 수는 있지만 생존할 수는 없지요. 그래서 그들은 이 세계에서 살아가는 인간들을 선택하는 방식으로 자신의 의사를 표현했습니다. 나라면 이런 식으로 살겠다는 거죠. 그리고 그들은 인간들에게 복수하기로 결정했지요."

"발…… 도대체 무슨 말이죠?"

오스발은 어두운 미소를 지으며 율리아나를 돌아보았다.

"공주님. 새장의 문을 열어보신 적이 있습니까?"

율리아나는 얼어붙은 얼굴로 오스발을 바라보았다. 그녀의 입이 힘없이 벌어지기는 했지만 말이 나오지는 않았다. 오스발은 뱃전에 허리를 기대며 차분하게 말했다.

"아름다운 새를 소유한 자는 그 새의 주인이 아니라 노예입니다. 새장을 만들고 먹이를 줘야 하고 관심을 보내야 합니다. 깃털을 가다듬고 발톱을 깎아줘야겠지요. 새가 들려주는 노래에 대한 복수로써…… 그는 많은 대가를 치러야 합니다. 그는 새의 노예입니다. 주인이 되고 싶다면, 진실로 주인이 되고 싶다면 새장의 문을 열고 새를 날려보내줘야 합니다. 그때 비로소 그는 소유의 속박에서 벗어나 새의 주인이 되고 그 자신의 주인이 될 수 있겠지요."

오스발은 빙긋 웃었다.

"그렇다면 진정한 주인은 어떤 이겠습니까?"

"아무것도 소유하지 않는 자……"

"그렇습니다."

오스발은 고개를 끄덕였다. 율리아나는 손끝부터 감각이 사라지는 것을 느끼곤 흠칫했다. 하지만 이미 그녀의 몸은 꼼짝도 하지 않았다. 오스발은 고개를 숙인 채 자신의 말에 맞장구를 치듯 말했다.

"그렇습니다. 저는 세상을 소유하지 않습니다. 저는 세상의 주인이기 때문입니다."

"세상의 주인……"

"그렇습니다."

"세상의 주인, 세계의 왕…… 그렇다면 당신은……"

율리아나는 눈을 커다랗게 뜬 채 오스발을 바라보았다. 문득 그녀는 자신이 조금도 놀라지 않고 있음을 깨달았다. 그녀는 오래전부터 알고 있었던 사실을 나직하게 말했다.

"그렇다면 세상을 사랑하지는 않겠군요."

"예."

"당신은 악마군요."

"그렇습니다."

정오. 세상은 가장 밝은 밤 속에 꿈꾸고 있었고 폴라리스의 함성은 모든 것을 삼키는 소용돌이로 시간을 지배하고 있었다.

그리고 그 함성 속에서 자유호는 먼바다를 향해 움직이기 시작했다.

제23장
자유, 복수, 해류를 위한 리프레인 refrain

밤바다에 떨어진 별들이 물이랑을 타고 넘실대고 있었다.

오스발은 보트용 활차에 기대어 검은 밤바다를 바라보고 있었다. 그의 손은 활차의 밧줄을 움켜쥐고 있었고 왼손은 바지 주머니에 꽂혀 있었다. 삐걱이는 문소리에 고개를 돌린 오스발은 주승강구로부터 나오는 율리아나의 모습을 발견했다.

좌우를 둘러보던 율리아나는 곧 오스발을 발견하고는 그를 향해 걸어왔다. 율리아나는 눈을 비비는 시늉을 해보였지만, 만약 침착을 가장하려는 동작이었다면 그것은 완전한 실패였다. 하지만 오스발은 묵묵히 율리아나를 바라보았다. 율리아나는 하품까지 해보이고는—역시 실패작이었다—오스발을 향해 말했다.

"당신이 나를 불렀나요?"

"그랬나 봅니다."

"왜지요?"

"잘 모르겠습니다. 공주님은 역시 반왕이신가 봅니다."

율리아나는 치맛자락을 쓸어모은 다음 뱃전에 걸터앉았다. 뱃전 바로 바깥에는 매달린 보트가 있었고 율리아나는 보트 선체에 머리를 기대었다.

"그 반왕이라는 거, 자상하게 설명해 줬지만 나는 아직도 잘 모르겠어요. 반왕이라서 싱잉 플로라의 노래를 들을 수 있었고, 반왕이라서 자신을 위해서만 노래 부르는 가수로 하여금 내게 노래 부르게도 할 수 있었고, 반왕이라서 유일한 자유인 χαχòς δαίμων으로 하여금 복수하도록 했다고요?"

"공주님께서 구해 달라고 했을 때 저는 움직여야 했지요."

"뭐든 다른 사람들의 반대라는 뜻 같아요. 그 말을 생각하다 보면 악마는 당신이 아니라 나인 것 같아요."

"아니오. 그렇지 않습니다. 에레로아와 같은 생각을 하지 마세요. 반대인 것은 적이 아니라, 그냥 반대인 것입니다."

오스발은 갑자기 미소 지으며 밤하늘을 바라보았다.

"에레로아, 불쌍한 여자입니다."

고개를 내린 오스발은 율리아나가 자신을 향해 따져묻는 듯한 시선을 보내는 것을 보았다. 오스발은 다시 웃으며 말했다.

"왜 그렇게 보십니까, 공주님?"

"불쌍하다고 했나요? 그럴 수 있지요. 하지만 당신은 우리도, 악마도 사랑하지 않잖아요? 당신 입에서 나오는 말이 정말 동정심 어린 말인지 의심스럽네요."

"아니오. 이제는 사랑해야 합니다. 지배해야 합니다. 그들이 복수를 선택했기에."

"우리를, 그리고 악마를 지배하나요?"

"예. 당신들과 악마들을 내 악의 새장에 넣고 보살필 겁니다."

율리아나는 파르르 떨었다.

"우리는 어떻게 되는 거지요?"

"행한 대로 보답받지 못합니다. 뿌린 대로 거두지 못합니다. 선행을 행하여도 멸시를 받습니다. 죄를 지어도 벌을 받지 않습니다. 처벌을 받는 것은 재수가 없기 때문입니다. 지배자는 피지배자를 속이고 피지배자는 지배자를 불신합니다. 무리는 개인을 억누르고 개인은 무리를 증오합니다."

"그건…… 그건 지금도 일어나는 일인 것 같군요."

"하지만 지금은 선행을 행하는 이에게 갈채를 보내는 이도 있으며 죄의식 속에 죄를 짓는 사람도 있지요. 그리고 무엇보다도 지금은 키 선장님이 있지요."

"키 드레이번은 누구요? 아니, 뭐지요?"

"그 분은 인간입니다."

율리아나는 오스발이 '인간'을 보통명사가 아닌 고유명사처럼 발음한다고 생각했다. 그녀는 그런 식으로 '인간'을 발음하는 이를 한번도 본적이 없었고 앞으로도 없을 것 같다고 생각했다. 하지만 뭔가가 만족감이 되어 그녀에게 다가왔고 그래서 율리아나는 더 이상 질문하지 않았다. 어쩌면 그 만족감은 더 이상 말하고 싶지 않았던 오스발이 준 것일지도 몰랐지만, 그녀는 그것도 묻지 않았다. 다만 율리아나는 자신의 감상만을 말했다.

"나는 그가 싫어요."

"공주님은 그 분을 정말 싫어하는 유일한 분이시지요."

"무슨 말이죠?"

"입버릇처럼 그 분을 증오한다고 말하는 이 많아도 그것은 모두 말그대로의 뜻이 아닙니다. 입버릇처럼 자유를 원한다고, 자유가 아니면 죽음을 달라고 외치는 이들도 사실은 자유를 원하는 것이 아닙니다. 그자들 중 자유를 원하는 이는 아무도 없습니다."

"자유를 원하는 이가 없다고요?"

"자유는 타인에게 간섭받지 않는 것입니다. 하지만 사람이 무간섭을 견딜 수 있을까요? 아무도 사람을 간섭하지 않는다면 그는 일주일도 지나지 않아 미쳐버릴 겁니다. 자유를 원한다고 말할 때, 그는 간섭을 받지 않겠다고 말하는 것이 아닙니다. 그는 자신에게 가해지는 간섭만큼 자신도 남을 간섭할 수 있게 되기를 바라는 겁니다. 자신의 자유를 원하는 것이 아니라 남의 자유를 뺏겠다는 것입니다. 받은 만큼 돌려주는 것. 그들은 복수의 권리를 원하는 것입니다."

율리아나는 멍한 눈으로 오스발을 바라보았다. 오스발은 부드럽게 웃으며 말을 마무리했다.

"그들은 절대로 키 선장님을 증오하지 않습니다."

"그러면 나는 왜?"

"공주님은 반왕이십니다."

율리아나는 활차의 밧줄에 얹힌 오스발의 손을 보며 말했다.

"모르겠어요. 그러면…… 우리는 영원한 악의 손아귀에서 신음하게 되는 건가요?"

"아니오."

"아니라고요?"

"예. 그랬다면 벨로린이 그토록 복수를 원했을 리 없지요. 그녀는 인간을 동정합니다. 이제 그들의 배례의 주이자 증오의 주가 된 나는 아마도 그녀에게 판데모니엄의 지배자가 받을 수 있는 최악의 고통을 주겠지요. 그 고통 속에서 미쳐버려 영원히 비명을 지르고 인간을 동정한 자신을 되풀이 되풀이 죽이게끔 할 겁니다. 자살은 그녀의 삶이 되겠지요."

율리아나는 숨이 멎는 기분 속에서 오스발을 바라보았다. 그녀가 다시 말을 꺼내기까지는 많은 시간이 필요했다.

"그녀는 승리자가 아니군요."

"아니오. 승리자입니다."

"어째서?"

오스발은 더 이상 설명하지 않았다. 대신 오스발은 밧줄의 매듭으로 손을 가져가며 말했다.

"조금 후 동틀녘이면 자유호는 이 배를 따라잡을 겁니다. 그러니 저는 그 전에 떠나겠습니다."

"떠난다고요?"

"예."

율리아나는 오스발이 무슨 행동을 하는지 깨달았다. 그는 보트를 묶어둔 밧줄을 풀고 있었다. 서너 명의 선원이 필요한 일을 그는 혼자서 해내고 있었다. 매듭을 푼 오스발이 보트를 내릴 때 율리아나는 갑자기 몸을 움직였다.

율리아나는 등뒤에서부터 오스발을 껴안았다. 오스발은 잠시 행동을 멈추고는 어깨 너머로 율리아나를 돌아보았다. 율리아나는 오스발의 등에 얼굴을 묻은 채 젖은 목소리로 말했다.

"만일 내가 허락하지 않겠다면? 당신이 무엇이든 간에 아직은 내 노예예요."

"공주님."

"나는 허락하지 않겠어요!"

"공주님. 이제 허락은 필요없습니다."

"무슨 말을……."

"어제까지의 저는 세상의 주인이었고 공주님의 노예였습니다. 하지만 이제는 뒤바뀌었습니다. 저는 세상에 복수할 테니까요."

"난 모르겠어요. 무슨 말인지 모르겠어요. 허락이 안 된다면 부탁은 어때요? 가지 말아요. 부탁하겠어요, 애원해요!"

오스발은 밧줄을 놓았다. 하지만 보트는 아래로 떨어지지 않았다. 오스발은 율리아나의 손을 쥐어 자신의 허리에서 떼어낸 다음 몸을 돌렸다. 율리아나는 눈물 그렁한 눈으로 그를 올려다보고 있었다.

그리고 율리아나는 절대로 오스발을 붙잡을 수 없다는 것을 깨달왔다.

오스발은 공주의 두 손을 앞으로 밀며 허리를 숙였다.

그리고 그녀의 두 손을 허리에 붙이며

그녀의 이마에 키스했다.

감았던 눈을 떴을 때 율리아나는 오스발이 이미 그녀의 앞에서 사라졌음을 깨달았다. 율리아나는 눈물을 닦아내었다. 오스발은 뱃전 바깥의 보트 속에 서서 그녀를 바라보고 있었다. 아무도 붙잡고 있지 않았지만 밧줄은 서서히 풀리며 보트를 내려놓았고 율리아나는 점점 낮아지는 오스발의 얼굴을 보았다. 뱃전 아래로 완전히 사라질 때까지 오스발은 부드러운 미소를 머금은 채 고개 돌리지 않았다.

그리고 오스발은 뱃전 아래로 사라졌다. 율리아나는 앞으로 달려가 뱃전에 손을 짚었다.

보트를 착수시킨 오스발은 밧줄을 풀었고 밧줄은 저절로 감겨 올라갔다. 그리고 오스발은 바닥에 앉아 노를 움켜쥐었다. 그가 자유호에서 다루던 것보다는 훨씬 가벼운 것이었다. 노는 고물 쪽을 보며 젓는 것이므로 오스발은 율리아나의 얼굴을 올려다보게 되었다.

다른 탈것과 달리 보트는 서로를 마주보며 멀어진다.

뱃전 너머로 나타난 율리아나의 얼굴은 어둠 속에서도 하얗게 도드라졌다. 오스발은 시선을 돌리지는 않았지만 그렇다고 해서 주의깊게 바라보지도 않았다.

그냥, 보았다.

그러나 얼굴을 보는 것도 잠시, 갑자기 몰려든 안개가 둘 사이로 스며들었다. 스톰라이더호와 보트 사이로 스며든 안개가 율리아나의 얼굴을 가리기 직전, 오스발은 율리아나의 입술이 벌어지는 것을 보았다. 그 깜깜한 어둠 속에서도 오스발은 율리아나의 입술을 읽을 수 있었다.

'미란 오스발 에레로아.'

오스발이 다시 노를 당겼을 때 이미 안개는 스톰라이더호를 뒤덮었다. 오스발은 어둠 속에서 노를 저으며 율리아나의 말을 생각했다.

에레로아는 엘핀으로 '친구'를 의미한다. 하지만 엘핀의 다른 단어들이 그렇듯 이 말 또한 인간들이 이해하기 어려운 복잡한 의미를 가지며, 그 활용 또한 변화무쌍하다. 후치사적 용법으로 사용될 때, 즉 단어 뒤에 붙게 될 때 '에레로아'라는 단어는 영혼의 친구, 또다른 나로서의 친구를 의미한다. 그리고 약간 조심성 부족한 전승학자들은 이 단어를 '연인'으로 해석하기도 한다.

오스발은 다시 노를 당겼다.

별빛을 삼킨 안개는 오스발의 팔다리에 휘감기며 고요히 흘렀다. 빛은 어디에도 없었지만 안개가 감도는 것으로 보아 아침이 머지 않았다. 방향을 짐작할 것은 아무데도 없었지만 오스발은 신경 쓰지 않았다. 그는 그저 규칙적으로 노를 당겼다 밀었다.

그리고 오스발은 눈을 감았다.

어둠 속에서 다시 어둠을 만든 오스발은 자신을 먼 곳으로 보내기 시작했다.

코리 맥거핀은 테리얼레이드의 '존경받는 시민'과 '조롱받는 시체'의 경계선을 아슬아슬하게 넘나들고 있었고, 스스로 그런 사실을 잘 알고 있었다. 조금 전까지 그와 이야기를 나누고 있던 소년도 그 사실을 잘 알고 있었으며 그것이 소년을 약간 혼란스럽게 만들고 있었다.

"말이 나왔으니까 말이지만, 맥거핀 씨."

소년은 결국 경칭을 사용하긴 했다. 그리고 그것은 코리가 케록스를 찌른 다음 그에게 생긴 놀라운 변화 중 하나였다.

"맥거핀 씨가 들었다는 말은 맞아요. 케록스 패거리는 다 없어졌어요. 하지만 그렇다고 해서 이렇게 돌아온 건 좀 성급했는데. 케이원이 새 조직을 만들려고 애쓰고 있어요. 그 자식이 멍청이라는 건 자기만 빼곤 다 알잖아요. 어느 얼간이가 녀석 밑에 들어가겠어요. 그래서 케이원은 본보기를 필요로 하고 있지요."

"그럼 나는 좋은 본보기가 되겠군."

"그래요. 조언하자면, 남 좋은 일 시키지 말고 다시 도망쳐요."

이런 조언 역시 소년이 코리에게 품게 된 존경심의 증거였지만 그렇다고 해서 그것이 코리를 즐겁게 만들지는 못했다. 코리는 외투 깃을 세우며 주위를 둘러보았다. 밤거리는 스산하고 어두컴컴하며 적의에 차 있는 교활한 야수 같았다. 그리고 그 위로 1월의 바람이 한 꺼풀 불고 있었다.

그 바람 사이로 단검이 날아들었다.

코리는 반사적으로 허리를 당겨 단검을 피했다. 자칫하면 단숨에 숨통이 끊어질 뻔했지만 도주 생활에서 익힌 감각 덕분에 옷깃이 베이는 것으로 끝났다. 단검을 쥔 상대방 역시 이 결과에 약간 놀라며 동시에 코리에게 존경심을 느끼는 듯했다. 그 증거로 두 번째 공격이 날아오는 대신 단검은 재빨리 회수되어 방어 동작에 들어갔다. 코리는 어느새 뽑아든 두 자루의 단검으로 앞과 왼쪽을 방어하며 어둠을 응시했다.

코리는 절망감을 느꼈다. 상대는 셋이었고, 그 중 하나는 꽤 긴 무기를 가지고 있었다. 코리는 언제나 볼품 사나운 롱 소드를 차고 다니던 칼잡이를 응시했다.

"케이윈."

케이윈은 롱 소드 끝을 빙글빙글 돌리며 히죽 웃었다.

"오래간만이야, 코리. 테리얼레이드로 돌아오다니, 뒈지려고 작정했군?"

코리는 그의 말에 동감했지만 고개를 끄덕이지는 않았다. 대신 코리는 단검 하나를 케이윈에게 던지고 나머지 하나를 휘두르며 강제로 돌파한다는 계획을 세워보았다. 하지만 그 스스로도 별로 현실감이 느껴지지는 않는 계획이었다.

그 계획도 쓸모없어졌다. 케이윈은 이미 롱 소드를 내지르고 있었다.

"콰―아앙!"

귀가 얼얼할 정도의 포성이 울려퍼졌다. 케이윈은 움찔하며 롱 소드를 멈췄고 코리는 그제서야 멈춘 롱 소드를 아래로 쳐내린 다음 뒤로 물러났다. 그리고 그들은 모두 대로 저편을 바라보았다. 대로 저편에서 랜턴이 밝혀지고 있었다.

대로 저편에는 랜턴빛을 등에 진 그림자가 있었다.

랜턴은 그림자의 머리 뒤에서 빛나고 있었고 그래서 그 얼굴을 알아보기는 어려웠다. 그림자는 손에 쥔 이상한 막대기 같은 것으로 하늘을 가리키고 있었다. 케이원과 코리, 그리고 칼잡이들이 바라보는 가운데 그림자는 손을 아래로 내렸다. 그와 동시에 그 손에 쥐어져 있던 막대기가 빙글빙글 돌기 시작했다. 코리는 물론이거니와 칼잡이들도 그림자의 주인이 무슨 무기를 다루고 있는 건지 도통 짐작할 수가 없었다. 그림자는 빠른 속도로 돌리던 막대기를 갑자기 허벅지 쪽으로 가져갔고 곧 그는 빈손이 되었다.

그리고 말발굽 소리와 함께 그의 등뒤에서 랜턴을 들고 있던 남자가 앞으로 걸어나왔다. 코리와 칼잡이들은 다시 한번 놀랐다. 랜턴이 그렇게 높은 곳에서 빛나고 있던 것은 남자가 무엇인가에 타고 있었기 때문이지만, 그 '무엇인가'는 아무리 봐도 말이 아니었다. 그들의 별 대수롭지 않은 박물학 지식을 아무리 돌이켜보아도 그들은 말머리에 뿔이 난다는 이야기는 듣지 못했다. 하지만 남자가 타고 있는 준마에는 확실히 사슴의 뿔과 같은 것이 왕관처럼 돋아나 있었다. 그들이 공포마저도 느끼고 있었을 때 막대기를 돌리던 남자가 중얼거리듯 말했다.

"역시 즐거운 내 고향이군. 흐음."

칼잡이들은 그 목소리에 당황했다. 그들은 그 목소리를 알고 있었다. 그때 뿔 난 말에 타고 있던 남자가 혀를 끌끌 차며 말했다.

"또 빗나갔군."

"……이 망할 자식아. 하늘을 쏜 거다! 공포라고!"

뿔 난 말에 타고 있던 남자는 코방귀를 뀌었고 그 간단한 동작은 막대기를 휘두르던 사내를 거의 미치게 만들었다. 그러나 더 기다릴 수 없었던 케이윈은 반가운 목소리로 외쳤다.

"신부, 신부님! 파킨슨 신부님!"

파킨슨 신부는 왈왈거리던 것을 멈추고는 케이윈을 돌아보았다.

"어라? 형제. 언어가 많이 순화되셨군?"

"하하, 별 말씀을요. 정말 뵙고 싶었습니다! 그 동안 어디 가 계셨습니까?"

"나를 그리워했다고? 아아, 한 대 맞았던 것 때문에 그러나?"

"천만의 말씀입니다. 축복을 받고 싶어서지요!"

"아아, 축복? 잘됐군. 그렇잖아도 자네들에게 축복을 내려줄 작정이었는데."

케이윈의 얼굴이 환하게 바뀌었다. 이제 밤마다 악몽을 꾸는 일도 끝이다. 그가 아는 모든 사람들이 '그건 케록스의 망령이 붙었기 때문'이라고 말해 줬고 '신부에게 축복을 받으라'고 조언했다. 하지만 테리얼레이드의 유일한 신부는 봄 이후로 어딘가로 사라졌고 그래서 케이윈은 자신이 영영 케록스의 귀신에게서 벗어날 수 없다고 생각하며 좌절하고 있었다. 그런데 그 신부가 돌아와서는 화난 기색도 없이 축복해 준다는 것이다. 케록스는 벙실벙실 웃으며 무릎을 꿇기 위해 한 발을 내디뎠다.

그리고 그의 눈앞에 벼락이 쳤다.

확실히 축복이었다. 케이윈은 이름 모를 천사들이 연주하는 하프 소

398

리를 들으며 졸도했고 땅에 쓰러진 그의 얼굴은 환한 미소를 짓고 있었다. 두 명의 칼잡이와 코리는 황당하다는 표정으로 파킨슨 신부를 바라보았다. 한 주먹으로 케이윈을 뻗게 만든—그것은 테리얼레이드의 기준으로도 수준급의 펀치였다—파킨슨 신부는 주먹을 쥐었다 폈다 하며 뿌듯하다는 듯이 말했다.

"아직 쓸 만하군. 자, 다음은 어느 형제를 축복해 줄까?"

칼잡이들은 괴성을 지르며 달려들었고 파킨슨 신부는 여유 있게 웃으며 앞으로 척척 걸어갔다. 곧 광란스러운 발자국 소리와 누군가의 턱 깨지는 소리, 그리고 비명과 신부의 웃음 소리가 대로를 가득 메웠다. 그 모습을 보며 어처구니없어하던 코리에게로 뿔 난 말을 타고 있던 남자가 다가왔다.

"이봐, 당신."

코리는 자신을 부르는 사내를 돌아보며 외쳤다.

"시, 신부님을 도웁시다!"

"그건 걱정 마. 신부님 당신은 당신들을 사랑한다더군. 그러니 말릴 수가 있나. 당신들을 사랑하게 내버려두자고. 그런데 당신 말이야. 지금 당장 테리얼레이드를 벗어나야 하지 않나? 당신, 당신들에게 위협당하고 있던 것 같던데? 그러니 당신들은 당신에게 맡겨놓고 당신은 본인과 그 이야기 좀 진지하게 해보자고. 아, 담배 태우나?"

코리는 잠시 동안 몹시 괴로워하며 이 말의 의미를 고구해야 했다.

서 킬드온은 겨울 벌판을 바라보았다.

제국 기사단 북좌의 기사들은 벌판을 여기저기 돌아다니고 있었다. 가끔 여기저기서 급히 말 달리는 소리와 비명 같은 것이 들려왔지만 그 것은 대개 죽은 척하고 있다가 달아나는 혼 족과 그를 뒤쫓는 제국 기 사가 내는 소리였다. 혼 족은 포로 대우 같은 것을 바라지 않았고 하르 타틱 요새의 낙성을 잊지 않은 제국 기사들 역시 포로 대접을 해줄 생 각이 없었다. 그래서 제국 기사들은 혼 족의 마지막 잔병까지 처리하기 위해 꼼꼼히 수색하며 돌아다니고 있었다. 대승의 뒤끝이었지만, 서 킬 드온의 마음은 편치 않았다. 서 킬드온은 무릎 위에 올려놓은 투구에 손가락을 얹고는 투구를 또닥또닥 두드렸다.

그는 타르타니어스에 대해 생각하고 있었다.

타르타니어스는 갑자기 사라졌다. 그때까지 군대였던 혼 족은 그 순 간부터 그저 많은 수의 야만인에 지나지 않게 되었고 북좌의 기사들은 손쉽게 그들을 밀어붙일 수 있었다. 물론 순전히 그들만의 힘은 아니었 지만, 오늘의 이 승리가 북좌의 영광이며 아울러 근무지 이탈과 하르타 틱 요새 낙성에 대한 면죄부가 될 것은 당연하다. 그것은 그 정도로 큰 승리였다. 하지만 그 모든 것을 생각하고 있음에도 불구하고 서 킬드온 의 마음은 평온해지지 않았다.

상념에 잠겨 있던 서 킬드온은 헛기침 소리에 고개를 돌렸다. 전장의 피로 범벅이 되다시피 한 기사 하나가 말에서 내리고 있었다. 기사는 가볍게 묵례하며 말했다.

"여기 계셨군요."

서 킬드온은 잠시 입을 다문 채 기사를 바라보았다. 기사는 투구를 벗어 옆구리에 끼고 다른 손으로는 고삐를 쥔 채 서 킬드온에게로 걸어 왔다. 서 킬드온의 어깨 너머로 벌판을 바라본 기사는 싱긋 웃으며 말 했다.

"대승을 거둔 전장을 바라보며 홀로 승리의 기쁨을 더 연장시키고 계십니까? 전우들과 나누는 기쁨도 기쁨이겠지만 이 또한 아취가 있군 요."

"특별히 그렇진 않소. 서 소사라."

서 킬드온은 마지못해 붙여준다는 듯이 '서'를 사용했지만 서 소사 라는 거기에 신경 쓰지 않았다. 서 소사라는 서 킬드온의 옆에 선 다음 그가 말한 것처럼 '홀로 승리의 기쁨을 연장'시키듯 벌판을 바라보았다. 그리고 서 킬드온은 자신이 아무래도 외교관의 소양은 가지지 못했다 고 생각하며 소사라의 옆얼굴을 훔쳐보았다.

당연할 것이다. 그와 함께 전략을 세우고 함께 전선을 달려 이 승리 를 쟁취했고, 그 모든 과정은 실감 넘치는 피와 소음과 붉은빛으로 뒤 덮여 있었지만, 그럼에도 불구하고 서 킬드온은 자신이 서 소사라와 함 께 싸우고 있다는 이 현실을 도무지 받아들일 수 없었다. 무인인 그에 게 적은 언제나 적이고 아군은 언제나 아군이다. 서 킬드온은 가까스로 '외교관들에게는 적과 아군의 구분이 없으며 단지 어느 것이 더 큰 영 향력을 발휘할 수 있는 원동력인지 알아내는 것이 중요'할 것이라고 짐작해 봤지만 그 이상은 그에겐 무리였다.

어쨌든 그로서는 다벨군을 제국 기사단의 용병으로 고용시킨 바탈리언 남작의 재주가 어떤 것인지 짐작도 할 수 없었다. 바로 그가 총책임자였음에도 불구하고.

그때 서 소사라가 다시 그에게 몸을 돌렸다.

"전투 전에도 말씀 나눈 바 있습니다만, 향후 더 큰 전쟁은 없을 듯합니다."

"내 생각도 그러하오. 용병의 계약 조건은 끝난 것 같군요. 돌아가시려오?"

"그렇습니다. 급료나 전리품의 분배 같은 자질구레한 것들은 다른 사람들이 처리하겠지요. 물론 계약대로 행해질 것입니다. 저는 다른 용건이 있어 이렇게 찾아뵈었습니다."

킬드온은 올 것이 왔다는 심정으로 시선을 돌렸다. 또 하나의, 그로서는 불가사의에 가까운 귀결.

"제국 기사단의 영용함과 그 출중함에 대해서는 일찍이 수도 없이 들었으나 실제로 이 두 눈으로 본 바 사람들의 말 전하는 것이 오히려 서툴렀음을 깨닫게 되었습니다. 크게 감탄하고 감복한 저는……"

으로 시작된 소사라의 일장연설은 킬드온의 넋을 반쯤 빼놓았다. 킬드온은 상대방의 말을 거의 알아들을 수 없었지만 큰 불편은 없었다. 그게 무슨 내용인지는 이미 알고 있었기 때문이다. 그리고 비록 그 자신에게는 결정권이 없었지만 그에 대한 회답도 결정되어 있었다. 킬드온이 신경 써야 될 것은 오직 소사라의 말이 끝나는 시점을 포착하는 것뿐이었다.

그럼에도 불구하고 킬드온은 약간 늦게, 그러니까 소사라가 헛기침을 했을 때야 화들짝 놀라며 말했다.

"무, 물론 우리로서도 큰 영광이고 기쁨이오."

소사라는 빙그레 웃으며 다시 목례했다.

"감사합니다. 그럼 이만 가보겠습니다."

소사라는 투구를 쓴 다음 다시 말 위에 올랐다. 그러곤 빠른 속력으로 언덕을 내려갔다. 킬드온은 멍한 표정으로 그 뒷모습을 보며 정치가로 태어났다면 좋았을걸, 하고 생각했다.

그는 자신이 도대체 왜 서 소사라를 제국 기사단 북좌의 남부 파견대(웃기지도 않는 명칭이다)의 용병대장으로 임명해야 하는지 알 수 없었다.

라트랑 후작 에름은 얼굴을 잔뜩 찌푸린 채 통로를 걷고 있었다. 창 밖으로는 눈이 소복하게 쌓인 카밀궁의 정원이 흰빛을 가득 뿌리고 있었지만 후작의 얼굴은 여전히 어두웠다. 그러나 발걸음을 멈춘 후작은 문을 흘끔 바라보고는 다시 창가로 걸어갔다. 그리고 후작은 창문에 비친 자신의 얼굴을 보며 웃는 표정을 연습하기 시작했다. 후작은 통로 저편에서 두어 명의 시녀들이 후작의 그런 모습을 훔쳐보며 소리 죽여 깔깔거리는 것은 알지 못했다.

충분히 얼굴이 밝아졌다고 판단한 후작은 방문 앞으로 걸어갔다. 그리고 문을 열면서 동시에 무릎을 털썩 꿇었다. 방 안쪽에서 당혹한 목소리가 들려왔다.

"에름? 왜 무릎을 꿇으세요?"

"응? 아아, 교회가 아니었습니까?"

"교회라니오?"

"이런. 성화(聖畵)가 보이기에 난 교회에 들어온 줄 알았어요."

벽난로가의 의자에 앉아 있던 이루미나는 큰소리로 웃었다. 에름 후작은 빙그레 웃으며 아내에게 걸어가서는 그녀 옆에 다시 무릎을 꿇었다. 그리고 아내의 부풀어오른 배에 살짝 키스하며 말했다.

"너도 안녕? 작은 레이디."

이루미나는 자신의 배에 올려진 남편의 얼굴을 보며 빙긋 웃었다.

"으흠. 이건 선전포고인가요? 좋아요. 나는 준비되었어요. 아들이에요."

"딸이라니까. 우리 가문엔 아들이 드물었고 그건 당신 가문도 마찬가지잖아요."

"내 뱃속에 들어 있는 것이 뭔지 모를까요?"

"안 돼, 안 돼요. 그럼 우리는 끝장입니다."

"끝장이라니오?"

"우리 공주님의 전용 재단사와 무용 선생 등과의 계약을 방금 마치고 오는 길이거든."

이루미나는 어이가 없다는 투로 외쳤다.

"에름! 이 애는 아직 나오지도 않았어요."

"견실한 가정을 꾸리고 있는 가신들에게 물어본 결과 요즘 애들은 조숙하다는 결론을 얻었습니다. 더불어 그 친구들이 매일 죽을 상을 하고 있는 이유가 나 때문이 아니라 눈 깜빡할 사이에 커버리는 애들 때문이라는 유익한 정보도 얻게 되었고. 뭐, 얼마 기다리지 않아도 될 겁니다."

부부는 큰소리로 웃었다. 그리고 이루미나는 심술궂은 표정을 지으며 무릎에 내려놓았던 옷감을 들어올렸고 에름 후작은 그것이 남아용 옷이라는 것을 깨닫고는 큰소리로 헛기침을 하며 아내의 발치에 앉아 그 다리에 몸을 기대었다.

바느질을 시작한 이루미나는 실을 잡아당기며 잔잔한 목소리로 물었다.

"자, 고민이 뭐죠, 에름?"

에름 후작은 두 손 들었다는 시늉을 해보였다. 이루미나는 민첩하게 바늘을 놀리며 말했다.

"도움은 못 되겠지만 들어드릴 순 있지요. 내게 말해 봐요. 어쩌면 두 사람 몫의 지혜가 있을지도 모르니까."

에름 후작은 빙긋 웃으며 창 밖에 내리는 눈을 바라보았다. 저 눈이 그치면 봄이 찾아올 것이다.

"다벨의 서 소사라가 제국 기사단의 용병대장이 된 것은 알고 있지요? 의무는 없고 권한뿐인, 더 정확하게 말하면 이름뿐인 직함이지만 어쨌든 그건 작용하는 이름이지요. 그런 식으로 바탈리언 남작은 제국에 불침 선언을 하게끔 한 것뿐만 아니라 서 브라도의 일까지 흐지부지되게 만들어놓았지요. 그 정도까지는 나와 내 가신들도 뚫어봤어요. 그런데 요즘 이상한 말들이 나돌아다니는군요. 바탈리언 남작은 한 낚시로 세 마리 고기를 낚을 작정이라는."

"세 마리? 어떻게 말이죠?"

"급료. 용병대장의 급료 말이오. 지금껏 거기에 대해 한마디도 안한 그 참을성에 놀라야 할까. 어쨌든 용병대장은 급료를 받는 것이 당연하잖습니까."

"주면 되잖아요? 그게 이름뿐인 직책이라면 터무니없는 액수를 요청하지는 않을 텐데요."

"액수가 아닙니다. 남작은 현물을 원하고 있어요."

"현물이라니오?"

"레모 산 작렬포."

이루미나는 바느질을 멈추고는 놀란 눈으로 남편을 바라보다가 창문 너머로 정원을 돌아보았다. 바로 그 정원에서 언젠가 작렬포가 불을 뿜었던 적이 있었다. 그리고 그 끔찍한 무기에 검을 휘둘러 불꽃을 일으키던 사내도 그곳에 서 있었다.

이루미나는 소름 끼친다는 표정으로 남편을 바라보았다.

"어떻게? 어떻게 그가 그것을 원할 수 있지요?"

"레모인들은 그들의 대포를 어쨌든 페인 제국에 바쳐야 하지요. 그들은 조금 더 오래 비밀에 붙여두고 싶었을 테지만 키 드레이번이 바로 우리 정원에서 그것을 공공연한 무기로 만들어버렸지요. 그러니 그들은 하루라도 빨리 아자르 황제에게 그것을 진상해야 합니다. '이런 것을 만들었습니다. 보아주십시오.' 그렇잖으면 비밀 무기를 제조한다는 혐의를 받을 수 있으니까. 다른 무기와 달리 대포에 대해서 제국은 꽤 민감합니다. 강철의 레이디의 전력이 있어서. 그런데 전통적으로 그런 신무기의 시험 사용은 제국 기사단에게 그 권한이 있지요."

"그리고 서 소사라는 제국 기사단의 용병대장이고……"

"그렇습니다. 그래서 바탈리언 남작은 그 대포를 급료 삼아 받고 시험 사용까지 해주겠다는 제안을 보낸 겁니다. 그리고 그 제안은 이미 90% 이상 통과된 모양입니다."

"예. 그들은 그 무서운 무기를 가지게 되겠군요. 그런데 왜 고민하시는 거지요?"

"무기를 가지면 싸우고 싶겠지요. 그런데 다벨이 폴라리스를 노릴 리는 없습니다. 비록 서 휘리의 일 때문에 이를 갈고 있을 테지만, 두 척의 공중 전함은 그 누구도 건드릴 수 없습니다. 저 휘리 노이에스도 바로 그 공중 전함의 공격 아래 전사했지요. 더군다나 그때는 지금처럼 완전한 공중 전함으로 태어나기 전인데도 그들은 1만이 넘는 다벨군을 몰살시켰습니다. 작렬포 정도로 폴라리스를 어떻게 할 수는 없습니다."

"그렇다면…… 라트랑? 전쟁인가요?"

에름 후작은 황급히 고개를 가로저었다. 모든 임신부가 그렇듯이 이루미나 역시 조그마한 일에도 쉽게 불안을 느끼곤 했다. 그래서 에름은 환한 표정으로 말했다.

"설마요. 그들이 바로 작년에 일으킨 일은 아직도 기억에 생생하고 제국인들은 모두 그들을 예의 주시하고 있습니다. 게다가 폴라리스가 증명해 준 바 해군이 시원찮은 다벨은 절대로 바다를 낀 나라를 쓰러뜨리지 못합니다. 전쟁 같은 것은 일어날 리가 없습니다. 다만 좀 언짢은 제안 정도는 들을 각오를 해야겠지요. 그들과의 관세협정이 다가오고 있거든요."

"아아, 그렇군요."

그리고 에름은 갑자기 험상궂은 표정을 지어보였다.

"게다가 바탈리언 남작도, 그 쟁쟁한 다벨의 사장군(四將軍)들도 모두 독신이란 말입니다…… 나는 놈들이 우리 공주님에게 끔찍한 제안이라도 해올까 봐 걱정되어 죽겠군요. 약혼? 어림없는 소릴. 만일 그렇다면, 젠장. 전쟁입니다!"

이루미나는 그만 웃어버렸다.

"걱정 말아요. 아들이니까."

바스톨 장군은 창문 밖의 녹음만을 바라보았다. 그 얼굴은 무표정했고, 그래서 길버트 하드루스 대통령은 눈앞의 노장군이 자신의 말을 이해했는지 의심했다. 그러나 그가 뭐라 말하기 전 장군은 여전히 창 밖을 보며 나직하게 말했다.

"그들을 칩니까?"

"그렇습니다."

바스톨 장군은 다시 침묵했다. 계절은 초여름이었고 흑사자관의 공기는 답답했다. 엿듣는 귀를 우려해서 창문은 모두 닫혀 있었고 그래서 방 안의 공기는 무겁게 내려앉은 채 움직일 줄을 몰랐다.

장군은 창문 밖에서 들려오는 매미 소리를 들으며 말했다.

"왜지요? 그들은 작년에 많은 피해를 입었습니다. 비록 그런 무서운 무기를 가졌다 하나 그들이 당장 휘리 노이에스를 답습하지는 않을 겁니다."

"법황 성하 때문입니다."

"성하께서요?"

"성하께서 그들에 대해 언짢아 하고 계시는 것은 잘 아시지요?"

"알고 있습니다. 하지만 신의 자녀들을 서로 싸우게 하는 것이 법황의 일입니까!"

느리게 시작된 장군의 말은 격렬한 호통으로 방 안의 공기를 뒤흔들었다. 하드루스 대통령은 깍지낀 손으로 입을 받치며 침울한 표정으로 노장군을 바라보다가 말했다.

"하리야 선장을 생각하고 계십니까?"

바스톨 장군은 그 질문을 회피했다. 대신 장군은 피로한 음성으로 말했다.

"왜 그래야 한다는 겁니까. 우리에게 무슨 이득이 있습니까?"

"이득은 있습니다. 분명히."

"분명히?"

"그렇습니다."

하드루스 대통령은 그렇게 말하며 집무실에 걸려 있는 세계지도를 가리켜보였다. 지도를 바라본 장군은 단숨에 대통령의 말을 이해했다.

"맙소사……. 가능합니까?"

"정보부는 가능하다는 결론을 내렸습니다."

바스톨 장군은 입안이 깔깔해지는 기분을 느꼈다. 사트로니아의 정보부가 결론을 내린 일에 대해 그가 뭐라 말할 수는 없다. 하지만 장군은 고개를 가로저으며 말했다.

"하지만 어떻게 말입니까? 그들은 그 강력한 대포를……"

"예. 무서운 무기지요. 하지만 장군께는 친구가 있잖습니까?"

장군은 순간 아찔함을 느꼈다. 그는 처연한 눈으로 대통령을 바라보았고 하드루스 대통령은 고개를 끄덕였다. 그리고 대통령은 두 손을 내려 책상에 얹으며 정중하게 말했다.

"한번 더, 사트로니아와 저를 위해 싸워주시지 않겠습니까?"

바스톨 장군은 아무 말도 하지 않았다. 매미 소리는 이제 그의 귓속에서 울리는 것 같았다.

병사의 방패가 힘껏 내밀어진다. 콰─캉! 방패를 든 팔은 아픔보다는 짧은 비애를 느낀다. 팔을 통해 전달되는 충격은 상대방이 자신을 정말 죽일 작정이라는 것을 똑똑히 나타내고 있다. 그 당연한 사실이 이 소음과 혼란 속에서 너무도 애절하게 다가온다. 병사는 방패 너머로 겁에 질린 눈을 내밀어 상대를 본다.

'너는 나를 죽이려 한다.'

그러나 증오로 흐려진 병사의 눈은 상대방의 눈에도 똑같은 공포와 슬픔이 배어나오는 것을 보지 못한다. 아니, 보았을지도 모른다. 하지만 이미 병사의 방패는 힘껏 밀쳐지고 있었다. 상대방의 발디딤이 흐트러지는 순간 병사의 모닝스타가 그 투구에 떨어졌다. 불꽃과 함께 투구가 날아가고 그 아래에서 나타난 피투성이의 얼굴이 짧은 순간 병사의 망막에 죽을 때까지 남을 잔영을 그린다. 하지만 상대방은 곧 땅 위에 쓰러지고 병사는 그 뒤통수를 향해 다시 모닝스타를 휘둘렀다. 두 번, 세 번. 하얀 두개골이 드러나며 그 속에서 뇌가 비어져나온다. 병사는 피와 살점, 머리카락으로 범벅이 된 모닝스타를 들어올리며 한숨을 쉬었다. 하지만 하늘을 본 병사는 눈을 부릅뜬 모습으로 굳어버렸다.

하늘에서는 산더미 같은 그림자가 병사를 향해 떨어져내리고 있었다.

추락의 순간 킬리 스타드는 온몸이 끊어지는 기분을 느꼈다. 그랜드머더호는 150피트의 높이에서 그대로 전장 한가운데로 떨어졌다. 그랜드머더호에 걸린 마법은 마지막까지 추락 속도를 늦추긴 했지만 그래도 대지 속도는 사람을 죽일 정도였고 그래서 눈을 떴을 때 킬리 선장은 자신이 죽지 않았다는 사실이 몹시 신기하게 생각되었다. 그때 시야 한 구석으로부터 작고 검은 손이 다가왔다.

"벨…… 로린?"

손을 내밀려던 킬리 선장은 벨로린이 원하던 것이 그것이 아님을 깨달았다. 벨로린은 그대로 킬리의 허리띠를 움켜쥐어 '위로 들어올렸다'.

벨로린은 킬리 선장을 어깨에 멘 채 화염에 불타는 그랜드머더호의 갑판을 내달렸고 킬리는 지독한 고통 속에서도 웃음을 지었다.

'하, 이거 희한한 경험이군.'

그러나 벨로린이 그랜드머더호의 갑판에서 뛰어내렸을 때는 킬리도 웃을 수 없었다.

끔찍한 충격 속에서 킬리는 자신에게 따져물었다.

'이 정도면 졸도할 만하지 않은가?'

그러나 킬리는 졸도하지 않았고 벨로린이 그를 땅에 내려놓았을 때 그것은 꽤 실감나게 확인되었다. 충격으로 비명을 지르는 킬리를 보며 벨로린은 다급하게 물었다.

"괜찮아? 킬리! 괜찮냐고!"

"그랜드파더호는?"

군이 고개를 들지 않아도 알 수 있었지만 벨로린은 붉은 하늘을 바라보았다. 그랜드파더호는 석양의 하늘 속에 검은 실루엣으로 떠 있었고 조금 전 그랜드머더호를 추락시킨 공격은 그대로 그랜드파더호에 가해지고 있었다. 그러나 그랜드파더호의 경우에는 훨씬 운이 나빴다. 용골을 파괴당한―마법은 그곳에 걸려 있었다―그랜드머더호는 추락했지만 그랜드파더는 갑판을 공격당하고 있었다.

벨로린이 막 입을 열려고 했을 때 화염이 그랜드파더호의 화약고를 강타했다. 벨로린은 허리를 숙이며 온몸으로 킬리를 덮었다.

하얗게 빛나는 섬광과 폭발음이 주위의 모든 것을 강타했다. 검붉은 하늘 속에서 한 송이 거대한 장미꽃이 피어나는 듯한 화염과 함께 그랜드파더호는 공중에서 폭파되었다. 불똥과 잔해가 전장에 비처럼 쏟아져 내렸고 벨로린은 킬리의 가슴을 끌어안은 채 그를 조금이라도 더 가리기 위해 애썼다.

잠시 후 벨로린은 힘겹게 몸을 일으켰다. 머리카락을 가다듬은 벨로린은 킬리를 살폈다. 킬리는 눈을 감은 채 말했다.

"말해 주지 않아도 돼. 알았으니까."

킬리의 꼭 감은 눈에선 눈물이 배어나오고 있었다. 벨로린은 고개를 휙 쳐들어 하늘을 올려다보았다. 그랜드파더호를 파괴한 것은 네 장의 날개로 춤을 추며 붉은 하늘을 가로지르고 있었고 벨로린은 찢어지는 목소리로 외쳤다.

"라오—코네스—!"

분명히 들렸을 테지만, 라오코네스는 벨로린의 외침에는 신경 쓰지 않았다. 일몰의 왕은 순간을 지배한다. 그는 일몰이 끝나기 전 다시 미노 만으로 돌아가기 위해 날개를 휘저었다. 석양을 향해 빠른 속도로 멀어지는 라오코네스를 보며 벨로린은 입술을 깨물었다.

그를 탓할 수는 없다. 그녀 자신이 킬리를 돕듯 저 일몰의 왕은 바스톨 장군을 도울 뿐이다. 라오코네스는 밤을 이끄는 자를 선택했다. 벨로린은 다시 킬리를 돌아보며 말했다.

"아프겠지만 일어나야 돼. 우리는 전장 한가운데 떨어졌어."

킬리는 여전히 눈을 감은 채 이상하게 침착하게 들리는 목소리로 말했다.

"전장이라고…… 그럼 오닉스는?"

"죽었어."

킬리는 눈을 감은 채 왠지 당연하다고 생각했다. 작년의 전쟁 후부터 오닉스는 살아 있는 것 같지 않았다. 더 이상 마스크를 쓰지도 않고 손짓도 하지 않게 된 그의 주위에서는 항상 죽음이 풍겨다니고 있었다. 킬리는 앞바다에서 싸우고 있을 사람들을 떠올렸다.

"두캉가와 라이온은?"

"죽었어."

"……그 바보 녀석. 올 필요가 없었는데. 왕 노릇이나 하고 있지 부득 부득 오더니. 이제 레갈루스는 사트로니아에게 먹히겠군. 하리야와 트로포스는?"

"아직 시내에서 싸우고 있어. 그들은 걱정 마. 에레로아와 아델토가 지켜줄 테니."

킬리는 눈을 떴다. 하늘에는 선홍빛 구름들이 물결치고 있었고 그이랑 사이로 밤이 흘러들고 있었다. 킬리는 신음을 토하며 상체를 일으켰다.

"다행이군. 그럼 나도 싸워야지."

"안 돼. 넌 지금 일어서지도 못하잖아."

"그렇긴 하지만, 그래도 이 모든 것을 그냥 꿈이었다고 말해 버릴 수는 없어."

킬리는 한 손으로 땅을 짚었다. 하지만 손은 미끄러졌고 킬리는 다시 호되게 땅에 부딪혔다. 킬리는 숨막힌 비명을 질렀고 벨로린은 황급히 그를 부축했다.

"안 돼. 지금 당장 물수리호로 가야 해. 하리야와 트로포스도 그쪽으로 대피할 거야. 빨리 가야 해! 기릭스도 더 이상 버틸 수는 없어!"

킬리는 마치 잠꼬대 같은 목소리로 뭐라 말했지만 벨로린은 더 이상 듣지 않았다. 벨로린은 다시 킬리를 들어올려 어깨에 둘러메었다. 하지만 그녀의 작은 키 때문에 킬리는 발이 땅에 끌릴 지경이었다. 벨로린은 주위를 둘러보며 생각했다. 말이, 말이 필요해.

"그 친구는 킬리 선장이군. 그럼 네가 그 벨로린인가?"

벨로린은 황급히 몸을 돌렸다.

완전 무장을 갖춘 기사의 실루엣이 검붉은 하늘을 등진 채 그녀를 내려다보고 있었다. 벨로린은 기사의 말을 보며 반가움을 느꼈지만 곧 좌절감이 찾아왔다. 기사는 창을 들어올리고 있었지만 벨로린이 좌절한 것은 그 때문이 아니다. 벨로린의 시선을 느낀 기사는 자신의 가슴팍을 내려다보았다.

"그래. 우리는 모두 성물을 가지고 다니지."

"발도 로네스가 알려줬군."

"험한 짓을 하고 싶지는 않으니 얌전히 내 말을 따라라."

벨로린은 자신의 어깨에 늘어져 있는 킬리를 돌아보곤 다시 기사를 바라보았다. 창 끝은 그녀의 이마를 겨냥한 채 꼼짝도 하지 않았다. 벨로린은 침을 꿀걱 삼키고 말했다.

"당신, 서 퀠커지?"

서 퀠커는 약간 놀란 표정을 지었다가 곧 고개를 끄덕였다.

"알고 있나? 들은 대로군."

"그래. 알고 있어. 들어줘, 서 켈커. 우리는 더 이상 당신들과 싸울 수 없어. 카밀카르 함대와 필마온 기사단은 폴라리스의 전함과 레갈루스의 전함을 모두 침몰시켰어. 그랜드머더호와 그랜드파더호는 바스톨 장군의 드래곤에 의해 파괴되었고…… 당신들 다벨은 폴라리스의 육군을 전멸시켰지. 폴라리스는 완전히 패배했어."

켈커는 검은 소녀의 눈에 비치는 석양을 보며 조용히 말했다.

"무슨 말을 하고 싶은 건가, 악마여?"

"우리를 보내줘."

"나는 군인이다. 그럴 수는 없어."

벨로린은 입술을 부르르 떨다가 나직하게 말했다.

"기억하겠지. 하리야는 당신을 보내줬어."

서 켈커는 아무 말도 하지 않았다. 그리고 그의 창 끝 역시 미동도 하지 않았다. 벨로린은 한번 더 크게 호흡한 다음 도박하는 심정으로 말했다.

"아밀리아의 이름으로 부탁해."

창날이 크게 꿈틀했다. 켈커는 부릅뜬 눈으로 벨로린을 바라보다가 그 어깨에 걸려 있는 킬리를 쏘아보았다. 벨로린은 고개를 끄덕였다.

"그래. 이 남자가 바로 그야."

하늘을 등진 켈커의 얼굴은 어두웠고 그래서 그 표정은 알아보기 힘들었지만, 벨로린은 보지 않아도 그가 죽일 듯한 시선으로 킬리를 쏘아보고 있음을 알 수 있었다. 벨로린은 다급하게 말했다.

"부탁하겠어. 전투는 이미 끝났고 당신들은 볼지악 자작의 복수를 완료했어."

벨로린은 자신의 말에 섬뜩한 기분을 느꼈다. 복수를 선택한 것은 바로 그녀였다.

"전투는 끝났어. 당신의 전투만 남아 있고, 나는 당신이 승리하기를 바래. 서 켈커."

켈커는 벨로린의 말에 거의 신경 쓰지 않았다. 그는 벨로린의 가슴께에 늘어져 있는 킬리의 뒤통수만 내려다보고 있었다. 창 끝은 몹시 흔들렸고 그것을 쥐고 있는 그의 손은 하얗게 변했다.

켈커는 말에서 내렸다.

다가오는 켈커를 보며 벨로린은 이를 악물었다. 최후까지도 켈커의 속마음을 알 수 없었던 벨로린은 켈커의 손이 다가왔을 때 눈을 감았다.

그리고 켈커는 킬리를 들어올려 말에 얹었다.

벨로린이 눈을 떴을 때 켈커는 붉은 하늘을 바라보며 말했다.

"말을 탈 줄 아나?"

벨로린은 대답 대신 말 위에 뛰어올랐다. 켈커는 뒤로 물러났고 벨로린은 한손으로 킬리의 등을 움켜쥔 채 말을 몰아 달려갔다. 켈커는 창을 짚고 선 채 가만히 그 뒷모습을 바라보았다.

벨로린은 다림 시내로 들어섰다. 수도의 이름은 아직도 정해지지 않았고 이제 영영 정할 필요가 없을 것이다. 아비규환이 벌어지는 시내를 가로지르며 벨로린은 눈물을 뿌렸다. 그때 그녀의 무릎 앞에 엎드려 있던 킬리가 정신을 차렸다. 벨로린은 말의 속도를 조금 늦추며 말했다.

"킬리?"

킬리는 고개를 조금 들어 주위를 둘러보았다. 그의 눈에 들어오는 모든 것은 화염과 석양빛으로 붉게 물들어 있었다. 잠시 후 킬리는 자신이 어떤 상황에 처해 있는지를 깨달은 듯 다시 고개를 떨구었다. 벨로린은 그의 등을 더 꼭 움켜쥐며 다시 말의 속도를 높였다.

킬리는 웅얼거리듯 말했다.

"우리는 무슨 일을 한 것일까."

벨로린은 대답하지 않았다. 그리고 킬리 역시 대답을 기다리지 않은 채 말했다.

"그 모든 것이…… 아무 쓸모 없는 일이었다고 말하기는 쉽겠지. 돛대에 매달려 살아난 뱃사람처럼…… 그래. 살았으니 웃자고 말하는 것은…… 쉽겠지. 하지만…… 하지만……"

벨로린은 왈칵 쏟아지는 눈물을 내버려둔 채 말고삐를 더욱 힘있게 부여잡았다.

제국력 1025년 6월 33일. 폴라리스의 개국 기념일.

폴라리스는 멸망했다.

오스발은 눈을 떴다.

주위를 둘러싼 안개는 이미 푸르스름한 빛깔을 띠고 있었다. 아침이 머지 않았다. 오스발은 노를 끌어당겨 보트 위에 내려놓았다. 보트는 이제 해류를 타고 흐르고 있었다. 오스발은 두 손을 모아 깍지 낀 다음 무릎에 얹었다.

그리고 오스발은 어둠을 향해 말했다.

"둘 다는 안 되는군요. 그들은 아직 두 개의 태양을 용납하지 못합니다. 하지만 언젠가는 가능하겠지요."

안개가 갈라졌다.

안개 저편으로 거대한 그림자가 흐릿하게 움직였다. 오스발은 일어났다. 보트 위에 꼿꼿이 선 오스발은 푸르른 안개를 바라보며 말했다.

"오십시오. 이 새벽에 하나는 떨어져야겠지요."

안개 너머로 일렁이는 그림자는 끝없이 커지고 있었다. 보트 위에 서 있던 오스발은 고개를 꺾어 위를 쳐다보아야 했다. 오스발은 두 팔을 옆으로 벌렸다.

"제국의 공적 제1호와 답을 구하는 마법사여."

소용돌이치던 안개가 갑자기 찢어지며 저 높은 곳에서 자유호의 이물이 나타났다.

〈끝〉

『폴라리스 랩소디』의 몇몇 수수께끼들*

인물**

하이낙스 인간의 역사에서 나타난 최고의 마법사. 신성 펠라론의 법황들이 1700여 년에 걸쳐 보여준 기적들도 하이낙스가 그 짧은 생애 동안 보여준 마법들에 비해 보면 그 빛을 잃는다. 이 천재적인 마법사가

---

* 시인이자 연대기 작가, 가수이며 변설가이기도 한 이 이야기의 서술자는, 이야기에 출현하고 있으나 그 정체가 충분히 밝혀지지 않은 몇 가지 대상에 대하여 작중 세계에 존재할지도 모르는 몇몇 자료를 인용하는 형태로 해설하는 데 동의하였다. 하기의 인용은 비록 그가 굳게 견지하고 있는바, 작가는 작품 그 자체를 통하여 말한다는 원칙으로 인하여 그다지 친절한 해설은 되지 못할지 모르나, 『폴라리스 랩소디』의 애독자들이라면 그 안에서 몇몇 재미있는 사실을 발견할 수 있을 것이다. 항목은 우선 네 종류로 나뉜다. '인물', '장소', '사물', '집단'. 그리고 '대륙 9대 불가사의'와 '판데모니엄의 하이마스터'에 관한 요약을 기타 항목으로 덧붙였다. 이는 각각 '장소'와 '집단'에 들어갈 수 있으나 상기의 사항에 중복되는 것이 섞여 있으며 특별히 분리할 만한 의의가 있으므로 따로 정리하였다. 작가는 실제로 한두 항목에 대하여 해설의 요청에 부응하지 않은바, 작품 내용으로부터 작성된 그 부분의 정리 및 배열에 미비함이 있다면 이는 모두 편집자의 실책이다.

** 인간이 아니더라도 언어를 사용하는 지각 있는 존재는 인물 항목으로 분류하였다.

불만족스러운 현실을 타개하기 위한 방법으로 전쟁을 선택했다는 사실은, 하이낙스 그 자신뿐만 아니라 인류에게도 불행한 일이 아닐 수 없다. (……) 하이낙스에게 현실 개조의 의지가 있었다는 점은 너무도 분명하지만―그렇잖으면 왜 세계를 상대로 전쟁을 일으켰겠는가―그가 정확히 어떤 세상을 꿈꾸었는지는 알 수 없다. 하이낙스의 청년기 이후의 생애는 대부분 정복 전쟁을 수행하는 일에 돌려져 있었기에 그 자신의 저술이나 기록은 얼마 되지 않으며, 그나마도 그의 사후에 행하여진 기록 말살 때문에 거의 사라졌기 때문에 오늘날 그의 사상이나 심리를 연구한다는 것은 극히 어려운 일이 되었다. 오로지 그의 적들의 기록을 통해서만 하이낙스를 연구해 볼 수 있지만, 악의에 가득 찬 그 기록들에서 진실과 흑색 선전을 구분하는 것은 몹시 힘든 일이다. 왜냐하면 그의 적은 제국 전체였기 때문이다. 따라서 (……) 그의 행동을 연대기적으로 복원해 보는 것은 그럭저럭 가능하지만 그의 사상, 철학, 목표는 알기 어렵다. 이것은 제국에 있어 또 하나의 딜레마다. 제국은 아직도 그의 가장 강력했던 적이 왜 자신을 공격했는지 알지 못하는 것이다. 하지만 몇 가지 추론해 볼 수 있는 근거는 있다.

하이낙스의 업적 중 가장 유명한 것은 물론 쥬르노 산을 없애버려 사람들로 하여금 그 이름을 쥬르노 평원으로 바꿔 부르게끔 한 일이다. (……) 도저히 믿을 수 없는 이 기적을 보았을 때 사람들이 하이낙스를 창조주의 재림으로 여긴 것은 오히려 당연한 일이었을 것이다. 하지만 하이낙스는 그렇게 주장하지 않았다. 진위 자체는 논외로 하더라도 전 세계를 상대로 한 전쟁을 수행하고 있던 하이낙스는 오히려 그렇게 주장했어야 당연할 것이다. 자신의 적에게 공포를 주고 동료들에게 신뢰를 이끌어내는 데 있어 그보다 더 효과적인 수단은 없었을 것이다. 이 점은 무수한 반란자들과 이단자, 사이비 종교인들에게서 쉽게 찾아볼 수 있는 모습이다. 하지만 가장 이성적인 자들마저 '신이 아니고선 할 수 없다'고 선언하게끔 만든 기적을 일으킨 직후에도 하이낙스는 자신을 신이라고 주장하지는 않았다. 이 점은 여러 가지로 해석될 수 있겠지만, 그가 신정 사회를 염두에 두고 있지는 않았다는 사실은 분명하다. 그렇다면 그는 공화제를 원했던 것일까? 하지만 그의 업적—대부분 전쟁이었지만—을 수행하는 과정에서 공화제의 가장 미약한 근거도 찾기는 어렵다. 그는 왕이라 주장하진 않았지만 왕처럼 행동했으며, 그 모습은 스스로를 제왕이라 주장할 필요가 없는 제왕 라오코네스를 연상시키는 점이 많다. (……)

린타 사트로니아 출신의 문학가, 철학가, 변호사. 하지만 이 말들은 변론가가 직업이 될 수 없기에 사용되는 말일 뿐, 린타는 언제나 자신을 변론가로 여겼고 그를 아는 사람들도 그를 그렇게 대했다. 변론가란 말로써 사리의 옳고 그름을 따지는 자다. 따라서 변론가는 그 의미상 웅변가와 학자의 중간에 속하는 자라 할 수 있다. 변론가는 웅변가처럼 자신의 주장을 상대방에게 납득시키려 시도하지만, 그 시도를 위해 웅변가가 사용하는 말의 기술 대신 학자적인 논리성을 동원한다. 거꾸로 말한다면 변론가는 학자처럼 진리에 관심을 가지고 있지만, 진리에의 수탐을 위해 과학적인 탐구 대신 다른 사람과의 대화를 시도한다. 이들은 인간의 진리는 인간 속에 있다고 믿기 때문에 자신이 과학적 엄격성을 갖추지 못했다는 점에 대해 괴로워하지는 않는다. 린타 또한 그런 사실에 대해 괴로워해 본 적은 없다. 하지만 린타의 고민은 그가 너무나 우수한 말의 기술을 소지했다는 점에 있다. 그는 다른 변론가들처럼 대화를 통해 인간의 진리에 도달하려 시도했지만, 대화의 끝에서 그는 언제나 진리 대신 어느새 자신의 화술에 말려든 상대방의 모습만을 발견할 수 있었다.

린타가 웅변가였다면 그는 그 사실에 만족했을 것이다. 하지만 린타는 사실의 정합성과 논리성에 관심을 가진 변론가였고 따라서 그에게 필요했던 것은 그의 화술에 매료되는 청중이 아니라 끝까지 굽히지 않고 진리에의 수탐에 동반해 줄 토론 상대자였다. 진리에의 관심을 포기할 수 없었던 린타는 결국 두 가지 선택밖에 남지 않았음을 깨달았다. 변론을 포기하고 다른 수단을 찾거나, 변론을 도와줄 토론 상대를 찾아내는 것. 전자는 타고난 변론가였던 린타에게 불가능했고 결국 린타는 토론 상대를 찾아 세계를 방랑하게 되었다. 그리고 세계를 방랑하며 많은 달변가들을 격파해댄 린타는 드디어 그 유명한 만남을 성취하게 되었다. 악마 아델토와 만나게 된 것이다.

판데모니엄의 하이마스터이자 황금의 조커인 아델토를 만나게 된 린타는 평생을 갈고 닦은 변론술을 화려하게 펼쳐보였고 이에 대해 아델토는 지옥의 일곱 지배자들 중 조커라는 이름을 가진 존재다운 초인적인 변론술로 응답했다. 잘 알려져 있다시피 이들의 치열한 토론은 아흐레 밤낮 동안 계속되었다. 결국 아흐레 밤, 아델토는 자승자박에 빠져 스스로를 봉인하게 되었고 다시는 판데모니엄으로 돌아갈 수 없게 되었다. 악마 중에서도 최고의 변론가를 상대로 승리했지만 린타에게 승리감은 찾아오지 않았다. 대신 뼈저린 후회만이 그가 느낀 감정의 전부였다. 린타는 피로와 후회와 부끄러움과 노여움 속에서 부들부들 떨며 아델토에게 외쳤다 한다.

"이 빌어먹을 악마 녀석. 악마는 모두 거짓말쟁이라는 걸 고백했어야 될 거 아냐!"

그는 진리의 반대편 극단에 선 존재와 더불어 아흐레 동안이나 진리를 찾으려 애썼던 것이다.

아달탄 대왕 페인 제국의 시조. 그에 대한 이야기는 너무나 많이 전해져 내려오기 때문에 그중 정사와 야사, 실제 사건과 가공의 전설을 전부 구분해 내는 것은 불가능하다. 위대한 제국의 시조라는 점을 놓고 볼 때 아달탄 대왕의 일대기가 정확하게 씌어질 수 없다는 점은 기이하게 여겨질지도 모르지만, 대왕은 자신에 대한 이야기를 정확한 형태로 남기길 꺼려했으며 어떤 경우 후대인들의 조사를 고의적으로 방해하기까지 했다. 음유시인이 되어 대륙을 주유했다는 유명한 이야기에서 알수 있듯 아달탄 대왕은 상당히 낭만적인 성격의 소유자였으며, 어쩌면 가이너 카쉬냅의 푸념처럼 자신이 건국한 제국에 자신의 이야기를 전하기보다는 자신이 지은 노래 한 구절을 더 전하고 싶어했을지도 모른다. (……) 그의 정복 전쟁에 대한 기록은 다른 이야기들에 비해 사실일 가능성이 높지만, 그렇다고 해서 완전한 사실로 받아들이기에도 꺼림칙한 면이 많다. 종군 일지라기보다는 서사시에 가까운 형태로 저술된 대왕의 원정기들은 그를 연구하려는 전사학자들을 먼저 난처하게 만들었고 그 시적 어휘들의 수렁 속을 헤맨 끝에 도달한 결론은 전사학자들을 좌절하게 만들었다. 물론 전사학자들은 많은 부분에 걸쳐 위대한 천재 전략가의 모습을 발견해 내고 그 모습에 감동할 수 있었다. 하지만 거의 비슷한 비율로 뻔뻔한 허풍쟁이의 모습이 발견된다는 것은 그들의 치열한 노력을 일시에 물거품으로 만들어버리기에 충분했다. (……) 하지만 모든 면에 성실하지 못하다고 해서 악인이라고 부를 수는 없으며, 역사가들의 재앙이라 할 만큼 그 자신의 기록에 불성실했던 아달탄 대왕도 신제국의 통치에 있어서는 공정하고 현명한 지배자의 모습을 보였다. 아직 그 지지 기반이 불확실한 신제국은 거의 매일같이 위기를 맞이해야 했다. 하지만 아달탄 대왕은 쾌활한 호인의 모습을 잃지 않은 채 그 위기들을 모두 해결해 나갔다. 물론 신제국의 토대를 굳건히 세우기 위해 그가 수행했던 일들은 그 특유의 허풍과 과장과 은유로 감춰져 있고, 이 점 때문에 그를 '2인자의 자질의 집대성', 혹은 '임기응변의 제왕'이라는 악의에 찬 별명으로 부르는 학자들도 있다. 하지만 가장 엄격한 기준들을 통해 간신히 진실임이 보증된 기록들을 통해 추측되는 아달탄 대왕의 모습은 위대한 창조자이자 건설자이자 통치자의 모습이다. (……) '평화시에 왕좌에 올랐다간 반란이나 당하지 않을까 우려되는 건달이지만, 질풍노도의 혼란기엔 능히 제국이라도 건설해 버릴 위인'이라는 가이너 카쉬냅의 촌평처럼 아달탄 대왕은 노도의 시기에 가장 어울리는 인물이며 그 자체가 이미 노도인 인물일 것이다. (……)

대드래곤 라오코네스 먼 옛적, 아직 세계의 갈피갈피에 창세의 잔광이 반짝이고 있었던 시절부터 이 위대하고 강력한 존재는 이미 모든 생명 위에 군림하고 있었다. 인류의 집단 의식이 희미해지는 그 시초까지 거슬러 올라가더라도 대드래곤 라오코네스는 항상 그곳에 있었다. 하지만 라오코네스가 본격적으로 역사에 기록된 것은 의외로 가까운 시기이며, 인간의 역사는 물론이거니와 가장 오래된 엘프의 기록에서조차 라오코네스의 이름은 거의 찾아볼 수 없다. 어쩌면 당연한 일일 것이다. 왕은 군림할 뿐 자신을 이해해 주길 바라지는 않는다. 모든 생명체의 왕인 라오코네스에게 있어 허리를 굽혀 다른 존재에게 자신을 설명하거나 하는 일은 절대적으로 불필요하고 무의미한 일이었을 것이다. 그의 자기 규정에 있어 필요한 것은 그 자신이었을 뿐, 모든 타인의 존재는 그에게 단지 군림의 대상이었을 것이다. 심지어 다른 드래곤까지도! 지금은 숨죽인 목소리로 이야기되는 옛이야기를 통해서만 그 위대한 모습을 짐작할 수 있지만 엘프들의 기록과 인간의 초기 역사에서 드래곤들은 뚜렷한 공포의 대상으로 존재하고 있었다. 하늘을 날고 땅을 불태우고 그 노여움으로 세계를 진감케 했던 이 장엄한 생명체는, 그러나 때론 선량한 이를 돕고 정의로운 이의 편에 서서 싸우기조차 했다. 하지만 라오코네스가 다른 생명체뿐만 아니라 다른 드래곤들에 대해서도 어떤 특별한 관계를 맺었다는 기록은 찾아볼 수 없다. 그는 존재의 처음부터 제왕이었고 고독한 왕 이외엔 아무것도 아니었다. 제왕의 빛깔인 붉은색을 몸에 두르고 일몰 속을 날아가는 그의 모습에서 공포와 더불어 경외감을 느끼는 것은 바로 그 때문이다.

이 위대한 존재가 인간에게 처음이자 마지막으로 그 모습을 드러내어 군림 이외의 다른 관계맺음을 시도한 것은 제국력 207년의 일이었다. 라오코네스는 미노 만이 자신의 영토라는 사실을 인간들이 받아들이게끔 요구했고 거기에 대해 어떤 설명도 덧붙이진 않았다. 인간은 그에 응락했고, 제왕은 돌아갔다. 그리고 안개와 미명 속으로 사라져 다시는 인간 앞에 그 모습을 드러내지 않았다.

장소

왕자의 땅 군사 전략이라는 것은 군사력을 적용하여 국가 목표 및 정책을 달성하기 위해 한 나라의 군사력을 사용하는 기술과 과학일 것이다. 그리고 지정학적인 관점에서 한 나라가 가질 수 있는 군사력이라는 것은 그 국가의 위치에 많은 영향을 받는 것은 자명하다(사막 지대에서 운용 가능한 군사력이란 미미할 수밖에 없다). 이 두 가지 사실에서 전략 요충지라는 개념을 도출할 수 있으며, 제국의 넓디넓은 영토에서 가장 강력한 군사력을 이끌어낼 수 있는 전략 요충지를 꼽아보라면 왕자의 땅이 그에 해당한다. 다른 이름으로는 오 왕자의 검이라고 불리기도 한다.

왕자의 땅이란 제왕을 탄생시킬 정도의 전략 가능성을 지니고 있다는 의미에서 붙여진 이름이며 지정학적으로는 미리온 산맥 남쪽과 검은 황야 사이에 끼인 듯이 위치한 지대를 가리킨다. 왕자의 땅 남쪽에는 대륙에서 가장 높은 밀 생산량을 가진 비옥한 농토와 세계 최대의 다이

아몬드 노천광 지대가 존재한다. 그리고 그 북쪽에는 미리온 산맥 중턱에 위치한 대규모 철광산 지대와 흔히 록소나 종으로 알려진 우수한 명마의 산지가 존재한다. 현재 왕자의 땅에는 이 네 개의 요소를 기반으로 각자 팔라레온, 다케온, 다벨, 록소나의 네 나라가 할거하고 있다.

네 가지 요소인데 왜 다섯이라는 숫자가 사용되었는지 의아해할 수 있을 것이다. 오 왕자의 검이라는 말을 최초로 꺼낸 이는 페인 제국의 개조인 위대한 아달탄 대왕이었고 대왕은 이 말에 다른 설명을 덧붙이지는 않았다. 전략가들과 전략가 지망생들은 이 말의 수수께끼에 도전했고 큰 어려움 없이 하나의 결론을 도출할 수 있었다. 밀과 다이아몬드, 그리고 철과 말은 이미 강력한 힘이다. 밀은 생존의 당연한 요소이며 다이아몬드는 막대한 부의 원천이다. 그리고 철은 산업의 기반이며 말은 강력한 전투력의 상징이다. 강력한 힘이라는 점에서 그것은 칼이라는 상징으로 불리어졌을 것이다. 어쨌든 그 네 개의 검은 스스로의 존립을 유지할 정도의 힘을 가지고 있으며 실제로 그러하다. 하지만 그 네 가지 검이 하나로 합쳐졌을 때만이 유기적으로 연결된 네 검은 제왕을 탄생시킬 정도의 전략 요충지로서의 기능을 제대로 발휘할 수 있을 것이다. 따라서 다섯 번째의 검, 그 네 가지 검을 하나로 합칠 수 있는 존재가 필요하며 그것은 땅이 아닌 하나의 인간일 것이다. 그리고 다섯 번째의 검인 그 인간은 스스로 제왕이 될 것이다. 전략가들은 아달탄 대왕의 뜻을 이 정도로 해석했다. 하지만 일찍이 그런 인간은 나타난 바 없고 페인 제국마저도 그 네 나라가 하나로 묶여질 가능성은 극히 희박하다고 보았기에 왕자의 땅에 대하여 특별한 제재를 가하지는 않았다.

그리고 '오 왕자의 검이 하나로 모이면 왕이 탄생하리라'는 아달탄 대왕의 말은 전략가들의 오랜 전설 비슷한 것이 되었다.

잊혀진 탑 대륙에서 멀리 떨어져 있다는 지정학적 위치 때문에 카밀카르에서는 예로부터 대륙에서는 찾아볼 수 없는 독특한 풍습이나 이채로운 광경을 많이 찾아볼 수 있었다. 항해술의 발달과 더불어 카밀카르는 이제 더 이상 바다 저편의 신비로운 땅은 아니게 되었지만 아직까지도 여행객이나 모험가들의 눈을 휘둥그레지게 만드는 모습들은 충분하며, 그 중에서도 가장 신비로운 모습을 찾아본다면 잊혀진 탑이 바로 그것이다.

잊혀진 탑은 카밀카르 본토에서 서쪽으로 약간 떨어진 무인도에 위치한 거대한 탑이다. 거대하다는 말은 이 탑의 경이적인 높이를 설명하기엔 부족한 말일지도 모른다. 바다에서 바라볼 때 모든 사물은 수평선 아래로부터 솟아오르는 모습으로 보이게 되지만 잊혀진 탑만은 허공이 수직으로 갈라지듯 갑자기 시야 한가운데 나타난다. 그리고 이미 시야에 들어온 다음엔 아무리 고개를 높이 들어도 절대로 그 첨단부를 볼 수 없다. 그 사실 때문에 본토에서 이 탑을 볼 수 없는 것은 그것이 짧아서가 아니라 본토에서 볼 땐 너무 가늘어서 보이지 않는다고 주장하는 사람조차 있을 지경이다.

그 기적적인 높이는 이미 그 건축가가 인간이 아니라는 사실을 자명하게 드러내고 있으며, 인간이 건축했을 리가 없다는 사실 이외엔 이 탑에 대해 알려진 사실은 아무것도 없다. 엘프나 바다의 악마, 혹은 창조주 자신이 건축했다는 가설들이 분분하지만 그 중 어느 것도 확인된 사실은 아니다. 그 절대적으로 부조리한 높이는 이미 경외감과 공포로 사람들의 접근을 막고 있으며, 무모함에 가까운 용기를 끌어낼 수 있었던 일부 탐험가들의 탐사에서도 그 입구는 발견되지 않았다. 그 내부가 알려지지 않았기 때문에 이 기이한 건축물의 건축가나 그 이름에 대해서는 아무것도 알 수 없으며, 가장 오래된 기록에서도 이 탑의 이름은 등장하지 않는다. 다만 불가능한 일을 나타내는 오래된 격언에 '잊혀진 탑의 이름을 맞추는 것만큼이나 어렵다'는 말이 전해질 뿐이다.

펠라론 게이트 대대로 법황은 기적으로 자신을 증거하며 법황이 거주하는 신성 펠라론은 그 자체로 이미 기적이다. 그러나 펠라론의 시민들에게 가장 거대한 기적이 뭐냐고 물어본다면 그들은 말없이 손을 들어 신성한 자케산의 중턱을 가리킨다. 그곳에 펠라론 게이트가 존재한다.

인간의 역사보다 더 오래된 옛날부터 그곳에 있었지만, 펠라론 게이트의 모습은 정확하게 알려져 있지 않다. 아지랑이나 오랜 추억이 그렇듯 직시하면 똑바로 보이지 않기 때문이다. 곁눈질로 바라볼 때 언뜻언뜻 그 모습이 보이긴 하지만 이 또한 부정확하다. 바라보는 사람들마다 세부에서 약간씩 다른 목격담을 늘어놓기 때문이다. 하지만 대략적으로 펠라론 게이트는 거대한 타원형의 모습을 하고 있으며 그 가운데에서는 암흑이 소용돌이치고 있는 모습이다. 그 테두리의 위쪽에는, 역시 곁눈질로 보았을 때만 흐릿하게 보여지는 엘핀이 적혀 있다. 아에드 인 마이오렘 델 글로인. '거룩하신 주님의 영광에 의지하여'라는 뜻이다. 그 높이는 대략 15피트 가량이며 가장 넓은 곳의 직경은 5피트 가량이다. 자를 이용하여 재어볼 수도 없기에 그 수치는 부정확하다. 펠라론 게이트는 만져지지 않으며 어떤 연구가는 길다란 장대를 휘둘러보았지만 아무것도 걸리지 않는다는 사실만을 발견할 수 있었다. 이 실험의 결과를 통해 펠라론 게이트는 일종의 환각이라는 가능성이 강력하게 제기되었지만, 그 소용돌이치는 암흑 속으로 들어선 이는 아무도 돌아오지 않았다는 사실을 놓고 볼 때 단순히 환각으로만 치부될 수도 없다. 장대는 걸리지 않지만, 그 안으로 들어선 사람은 돌아오지 않는 것이다. 탐사자의 미귀환은 무서운 사건이었지만 그 테두리에 새겨져 있는 신성한 글귀 때문에 악마의 사악한 창조물이라는 판단을 내릴 수 없었던 법황청은—그 글귀가 아니더라도 신성한 자케산 중턱에 악마의 창조물이 있다는 것은 도무지 받아들이기 어려운 결론이다—펠라론 게이트에 대해 아무런 판단도 내리지 않기로 결정했다. 즉 펠라론에 있는 무수한 기적의 증거물들과 같이 취급하지만 그것에 대해 설명하지는 않는 것이다.

법황청이 어떤 설명도 하지 않는 것과 상관없이 대중들은 펠라론 게이트에 대해 많은 설명을 가지고 있다. 그중 지배적인 것은 그것이 천국으로 통하는 문이라는 가설이다. 신성한 자케산 중턱에 있다는 점, 그리고 그 윗부분에 있는 글귀 등을 놓고 볼 때 이 가설은 일견 상당한 신빙성을 갖춘 것처럼 보이기도 한다. 하지만 신학자들은 성전 어디에도 창조주가 천국으로의 문을 따로 창조했다는 대목이 없다는 점을 들어 그 가설을 거부한다. 더군다나 문이 존재한다면 천상과 지상이 구분된 이유가 모호해지기도 한다. 신학자들은 그렇게 반문하는 것이다. '문을 만들 거라면 왜 두 세계를 구분하는가?' 그러나 '그렇다면 그건 도대체 뭔가?'라는 질문에 대해 자신있게 대답할 수 있었던 신학자도 없다. 어떤 설명도 존재하지 않는 가운데 낭만적인 모험가들과 삶에 지쳐버린 도피가들은 계속해서 펠라론 게이트에 그 몸을 던지며, 그들 중 아무도 돌아오지 않았다.

사물

갤리어스 항구의 감미로운 유혹을 떨치고 적막하고 공포스럽기까지 한 수평선을 향해 나아갈 때, 뱃사람들이라면 열에 아홉은 대형 십[船]에 그 몸을 의탁하고 싶어할 것이다. 하지만 그가 수병이거나 해적이라면, 즉 바다뿐만이 아니라 인간과도 싸워야 되는 뱃사람이라면 주저없이 갤리어스를 선택할 것이다. 범선과 노도선의 장점을 아울러 갖춘 이 강력한 함선보다 더 해전에 적합한 전함은 아직 발명되지 않았다. 통상 항해를 할 때 갤리어스는 십이나 프리깃처럼 그 돛을 펼쳐 풍력으로 움직인다. 하지만 전투에 돌입했을 때 갤리어스는 불화살 등의 공격에 취약한 돛을 접은 다음 선체 옆에 줄줄이 늘어선 노를 이용하여 민첩하게 움직인다. 노잡이들은 불운한 노예들로 구성되며 이들은 보통 배와 하나로, 즉 의장이나 삭구와 마찬가지로 취급되는 것이 보통이다.

롱 갤리어스는 대포의 탑재량을 늘이기 위해 선체를 길게 만든 본격적인 전함이다. 자마쉬에서 최초로 제조되었고 이후 다른 국가로 급속히 전파된 이 갤리어스는 놀라운 전투력을 보이지만, 긴 선체 때문에 피치를 일으킬 때(파도를 타고 넘을 때)는 약간 불안한 모습을 보이기도 한다. 하지만 제국의 해전은 모두 연안에서 일어나기 때문에 이 점은 큰 장애가 되진 않는다. 그리고 대륙에서 멀리 떨어진 카밀카르의 경우엔 카밀카르 갤리어스라 불리는 보다 원양 항해에 적합한 갤리어스를 제조한다. 대개 전함인 갤리어스는 많은 전투병과 노잡이들이 탑승하므로 그 페이로드가 낮고, 따라서 갤리어스로 이루어진 선단에는 헤비 갤리어스라 불리는 페이로드가 높은 전함이 포함되게 된다. 헤비 갤리어스는 노와 대포의 숫자가 약간 작은 대신 일반적인 갤리어스의 1.5배를 상회하는 용적을 가지며 선단의 보급창 역할을 담당한다. 이렇듯 여러 가지 목적에 부합하는 다양한 변종이 있으나 그 중 가장 인상적인 것을 꼽아보라면 역시 왕국 레갈루스에서 건조되는 터릿 갤리어스일 것이다. '강철의 레이디'를 탑재한 터릿 갤리어스는 일반적인 갤리어스는 꿈도 꾸지 못할 초장거리 사격이 가능하다. '강철의 레이디'는 그 가공할 파괴력 때문에 법황의 칙령에 의해 '모든 땅에서' 사용이 금지되어 있으므로 실제로 이 대포가 사용되는 곳은 전세계에서 터릿 갤리어스의 선상 뿐이다.

강철의 레이디 폭발의 비밀, 그리고 폭발력을 한 곳으로 집중시켜 물체를 비행하게 하는 지식이 발견되었을 때 대부분의 사람들은 이 또한 마법사들의 수많은 장난 중 하나이겠거니 생각하고 큰 관심을 보이지 않았다. 하지만 대포는 마법사에 의해 제조된 것이 아니며 이 신병기의 가능성을 깨달은 지휘관들은 전율을 금할 수 없었다. 대포는 이전까지의 전쟁의 규칙을 완전히 뜯어고쳤으며 오직 롱보우에 의해 약간씩 점쳐지고 있던 제압 사격의 가능성, 즉 화망을 형성하여 적군을 일거에 격퇴하는 전법을 단숨에 현실화시켰다.

마법사는 자신들과 대포가 비교되는 것조차 거부했고 그것은 지극히 당연한 일이다. 대포는 메마른 농토에 비를 불러올 수도 없고 대리석 제단 위에 한 떨기 백합을 피어나게 할 수도 없다. 하지만 지휘관들에게 있어 마법사와 대포는 비교 대상이 될 수밖에 없었고, 그들은 결국 대포를 선택한 다음 더 이상 마법사들의 간섭과 불평에 신경쓰지 않아도 된다는 사실에 만족했다. 그리고 마법사들도 더 이상 전쟁이라는 거대한 부조리에 찬조 출연할 필요가 없다는 사실에 만족했다. 대포는 신속히 도입되고 계속 발전되었다. 그리고 그 발생 초기부터 예측되고 있던 딜레마에 빠르게 도달했다. 그 딜레마는 간단한 문장으로 표현될 수 있다. '거대한 것은 강하다. 하지만 무겁다.' 이 두 극단에서 우리는 '강철의 레이디'와 '핸드건'을 발견하게 된다.

강철의 레이디는 가장 유서 깊은 대포 제조의 역사를 가진 레모에서 개발된 거대한 대포이며 최초로 이것을 목격한 사람들은 모두들 그것이 요새포일 것이라고 짐작했다. 하지만 레모의 대포공들은 그것이 야전용이라고 대꾸했고 그래서 사람들은 레모의 대포공들이 미쳤다고 생각했다. 하지만 레모의 대포공들이 미칠 정도의 상상력도 가지지 못함을 알고 있었던 지휘관이 하나 있었다. 켄타로니아의 장수 록소드라는 강철의 레이디를 채용했고 그것은 그의 군대의 행군 속도를 최악으로 떨어뜨렸다. 그의 적뿐만 아니라 그의 부하들까지도 록소드라를 비웃었지만, 전장에 도착한 강철의 레이디가 불을 뿜었을 때 웃을 수 있었던 사람은 아무도 없었다. 심지어 록소드라 자신까지도. 록소드라는 단 두 번의 일제 사격 명령만으로 전쟁을 끝낼 수 있었다. 이 결과를 본 열국은 앞다투어 레모의 대포공들에게 주문서를 발송했다. 입이 함지박만하게 벌어진 레모의 대포공들이 막 용광로에 불을 지폈을 때, 펠라론으로부터 법황의 칙령이 공포되었다. 이 경이적인 대포에서 법황청이 발견할 수 있었던 것은 구제할 길이 없는 악의뿐이었고, 그래서 법황은 모든 땅에서 강철의 레이디의 사용을 금지시켰다. 열국은 주문을 취소할 수밖에 없었고 레모의 대포공들은 얼이 빠졌다. 하지만 법황의 칙령에서 허점을 발견한 레갈루스의 함선 설계자들은 그들의 주문을 취소하지 않았다. 레모의 대포공들은 의아해하면서도 서둘러 강철의 레이디를 납품했고, 얼마 후 그들이 미증유의 전투 병기의 탄생에 일조했음을 알게 되었다. 레갈루스의 함선 설계자들 또한 미칠 정도의 상상력도 갖추지 못한 인물들이었고, 그래서 그들은 모든 땅에서 사용이 금지된 강철의 레이디를 배에 실어버렸다. 터릿 갤리어스. 세계에서 가장 강력한 전함의 탄생이었다.

핸드건은 강철의 레이디와는 완전히 반대되는 개념으로 발전되어 온 대포다. 그 이름에서 알 수 있듯 이 핸드건은 손에 쥐고 사용할 수 있을 정도로 소형화된 대포다. 미술과 건축, 기계 설계와 정치학 등 여러 분야의 천재였던 가이너 카쉬냅은 어느 날 대포에 흥미를 가지게 되었고 칠 년 동안 연구한 끝에 일견 장난감처럼 보이는 조그마한 대포를 제조해 내었다. 주위 사람들은 이 조그마한 대포가 과연 석궁만큼의 파괴력이라도 있을지 의심스러워했다. 하지만 가이너 카쉬냅은 조롱 섞인 시선으로 바라보는 주위 사람들에게 핸드건의 능력을 보여주는 대신 시제품과 설계도 전부를 펠라론에 바쳤다. 그리고 펠라론은 그것을 법황청의 가장 은밀한 장소에 숨겼다. 핸드건이 최초로 세상에 그 모습을 드러낸 것은 가이너 카쉬냅 사후의 일이었다. 핸드건이 발사되었을 때 사람들은 가이너 카쉬냅이 진정한 천재였음을 알게 되었다. 핸드건은 손으로 들 수 있는 그 작은 크기에도 불구하고 일반적인 야포에도 뒤지지 않는 파괴력과, 일반적인 야포보다 월등히 뛰어난 발사율을 가지고 있었던 것이다. 하지만 가이너 카쉬냅이 진정한 천재인 까닭은 다른 천재들과 달리 이 병기가 가져올 재난을 앞서 짐작하고 그것을 펠라론에 바쳤다는 점이다. 이후 핸드건은 고위 성직자와 법황청이 특별히 선택한 사람만이 소지, 사용을 허가받는 무적의 병기가 되었고 가이너 카쉬냅은 복자에 서품되었다.

스펫 학자들을 곤혹스럽게 만들고 난처한 기분에 빠져들게 하며 자신의 직업 선택을 후회하게끔 만드는 문제는 대부분 가장 단순해 보이는 문제들이다. 그리고 생명에 대한 정의 또한 그런 문제에 속한다. 성인이 된 이후에 죽은 것과 살아 있는 것의 구분이 불가능한 사람은 거의 없겠지만, 그들에게 살아 있는 것의 정의를 내려보라고 말하면 백과사전 편찬자들의 엉터리 같은 수법을 도용할 수밖에 없을 것이다. '생명 = 모든 생물이 공통적인 특질, 생물 = 생명을 가진 물질'. 따라서 생명에 대한 학구적인 설명이 요구될 때 학자들이 사용할 수 있는 수단은 일반적으로 생명체라 생각되는 물질들의 특징을 남김없이 열거해 버리는 것이다. 일반적으로 학자들이 말하는 생명, 즉 생물의 특징은 생장, 생식, 자극 반응성, 물질대사, 진화 등이다. 겨울철 유리에 끼는 성에는 일견 생장하고 생식(자가분열)하는 것처럼 보이지만 물질대사를 하지 않으며 자극에 반응하지도 않으므로 도저히 생물이라고 볼 수 없다. 이러한 여러 가지 잣대들이 이용될 때 학자들은 일반인들과 마찬가지로 생물과 무생물을 그럭저럭 구분해 낼 수 있다.

하지만 스팻이 발견된 이후로 그러한 잣대들은 효용성을 잃고 말았다. 오랜 세월 동안 스팻에 대한 이야기는 미신적인 뱃사람들의 신화로 취급되어 왔지만, 뱃사람들과 함께 승선한 학자들 앞에 스팻의 모습이 나타났을 때 그것은 더 이상 신화가 아니게 되었다. 비록 오랜 세월 동안 그 존재가 이야기되어 왔고 이름까지도 붙어 있었지만, 스팻은 아무런 준비가 되어 있지 않았던 학자들 앞에 무턱대고 나타난 셈이었다. 스팻은 바닷물이다. 끓이면 증발하고 추우면 언다. 맛을 보면 짜며 그 속에서 물고기가 헤엄쳐 다닌다. 학자들은 직업적 자존심을 걸고 스팻이 일반적인 바닷물과 모든 점에서 일치한다고 선언했다. 단 한 가지 사소한 점만 제외한다면. 스팻은 살아 있는 것이다.

아무도 스팻의 생명성을 부인할 수 없었다. 스팻은 바닷물 속에서 내키는 대로 움직이며 촉수 같은 물줄기를 뻗어 사람이나 다른 물체를 움켜쥐기도 한다. 자극에 반응하는 그 활동 형태에는 놀랍게도 '성격'의 존재를 나타내는 증거가 너무나 많다. 하지만 스팻은 물질대사 같은 것은 하지도 않을 뿐더러 생식이나 생장하는 모습은 조금도 보여주지 않았다. 일부 학자들은 좌절하고, 일부 학자들은 모른 체했지만, 스팻의 생명성을 해석하겠다고 결심한 학자들도 많았다. 하지만 모든 시도에도 불구하고 그들은 일반적인 바닷물과 스팻의 차이를 발견할 수 없었다. 학자들은 데샨 카라돔과 법황청에 절망에 찬 질문을 던졌지만 바닷물에 마법을 건 마법사나 바닷물에 생명을 부여하는 기적을 발휘한 법황의 기록은 없었다.

학자들은 그들의 자존심의 최후의 보루로써 스팻이 충분히 연구될 수 없다는 사실을 들 수밖에 없었다. 스팻은 살아 있다는 점을 제외하면 바닷물일 뿐이며 바닷물을 체포할 방법 같은 것은 없다. 스팻은 그물눈 사이로 새어버리며 용기에 담기면 용기 안쪽 면을 타고 솟아올라 배 밖으로 도망쳤다. 뚜껑 달린 용기에 일부를 담아온 학자가 있었지만 육지로 돌아와 개봉하자마자 스팻은 용기 안에서 솟아올라 어딘가로 사라져버렸다(사람들은 지하수와 강물 등에 섞여 바다로 돌아갔을 거라고 말한다). 그리고 그 이후로 스팻은 뚜껑 달린 용기가 다가오는 것을 피하게 되었다. 스팻이 기억력까지 가지고 있다는 사실은 그 생명성을 더욱 공고히 했고 학자들로 하여금 바닥이 없는 늪 속으로 빠져드는 기분을 느끼게 했다. 어쨌든 이런 이유로 스팻은 충분히 연구될 방법이 없으며, 오늘날도 대양의 한편에서 손톱을 물어뜯는 학자들의 절망에 찬 시선을 받으며 유유히 헤엄쳐 다니고 있다.

집단

노스윈드 선단 고래로부터 뱃사람을 공포에 젖게 만드는 것은 많았다. 폭풍, 무풍, 암초, 괴혈병, 사이렌의 노래, 켈프, 그리고 그 목격자가 아무도 살아 돌아오지 않았기에 이름조차 알 수 없는 무수한 괴수들과 바닷속의 악마들. 대부분의 공포가 증오를 동반한다는 것은 육상의 상식일 뿐, 그 깊이조차 알 수 없는 심원한 대해에서 다가오는 공포는 항상 순결한 공포 그 자체로서 가련한 뱃사람들을 엄습하곤 했다. 그러나 뱃사람들 또한 육지의 사람들과 마찬가지로 공포와 더불어 격심한 증오로 몰아가는 존재가 하나 있으니 해적이 바로 그것이다.

혹자는 전술했던 공포의 대상들과 해적을 같은 위상에 놓는 것에 난감함을 느낄지 모른다. 해적은 인간의 한 범죄 형태일 뿐 대해의 공포라고 하기엔 그 기원부터가 다르다는 것이 이런 부류의 반론이다. 하지만 그 폐해를 놓고 볼 때 같은 취급에 분개해야 되는 것은 오히려 해적 쪽일지도 모른다. 바다의 다른 공포들이 배와 뱃사람에게 끼치는 폐해를 전부 더하더라도 해적이 끼치는 폐해보다 크지는 않다. 항해의 역사 초기에서부터 해적은 항상 최악의 재난으로 존재해 왔고 뱃사람들은 언제나 그들과의 전투에서 피를 흘려야 했다. 그리고 역사에 기록된 최악의 해적이 역사책의 갈피가 아닌 현재의 바다를 누비고 있음은 수부들의 불운이라 하겠다. 노스윈드 선단. 극악무도한 해적이자 제국의 공적 제1호 키 '노스윈드' 드레이번의 불측한 해적 함대가 바로 그것이다. (……) 혹 그대가 남달리 담대한 견습 선원이라면 노스윈드의 해적들을 다른 해적들과 마찬가지로, 즉 약간 큰 연장을 가졌을 뿐 본질적으로 올바르게 살아갈 정도의 용기조차 가지지 못한 좀도둑으로 취급해 버릴 수도 있을 것이다. 틀림없이 바다사자호의 선장 두캉가 '빅' 노보라면 호쾌하게 웃으며 맞장구를 쳐 그대를 어리둥절하게 해줄 수도 있을 것이다. 하지만 흑기사호의 선장 오닉스 '사일런트' 나이트는 그대에게 아무런 대답도 하지 않을 것이며 그 침묵은 그대에게도 옮겨져 그 입을 다물게 할 것이다. 그리고 물수리호의 선장인 저 무서운 알버트 '네일드' 렉슬러 앞에서 그대는 다시 입을 열 용기마저도 잃고 말 것이다. 달아나는 것이 최선이라는 판단은 이미 늦었다. 그대가 어떤 항해술을 가졌을지언정 질풍호의 선장 '원아이드' 트로포스에게서 달아날 수는 없다. 맞서 싸우겠다고? 그랜드파더호의 선장 '자마쉬' 돌탄은 그대에게 강철의 레이디를 겨냥할 것이다. 그대의 최후가 명예롭기만을 바랄 뿐. 그렇다면 그랜드머더호의 선장 킬리 '바드' 스타드는 그대의 마지막에 진혼곡 정도는 베풀어줄 것이다. 종부 성사도 없이 맞이하는 비참한 죽음에 대해서는 걱정하지 않아도 좋다. 페가서스호의 선장인 저 경건한 하리야 '파더' 헌처크라면 그대를 위한 기도를 절대 잊지 않을 것이다.

카밀카르 왕가 바다 건너 동쪽의 거대한 섬 카밀카르. 바다에 의해 본토와 단절되어 있는 이 땅은 예로부터 대륙의 문화와는 다른 이국적인 문화가 많이 발달했다. 하지만 카밀카르인들과 본토인의 외견상의 차이는 거의 없으며, 따라서 카밀카르인들이 대륙에서 건너온 사람일 거라 추측해 볼 수 있다. 하지만 그 이동은 역사 이전의 일이었을 것이다.

442

항해술이 본격적으로 발달한 이후에 카밀카르에 도착한 본토인들은 이미 훌륭하게 발달해 있는 카밀카르 왕국을 발견했다.

카밀카르에서는 엘프의 유적이나 유물들이 본토보다 많이 발견되며, 이 사실과 본토와 단절된 상태에서 발달되었다는 사실을 들어 일부 카밀카르인들은 자신들이 엘프의 직계 후손이라는 주장을 하기도 한다. 하지만 양심적인 카밀카르 학자들은 제국의 다른 학자들과 마찬가지로 카밀카르인들 또한 본토의 인간과 똑같은 인간이라고 말하며 카밀카르에서 엘프의 유적이나 유품이 많이 발견되는 것은 카밀카르가 본토보다 역사가 짧기 때문에 고고학적 훼손이 덜한 것이라고 설명한다. 다만 최초의 카밀카르인들이 카밀카르로 넘어왔을 때 엘프의 도움이 있었을지도 모른다는 주장은 아직 가설로서 남아 있다.

하지만 카밀카르인 중 확실히 인간에 속하는지 말하기 곤란한 사람들이 있으니, 바로 카밀카르의 왕족이 그들이다. 드물게 일어나는 일이지만 카밀카르 왕가에서는 간혹 머맨/머메이드가 태어난다. 이들은 인간의 모습과 똑같은 모습을 하고 인간과 똑같이 태어나지만, 바닷속으로 들어가게 되면 머맨/머메이드의 본래 모습으로 돌아가게 된다(이 점 때문에 카밀카르 왕가의 세례식에서는 신생아를 바닷속에 담가 보는 절차가 포함되어 있다). 머맨/머메이드는 바닷속에서만 생식이 가능하기 때문에 인간과의 교접은 불가능하고, 따라서 머맨/머메이드의 혈통은 당대로 끝나게 된다. 간혹, 아주 희귀한 우연으로 왕가 내에 머맨과 머메이드가 동시에 태어나는 경우가 있기는 하다. 이 행운의 커플은 왕가의 축복 속에 결혼하게 되지만, 그들의 자손은 대개 인간의 모습으로 태어났다. 그리고 대부분의 카밀카르의 머맨/머메이드들에겐 이런 행운이 없었고 그들은 대개 왕가의 테두리 속에서만 고독하게 살다가 고령화되면 바다 저편으로 사라져버리곤 했다. 그리고 그렇게 사라져갈 때 그들은 열에 열 모두 본토의 반대쪽, 동쪽을 향해 떠나갔다 한다.

항해술의 고도 발달 이후로 카밀카르는 본토와 긴밀하게 연결되었고 그들의 고유 문화는 이제 몇 가지 전통적인 것을 제외하곤 본토의 문화와 별 차이를 찾을 수 없다. 그들 또한 본토의 열국들과 마찬가지로 제국의 황제에게 충성을 바치며 제국의 문화를 향유한다. 하지만 정치적인 발전 속도와 정신적인 발전 속도가 꼭 일치하지는 않는다. 전술했던 엘프 기원설 같은 것은 카밀카르인들의 민족 의식을 나타내어주는 좋은 예가 될 것이다. 그들의 내면 깊은 곳에서 카밀카르인들은 그들과 본토인들 사이의 차이를 느끼며, 하이낙스의 공세 앞에서 힘없이 무너진 페인 제국의 모습은 그들의 독립 정신을 더욱 부추겼다. 그리고 바로 그러한 현재에, 카밀카르 왕가에서는 세기의 신부라 불리는 미녀 율리아나 카밀카르 공주가 나타난다.

기타

대륙 9대 불가사의 현명한 자는 부를 축적하기보다는 지식을 축적한다. 부는 늘어날 수도 있고 줄어들 수도 있지만 지식은 늘어나기만 할 뿐 절대로 줄어들지는 않으며, 따라서 현자에게 있어 어떤 것에 투자하

는 것이 더 현명한 처사인지는 자명하다. 넓디넓은 제국의 대학과 수도
원마다 들려오는 것은 진리의 수탐에 정진하는 학자와 수사들의 우필
움직이는 소리이며, 일견 혼란스럽고 때론 퇴보하는 것처럼 보이기는 해
도 사람들은 분명 어제보다는 더 현명해진 오늘을 살아가고 있다. 하
지만 이토록이나 축적된 지혜로도 도저히 설명할 수 없는 것들이 세계
에는 존재한다. 분명히 존재하며 육안으로 바라볼 수 있음에도 불구하
고 설명할 수 없는 그것들을 가리켜 사람들은 대륙의 9대 불가사의라고
부른다.

1. 하늘의 다리 : 머나먼 혼족의 땅에 있다고 알려진 이 다리는 제국
의 학자들에겐 그 모습이 자세히 알려져 있지 않다. 그것이 꼭 교량의
모습을 하고 있는 것인지조차 불명확하다. 어떤 이들은 이 다리가 까마
득한 하늘 위를 통해 잊혀진 탑과 연결되어 있다는 재미있는 가설을 말
하기도 한다.

2. 사무이다크의 고원 : 제국 북서쪽 사무이다크 지방에 있는 광대한
고원 지대. 고랭지인데다 풀 한 포기 찾기 힘든 척박하기 그지없는 땅인
지라 활용 가치가 거의 없지만, 기이하게도 야생동물들은 그곳에서 활
기차게 살아가고 있다. 대륙의 다른 지방에서는 거의 멸종되다시피 한
야생 들소들도 이곳에선 수천 마리씩의 거대한 무리로 발견되기도 하
며, 학자들은 그 동물들이 도대체 뭘 먹고 사는지에 대해 대답할 수가
없었다. 어떤 상상력 풍부한 사람들은 이 고원이 창조주의 실험장, 즉
동물들을 만들어내기 위해 연구하던 곳이라고 말하기도 한다. 무수한

동물들이 있다는 점 때문에 이 고원을 황제의 개인 사냥터로 지정한 황제가 있었지만 그 후대의 황제들은 아무도 이 이상한 땅에 가까이 가지 않았다. 하지만 황제의 공식 명칭에 붙는 '사무이다크의 공작'이라는 이름을 통해 아직 이 땅은 황제의 개인 영토로 귀속되어 있다.

3. 펠라론 게이트 : 신성 펠라론의 성스러운 자케산 중턱에 있는 불가사의한 검은 '물체'. 직시하면 흐릿하게 보이기 때문에 물체라는 말이 사용되지만 대략 거울이나 거대한 문과 비슷하게 생겼으며, 실제로 문처럼 그 안으로 들어설 수도 있다. 하지만 그 안으로 들어간 사람 중 아무도 돌아오지 않았다.

4. 탄젤론의 미궁 : 마법사들의 땅인 데샨 카라돔에 있는 거대한 지하 미궁. 입구 가까운 곳은 어느 정도 알려져 있지만 그 이상 안으로 들어서면 반드시 길을 잃게 되며, 따라서 그 전체 규모나 내부 구조에 대해서는 알려져 있지 않다. 대가의 앞에서 서툰 재주를 자랑하는 자를 비웃고 싶을 때 사람들은 '탄젤론 토끼'라는 속담을 사용한다. 탄젤론의 미궁 옆에 조그마한 굴을 파놓고 아무도 자신을 못 잡을 거라 믿는 토끼에 비유하는 속담이다.

5. 도스 계곡 : 노래하는 꽃 싱잉 플로라로 유명한 계곡이다. 대륙의 이 곳에서만 자라나는 싱잉 플로라는 밤마다 노래를 부르며 그 노래는 남성들에게만 들린다. 그 노래는 도무지 정신을 차릴 수 없을 만큼 아름다우며, 따라서 밤의 도스 계곡을 감히 건너려는 여행자는 몽환적인 감동과 끔찍한 공포를 한꺼번에 느끼게 된다.

6. 잊혀진 탑 : 카밀카르 서쪽의 거대한 무인도에 위치한 그 높이를

알 수 없는 탑. 입구가 없기 때문에 그 내부로 들어가 본 사람은 없으며, 어떤 위치에서든 그 꼭대기를 보았다고 말하는 사람은 없다.

7. 미노 만 : 검은 황야 저편에 위치한 만. 항상 안개로 둘러싸여 있고 햇빛을 볼 수 없다. 800여 년 전 단 한 번 사람들에게 접근해 왔던 대드래곤 라오코네스는 미노 만을 자신의 영토라 주장했으며 따라서 사람들은 미노 만 어디엔가 대드래곤 라오코네스가 있으리라 믿는다.

8. 아흔아홉 눈의 섬 : 남해의 어딘가에 있다고 알려져 있지만 아무도 그 위치를 모르는 섬. 사람들은 항구를 떠났다가 돌아오지 않은 배들 중 일부는 그 섬에 가 닿았을 것이라고 속삭이기도 한다. 기나긴 제국의 역사를 통틀어 오로지 단 한 명만이 그 섬에 가봤다고 주장했으며 그는 다름아닌 아달탄 대왕이다. 음유시인으로 행세하며 대륙을 주유하던 시절 아달탄 대왕은 남해의 항구 중 한 곳에서 배를 타고 떠났으며, 돌아온 이후 자신을 '아흔아홉 눈의 섬의 백작'이라고 주장했다. 하지만 아달탄 대왕은 그 섬의 형태나 위치 등에 대해서는 아무 말도 하지 않았고, 아흔아홉 눈의 섬의 백작이라는 명칭은 황제의 공식 명칭에 포함되게 되었다.

9. 아홉 번째의 불가사의는 존재하지 않는다. 아니, 존재할지는 몰라도 사람들에게 알려져 있지는 않다. 사람들은 왜 그런지 이유도 모른 채 9대 불가사의라는 말을 사용하며, 이것을 8대 불가사의로 개칭하려 시도한 학자는 없다. 왜냐하면 가장 오래된 엘프들의 기록에서도 9대 불가사의라는 말이 사용되고 있기 때문이다. 하지만 그 기록 어디에서도 아홉 번째의 불가사의가 무엇인지는 나타나지 않는다. 사람들은 이

해하기 힘든 일을 가리키는 속담으로 '아홉 번째 불가사의'라고 말하곤
한다.

χαχὸς δαίμων과 판데모니엄의 하이마스터들***

일몰의 왕 라오코네스, '대식': 라오코네스에 대해서는 인물 항목 참
조. 그는 '낮의 끝에 매달린 자'를 버리고 '밤을 이끄는 자'인 엔도 바스
톨 장군을 선택했다. 또한 벨로린에 의하여 그가 비니힐로 하여금 파킨
슨 신부를 선택하게 하기 위하여 의도적으로 신부를 펠라론 게이트에
들여보내 잊혀진 탑에 도달하게 한 것으로 의심받고 있다.

구울의 왕자 직스라드, '분노': 발도 로네스 경을 선택하며, 직스라드
는 그를 '공포를 모르는 자'라고 불렀다.

철탑의 인슬레이버 바라미, '음란': 그녀의 본명은 에레로아이며 벨로
린에 의하여 '추억을 가진 하이마스터'라 불린다. 강력한 유혹자이며 대
사(大蛇)로서 철탑에서 왕자의 땅이 하나가 되지 못하도록 파수를 서고
있었다. 각각 바람과 나무에 은유된 하리야 헌처크 선장과 법황 퓨아리
스 사이에서 그녀는 하리야를 선택한다.

*** 이 항목에 관하여 서술자는 응답을 거부하였으므로, 작중에 등장한 하이마스터들 및
그들의 선택지를 정리하는 것으로 갈음한다. 하이마스터들의 순서는 등장순에 따른다.

노래의 불꽃 벨로린, '질투': 도스 계곡의 싱잉 플로라로 나타나 율리아나 공주의 혼수품으로 레보스호에 실렸다. 알버트 선장에 의하여 리포밍된 후 그를 아버지라 부른다. 노래의 불꽃을 지피는 자(킬리)와 불꽃으로 노래를 태우는 자(휘리) 사이에서 그녀는 바라미가 말한 바 '동정심'으로서 킬리 스타드를 선택한다.

잊혀진 탑의 비니힐, '나태': 이 하이마스터에 관하여 알 수 있는 것은 적다고, 또 다른 하이마스터인 벨로린이 말하고 있다. 그는 존재와 부재 사이에 걸쳐 있으며 잊혀진 탑에서 나올 수 없는 듯하다. 그곳을 찾아간 파킨슨 신부를 선택하였다.

새매의 공작 기릭스, '탐욕': 그는 거짓말쟁이 하이마스터로 불리며, 데스필드와 정확히 같은 모습을 취하고 또 한 명의 패스파인더로 살아가는 것 역시 그러한 특성을 반영한 것인지도 모른다. 못 박혀 움직일 수 없는 자와 움직임 위에 못 박힌 자, 즉 알버트 선장과 데스필드 사이에서 그는 선장을 선택함으로써 '복수'의 승리를 가져온다. 그의 선택에 따라 χαχὸς δαίμων은 현현하여, 소유하지 않음으로써 세상의 주인이었던 그가 이제부터 세상의 노예가 되어 세상을 지배하고, 사랑하고 보살피며 '복수'할 것을 다짐하게 된다.

황금의 조커 아델토: 그가 대표하는 악덕은 교만이다. 지지점과 지렛대 사이에서 지렛대인 트로포스를 선택한다.

다벨 8군단의 전투 개요도

판도 전투 개요도

부대 배치도	설명
	1. 최초 배치 상황 다벨: 중장기병을 2개 단위로 전진 배치(□: 포 없는 포병) 팔라레온: 부채꼴 모양의 진형으로 도하 지점을 경계함(●: 포병) ▶ 안개가 전장을 덮고 있어 상대방의 모습을 확인할 수 없음. 백: 다벨, 흑: 팔라레온
	2. 다벨군 공격 개시 다벨: 중장기병은 도하 직후 좌우로 갈라져 팔라레온 포병 전면의 궁병대를 공격. 팔라레온: 포병과 궁병의 사격 개시. 그러나 안개 때문에 명중률 저조함. ▶ 안개가 걷히기 직전→안개가 걷힐 때까지.
	3. 팔라레온군 포병대 궤멸 다벨: 중장기병은 다벨군의 후방을 이용하여 선회. 포 없는 포병은 방치된 팔라레온 대포에 접근. 팔라레온: 궁병대를 잃고 포병 역시 궤멸당함. 대포는 방치됨. ▶ 하팔 장군은 다벨 중장기병들의 배후 공격이 있기 전에 적의 본진을 공격하려는 의도에서 본진 좌우에 있던 중장보병들에게 돌격 명령.
	4. 다벨군 중장보병 도하 다벨: 방치된 대포를 접수하여 팔라레온 본진을 사격. 선회를 끝낸 중장기병은 본진 후방을 압박. 중장보병이 도하하여 팔라레온 중장보병을 상대. 팔라레온: 대포 사격 속에서 중장보병이 전방으로 돌격.(막대한 피해를 입음.) ▶ 대포의 측면사격 속에서 돌진한 팔라레온 중장보병은 상당한 피해를 입음.

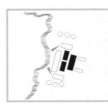

5. 다벨군 경장기병 도하&포위진 완성

다벨: 경장기병들은 중장보병들의 뒤를 이용하여 선회 후 포병대를 보호하며 팔라레온의 좌우를 압박.

팔라레온: 사면 포위당함.

▶ 이후 상황 변화없음. 팔라레온군은 포위진 속에서 궤멸됨.

알레미지우스 전투 개요도

부대 배치도	설명
	1. 최초 배치 상황 다벨: 100문의 대포를 전방 배치, 좌우에 중장기병과 경장기병. 록소나: 2,500기의 중장기병을 전방 배치, 좌우에 700기, 500기의 경장기병. ▶ 다벨 포병대가 본진과 약간 거리를 두고 전방 배치되어 있음. 백: 다벨, 흑: 록소나
	2. 록소나군 공격 개시 다벨: 록소나 궁병의 사격에 대포로 응사하지만 명중률 낮음. 록소나: 궁병대의 사격으로 다벨 포병대를 흐트러뜨리고 기병 돌격. ▶ 록소나 부대 전체는 느리게 전진함. 화살 공격을 당한 다벨 포병들은 대포를 방치한 채 도주. 그리고 그 시점에서 록소나 기병들은 일제 돌격.
	3. 다벨군 화약 폭파 다벨: 포병대 아래에 묻어두었던 화약 상자를 폭파시켜 록소나 중장기병의 돌격을 저지. 좌우의 기병 돌격. 록소나: 폭발 속으로 돌격한 중장기병은 막대한 타격을 받음. 좌우측은 상대적으로 숫자가 많은 다벨군과 대결. ▶ 록소나 중장기병은 가까스로 폭발 지점을 돌파하지만 이후 다벨 중장보병대에 가로막힘.
	4. 다벨 경장보병, 노예병 돌격. 다벨: 좌우의 기병은 상대적으로 숫자가 적은 록소나의 기병들을 압박하여 후퇴시킴. 후열의 보병대가 기병 위치로 이동. 록소나: 후열의 중장보병으로 다벨 중장기병을 공격. ▶ 서 브라도, 경장기병대를 구출함과 동시에 지나치게 돌출한 다벨 중장기병대를 공격하여 전황 반전을 시도하기 위해 본대를 우회시킴.

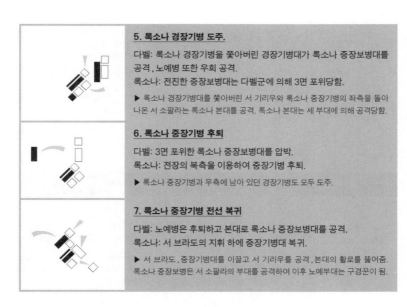

	5. 록소나 경장기병 도주.
	다벨: 록소나 경장기병을 쫓아버린 경장기병대가 록소나 중장보병대를 공격, 노예병 또한 우회 공격.
	록소나: 전진한 중장보병대는 다벨군에 의해 3면 포위당함.
	▶ 록소나 경장기병대를 쫓아버린 서 기리우와 록소나 중장기병의 좌측을 돌아나온 서 소팔라는 록소나 본대를 공격. 록소나 본대는 세 부대에 의해 공격당함.
	6. 록소나 중장기병 후퇴
	다벨: 3면 포위한 록소나 중장보병대를 압박.
	록소나: 전장의 북측을 이용하여 중장기병 후퇴.
	▶ 록소나 중장기병과 우측에 남아 있던 경장기병도 모두 도주.
	7. 록소나 중장기병 전선 복귀
	다벨: 노예병은 후퇴하고 본대로 록소나 중장보병대를 공격.
	록소나: 서 브라도의 지휘 하에 중장기병대 복귀.
	▶ 서 브라도, 중장기병대를 이끌고 서 기리우를 공격, 본대의 활로를 뚫어줌. 록소나 중장보병은 서 소팔라의 부대를 공격하여 이후 노예부대는 구경꾼이 됨.

볼지악 전투 1 개요도

부대 배치도	설명
	1. 최초 배치 상황
	다벨: 알레미지우스 회전 때와 유사한 배치.
	사트로니아: 기병을 좌우 배치하고 보병 전원을 중앙 배치함. 예비대가 없는 완전 공격형 배치.
	▶ 사트로니아는 전체적으로 왼쪽에 무게 중심이 실린 진형으로 전투에 임함.
	백색: 다벨, 흑색: 사트로니아
	2. 사트로니아군 공격 개시
	다벨: 대포 공격을 가하지만 사트로니아군의 참호 때문에 명중률 낮음.
	사트로니아: 좌익의 중장기병이 전장을 대각선으로 가로질러 8군단의 좌익을 공격.
	▶ 550의 경장기병뿐인 좌익이 돌파당할 경우 다벨 8군단은 배후로 접근해온 사트로니아 중장기병에 의해 포위 공격을 당할 위기를 맞게 됨.

3. 8군단, 노예병 투입

다벨: 경장기병이 빠져나가면서 그 자리에 노예병이 돌입, 사트로니아 중장기병의 배후 진입을 차단.
사트로니아: 노예병들의 폭발적인 공격에 중장기병의 돌격이 정지됨. 궁병대는 다벨 중장기병을 향해 사격.

▶ 서 기리우의 경장기병과 폭발적인 노예병의 활약에 힘입어 사트로니아 중장기병의 배후 진입은 저지됨.

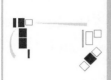

4. 다벨 중장기병 돌격

다벨: 사트로니아 중장기병이 빠져나간 자리로 중장기병을 돌격시킴.
사트로니아: 우익의 경장기병이 본대의 배후를 이용하여 기동, 좌익에 나타나 적 중장기병의 돌격을 차단.

▶ 사트로니아의 궁병과 포병은 다벨 본대를 향한 사격을 개시. 하지만 이를 미리 간파한 휘리는 본대를 돌격시킴.

5. 다벨 본대 돌격.

다벨: 본대 돌격.
사트로니아: 2,000의 다벨 본대에 대하여 4,000의 중장보병과 2,000의 경장보병 전원을 투입. 중앙에서 무서운 싸움이 벌어짐.

▶ 그때까지 움직이지 않던 서 소사리의 경장보병이 움직이기 시작.

6. 다벨 경장기병 배후 돌입

다벨: 그때까지 움직이지 않던 경장보병대가 사트로니아 중장기병을 다시 차단, 중장기병의 포위를 저지함. 그리고 경장기병은 거꾸로 사트로니아의 배후로 돌격. 휘리는 이때 본영의 바스톨 장군을 겨냥.
사트로니아: 병력의 소모를 막기 위하여 퇴각 결정.

▶ 경장기병의 선두에 있던 휘리 노이에스는 바스톨 장군과 싸우나 승부는 나지 않음. 이후 볼지악 요새 내의 7군단의 개입을 두려워한 바스톨 장군은 부대를 후퇴시킴. 그리고 8군단은 볼지악 요새로 들어감.

볼지악 전투 2-1(서 브라도 참전 전) 개요도

부대 배치도	설명
	1. 최초 배치 상황 다벨: 좁은 지형 때문에 기병과 보병을 2열 배치. 사트로니아: 기병을 좌우 배치하고 보병을 중앙 배치함. 경장보병은 예비대로 중장기병의 뒤쪽에 배치. ▶ 사트로니아는 볼지악 요새의 입구를 막는 식으로 배치. 백색: 다벨, 흑색: 사트로니아

2. 다벨군 공격 개시

다벨: 사트로니아의 대포 사격에 대응하여 중앙의 중장기병을 좌측으로 전진. 그러나 속도가 약간 느림.

사트로니아: 대포 사격 후 좌익의 중장기병이 다벨군의 중장기병을 맞아 싸움.

▶ 바스톨 장군은 거대한 역 초승달 진형을 구성하여 볼지악 요새로부터 나오는 적군을 반포위할 생각임.

3. 다벨 경장기병 돌격

다벨: 좌익의 경장기병을 적 우익의 경장기병에게 돌격시킴, 그리고 우익의 경장기병은 중앙으로 돌격.

사트로니아: 마차 방어진 뒤쪽의 창병으로 공격을 준비하나 다벨 경장기병은 마차 방어진에 접근하지 않음.

▶ 다벨 경장기병들의 빠른 속력 때문에 사트로니아는 본대인 중장보병을 전진시킬 시간을 계속 벌지 못함. 이것은 이후 본대가 전선에서 이탈되는 문제로 이어짐.

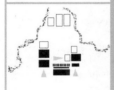

4. 다벨 경장기병, 마차 방어진에 방화. 폐쇄 지대 설정

다벨: 중앙으로 돌격한 경장기병은 마차 방어진에 불을 지르며 적 우익을 향해 공격.

사트로니아: 좌익의 경장보병과 우익의 궁수대를 전진시킴. 전체적으로 적 보병의 전진을 대비한 오목한 포위진을 구성함.

▶ 사트로니아가 반포위진을 완성시킨 순간, 중앙으로 돌격했던 서 기리우의 경장기병은 마차 방어진에 불을 놓음. 이로써 볼지악 요새 앞쪽에 폐쇄 지대가 형성됨.

5. 다벨 보병 전진

다벨: 2열에 있던 중장보병과 노예병, 그리고 경장보병은 전부 적 좌익을 향해 돌격.

사트로니아: 불 붙은 마차 방어진 때문에 중장보병은 움직일 방향이 없어 자연히 전장에 이탈됨.

▶ 모든 부대가 폐쇄 지대 안쪽에 있던 다벨군은 마음대로 사트로니아 중장기병을 유린. 바스톨 장군은 좌익의 중장기병에게 후퇴를 명령하나 중장기병들은 듣지 않음.

6. 사트로니아, 좌측의 함몰 위기를 맞음.

다벨: 전장 왼편에 완전한 승기를 잡음. 4개 부대로 2개 부대를 밀어붙임.

사트로니아: 좌익의 중장기병과 경장보병을 횡대로 배치하여 상대의 공격을 막으려 하나 4개 부대의 맹공에 떠밀림.

▶ 사트로니아군의 위기. 좌측은 함몰 직전의 위기에 몰리고 중장보병대는 여전히 양쪽 중 어느쪽으로도 투입시킬 수 없음.

볼지악 전투 2-2(서 브라도 참전 후) 개요도

부대 배치도	설명
	### 1. 최초 배치 상황(록소나군 등장.) 다벨: 4개 부대로 사트로니아 좌측 유린. 사트로니아: 좌측의 궤멸에 처해 있음. 록소나: 전장의 오른쪽 후방에서 등장. ▶ 사트로니아군의 좌측 궤멸의 위험에서 록소나군이 등장함. 백색: 다벨 , 흑색: 사트로니아 , 회색: 록소나(서 브라도)
	### 2. 록소나군 돌격 다벨: 변화없음. 사트로니아: 경장기병들을 후퇴시킴. 록소나: 사트로니아 경장기병들이 후퇴한 자리로 돌격. ▶ 사트로니아 경장기병과 자리바꿈하여 록소나 중장기병 돌격.
	### 3. 사트로니아 본대 우회 다벨: 록소나군의 돌격으로 경장기병이 밀려남. 사트로니아: 불의 벽을 우회하여 본대를 진격시킴. 록소나: 다벨 경장기병을 밀어붙여 폐쇄 지대의 오른쪽 입구를 엶. ▶ 서 브라도는 다벨 경장기병을 맹렬하게 밀어붙이며 그와 동시에 바스톨 장군은 지금껏 전장에 참전하지 못하고 있던 본대를 폐쇄 지역 안쪽으로 투입시키는 데 성공함.
	### 4. 다벨 본대와 사트로니아 본대 격돌. 다벨: 중장보병과 경장보병으로 하여금 사트로니아 중장보병을 상대하게 함. 사트로니아: 역포위를 시도하지만 서 브라도의 돌출로 역포위진은 실패. 중장기병과 경장보병은 후퇴 시작. 록소나: 경장기병을 추적하던 서 브라도는 지나치게 돌출. ▶ 전장 왼쪽의 사트로니아군의 열세로 시간이 급해지는 상황에서 , 지나치게 볼지악 요새에 접근했던 서 브라도가 휘리 노이에스에 의해 사망. 이후 록소나군은 공황 상태에 빠지게 됨.
	### 5. 다벨 , 전역에서의 승기를 획득. 다벨: 4개 부대로 사트로니아와 록소나군을 절벽 쪽으로 밀어붙임. 사트로니아: 폐쇄 지역 안쪽에서 중장보병대가 다시 포위됨. 록소나: 서 브라도 사망 후 일방적으로 밀림. ▶ 사트로니아군은 경장보병 , 경장기병 , 궁수대 , 중장기병 등의 잔여 병력으로 아래쪽을 막으려 시도하나 일방적으로 밀림.

폴라리스 랩소디 5

1판 1쇄 펴냄 2015년 12월 18일
1판 5쇄 펴냄 2020년 10월 13일

지은이 | 이영도
발행인 | 박근섭
편집인 | 김준혁
본문 일러스트 | 김종수, 김호용
펴낸곳 | 황금가지

출판등록 | 2009. 10. 8 (제2009-000273호)
주소 | 135-887 서울 강남구 신사동 506 강남출판문화센터 5층
전화 | 영업부 515-2000 편집부 3446-8774 팩시밀리 515-2007
홈페이지 | www.goldenbough.co.kr

도서 파본 등의 이유로 반송이 필요할 경우에는 구매처에서 교환하시고
출판사 교환이 필요할 경우에는 아래 주소로 반송 사유를 적어 도서와 함께 보내주세요.
06027 서울 강남구 도산대로 1길 62 강남출판문화센터 6층 민음인 마케팅부

ISBN 979-11-5888-036-1 04810
ISBN 979-11-5888-031-6 (세트)

㈜민음인은 민음사 출판 그룹의 자회사입니다.
황금가지는 ㈜민음인의 픽션 전문 출간 브랜드입니다.

독자 편집자로서 활동해 주신 루라바다 님, 한 님,
도서관 님, 라엣 님, 후훗 님께 감사드립니다.

사진 · 조선희

이영도

1972년생. 경남대학교 국어국문학과 졸업. 1998년 여름, 컴퓨터 통신 게시판에 연재했던
첫 장편 『드래곤 라자』가 출간되어 100만 부를 돌파함으로써 한국에 판타지 시대를 열었다.
『드래곤 라자』는 일본, 중국, 대만 등에서도 출간되어 베스트셀러가 되었다.
라디오 드라마, 만화, 온라인 게임, 모바일 게임 등으로 만들어졌을 뿐 아니라,
고등학교 문학 교과서에 수록되며 그 가치를 인정받았다.
이후 『퓨처워커』, 『폴라리스 랩소디』, 단편집 『오버 더 호라이즌』을 차례로 발표하였으며,
장대한 구상 위에 집필하여 2003년 내놓은 대작 『눈물을 마시는 새』는 한국적 소재를 자연스럽게 녹여낸 판타지
대하 소설로 이영도 붐을 새롭게 했다. 2005년에는 후속작 『피를 마시는 새』가 출간되었다.
2009년에는 『드래곤 라자』와 『퓨처워커』의 뒤를 잇는 『그림자 자국』이 출간되어
문화관광부 우수 교양 도서에 선정되었다.